Nosotros en la luna

Alice Kellen

Nosotros en la luna

 Planeta

Para Leo.
Ojalá algún día te cuelgues de la luna,
boca abajo, con una sonrisa inmensa, sin miedo

Como si se pudiese elegir en el amor, como si no fuera un rayo que te parte los huesos y te deja estaqueado en la mitad del patio.

Rayuela

Así que despiértame cuando todo haya terminado. Cuando sea más sabio y sea más viejo. Todo este tiempo me estaba encontrando, y no sabía que estaba perdido.

Avicii, Wake Me Up

PRIMERA PARTE

—

ENCUENTRO. AMISTAD. CASUALIDAD

Los baobabs comienzan por ser muy pequeños.

El Principito

1

GINGER

Es imposible saber cuándo conocerás a esa persona que pondrá de golpe tu mundo del revés. Sencillamente, sucede. Es un pestañeo. Una pompa de jabón estallando. Una cerilla prendiendo. A lo largo de nuestra vida nos cruzamos con miles de personas; en el supermercado, en el autobús, en una cafetería o en plena calle. Y quizá esa que está destinada a sacudirte se pare junto a ti delante de un paso de cebra o se lleve la última caja de cereales del estante superior mientras estás haciendo la compra. Puede que nunca la conozcas ni os dirijáis la palabra. O puede que sí. Puede que os miréis, que tropecéis, que conectéis. Es así de imprevisible; supongo que ahí está la magia. Y, en mi caso, ocurrió una noche gélida de invierno, en París, cuando intentaba comprar un billete de metro.

—¿Por qué no funcionas? —gimoteé delante de la máquina. Apreté el botón con tanta fuerza que me hice daño en el dedo—. ¡Maldito trasto inútil!

—¿Estás intentando asesinar a la máquina?

Me giré al escuchar una voz que hablaba mi idioma.

Y entonces lo vi. No sé. No sé qué sentí en ese instante. No lo recuerdo con exactitud, pero sí memoricé tres cosas: que llevaba levantado el cuello de la cazadora, que olía a chicle de menta y que sus ojos eran de un gris azulado parecido al del cielo de Londres en uno de esos amaneceres plomizos, cuando el sol intenta abrirse paso sin éxito.

Ya está. Eso fue todo. No me hizo falta nada más para sentir un cosquilleo.

—Ojalá, pero de momento gana ella. No funciona.

—Antes tienes que seleccionar el tipo de billete.

—¿Dónde…, dónde debería elegirlo?

—En la pantalla de inicio. Espera.

Él se movió, situándose a mi lado. Pulsó los botones para regresar al menú principal y luego me miró. Y fue intenso. O eso sentí. Como cuando alguien te produce curiosidad sin que sepas por qué. O cuando te despierta un escalofrío inesperado.

—¿Adónde quieres ir? —preguntó.

—Pues…, bueno, en realidad… —Nerviosa, me coloqué tras la oreja un mechón de cabello que había escapado de la coleta—. ¿Al centro?

—¿No lo tienes claro?

—¡Sí! ¡No! Quiero decir, no tengo alojamiento esta noche y pensaba, ya sabes, aprovechar para conocer un poco la ciudad. ¿Qué zona me recomiendas?

Apoyó un brazo en la máquina y enarcó las cejas.

—¿No tienes alojamiento? —se interesó.

—No. He cogido el primer vuelo que salía.

—¿En plan a lo loco?

—Sí, justo así. Eso es.

—Y viajas sola…

—¿Cuál es el problema?

—Ninguno. Yo también lo hago.

—Bien, enhorabuena. En cuanto al billete…

—¿Cómo te llamas? —preguntó.

—Ginger. ¿Y tú?

—Rhys.

Tenía un acento estadounidense marcado. Y era tan alto que hacía que me sintiese diminuta frente a él. Pero tenía «algo». Ese «algo» que a veces no podemos explicar con palabras cuando conocemos a alguien. No era porque fuese guapo o porque me sintiese perdida en aquella ciudad a la que acababa de llegar. Era porque podía leer en él cosas. Todavía no estaba segura de si esas cosas eran buenas o malas, pero, al mirarlo, la última palabra que me venía a la mente era «vacío», lo que, ironía de la vida, después averiguaría que era una de las cosas a las que Rhys más temía. Pero en ese momento aún no lo sabía. Entonces seguíamos siendo dos extraños mirándonos a los ojos frente a una máquina de billetes de metro.

—¿Tienes alguna sugerencia? —insistí.

Lo vi dudar, pero no apartó la vista.

—Una. Podría enseñarte París.

—Vale, antes de que esto se convierta en una situación incómoda, tengo que confesarte que acabo de dejarlo con mi novio. Y fue una relación larga, así que no me interesa conocer a nadie ni tampoco tener uno de esos líos de una noche…

Ojalá alguien me hubiese dicho lo idiota que estaba siendo en ese momento.

—Te he propuesto un *tour* por la ciudad, no por mi cama.

Se cruzó de brazos con una sonrisa burlona. Yo me sonrojé como si tuviese quince años.

—Ya, claro, pero, por si acaso…

—Qué previsora.

—Lo soy. Intento serlo. En realidad, ¿sabes?, en este momento soy una mierda de previsora, pero estoy haciendo un esfuerzo por ordenar…, ordenar mi vida, todo.

Rhys no pareció asustarse ante la locura de aquel momento. Aquella debería haber sido la primera señal. Tendría que haberme dado cuenta al instante de que él sería diferente. Ahí tenía el momento clave mientras le hablaba sin parar, que era algo que solía hacer en cuanto me ponía nerviosa, y él tan solo se limitaba a escuchar, sonreír y asentir.

—… Ahora es todo un poco caótico, ¿entiendes? Esta situación. Mi vida. Puede que estar aquí, en medio de una ciudad desconocida, sea casi simbólico respecto a cómo me siento en realidad. Sinceramente, no sé por qué no te has largado ya.

—Me gustan las personas que hablan mucho.

—¿Para suplir tu mutismo?

—Supongo. No lo había pensado.

Era mentira. Más tarde descubriría que Rhys era un buen conversador, de esos que siempre hacían preguntas que el resto ni se planteaba, de los que podían pasarse noches en vela dándole vueltas a cualquier tontería sin llegar a aburrirse en ningún momento.

—La cuestión es que mi vuelo de vuelta sale por la mañana.

Él me miró con interés unos segundos, algo tenso.

—¿Quieres esa visita o no, Ginger?

Recuerdo que en ese momento solo pude pensar: «¿Por qué dice mi nombre así?, ¿por qué lo pronuncia como si ya lo hubiese hecho antes otras muchas veces?». Me asustó y me gustó a partes iguales. Miento. Ganaba lo segundo en la balanza. Porque lo vocalizó casi con delicadeza y a mí nunca me había gustado mi nombre, porque llamarse «jengibre» no es que sea algo muy místico o romántico, pero dicho por Rhys sonó distinto. Mejor.

—Eres un desconocido —puntualicé.

—Todos somos desconocidos hasta que nos conocemos.

—Ya, pero… —Me lamí los labios, nerviosa.

—Vale, como quieras. —Se encogió de hombros.

Luego me deseó un buen viaje casi hablando contra el cuello de su chaqueta, se dio media vuelta y se dirigió hacia el túnel del metro que conducía a la salida.

Sopesé mi situación. Estaba perdida en París porque acababa de dejarlo con mi novio y me había parecido un acto muy rebelde y alocado comprar los primeros billetes que encontré, aunque fuese para un viaje de ida y vuelta en apenas unas horas, sin alojamiento y con solo una mochila a mi espalda con unas bragas, unos calcetines de recambio y galletitas saladas (en serio). Pero lo cierto era que no sabía adónde ir. Y que no podía ignorar el leve cosquilleo que había sentido al escuchar su voz por primera vez.

Y no sé. Fue un impulso. Un tirón fuerte.

—¡Espera! —Él se paró—. ¿Adónde vamos?

—¿Vamos? —Volvió a girarse hacia mí.

—Ya sé que hace un minuto he dicho que no te conozco, pero creo que si te marchas ahora mismo…, te perseguiré. —Rhys alzó una ceja mirándome alucinado—. Es decir, sí, eso. Porque no sé dónde estoy y no me quedan datos en el móvil por culpa de esa tarifa horrible con la que me timó la teleoperadora, y… tengo la sensación de que si me quedo sola terminaré comida por un oso o lo que sea que ocurre en las ciudades en lugar de en el bosque cuando una se pierde. Ya sabes a qué me refiero.

—No sé a qué te refieres. —Sonrió.

—Vale, tú solo… no me abandones.

—Vale. Y tú solo… déjate llevar.

Asentí decidida mientras él se echaba a reír. Y lo seguí. Lo seguí sin pararme a pensar en nada más tras comprar un par de billetes, mientras nos adentrábamos entre la gente para conseguir subirnos a un vagón del primer metro que pasó.

Entonces aún no sabía que mi vida iba a cambiar.

Que Rhys se convertiría en un antes y un después.

Que nuestros caminos se unirían para siempre.

2

RHYS

¿Qué estaba haciendo? No tenía ni puta idea.

Diez minutos antes había salido del metro dispuesto a ir a casa (si es que podía llamar «casa» a algún lugar), con la idea de calentarme unos tallarines chinos precocinados y comérmelos directamente de la caja mientras miraba la televisión sin prestar atención o leía algo con música de fondo.

Pero en cambio me encontraba allí, sentado en el vagón al lado de una chica que parecía más perdida que yo, algo difícil de imaginar, con nuestras piernas rozándose y aún sin decidir en qué parada bajar, porque estaba improvisando, como siempre.

—Me pone nerviosa no saber adónde vamos.

—Bajamos dentro de dos paradas —decidí sonriéndole.

A mí me ponía nervioso ella. De arriba abajo. Desde sus pies metidos en esas Converse rojas hasta su cabello castaño recogido en una coleta mal hecha. Quizá porque aún no le había colocado encima ninguna etiqueta. Ginger. Así se llamaba, me repetí mentalmente. Y era una chica que estaba totalmente en blanco para mí. Supongo que porque parecía querer tenerlo todo bajo control, pero se había subido hacía unas horas a un avión sin pensárselo. ¿Qué lógica tenía eso? Ninguna. Tampoco la sacudida inesperada que había notado al verla maldiciendo delante de la máquina de los billetes. Tan bajita. Tan graciosa. Tan enfadada… Me recordó a uno de esos dibujos animados de los programas infantiles.

—¿De dónde eres exactamente? —pregunté, porque era evidente que era inglesa, pero no sabía ubicar por su acento de qué zona. Tenía una voz suave, casi susurrante.

—De Londres. ¿Y tú? Déjame adivinarlo.

—Vale. —La miré burlón.

—¿Alabama? —Negué—. Pues tienes acento sureño.

—Sube un poco más arriba.

—Tennessee.

—Sí. De ahí.

—¿Y qué se te ha perdido en París?

—No estoy aquí de forma indefinida.

—¿Qué quieres decir con eso?

—Levántate, es esta parada.

Me puse en pie y ella me siguió hasta la puerta del metro que estaba abriéndose. Avanzamos entre la gente que iba y venía de un andén a otro y salimos a la calle. Hacía un frío punzante. Vi que Ginger se abrazaba a sí misma mientras echábamos a andar rápido con la esperanza de entrar en calor cuanto antes.

A lo lejos se distinguía la Torre Eiffel.

—¿Eso de ahí es lo que creo que es?

Me miró sonriente. Y, no sé, pensé que era una sonrisa tan bonita que daban ganas de enmarcarla. Lo habría hecho si no odiase las fotografías. Pero Ginger era una de esas chicas que sí merecían ser inmortalizadas, y no porque fuese especialmente guapa o llamativa, sino por su mirada, por cómo curvaba los labios sin pensar, por esa pequeña contradicción que distinguía dentro de ella, aunque aún no la conociese.

—Sí. Es uno de los lugares más típicos de París. Lo sé, soy un fracaso como guía turístico, pero, en mi defensa, solo tenemos unas horas. Quería que recordases esta imagen.

La del río Sena a nuestra izquierda mientras seguíamos andando bajo aquella noche sin estrellas y de luna llena. Recuerdo que solo pude pensar que había valido la pena cambiar los tallarines chinos por esa sonrisa que ella acababa de esbozar.

—Es precioso. Gracias.

—¿Has cenado?

—No. Creo que no como nada desde hace una eternidad. Esta mañana me tomé un café, sí, pero luego ocurrió todo el drama al mediodía, y adiós a la normalidad. Se me cerró el estómago. Estoy volviendo a hacer eso de hablar demasiado, ¿verdad?

—Sí, pero me gusta.

Apartó la mirada un segundo.

¿Avergonzada? ¿Tímida? No lo supe.

—Entonces, ¿vamos a comer algo?

—Conozco un sitio que está cerca.

—Bien, porque me muero de frío.

—Deberías estar acostumbrada viniendo de Londres.

—¿Nunca te han dicho que hay personas que jamás se acostumbran al frío? Pues esa soy yo. Porque da igual cuánto me abrigue, que use dos bufandas y tres pares de calcetines, sigo siendo un témpano de hielo. Cuando nos metíamos en la cama, Dean solía…

Se quedó callada de repente y sacudió la cabeza.

—¿Dean es el chico con el que acabas de dejarlo e ibas a decir que te calentaba los pies? —No pude evitar arrugar la nariz—. Eso es repugnante.

—¿Qué? ¡No! Es superromántico.

—A mí me dan asco los pies. Ni siquiera puedo tocar los míos. Y tú tienes un concepto un poco raro sobre qué es superromántico.

—Vale, ¿sabes una cosa? No te conozco de nada. —Se echó a reír. Me encantó su risa, tan dulce, tan suave—. Así que no voy a tener muy en cuenta tu opinión sobre qué es romántico y qué no lo es, por no hablar de que pareces el típico tío que…, en fin…

Paré de caminar de golpe, aunque ya estábamos justo enfrente del local de comida al que iba a llevarla a cenar. Me quedé delante de ella, mirándola con gesto serio. Le sacaba casi dos cabezas de altura, así que alzó la barbilla con orgullo. Eso me gustó.

—¿No vas a terminar la frase?

—Quizá me he precipitado —dudó.

—Evidentemente. Han pasado quince minutos desde que me has visto por primera vez, pero da igual, quiero saber qué impresión te he dado. Simple curiosidad. No te lo tendré en cuenta, lo prometo.

—Pareces de esos a los que no les importa una mierda qué es romántico o qué no lo es. De los de un lío de una noche. De los alérgicos al compromiso.

—Estás siendo redundante.

—Lo siento. Intentaba ser sincera.

—Ya veo.

Retomé el paso y cruzamos la calle. En cuanto entramos en el pequeño local, me llegó el olor a la masa de crepes recién hecha. Chapurreé en francés para pedir un par de crepes de queso, atún y champiñones. De reojo vi que ella se quitaba la mochila de la espalda y se acomodaba en una mesa que estaba en la esquina, cerca de la ventana.

—Oye, ¿cerveza o Coca-Cola? —le pregunté.

—¿No hay agua?

—Sí, ¿agua, entonces?

—Mmm, bueno, mejor cerveza.

Sacudí la cabeza cuando me di cuenta de que esa chica era un signo de interrogación andante incluso para las cosas más sencillas. Volví a girarme hacia el dependiente, que no parecía tener más ganas de esperar. Poco después, cogí la bandeja que dejó sobre el mostrador con las bebidas y los crepes y la llevé a la mesa.

—Ahora mismo podría comerme un elefante bebé —dijo devorando con los ojos la cena, que aún humeaba. Luego los fijó en mí—. En serio, gracias. Creo que aún no te las he dado, ¿verdad? Porque, sinceramente, pensé que sería una buena idea hacer una locura por una vez en mi vida, coger un avión sin pensar, ya sabes, ese tipo de cosas. Pero cuando llegué… estaba aterrada. Y habría pasado la noche en la estación de metro junto a algún que otro mendigo agradable que me hubiese hecho un hueco, esperando hasta que amaneciese para coger un vuelo a Londres y, maldita sea, no dejo de hablar. Di tú algo.

—Cuidado al coger el crepe, está quemando.

—No. Me refería a algo sobre ti. De mí ya sabes demasiado.

Como que lo he dejado con mi novio, estoy chiflada y no sé sacar un billete de metro.

—Cierto, ¿qué quieres saber? —Mordí el mío.

—Por ejemplo, antes no has contestado.

—No te sigo.

—Sí me sigues. Estás mintiendo. No lo haces bien. Quiero decir, eres de los que apartan la vista cuando mienten. Eso me gusta. Puede ser útil. A ver, ¿eres un acosador o un asesino en serie que se dedica a buscar a chicas en las estaciones de metro?

—No. —Reprimí una sonrisa.

—¡Bien! ¿Lo ves? Me has aguantado la mirada.

—Todo un alivio para ti, imagino.

—Y tanto. Vale, ahora lo otro. Lo de si eres de los que solo tienen líos esporádicos de una noche y no hacen cosas superrománticas.

La miré sonriendo. Joder, en realidad hacía tiempo que no me divertía tanto. ¿Cuándo fue la última vez que me crucé con alguien que me descolocase así y me llamase tanto la atención? Sobre todo, teniendo en cuenta que no hacía nada por conseguirlo, tan solo ser ella y hablar sin parar como una cotorra con una dosis de cafeína.

—¿Cosas superrománticas como el frotamiento de pies?

—¡Ah! ¡Frotamiento de pies sí suena asqueroso!

Se echó a reír de repente, tapándose la boca con la mano.

—Puede que «calentar los pies» parezca mejor, pero es lo mismo, Ginger.

—Estás fastidiando uno de los pocos recuerdos buenos que tengo ahora mismo de Dean, que lo sepas —dijo antes de dar un mordisco y masticar pensativa. Tragó y abrió mucho los ojos al mirarme—. Dios. Está buenísimo. El queso fundido es... Mmm...

Saboreándolo, se lamió los labios despacio, sin pensar, sin intención.

—Háblame de Dean —le pedí obligándome a apartar la vista de su boca.

3

GINGER

Dean, Dean, Dean.

¿Por dónde empezar? ¿Qué decir?

Rhys esperaba impaciente mientras yo intentaba decidir si realmente valía la pena hablar de mi exnovio con un desconocido. Uno que no se parecía en nada a él, que llevaba el cabello rubio oscuro revuelto y sin peinar, y que tenía una mirada intensa, de las que atravesaban la piel y no se quedaban solo en la superficie. Y, no sé, tuve el presentimiento de que alguien como Rhys no entendería mi historia, pero aun así quise compartirla, soltar todo lo que sentía con la esperanza de que desapareciese el nudo que tenía en la garganta desde hacía varias horas.

—Es una larga historia.

—Bien. Tu avión no sale hasta por la mañana, ¿no?

—Muy gracioso.

Rhys pareció ser consciente de que me costaba abrir la caja en la que guardaba todo lo que tenía que ver con Dean, así que apoyó los antebrazos en la mesa y se inclinó hacia delante creando un clima más íntimo, más cercano. Me fijé en algunas pecas casi imperceptibles que tenía alrededor de la nariz. Y en sus pestañas. Y en las pequeñas imperfecciones de la piel, que, en cierto modo, eran también bonitas.

—¿Te cuento un secreto? Estudié Psicología.

—¡Venga ya! No te creo —solté sin pensar.

—¿Por qué no?

—A ver, es solo que no tienes pinta de psicólogo, sino más bien de guitarrista de un grupo de *rock*. O de estrella de cine que reniega de su fama. O de escritor melancólico que busca inspiración en París.

—Vale, confieso que abandoné la carrera antes de empezar el segundo año, pero sé escuchar. —Me dirigió una sonrisa de niño bueno y paciente que me hizo reír.

—Eres muy impredecible, ¿nadie te lo ha dicho nunca?

—A menudo. No en un sentido positivo.

—A mí me parece algo bueno.

—Debes de ser la primera.

—Está bien. Veamos, llamémosle a esto el «caso Dean», ¿de acuerdo? Mmm, ¿por dónde empiezo? Nos conocemos desde siempre, desde que éramos niños.

—Interesante. —Bebió a morro del botellín de cerveza.

—Fuimos a un colegio privado del centro y mis padres son muy amigos de los suyos, así que también coincidíamos luego fuera. La cuestión es que, cuando crecimos, terminamos en el mismo instituto, donde empezamos a salir, lo que supongo que explica que luego eligiésemos ir juntos a la universidad y…

—Vamos, que sois como siameses.

—¿Qué? ¡No! ¡Claro que no!

—¿Puedo hacerte una pregunta?

—De acuerdo. Dispara.

Me miró fijamente y pude distinguir motitas azules en medio del gris de sus ojos, como pinceladas de luz sobre un cielo plomizo que amenazaba tormenta.

—Este viaje…, toda esta locura de coger un avión sin pensar…, ¿es la primera vez que haces algo así completamente sola? Sin Dean, quiero decir.

—Yo…, bueno… Hago muchas cosas sola. Como pintarme las uñas, no sé, o visitar librerías, sí, me gusta eso… —Terminé suspirando abatida—. Sí. Sí, es la primera vez que hago algo sin él. Y creo que por eso tenía tanto miedo y me sentía tan perdida, pero, al mismo tiempo, necesitaba hacerlo. Ni siquiera tiene sentido.

—Sí que lo tiene.

Su voz sonó ronca. También sincera. Lo miré agradecida

antes de darle otro mordisco al crepe y tomarme unos segundos para degustar el queso fundido y los champiñones tostados. Él también masticaba distraído y su rodilla rozaba la mía de vez en cuando, porque la movía siguiendo el ritmo de la canción que sonaba por la radio que estaba en el mostrador. Era en francés. Lenta, bonita, suave.

—¿Dónde aprendiste a hablar francés? —pregunté.

—No sé hablarlo, solo me defiendo. Como con el alemán o el español. Nada como vivir una temporada en un sitio para aprender a la fuerza. Pero no te desvíes del tema. Estábamos con el «caso Dean» y te has quedado a medias. ¿Por qué lo habéis dejado?

Me removí un poco incómoda en la silla.

—Bueno, digamos que, después de cinco años saliendo, ahora Dean parece querer tomarse un tiempo, ya sabes, para vivir nuevas experiencias en este año y medio que nos queda de universidad antes de sentar la cabeza o qué sé yo. Sinceramente, me siento estafada.

—¿Estafada?

—Claro. Imagínate; es como comprar un suéter maravilloso, de color verde botella o ese tono mostaza oscuro que se lleva tanto esta temporada…

—¿Adónde pretendes llegar? —Alzó una ceja.

—Supón que la dependienta te dice que es ideal para ti y ahorras durante meses para comprártelo. Lo estrenas y, ¡oh, sí, es genial! Pero, ¡sorpresa!, cuando lo metes en la lavadora y lo sacas resulta que está lleno de feas y dichosas bolitas.

—Tienes una mente prodigiosa, Ginger.

—He tirado por la borda todo este tiempo.

—Yo no creo en eso del «tiempo perdido».

Respiré hondo y él rompió el momento de silencio al levantarse. Me terminé el último bocado mientras lo veía pagar en la barra y pedir dos cervezas más. Ni siquiera me molesté en ofrecerle algo de dinero. No dejaba de pensar en el maldito suéter lleno de bolitas. Cuando Rhys me indicó con un gesto de la cabeza que saliésemos de allí, lo seguí. Lo seguí como si fuese lo más natural del mundo; acepté el botellín que me ofrecía y echamos a andar bordeando el río Sena hacia el edificio iluminado de la Torre Eiffel. Éramos dos desconocidos en medio de la ciudad, bajo el cielo oscuro e invernal, caminando sin prisa, como si tuviésemos todo el tiempo del mundo por delante. Y me gustaba. Me sentía bien.

—¿Acaso a ti no te tienta lo mismo? —Retomó la conversación—. ¿Nunca has querido vivir experiencias nuevas? Es decir, ¿tu idea era terminar la universidad, casarte con Dean, tener hijos y esas cosas? No te estoy juzgando. Solo tengo curiosidad.

—Dicho así suena aburrido.

—Son tus palabras, no las mías.

—Yo qué sé. Supongo que sí. Soy simple.

—A mí no me pareces nada simple.

Se giró y caminó de espaldas, mirándome.

Me hizo gracia y me reí. Bebí un trago.

—¿Y cómo te parezco, Rhys?

Se lo pensó. Lo noté. Lo sentí.

—Contradictoria. Dulce. Lista.

—¿Algo más? —Seguí sonriendo.

—Sí. Enredada.

—Enredada...

Casi saboreé aquella palabra. Nadie me había visto nunca así. Probablemente sería el último adjetivo que mis amigos o mi familia usarían para describirme, y, sorprendentemente, me encantó. Sentí que se me humedecían y me picaban los ojos.

—Gracias, Rhys —susurré bajito.

—Eh, ¿qué pasa? ¿Estás llorando? Joder.

Delante de mí, dejó las cervezas en el suelo y me sujetó por los hombros. Creo que esa fue la primera vez que me tocó y lo hizo con firmeza; apoyó las manos sobre mi chaqueta verde militar y sus dedos presionaron con suavidad al tiempo que bajaba la cabeza para poder quedar a la altura de mis ojos y que dejase de rehuirle.

—Lo siento. Pensarás que estoy loca.

—No. —Deslizó el pulgar por mi mejilla derecha y se llevó

las lágrimas—. ¿Quieres saber lo que pienso de ti en realidad? —Estábamos muy cerca y su otra mano seguía sobre mi hombro mientras nuestras respiraciones se convertían en vaho por culpa del frío y se mezclaban en la oscuridad—. Pienso que quieres muchas más cosas de las que crees. Pienso que eres de las que dicen que se conforman con un caramelo, pero en realidad sueñan con cerrar la tienda entera y coger caramelos a puñados y tirarlos por los aires.

Me eché a reír entre lágrimas. Sonaba tonto, casi infantil, pero cuánta verdad escondían sus palabras. Nos miramos en silencio. Y fue íntimo. Fue intenso. Sorbí por la nariz, probablemente el gesto menos atractivo del mundo, pero Rhys no se movió.

—¿Y tú eres de los que se contentan con un caramelo?

—No. —Sonrió. Una de esas sonrisas peligrosas, ladeadas, de las que están destinadas a quedarse grabadas en la memoria para siempre—. Yo hace tiempo que atraqué la tienda y me llevé todo lo que encontré dentro.

—Me gusta esto. Que no me conozcas.

—Ya. —Inspiró hondo, tan cerca…

Luego apartó la mirada, me ayudó a quitarme la mochila de la espalda sin decir media palabra y se la cargó al hombro antes de volver a coger las cervezas del suelo y tenderme la mía. Retomó el paso y yo lo seguí, preguntándome cuánto tiempo hacía desde que nuestros caminos se habían cruzado por primera vez. ¿Casi dos horas? Quizá. Más o menos. Y, sin embargo, pensé en aquella expresión que había oído a veces y que jamás creí que me ocurriría a mí. La de «conocer a alguien» sin saber realmente nada de esa persona. ¿Cómo explicar algo tan abstracto, mágico e inesperado? Mientras iba tras él, intenté retener algunos detalles: como su cabello despeinado en todas las direcciones por el viento húmedo de la noche, o su perfil de líneas masculinas y marcadas, o la manera en la que los desgastados vaqueros caían por sus caderas, o que daba unas zancadas tan largas que me costaba seguirle el ritmo a pesar de que él parecía andar casi con pereza.

Se giró y me pilló mirándolo. Me sonrojé.

—¿A qué hora sale tu avión de vuelta?

—A las once y media de la mañana.

No dijo nada más hasta pasados unos diez minutos, cuando nos encontramos justo enfrente de la Torre Eiffel, separados de ella por el río que atravesaba la ciudad. Apoyé los codos encima del muro y suspiré satisfecha. Estaba allí, en París. Hacía unas horas me encontraba llorando, con la cara hundida en la almohada, lamentándome, y ahora estaba contemplando en silencio uno de los monumentos más famosos del mundo, al lado de un chico de ojos grises y sonrisa misteriosa que había conseguido sin esfuerzo que dejase de pensar en Dean. O, mejor aún, que pensase en él sin sentirme triste.

Era la locura más bonita que había hecho en toda mi vida.

—¿Sabías que los nazis estuvieron a punto de destruirla?

—Algo había oído —dije sin dejar de mirar la Torre Eiffel.

—En agosto de 1944. Las tropas aliadas se acercaban y Hitler era consciente de que iba a perder la ciudad. Así que ordenó destruirla. La explicación que le dio al general Von Choltitz fue: «Si Berlín no puede ser la capital cultural del mundo y es reducida a cenizas, París también lo será». Así que idearon un minucioso proyecto de demolición, pero, por suerte, el embajador sueco consiguió convencer al general para que no acatase la orden de Hitler. Imagínate. Y ahora aquí estamos.

Mirándonos, nos sonreímos.

4

RHYS

El problema era que no podía dejar de mirarla.

No podía y sabía que pronto tendría que dejar de hacerlo. Y creo que, por retorcido que eso pudiese parecer, era lo que más me gustaba de todo. Lo efímero de aquel momento. Ginger y yo bajo la luna que se reflejaba en el agua brillante y en el destello de las luces de la ciudad. Sencillamente, hablando. Conociéndonos. Observándonos. Tocándonos sin hacerlo.

Nunca me había cruzado con alguien que me trasmitiese tanto y me resultase tan transparente, tan dispuesta a abrirse delante de mí sin pedir nada a cambio. Y eso me hacía tener ganas de querer darle más. La miré de reojo mientras se bebía el último trago de cerveza. El viento sacudía los mechones que habían escapado de su coleta, y aún tenía los ojos un poco hinchados, probablemente porque se habría pasado el vuelo llorando. Me pregunté qué sería de ella dentro de unos días. Qué sería de mí. De nosotros.

—¿Este es tu lugar preferido de París?

—No. Es Montmartre. Pero quería que te quedases con esta imagen, no sé por qué. Un recuerdo sencillo. No puedes pedir más pasando menos de veinticuatro horas en la ciudad. De hecho, espera. Estoy pensando en cómo mejorarlo.

—Dudo que eso sea posible.

—Ya verás.

Me acabé la cerveza y dejé el botellín junto al suyo antes de buscar una canción en mi móvil y subir el volumen. Lo coloqué sobre el muro cuando empezaban a sonar los primeros acordes de *Je t'aime… moi non plus*.

Alargué una mano hacia ella.

—Vamos, baila conmigo.

—¿Estás loco? —Miró a su alrededor. No supe si tenía las mejillas enrojecidas por el viento o porque se había avergonzado, pero sí parecía inquieta. Una pareja pasó por nuestro lado, además de algunos turistas que no nos prestaron atención—. Si alguien nos ve haciendo el ridículo, se olvidará de nosotros dentro de cinco minutos, pero tú, en cambio, te quedarás con el recuerdo toda la vida. Y piensa que no volverás a verme.

Ella seguía mostrándose desconfiada cuando dio un paso al frente y cogió mi mano. Tenía los dedos suaves y fríos. Los estreché entre los míos y la acerqué hacia mí mientras deslizaba la mano hasta su cintura. Me miró y se rio, cohibida, al tiempo que empezábamos a movernos y las voces de Serge Gainsbourg y Jane Birkin nos envolvían.

—¿Por qué has elegido esta canción?

—No puedo decírtelo. Te apartarías.

—Rhys… —Me gustó cómo dijo mi nombre, cómo la última *s* se deslizó entre sus labios, que, de repente, se fruncieron al escuchar gemidos entre la melodía.

—Porque esta canción es como hacer el amor.

Entonces sí vi que se sonrojaba de verdad, pero me sostuvo la mirada. Tenía las pestañas largas, oscuras, y sus ojos estaban fijos en los míos. Abrasadores. La pegué más a mi cuerpo. No tenía ni idea de qué estaba haciendo. No sé. En cuanto decidí poner esa canción, desconecté. Solo sabía que quería que el recuerdo de esas notas le perteneciese a esa desconocida, a Ginger, y que quizá dentro de diez o quince años echaría la vista atrás y recordaría aquel momento con cariño. Puede que incluso se lo contase a alguien. «Una vez conocí a una chica perdida con la que compartí un baile improvisado en París.» Como una de esas tantas anécdotas que coleccionamos durante toda la vida.

Solo que no iba a ser así. Pero aún no lo sabía.

Ginger no sería solo una anécdota más.

—*Je vais, je vais et je viens entre tes reins...*

—No lo entiendo. ¿Qué significa?

—Voy, voy y vengo entre sus caderas... —Ella me miraba—: *Je t'aime, je t'aime. Tu es la vague, moi l'île nue. Tu vas, tu vas et tu viens.* —Me incliné más hasta rozar su oreja con los labios. Ginger se estremeció—. Te quiero, te quiero. Tú eres la ola, yo la isla desnuda. Vas, tú vas y vienes...

Seguí susurrando bajito la canción. Quizá fue porque era considerada una de las canciones más sensuales de la historia. O porque era romántica. Especial. O por ella, por la chica. Diferente. Única. Supongo que por todo eso tuve la sensación de que aquel momento era más íntimo que muchas de las noches que había pasado entre las sábanas de mi cama acariciando otro cuerpo, otra piel. No necesitaba tocar la de Ginger para sentirla en la yema de los dedos, traspasando la ropa, traspasándome a mí. Haciendo de aquello algo memorable.

Cuando la canción terminó, nos separamos muy despacio y Ginger me miró intensamente. Sus manos seguían aún alrededor de mi cuello y su boca a tan solo unos centímetros de la mía...

—¿Con cuántas chicas has hecho esto?

—¿Quieres que te diga que eres la única?

—Sí, eso es lo que quiero.

—Solo contigo.

Ella se lamió los labios.

—No. Prefiero la verdad.

—Solo contigo —repetí.

—No te conozco.

—Ginger, Ginger...

Me reí y cogí sus manos para desenredarlas de mi cuello, las mantuve sujetas entre las mías mientras seguíamos estudiándonos en silencio. Ladeé la cabeza.

—Creo que ya sé cuál es tu problema. Piensas demasiado. Piensas todo el jodido tiempo. Ahora lo estás haciendo, ¿verdad? Puedo ver el humo que sale de tu cabeza.

—No consigo evitarlo.

—Espera. Hagamos un ejercicio.

Antes de que pudiese poner pegas, le pedí que se girase hacia la Torre Eiffel y la contemplase sin pensar en nada más. Luego me coloqué a su espalda. Rodeé su pequeño cuerpo con mis brazos y apoyé también las manos junto a las suyas, en el muro.

—Tú solo mírala. ¿Lo estás haciendo? ¿Estás fijándote en las luces, en cómo se refleja la luna en el agua como si fuese un espejo, en el frío tan punzante que entumece? ¿Sientes el aire en la piel? ¿Me sientes a mí? Recréate en todo. En el crujido del viento. En mi pecho en tu espalda. En el vaho que se te escapa de los labios. Podrías tocarlo si quisieras. —Ella se echó a reír y alargó una mano hacia la nada. Luego se giró.

Y entonces sí, estuvimos muy juntos, el uno frente al otro. Creo que fue la primera vez que deseé besar a Ginger. Miré sus labios enrojecidos por el frío.

—Yo tenía razón. Antes no has contestado, y estaba en lo cierto, eres de los de un lío de una noche. Confiesa. Esto se te da demasiado bien.

—Culpable.

—Yo… es que…

—No va a pasar nada.

Lo dije en serio. No iba a ocurrir.

—Vale.

—Vale.

Nos miramos.

—¿Te apetece pasear?

Asentí con la cabeza, sonreí y me separé de ella para enfilar la calle en dirección contraria. Y entonces sencillamente caminamos. Y hablamos. Y continuamos caminando. Y hablamos aún más. Sin rumbo. Sin pensar en ningún destino, aunque atravesamos un par de puentes en los que Ginger se detuvo unos instantes, pensativa. No dejaba de mirarlo todo a su alrededor mientras parloteaba sin cesar y me contaba más detalles sobre su relación con Dean, los años que habían pasado juntos y los planes que ya no existían.

—¿Qué crees que es lo que más echarás de menos de él?

—Mmm…, ¿la rutina? —Se mordió el labio inferior, dubitativa, y yo me quedé unos segundos en silencio observando el gesto—. Sí, imagino que eso. El día a día. Su presencia constante en cada paso, desde por la mañana hasta el anochecer.

Recosté la espalda en el muro del puente, cruzándome de brazos. No sé cuánto tiempo me quedé mirándola, esbozando una sonrisa lenta.

—¿Y cómo él no echará de menos escucharte?

—¿Te estás quedando conmigo?

Frunció el ceño. Enfadada. Cauta.

—No. Lo digo totalmente en serio.

—No eres nada gracioso, Rhys.

—Bien, porque no intentaba serlo.

Ginger suspiró, confundida, como si de verdad no pudiese creer que lo que le decía era cierto. Pero sí lo era. Fue lo primero que pensé: que, si hubiese estado cinco años saliendo con esa chica que tenía delante, esa que me hacía sonreír cada vez que hablaba, habría echado de menos oír su voz, esa constante alrededor, el sonido suave pero firme. Nunca me había cruzado con alguien que tuviese tanto que decir y que a mí me apeteciese tanto escuchar.

—¿Dónde estamos? Nos hemos alejado.

Negué con la cabeza y alcé la vista al cielo.

—Vivo ahí. En ese edificio gris. El de la esquina.

5

GINGER

—¿Quieres subir? Y, antes de que te adelantes o busques cualquier excusa, no te estoy proponiendo que nos pasemos el resto de la noche en mi cama.

Curiosamente, a mí me sonó al revés. Como algo excitante. Mientras Rhys esperaba una respuesta, volví a mirar el viejo edificio que se recortaba bajo la luz de una farola.

—Pues lo cierto es que… hace un buen rato que me estoy meando, pero no quería romper la magia del momento. Ya sabes, el paseo nocturno por París…

Se echó a reír con ganas, negando con la cabeza.

—Vamos. Te vendrá bien descansar.

Abrió el portal y ascendimos los estrechos escalones hasta el último piso. Encajó la llave en la cerradura y me invitó a pasar, disculpándose por el desastre y por lo pequeño que era el sitio. Le eché un vistazo rápido. Se trataba de una buhardilla diminuta con una cama a ras del suelo a un lado y la cocina en el otro, donde tan solo había un hornillo y una barra de madera que alguien había intentado lijar y barnizar sin demasiado éxito. Las paredes estaban desnudas, había alguna que otra humedad y unas vigas llenas de vetas atravesaban el techo. Rhys me señaló la puerta del baño tras dejar la mochila encima de un sillón a medio tapizar.

—La cisterna no va muy bien —me avisó.

—Lo tendré en cuenta. —Me metí dentro.

Antes de salir, me lavé la cara y las manos. Cuando abrí la puerta, Rhys ya estaba en la zona de la cocina y había puesto un cazo con agua al fuego. Me miró de soslayo y luego abrió uno de los armarios, que chirrió como respuesta.

—¿Te apetecen tallarines chinos? Me he quedado con hambre.

—Sí. Vale. Sin picante.

—Nada de picante.

Me acerqué hasta él y me quedé a su lado, hombro con hombro, contemplando cómo los tallarines se volvían blandos dentro del cazo al tiempo que los removía.

—Vamos, dime qué estás pensando.

—En lo raro que es esto —admití—. ¿A ti no te lo parece? Quiero decir, hace unas horas estaba en Londres, en mi habitación. Y ahora estoy en la de un chico que acabo de conocer en París. Pero lo más extraño es que…

Me mordí el labio, indecisa.

Él giró la cara para mirarme.

Bajo esa luz vi que tenía los ojos más claros de lo que había pensado en un principio. Eran del color de las estalactitas de hielo y me recordaban al invierno.

—Dilo. ¿Qué es lo más extraño?

—Que no me siento incómoda.

—Tú como si fuese tu casa.

—En serio, Rhys, me siento como si te conociese desde hace tiempo, cuando en realidad no sé nada de ti. ¿Sabes? Acabo de darme cuenta de que ni siquiera nos hemos contado lo más básico, ese tipo de cosas que aparecen en los primeros pasos cuando te registras en una de esas redes sociales para ligar. Y no, no me mires así. —Le di un manotazo en el hombro al ver su sonrisa traviesa—. No lo decía por eso, sino porque es curioso que llevemos horas hablando y ninguno de los dos haya comentado detalles como su edad o a qué nos dedicamos. ¿Trabajas? ¿Estudias? ¿Por qué estás en París?

Alargó los brazos para alcanzar los platos del estante de arriba, y la camiseta blanca que vestía tras quitarse la cazadora se le subió unos centímetros. Aparté la vista rápidamente.

—Eso es lo que más me ha gustado.

—¿El qué? ¿No saberlo?

—Sí, que no fuese lo primero que me preguntases. No lo sé. ¿Tan importante es para todo el mundo? Creo que, si las dos primeras cosas que hubieses querido saber de mí hubiesen sido sobre mi trabajo y mi edad, quizá ahora no estaríamos aquí.

—No, claro. Ha sido mejor que quisiese saber si eres de los de un lío de una noche. Qué mágico. —Nos reímos, pero, entonces, recordé algo—. ¿Has leído *El Principito*?

—No, ¿por qué?

—Siempre ha sido mi libro preferido; desde pequeña, incluso cuando aún no lo entendía. Tengo un ejemplar subrayado, tachado por todas partes y con anotaciones en los márgenes. Lo releo a menudo. Una de mis frases favoritas es: «A los mayores les gustan las cifras. Cuando se les habla de un nuevo amigo, jamás preguntan sobre lo esencial del mismo. Nunca se les ocurre preguntar: ¿qué tono tiene su voz? ¿Qué juegos prefiere? ¿Le gusta coleccionar mariposas? Pero en cambio preguntan: ¿qué edad tiene? ¿Cuántos hermanos? ¿Cuánto pesa? ¿Cuánto gana su padre? Solamente con estos detalles creen conocerle».

—Interesante —susurró y después sirvió los tallarines en silencio y sacó dos cervezas de la nevera. Se alejó dando un par de zancadas y se sentó en el colchón que estaba en el suelo con el plato sobre el regazo. Bebió a morro.

—¿Cenas en la cama?

—Sí, ¿dónde si no?

Me acomodé frente a él.

—Puedes quitarte las zapatillas.

Lo hice, porque me dolían los pies tras haber pasado tantas horas andando. Crucé las piernas al estilo indio y cogí mi plato. Enrollé los tallarines con los palillos que él me dio y nos los comimos en silencio, mirándonos de vez en cuando y riéndonos sin ninguna razón. No sé. Todo tenía tan poco sentido y al mismo tiempo tanto significado… Aún me quedaba cerveza cuando terminé de cenar. Bebí a sorbos pequeños mientras contemplaba mi alrededor, pensativa, memorizando cada detalle. Los libros apilados. Los discos de música encima de una mesa llena de cables y cosas electrónicas. La planta a punto de morir en la repisa de la cocina.

—¿Sabes qué es lo que más me ha gustado a mí de esta noche?

—Me romperás el corazón si no me nombras —bromeó.

—Vas en el paquete, sí. —Me mordí el labio inferior—. ¿Nunca has tenido la sensación de que toda la gente que te conoce piensa que eres de una forma que no es real? Es decir, quizá sea culpa mía. A veces es como si el paso del tiempo fijase normas y cosas que ya no puedes cambiar. Por ejemplo, todo el mundo cree que soy comprensiva. «Ah, díselo a Ginger, ella seguro que lo entiende.» «Dudo que Ginger se enfade.» ¿Y sabes qué? No lo entiendo. Y sí me enfado. Pero llevo tantos años simulando ser esa persona, la chica paciente que nunca pierde el control ni piensa antes en sí misma…, llevo tanto tiempo haciéndolo, que ya no sé dónde está la Ginger real, si yo misma he acabado con ella. ¿La he matado y la he enterrado? ¿Tú crees que es eso, Rhys? Porque me da miedo pensarlo.

Rhys me miró fijamente, en silencio.

No sé de dónde había salido todo aquello, así, de golpe. Solo sé que pensé que Rhys no me conocía de nada y que con él podía ser yo misma, como ya no me permitía con aquellos que se habían acostumbrado a la «Ginger de pega», la que nunca decía lo que pensaba, la que ponía a los demás por delante, la buena, la que no tenía pensamientos egoístas.

—Esa Ginger no está muerta. Está aquí, conmigo.

—Creo que voy a llorar otra vez, Rhys.

—No, por favor. Joder, no llores.

—Es que ¿cómo es posible que pueda contarte esto a ti y no a mi hermana o a mis amigas? Debería ser justo al revés. Tendría que costarme más con un desconocido. Y tú apenas me has dicho nada sobre ti mismo y yo llevo toda la noche hablando sin parar…

—Si eso te preocupa, te contaré algo sobre mí.

—¿Algo que no puedas decirle a nadie más?

—Vale. —Vi que le cambiaba el semblante y parecía nervioso—. Mi padre. No me hablo con él desde hace más de un año.

Eso lo sabe mucha gente, casi todo nuestro entorno. Pero creen que lo odio. Que nos enfadamos por una tontería. Y no es verdad. Siempre ha sido la persona a la que más he querido, solo que pasó algo…, y discutimos…, y nos dijimos cosas que ya no puedo olvidar. No nos vemos desde las Navidades pasadas.

Lo miré. Tenía los ojos brillantes. Y no sé, me salió de dentro sin pensar. Me incliné y lo abracé tan fuerte que casi me tiré encima de él. Rhys me acogió entre sus brazos. Me equivoqué cuando lo conocí: no era el chicle que masticaba lo que olía a menta. Era su pelo. El champú. El aroma me envolvió al hundir la nariz entre sus mechones.

Nos separamos despacio, pero no del todo. Mi mano siguió entre las suyas, nuestras rodillas rozándose. Los dos dejando las horas correr en aquel lugar.

—Vale, paremos de hablar de cosas tristes. ¿A qué te dedicas?

Rhys sonrió y su mirada fue tierna, dulce. Casi una caricia.

—Soy DJ y compositor de música electrónica.

—Te estás quedando conmigo.

—¿Por qué dices eso?

—No sé, porque no me lo esperaba. Me hubiese sorprendido igual que dijeses que eras apicultor o algo así. No te imaginaba escuchando… esa música…

—Me gusta toda la música.

Y en ese momento se levantó y encendió la minicadena. Empezó a sonar una canción cantada por una de esas voces femeninas que parecían abrazarte, suaves y bajas. Rhys regresó a la cama bailando un poco mientras andaba, haciendo el tonto. Me reí.

—¿Y vives de eso? ¿Qué edad tienes?

—Ahora sí, esto empieza a parecerse a una cita.

—Deja de bromear. Lo quiero saber en serio.

—Más que vivir, sobrevivo. En realidad, viajo y me quedo un tiempo en cada ciudad cuando surge una oportunidad. Ahora tengo trabajo aquí en una discoteca en Belleville hasta dentro de dos meses; después, ya veré lo que hago. —Se encogió de hombros—. Ah, y tengo veintiséis años, espero que eso sacie tu curiosidad, galleta Ginger.

—¡Demonios, no! Ni se te ocurra hacer esa broma…

—¿Galleta Ginger? A mí me encantan. En serio, las de jengibre son mis preferidas. Eres, literalmente, uno de mis placeres secretos —confesó susurrando.

—Te estoy odiando en este momento.

—A mí me sigues pareciendo igual de apetecible.

—Eres el típico que no se toma nada en serio.

—Puede, tendrás que averiguarlo. —Resoplé al ver que solo me daba la razón a propósito—. Vale, ahora tú. Ya que nos hemos puesto serios, ¿cuál es tu sueño?

—¿Mi sueño?

—¿Qué haces?

—Así que eres de los idealistas que dan por hecho que debería dedicarme a mi sueño. Creo que voy a decepcionarte. No tengo ninguna loca aspiración por la que valga la pena luchar. Estudio Marketing y Dirección de Empresas, igual que Dean.

—¿Os separaron al nacer con cirugía?

—No vuelvas con eso. Es más sencillo. Mi padre es el dueño de una de las empresas de armarios más famosas de la ciudad. Todo tipo de materiales, de diseños…

—¿Intentas venderme uno?

Me eché a reír y bebí un trago de cerveza.

—Intento explicarte por qué estudio eso. Y, además, me gusta. Toda esa idea de dirigir un negocio, no sé, siempre me ha llamado la atención.

—¿Y Dean?

—Bueno, ya te conté que nuestros padres son amigos. Era evidente que pasaría a trabajar en la empresa familiar en cuanto terminase la carrera.

Lo vi fruncir levemente el ceño. Fue apenas un segundo, pero ahí estaba; esa arruga, esa duda, esa contrariedad. Luego regresó su sonrisa de siempre, la que me hacía contener el aliento si lo miraba mucho rato seguido y no apartaba la vista para respirar. Se bebió de golpe lo que le quedaba antes de dejar el botellín en el suelo, junto a los platos. Luego se tumbó con despreocupación en la cama, dobló su brazo bajo la nuca y fijó la vista en mí.

—¿Cuántos años tienes, Ginger?

—Veintiuno. Los cumplí el mes pasado.

De repente se puso serio y lo siguiente que noté fueron sus dedos sujetando mi muñeca y tirando con suavidad hacia él. Me dejé llevar. Terminé a su lado, con la cabeza apoyada en la almohada. Y entonces vi lo que quería enseñarme. En lo alto de la pared inclinada de la buhardilla había una ventana circular de madera, como las de los barcos o los cuentos de hadas. Quedaba justo encima de nosotros y la luna nos miraba a través del cristal. Sentí un escalofrío, porque supe que aquel era un momento importante, aunque aún no entendiese la razón. Respiré hondo. Una, dos, tres veces. La música todavía flotaba de fondo. Y su mano seguía sobre la mía, aunque había soltado mi muñeca y ahora su pulgar trazaba círculos sobre mi piel y repasaba la línea de las venas como si le gustase hacerlo.

Rhys apagó la luz.

Sentí que me hundía en esa cama.

Sentí que todo, todo lo demás, el mundo exterior, dejaba de ser importante. Porque allí estaba él. Yo. Nosotros. Una canción en francés que no entendía. Una ventana hacia el cielo. La sensación de sentirme bien, de tener los pulmones llenos de aire. Esa emoción.

Cerré los ojos y me concentré en la yema de sus dedos rozándome la piel.

—Rhys —susurré en medio de la oscuridad.

—Dime. —Lo escuché suspirar hondo.

—Lo que voy a decir va a sonar como una locura, y ya sé que nos hemos conocido hace unas horas y que no tiene mucho sentido, pero te prometo que te recordaré. Que, dentro de muchos años, seguiré acordándome de ti y de esta noche improvisada.

No lo vi, pero lo sentí sonreír a mi lado.

—Vale. Y espero que, por ese entonces, cuando pienses en

este momento, hayas conseguido cumplir todos tus sueños.
—Me tapé la boca con una mano—. No te rías, joder. Venga,
va, Ginger, estaba hablando en serio, en plan profundo, como
uno de esos tíos intelectuales que dicen tonterías, pero suenan
relevantes por cómo las dicen.

—Lo siento. Si tienes razón…

—Claro que la tengo. Llegará el día en el que no tengas que
sentir que te escondes delante de los demás, ¿sabes? En el que
simplemente puedas ser tú, sin más, que parece fácil, pero es
casi una utopía. Y sé que la gente que te rodea impone, pero
piensa que son un número más, y están aquí, en la Tierra, no
como nosotros —bromeó.

—¿Y nosotros dónde estamos?

Se quedó callado mirando la ventana.

—Nosotros en la luna.

—Me gusta cómo suena eso.

—Es la verdad. ¿No te sientes así ahora mismo?

—Sí —admití bajito—. Me siento en la luna…

—Duérmete ya, galleta Ginger.

—Te odio, Rhys.

—Buenas noches.

—Buenas noches.

6

RHYS

La miré mientras amanecía y el sol que entraba por la ventana del techo iluminaba su rostro. Era lo que más me gustaba de aquel apartamento al que había llamado hogar durante los últimos dos meses, hasta que hiciese las maletas de nuevo, porque la idea de quedarme quieto, estático, mientras el mundo giraba me aterraba.

Pero en aquel instante no.

En aquel instante pensé que quería permanecer mucho más tiempo al lado del cuerpo cálido de Ginger, que estaba acurrucada junto a mí, con sus manos aferradas a mi camiseta como si pensase que iba a escaparme en mitad de la noche. Tragué saliva, nervioso, porque estaba sintiendo… cosas desde que me había cruzado con ella delante de la máquina de billetes del metro. Cosas buenas. Como ternura. Curiosidad. O deseo.

Tenía la nariz redondeada y un poco ancha, los labios entreabiertos, la respiración pausada pero sonora, la coleta había dejado de serlo, porque se le había caído la goma y ahora el cabello castaño estaba enredado. Como ella. «Enredada.» Había llorado cuando le dije eso, y no de tristeza. Y creo que empezaba a entender por qué. Quizá era la primera persona que se paraba a pensar en que Ginger no era tan sencilla como parecía en un primer momento. Que no era la chica de la sonrisa eterna y la que siempre se esforzaba por contentar a los demás. Era al revés. La que se tragaba sus miedos. La que acumulaba sus deseos. La que tenía que hacer esfuerzos para encontrarse al mirarse en el espejo.

Y me encantaba Ginger. Con todos sus enredos.

Pero ella tenía que seguir su camino y yo el mío.

Me moví despacio, intentando no despertarla, aunque fue en vano; apenas me había alejado unos centímetros cuando ella parpadeó y abrió los ojos algo aturdida.

—¿Qué hora es? —Sonó como un gatito.

—Las ocho. Quédate unos minutos más.

Me levanté y sonreí al ver cómo se hacía un ovillo de nuevo. Encendí la cafetera y luego me metí en el baño para darme una ducha. Cuando salí con una toalla alrededor de la cintura, porque había olvidado coger antes ropa limpia, ella ya estaba sentada en la cama, despeinada y deslizando la vista por mi cuerpo desnudo. Y joder. Joder. Las ganas. Qué ganas. Respiré hondo. Pensé que ojalá no acabase de dejarlo con ese idiota, que ojalá no estuviese a punto de subirse a un avión rumbo a otro país y que ojalá la hubiese conocido en otro momento, en otro lugar, en otra situación…

—La cafetera está a punto. ¿Quieres ducharte?

—¿Me da tiempo? —Asentí—. Vale.

—¿Traes ropa en esa mochila?

—Solo ropa interior. Y galletitas saladas.

—Qué chica más previsora.

Abrí el diminuto armario en el que guardaba toda mi ropa, cogí la sudadera más pequeña que tenía y se la lancé. Ella la miró dubitativa.

—Pero no podré devolvértela.

—Ya contaba con eso.

—Vale. Gracias, Rhys.

Desapareció en el baño y yo me vestí mientras escuchaba el ruido de las cañerías tras encender el agua caliente. Quería estar dentro de esa ducha. Quería…, no sé, lamer su piel. Besarla. Descubrir a qué sabía. Sacudí la cabeza. Estaba pensando idioteces.

Me abroché el botón de los vaqueros y caminé descalzo hasta la cocina. Preparé dos tazas de café con leche y saqué una napolitana de chocolate que tenía del día anterior, por si quería comer algo antes del viaje. Ella salió de la ducha un poco más tarde, vestida con los mismos vaqueros y mi sudadera.

—Creo que no te he dado las gracias por todo…

—Sí que lo has hecho —la corté—. ¿Café?

Me miró complacida y asintió. Nos quedamos sumidos en un silencio cómodo mientras desayunábamos juntos, uno que continuó cuando subimos al autobús, porque decidí acompañarla hasta el aeropuerto. Una vez allí, rodeados de gente que iba y venía, de la voz que sonaba por megafonía y del primer control de seguridad que había que pasar, empecé a caer en la cuenta de que todo aquello era real. Estaba allí, despidiéndome de una chica a la que acababa de conocer…, y tenía un jodido nudo en la garganta y no quería pensar en ello.

Le tendí a Ginger su mochila y se la colgó del hombro.

Le costó alzar la vista del suelo para mirarme.

—Supongo que esto es un adiós.

—Sí. —Pero, joder, no quería.

Nuestros ojos se enredaron durante tanto tiempo que el resto del mundo pareció desdibujarse. La contemplé. Era una chica normal. Intenté convencerme de ello pensando en que no era la más guapa que había conocido, ni la más divertida, ni la más alocada, ni la más…, yo qué sé, ni la más nada. Tampoco habíamos vivido algo trascendental. No había tenido con ella el mejor polvo de mi vida ni me había descubierto a qué jodida religión rezar para conseguir la paz espiritual. Pero daba igual. Porque para mí fue «diferente» desde el primer instante en el que la vi, y ya está. No podía ignorar que el corazón me latía con fuerza, rítmicamente, como una canción que pedía ser escrita.

Y joder. A la mierda todo.

Quería besarla. Iba a besarla.

—Rhys… —fue apenas un susurro.

—Dime. —Tragué saliva.

—Gracias por esta noche.

—Deja de repetir eso.

—Es que lo siento así.

—Mierda, Ginger.

—Me tengo que ir.

—Ojalá no fuese así.

—Ya. —Dudó—. Ha sido divertido.

—Divertido… —repetí incómodo.

Y una mierda. Había sido real, auténtico.

La miré tenso, sin saber qué más decir.

Hasta que sencillamente sobraron las palabras, porque ella se puso de puntillas, me abrazó como si fuésemos dos viejos amigos a punto de despedirnos y luego dejó un beso suave en mi mejilla antes de separarse de forma brusca, como con un tirón leve.

—Adiós, Rhys.

—Ve con cuidado.

Asintió, se giró y avanzó hacia el control del aeropuerto. Supongo que en ese momento yo debería haber dado media vuelta y echar a caminar hasta perderme entre la gente. Pero no lo hice. Me quedé allí, con las manos metidas en los bolsillos, contemplando su pelo enmarañado, porque esa mañana no había podido ofrecerle un cepillo decente con el que peinarse, y las arrugas que mi sudadera, al quedarle grande, le hacía en la espalda.

Ginger ya estaba colocando su mochila sobre la bandeja que tenía que pasar por la cinta automática cuando volvió a mirar en mi dirección y pareció sorprenderse al verme allí todavía. Y entonces lo supe. Supe que iba a hacer alguna tontería. Casi sonreí antes de que se pusiese a preguntar a voz en grito a los demás pasajeros si alguno tenía un bolígrafo.

Apreté los labios para reprimir una carcajada.

La gente la observaba cuando salió de allí esquivando a los que hacían cola, y regresó corriendo hacia mí con un bolígrafo en la mano. Estaba tan nerviosa… Tan preciosa…

—Sé que creerás que estoy chiflada, pero, no sé…, no sé, Rhys, tú solo…, si alguna vez te aburres o estás mirando el cielo por esa ventana tuya y no sabes qué hacer, escríbeme.

Y mientras farfullaba todas aquellas palabras entrecortadas

me cogió de la mano y comenzó a trazar sobre mi piel las letras de lo que terminó siendo su correo electrónico. Otra vez tuve ganas de besarla, pero solo me quedé mirándola. Luego ella se alejó de nuevo, y la perdí de vista definitivamente cuando cruzó el control de seguridad.

No sé cuántas veces me he preguntado a lo largo de mi vida qué habría ocurrido si me hubiera atrevido a besarla aquel día en el aeropuerto. ¿Cómo habrían sido nuestras vidas? ¿Habría cambiado algo? Era un «y si» lleno de incógnitas que siempre me acompañaría. Y ella. El choque de dos caminos, el suyo y el mío, incluso aunque no pareciesen estar destinados a compartir ese mismo tramo de París en el que nos encontramos, pero que, aun así, fue el comienzo de otro trayecto más largo: un desvío hacia la luna.

7

GINGER

Mientras me sentaba y contemplaba los aviones que ya estaban preparados en la pista del aeropuerto, pensé que debería estar triste. Debería estar echando de menos a Dean, dándole vueltas a por qué me había dejado y a qué iba a ser de mi vida a partir de entonces. Pero no era así. Porque tan solo podía concentrarme en memorizar todos los detalles que había conocido de Rhys en apenas unas horas. Recordé cada roce. El tono ronco de su voz. Cómo me miraba. Y cómo se le arrugaban las comisuras de los párpados cuando se reía. El pellizco que sentí en el estómago cuando su pulgar siguió la línea de mis venas, como si estuviese escuchando mi pulso con la piel. Y la luna que se veía desde su ventana. Nosotros en la luna.

¿Puedes enamorarte de alguien en unas horas?

¿Puedes olvidarlo después al cabo de otras tantas?

8
—

De: Rhys Baker
Para: Ginger Davies
Asunto: Sin asunto

No sé muy bien cómo empezar, tan solo quería ver qué tal te iban las cosas y hacerte saber que la tinta de ese bolígrafo era imborrable. Tardó días en irse. En serio, iba con cuidado al volver en el autobús, por si se emborronaba o algo, pero no. Creo que era «permanente» de verdad. Al parecer, no toda la publicidad es engañosa.

En fin. Espero que estés bien, galleta Ginger.

De: Ginger Davies
Para: Rhys Baker
Asunto: No estoy loca

Vale, como han pasado cuatro días desde que me marché, debo admitir que pensé que ya no me escribirías. Quiero decir, lo entendería, porque cuando corrí hacia ti apuntándote con un bolígrafo como si fuese un cuchillo, imagino que debiste de pensar que era la típica loca del aeropuerto que se crece después de haber visto tantas películas. Pero es que…, no sé, de repente caí en la cuenta de que hacía mucho tiempo que no conocía a nadie con el que me sintiese tan bien y que era triste que no fuésemos a saber nada más el uno del otro. Y pensé en las cosas que no me dio tiempo a preguntarte o en todo lo que no hablamos y, bueno, ya lo sabes, el resto es historia. ¿Crees que estoy delirando?

Posdata: Ignoraré lo de «galleta Ginger».

De: Rhys Baker
Para: Ginger Davies
Asunto: No estás loca

No, no deliras. Podemos hablar de vez en cuando por aquí. Ser amigos. No me dejes con la intriga, ¿cuáles son esas preguntas que no llegaste a hacerme?

Por cierto, ¿has vuelto a ver a Dean?, ¿cómo lo llevas?

De: Ginger Davies
Para: Rhys Baker
Asunto: RE: No estás loca

Sí que lo he visto. ¿No te lo dije? Resulta que somos compañeros en casi todas las clases, menos en dos optativas, pero, además, hacemos juntos un trabajo de una de las asignaturas. Genial, ¿verdad? Va a ser un infierno. Al menos, ya estoy en la residencia de estudiantes, a salvo en mi habitación y lejos de mis padres. Te puedes hacer una idea de cómo se han tomado la noticia de la ruptura. Al principio, mal. Después, sorprendentemente, mi padre ha dicho que «la mayoría de los hombres quieren disfrutar un poco antes de sentar la cabeza». ¿Sabes, Rhys? Creo que estarías orgulloso de mí, porque en cualquier otro momento me habría callado tragándome el enfado y ya está, pero no lo hice. Recordé lo que hablamos sobre lo difícil que es ser uno mismo y, en serio, ni te imaginas la cara de mi padre alucinando mientras le gritaba que lo que acababa de decir era machista y estúpido.

Soy consciente de que hablo y escribo demasiado.

Y en cuanto a las preguntas…, no sé, todo. Me faltó saberlo todo sobre ti, Rhys.

De: Rhys Baker
Para: Ginger Davies
Asunto: RE: RE: No estás loca

Pues sí, sí que estoy orgulloso de ti. Y tienes razón, eso es una estupidez. ¿Sabes lo que creo? Creo que tú también tendrías que divertirte y experimentar y vivir mil aventuras, Ginger. ¿Nunca lo has pensado? Vale, voy a hacerte una pregunta. Allá va, ¿de acuerdo? (Casi puedo ver cómo te pones roja): ¿con cuántos tíos te has acostado? O tías.

De: Ginger Davies
Para: Rhys Baker
Asunto: Eres idiota

No me he puesto roja y eres idiota, quería que lo supieses. Una vez aclarados estos puntos importantes, te diré que sí, es tal y como estás pensando, solo he estado con Dean. ¿Qué esperabas? Empecé a salir con él a los dieciséis años. Ni siquiera…, bueno, ni siquiera he besado a otro chico. Ya está. Ya lo he dicho. Y lo peor es que no sé si seré capaz de hacerlo. Quiero decir, que sí. Pero no. ¿Me entiendes?

De: Rhys Baker
Para: Ginger Davies
Asunto: RE: Eres idiota

Acepto lo de que soy idiota. Pero no, no podría entenderte a no ser que alguien hubiese inventado una máquina para «traducir sentimientos sin sentido». ¿Qué significa para ti «sí, pero no»? Porque a mí me resulta confuso. Ahora estás muy en la Tierra.

De: Ginger Davies
Para: Rhys Baker
Asunto: RE: RE: Eres idiota

No pillo qué es lo que quieres decir con eso de que «ahora estoy muy en la Tierra».

Y en cuanto a lo otro, no lo sé, Rhys. Quiero, ¿vale? Sí que quiero sentir esa libertad, esa sensación… ¿Nunca has deseado ser alguien que no podías ser? Yo sí. Me gustaría, por ejemplo, no avergonzarme de mi cuerpo. Bueno, y no es que lo haga, es que me da como pudor. No te rías. Sé que te estás riendo. Yo me refiero a ese tipo de chicas que van sin sujetador y no les importa, las que hacen toples sin pensárselo y se ponen una prenda de ropa que les encanta incluso aunque sepan que no es la que más les favorece. ¿No es eso maravilloso? ¿Hacer lo que te viene en gana sin darle más vueltas? Debe de ser liberador.

Y en cuanto a relacionarme con otras personas, no sé…

¿Tú lo haces? No te lo pregunté.

¿Hay alguien especial en tu vida?

De: Rhys Baker
Para: Ginger Davies
Asunto: RE: RE: RE: Eres idiota

No, no hay nadie especial. Pero sí lo hago. Conozco a chicas y nos lo pasamos bien juntos. ¿Qué tiene de malo? Tú deberías probarlo, Ginger. No tienes que quedarte toda la vida esperando a que Dean termine de divertirse y vuelva a por ti.

¿Y por qué no ibas a ser ese tipo de chica?

Yo estoy muy a favor de no usar sujetador.

Y aún más del toples. No lo dudes.

De: Ginger Davies
Para: Rhys Baker
Asunto: Cambiemos de tema

Vale, quizá sea mejor dejar de momento a un lado la liberación de mis tetas y mi nula vida sexual. Además, parece que la tuya es mucho más interesante. En fin. Ahora mismo debería estar estudiando para el examen que tengo esta semana, pero he pensado que sería mejor escribirte a ti. Y tengo que confesarte algo: he buscado en Google «DJ y compositor de música electrónica», y ahora entiendo qué eran todos esos cacharros que tenías sobre el escritorio de tu buhardilla. ¿Cómo terminaste metido en eso?

De: Rhys Baker
Para: Ginger Davies
Asunto: RE: Cambiemos de tema

¿De verdad no quieres seguir hablando sobre la liberación de tus tetas y tu vida sexual? No veo qué tiene de malo o de incómodo este asunto. Quiero decir, las tetas son tetas. Y el sexo es sexo. En los colegios deberían educarnos de forma diferente, enseñarnos que es algo normal. Quizá así las chicas como tú no se sonrojarían al decir «polvo» y, antes de que me lo eches en cara, no me estoy burlando de ti, Ginger. Solo es una observación. Me gusta la idea de imaginar una realidad paralela en la que adores cada parte de tu cuerpo y lo disfrutes.

Dime que al menos te masturbas.

Negarse eso es un castigo.

A estas alturas puede que estés aporreando la pantalla de tu ordenador, así que voy a responder a tu pregunta: terminé metido en el mundo de la música electrónica por casualidad. Fue durante una época en la que estaba un poco perdido y no sabía qué hacer con mi vida, años atrás. Conocí a un amigo de un amigo que se dedicaba a eso y me dejó probar. Me encantó desde el principio. No sé, desconectas de todo, solo estás pendiente de la música, no hay nada más. Voy a confesarte un secreto: no es mi género preferido, pero sí el único que sé crear. El caso es que, cuando te dedicas a esto, lo desarrollas todo. Desde su composición, hasta la mezcla y la grabación. Me gusta eso. No sé explicar por qué.

¿Qué tipo de música te gusta a ti?

De: Ginger Davies
Para: Rhys Baker
Asunto: RE: RE: Cambiemos de tema

Vayamos por partes. Sí me masturbo, Rhys. Aunque aún no me puedo creer que me hayas preguntado eso. Quédate tranquilo, puedo apañarme y estoy muy satisfecha. Espero que, mientras leas esto, no estés sonriendo como un idiota de primera. Pero no era eso lo que quería decir. Bueno, sí, pero no. Lo siento, vas a tener que acostumbrarte a mis «sí, pero no», porque en cierto modo tienen todo el sentido del mundo. Lo que intentaba explicar el otro día era que me resultaría raro acostarme con un chico que no fuese Dean, porque, para empezar, es algo que aún no he hecho y sería como romper con todo lo que conozco. Pero, por otra parte, sí me gustaría saber qué se siente estando con otra persona.

Tú y mi hermana os llevaríais bien. ¿Sabes? Pensáis más o menos lo mismo. Se llama Dona, por cierto, y tiene tres años más que yo. Acabó la universidad justo el año pasado, así que ahora se me ha juntado un poco todo: que ella ya no está en la residencia, que Dean va a su aire y que no sé si termino de congeniar con las chicas de clase. Me miran raro cuando hablo tanto. Las entiendo, claro. Aunque una de ellas es maja, se llama Kate y me siento a su lado en la clase de estadística. En fin, ni siquiera sé por qué te cuento todo esto.

En cuanto a tu trabajo…, me gusta lo que dices.

La verdad es que no soy una persona muy musical. No me odies. Es decir, conozco los grupos básicos y no sé qué hace que una canción sea buenísima o terrible. Pongo la radio a veces y poco más. ¿Por qué no me mandas alguna tuya? Seguro que entonces me gusta.

De: Rhys Baker
Para: Ginger Davies
Asunto: Hazle caso a tu hermana

Ahora en serio, creo que entiendo lo que quieres decir sobre lo de que te cuesta imaginarte acostándote con otra persona después de haber estado tantos años con él. No puedo saber cómo te sientes, Ginger. Intento animarte, pero nunca he estado en una relación de cinco años y sé que no puedes borrarlos de un plumazo.

No hagas que me ponga más profundo.

Y hazle caso a tu hermana, claro. Tiene pinta de ser una chica listísima que siempre tiene la razón. Fuera de bromas, por suerte no queda tanto para que termines este curso, y deberías salir y conocer a amigas nuevas, como a esa Kate.

¿No tenías amigos antes de dejarlo con Dean?

¿Y él ni siquiera intenta mantener el contacto?

No me puedo creer tu nula relación con la música. Es curioso, porque pensaba que eras una de esas chicas que solía ir con los auriculares puestos a cualquier parte, no sé por qué te imaginaba justo así. Tendré que enseñarte lo más básico en algún momento. Pero en cuanto a mi música, lo siento, no estoy preparado para mandarte una canción. No te enfades. No sé, quizá más adelante, ¿vale? Te lo prometo. Cuando piense que alguna pueda gustarte…

De: Ginger Davies
Para: Rhys Baker
Asunto: Esto es injusto
¿Cómo que «quizá más adelante»? Esto es injusto. Ya sé que apenas nos conocemos y, ahora que ya ha pasado más de un mes, cuando recuerdo esa noche en París me parece casi irreal. Pero, aun así, no te juzgaré. Somos algo así como amigos, ¿no? O un «intento de amigos», si lo prefieres. Sé que cualquier cosa que hagas tú me gustará.
Pásame una canción, porfi, porfi, porfi.

De: Rhys Baker
Para: Ginger Davies
Asunto: RE: Esto es injusto
No has respondido a lo de Dean…

De: Ginger Davies
Para: Rhys Baker
Asunto: RE: RE: Esto es injusto
Tú no me has mandado ninguna canción…

De: Rhys Baker
Para: Ginger Davies
Asunto: RE: RE: RE: Esto es injusto
¿En serio vamos a cabrearnos por esto? Porque admito que, aunque suene jodidamente loco, se me ha hecho raro no saber nada de ti durante estos últimos cuatro días. Ginger, galletita Ginger, estoy trabajando en algo que quizá te enseñe pronto, ¿te vale eso?

Di que sí. Echo de menos tus mensajes.
¿Ya te han dado la nota del examen?

De: Ginger Davies
Para: Rhys Baker
Asunto: RE: RE: RE: RE: Esto es injusto
¿Has visto alguno de esos capítulos de series policíacas en los que hay un secuestro y llaman a alguien especializado en el diálogo con rehenes para conseguir convencer al secuestrador de que no mate a todas esas personas con las que se ha encerrado en un supermercado? Vale, pues tú eres de esos, un embaucador. Y no es que me ponga de parte del asesino, es que es injusto que yo te cuente cosas y tú solo me escuches como si esto fuese el confesonario.

¿Somos amigos o no? La amistad es algo recíproco.

De: Rhys Baker
Para: Ginger Davies
Asunto: Amigos 4ever
Definitivamente, Ginger, somos amigos.

Y tienes razón, me cuesta hablar de mí mismo y me gusta demasiado saber de ti. No voy a discutirte eso. Pero te prometo que pienso esforzarme. Veamos, ¿qué puedo contarte? Ahora mismo estoy en el aeropuerto y mi avión sale dentro de tres horas. Me voy un mes a Nueva York. Y no sé, estoy nervioso. Quizá vea a mi madre. Quizá. La cuestión es que voy allí porque un colega me ha conseguido trabajo en un local, una sustitución. ¿Sabes una cosa? Me he sentido raro al marcharme de París, y es la primera vez que me ocurre.

Espero que estés bien. Y míralo por el lado positivo, imagina que un día cualquiera estamos haciendo la compra y nos vemos involucrados en un secuestro. Sobrevivirías si me tuvieras cerca.

De: Ginger Davies
Para: Rhys Baker
Asunto: RE: Amigos 4ever
Me gusta tanto el asunto del mensaje que tenemos ahora que

no pienso cambiarlo nunca, nunca, nunca. Y sí, lo somos. Reconozco que a mí también se me hizo raro estar tantos días sin saber de ti. Es extraño, ¿no? Esto de acostumbrarme tan rápido a mirar el correo en la cama justo antes de irme a dormir cada día y encontrar un mensaje tuyo.

Me cuesta pensar en ti en Nueva York, porque siempre te imagino caminando por esas calles de París que recorrimos juntos, pero me alegra que vayas a tener la oportunidad de ver a tu madre. ¿Cuánto tiempo hace desde la última vez? Te noto un poco triste, ¿o es solo una percepción mía? Ignórame. Sabes que deliro.

Ah, y sí, saqué un notable en el último examen. Así que estoy contenta. Y sobre lo de Dean y nuestros amigos, daría para escribir un libro entero. No quiero aburrirte.

De: Ginger Davies
Para: Rhys Baker
Asunto: RE: Amigos 4ever
Se me olvidaba, ¿por qué te has sentido raro al marcharte de París?

De: Rhys Baker
Para: Ginger Davies
Asunto: RE: RE: Amigos 4ever
Yo también me he acostumbrado demasiado rápido a tus *e-mails...*

Y sí, tenías razón. Estoy un poco triste. No sé si eso se puede trasmitir por escrito o si a veces me conoces mejor de lo que creo que es posible, pero viajar a Estados Unidos hace que me sienta nostálgico. Puede que sea por la sensación de que puedo alquilar una moto en cualquier momento, quemar la carretera y volver a casa. A la mía de verdad. Y cuando estoy lejos, en Europa, no pienso tanto en mi familia, como si, de algún modo, ese océano que nos separa me hiciese sentir más seguro. ¿Tiene sentido? Conociéndote, seguro que tú se lo encuentras. No te pongas muy intensa, galletita.

Cuéntame eso de Dean y tus amigos, por favor. Me encanta

leerte. Y me hace bien hacerlo en momentos como estos, cuando me siento así. Ahora te escribo desde una habitación de dos metros cuadrados. Vivo en este apartamento de Nueva York con cinco personas más, pero no sé si aguantaré mucho más. Me gusta conocer gente. Me gusta recorrer el mundo y dormir en cualquier lugar, pero al cabo de unos días siempre termino por necesitar mi espacio, la soledad, o siento que me ahogo si estoy rodeado de personas. Seguro que también le encuentras sentido a eso.

Y en cuanto a París... No lo sé...

Pero al irme tuve la sensación de que me dejaba algo.

Y no, a eso no intentes buscarle el sentido, Ginger.

De: Ginger Davies
Para: Rhys Baker
Asunto: RE: RE: RE: Amigos 4ever

Jo, Rhys, no soporto pensar que estás triste. Y tan lejos. Quiero decir que, si estuvieses aquí, quedaríamos a tomar un café y te animaría diciendo alguna tontería de esas que solo a ti no te avergüenzan. Pero creo que entiendo lo que me has explicado. Esa sensación de que, al estar allí, estás cerca de casa. Imagino que no puedes quitártelo de la cabeza. No sé qué decir para hacerte sentir mejor, pero te haré caso y te contaré lo de Dean.

Tenía amigos, pero siempre salíamos en el mismo grupo. Y no es que él haya querido dejar de relacionarse conmigo, en parte he sido yo, porque no es agradable salir con tu grupo una noche a tomar algo y ser testigo de cómo tu ex intenta ligar con la camarera y termina consiguiendo su número de teléfono, ¿verdad? Pues eso ocurrió la primera vez que me animé a ir a dar una vuelta. Mira, no sé, no soy una de esas chicas fuertes y supervalientes que lo dejan con su novio al cabo de cinco años y a las dos semanas están como si nada hubiese ocurrido. Ahora es cuando siento que empiezo a sentirme mejor, que voy encontrándome a mí misma. No te rías de mí, pero tenías razón. Éramos como siameses, lo hacíamos todo juntos. Quizá por eso me ha costado acostumbrarme. Ya sabes, levantarme cada mañana y recordarme que no tenía que llamarlo a él para despertarlo porque siempre apagaba la alarma, o quedar en la puerta de su residencia para ir caminando hacia la universidad y pillar un café en la cafetería de la esquina, antes de llegar, esa en la que hacen el mejor capuchino del mundo (no te imaginas lo riquísimo que está). O compartir casi todas las clases. Y luego también nuestra vida social. Ha sido como cortar el cordón umbilical. Algo así. Pero ya me siento mejor. De hecho, ¿sabes qué? Creo que la semana que viene voy a ir a una fiesta a la que me ha invitado Kate. Me vendrá bien.

Cuéntame cómo te van las cosas por Nueva York.

De: Rhys Baker
Para: Ginger Davies
Asunto: RE: RE: RE: RE: Amigos 4ever

Dean es un imbécil. Tampoco había que ser muy listo para tener un poco de tacto. No sé, sinceramente, aún no entiendo qué es lo que viste en él durante tantos años…

Me alegra oír lo de esa fiesta. Diviértete, Ginger. Vuélvete loca. Ponte algo de ropa con la que te sientas arrebatadoramente *sexy*, no pienses en nada, baila, habla con algún desconocido con el que te cruces (aunque sabemos que nunca será tan increíble como yo, claro). Sé la chica que en realidad siempre deseas ser. Atrévete.

Yo estoy mejor. Me marcho dentro de unos días a Los Ángeles. Tengo amigos allí. En realidad, cuando viajas tanto, tienes amigos en todo el mundo. Pero no de esos con los que hablas a diario, claro. Es una amistad distinta, supongo. La cuestión es que me quedaré un tiempo por ahí y veré si me sale algún trabajo o lo que sea. Improvisar no está tan mal.

Antes de irme veré a mi madre. Viene a Nueva York la próxima semana. Y no te respondí en su momento, pero hace más de un año que no la veo, desde esas Navidades en las que discutí con mi padre. Se me pone la piel de gallina solo de pensarlo. Pero tampoco sé cómo dar marcha atrás. Siento que me he metido en algo de lo que no sé salir.

Mantenme al día de tus avances, Ginger. Pásatelo bien.

9

GINGER

Toda mi ropa estaba, literalmente, encima de la cama. Docenas de prendas que me había probado y había descartado, porque con ninguna terminaba de verme bien. No al menos como Rhys lo había descrito: «Arrebatadoramente *sexy*». Y por una vez quería pensar eso al mirarme al espejo; no para impresionar a nadie, tan solo me apetecía verme así.

Miré los vestidos con el ceño fruncido y abrí de nuevo el armario. Me puse unos pantalones negros estrechos con dos cremalleras a los lados y una camiseta que se transparentaba, dejando a la vista el sujetador oscuro de encaje que me había comprado la semana anterior cuando sentí un impulso al pasar por delante de una tienda de lencería. Me gustó pensar que nunca me había autorregalado nada así estando con Dean, pero que en cambio tuve ganas de hacerlo para mí misma. Al final, añadí unos botines y respiré hondo.

No parecía delicada, pero sí «arrebatadoramente *sexy*».

Sonreí, dudando entre recogerme el pelo o dejármelo suelto, pero me decidí por la segunda opción cuando Kate llamó a la puerta. Cogí el bolso y abrí.

Me miró de arriba abajo con una sonrisa.

—Vaya, estás impresionante. Qué guapa.

—Gracias. Tú también. ¿Vamos?

—Sí, he aparcado justo en la puerta.

La seguí mientras ella me ponía al día sobre los compañeros que asistirían a la fiesta. Era a las afueras, en una casa con jardín de un antiguo alumno de la universidad. Kate mantenía la vista fija en la carretera y ya había anochecido hacía un par de horas.

—¿Cómo te van las cosas con ese amigo tuyo?

Últimamente nos sentábamos juntas en casi todas las clases, así que estaba al tanto de los *e-mails* que me mandaba con Rhys. Era una chica agradable, de esas que siempre ven el vaso medio lleno y, además, no había supuesto cómo era yo por lo que ya conocía de mí, sino que ambas habíamos hecho el esfuerzo de empezar de cero, como si hasta ese año no nos hubiésemos cruzado por los pasillos de la universidad docenas de veces.

—¿Rhys? Bien. Está en Nueva York ahora.

—No me refería a eso, Ginger. ¿De verdad no te planteas decirle que sientes algo por él? Habláis casi todos los días, terminará pasándote factura.

—No, es que no es exactamente así.

—¿Y cómo es, entonces? —cuestionó.

—Vale, sí, siento algo por él, pero de una forma diferente que no puedo explicar. Nuestra relación es perfecta así, platónica, con nuestros *e-mails* y cada uno en un lado del mundo. No sé. Es bonito. Es una de las cosas más bonitas que tengo en mi vida y no pienso estropearla, porque, además, no serviría de nada.

—¿Quién sabe? Quizá está dispuesto a dejar de dar vueltas por ahí y quiera asentarse en Londres. En algún momento tendrá que hacerlo, ¿no? Echar el freno.

—Tú no conoces a Rhys. —Sonreí y suspiré.

Yo empezaba a hacerlo, *e-mail* tras *e-mail*. Y todavía tenía la sensación de que después de casi tres meses hablando a diario tan solo había visto la punta de ese iceberg llamado Rhys. Pero daba igual. Porque me gustaba él, de todas las maneras, con y sin problemas, con coraza y sin ella. Ni siquiera podía explicarle a nadie lo que había entre nosotros, las ganas de encontrarnos a través de la pantalla al caer la noche, la complicidad, lo fácil que era hablar de todo, de cosas importantes o de tonterías; también de otras más íntimas, esas que no acostumbraba a compartir. Aunque eso implicase que no solo Kate, sino también mi hermana, pensasen que estaba enamorada de él. Pero se equivocaban.

Tan solo estaba enamorada del chico que conocí en París. De un recuerdo efímero. Porque ese chico no existía. Era apenas un trocito de Rhys. Me lo repetía cada día cuando me cobijaba bajo las mantas y recordaba el tacto de las yemas de sus dedos recorriendo mi muñeca, la piel, buscando el pulso, acariciándome. Aquellas horas juntos habían sido especiales, y yo tenía el presentimiento de que ya no se repetirían y que debía guardarlas a buen recaudo en mi memoria. Así que mimaba esos momentos, los dejaba salir a ratos y les sacaba brillo, los saboreaba. Y me preguntaba si él haría lo mismo alguna vez.

—Es esa casa de allí, la de las luces en el jardín.

—Madre mía, es enorme. ¿Cuánta gente hay?

—Más de la que pensaba. Quizá se haya propuesto invitar a media universidad. Casi no hay sitio en la calle para aparcar. —Kate se rio bajito.

No recordaba la última vez que había salido y noté una sensación burbujeante en la tripa cuando traspasamos el umbral de la puerta y saludamos a un par de compañeros que conocíamos. Sonaba a todo volumen una canción de The Killers y había gente por todas partes; bailando, riendo, bebiendo, haciendo el tonto. Y, sin pensar, sonreí animada.

—Así me gusta. —Kate me rodeó los hombros con un brazo, mirándome satisfecha—. Ya va siendo hora de que retomes tu vida, ¿no, Ginger?

—Creo que sí. —Suspiré hondo.

Llevaba tres meses sin hacerlo, refugiándome en los estudios, en los *e-mails* de Rhys y en la biblioteca de la universidad, a la que acudía en busca de libros como si fuesen drogas, porque cualquier tipo de entretenimiento era bienvenido. Y, mientras tanto, Dean había estado saliendo, divirtiéndose y disfrutando. No era eso lo que me molestaba, sino la sensación de que me había quedado atrás. Durante el tiempo que habíamos estado juntos, me había centrado solo en él, lo había convertido en el eje sobre el que giraba todo mi mundo, y al perderlo sentí que se desmoronaba el suelo por el que estaba acostumbrada a caminar. Pero quizá eso fue lo más duro de todo: que casi me doliese más perder lo que Dean sostenía que perderlo a él en sí mismo. Y ahora me estaba encontrando…

—Vayamos a por algo de beber —propuse.

—Vale, mira, ese tío de ahí tiene un barril de cerveza. —Nos acercamos hacia el grupo que lo rodeaba—. Perdona, ¿no te sobrarán dos vasos?

El chico alzó las cejas y sus amigos se rieron.

—Sí, a cambio de vuestros nombres. Y un chiste.

—¿Un chiste? —Kate puso una mueca.

—¿Cuál de las dos se anima? —insistió.

Casi no me salía la voz mientras todos esos desconocidos me miraban con atención, hasta que me olvidé de todo y dejé de pensar en si estaba haciendo el ridículo o en si aquello era una broma que se había puesto de moda en la universidad durante los últimos meses.

—Esto son dos granos de arena que van caminando por el desierto. Y uno le dice al otro: «Oye, ¿sabes qué?, creo que nos siguen…».

Se hizo un silencio sepulcral. Y luego el chico de la cerveza se echó a reír con ganas, llevándose una mano al estómago, con los ojos entrecerrados. Eso me recordó a Rhys. El gesto. Las arruguitas alrededor de los párpados. A decir verdad, se le daba un aire. También era rubio y alto, pero tenía un cuerpo musculoso, la espalda casi tan ancha como la cintura.

—¡Joder, qué malo es! ¿Cómo te llamas?

—Ginger. ¿Y mi vaso de cerveza?

Volvió a sonreírme y empezó a servir dos mientras uno de sus amigos entablaba conversación con Kate, preguntándole en qué curso estábamos. Cogí el vaso de plástico cuando me lo tendió y me alejé unos pasos para echar un vistazo alrededor. Todo el mundo parecía estar pasándoselo bien y me gustó formar parte de aquello, de ese momento. Respiré hondo. Luego di sorbitos pequeños mientras contemplaba a un grupo de chicas bailando en el centro del salón haciendo el idiota, con movimientos ridículos. No parecía importarles lo que los demás pudiesen pensar. Y sentí envidia. Y ganas. Y...

—¿Bailamos? Venga, ¡vamos! —Kate tiró de mí.

No sé cómo, pero acabamos junto a esas chicas, que nos acogieron entre ellas sin siquiera saber nuestros nombres. Me eché a reír al ver las caras que ponía Kate. Y simplemente me dejé llevar; bailé, canté a pleno pulmón y grité de emoción a coro con un montón de desconocidos cuando empezaron a sonar las notas de *Dirty Dancing*.

—¿Nos haces una foto? —Le pidió Kate a una pareja que pasaba por allí. Les dio el móvil y posamos juntas y sonrientes entre el alboroto—. Gracias.

—Eh, salimos genial —dije cuando me la enseñó.

—Muy buena. Deberías enviársela a Rhys.

Dudé. Durante aquellos meses no nos habíamos mandado ninguna foto. Ni siquiera habíamos intercambiado el número de teléfono. Supongo que nos acostumbramos a nuestro propio método, a nuestra rutina, y ninguno de los dos quiso romperla.

Pero esa noche me sentía feliz. Me sentía yo.

—¿Por qué no? —Me encogí de hombros.

Cuando Kate me pasó la foto, le eché un último vistazo antes de abrir un nuevo mensaje de correo y adjuntarla. No puse asunto. No puse texto. Solo la imagen.

Alguien me golpeó en el hombro y estuve a punto de dejar caer el móvil al suelo. Él alzó las manos, disculpándose, pero al verme sonrió de repente.

—Eh, Ginger, la chica de los chistes malos...

—El chico de la cerveza. —Me guardé el teléfono en el bolsillo trasero de los pantalones negros—. Aún no me has dicho cómo te llamas. Juegas con ventaja.

—Cierto. —Me tendió una mano—. James Brooks.

—¿El anfitrión de esta fiesta?

—El mismo. —Sonrió.

10

RHYS

Dentro de unas horas vería a mi madre después de más de un año de ausencia. Y también cogería un avión rumbo a Los Ángeles. Volvería a dejar atrás otra ciudad, a su gente, sus calles, su ambiente. Pero, a diferencia de esa extraña sensación que me embargó al marcharme de París el mes anterior, la idea de irme ahora me calmaba. Significaba que todo seguía su curso; que el mundo se movía y yo también, con él, dando vueltas alrededor...

Aunque esa noche no quería pensar en ello.

Esa noche estaba demasiado nervioso y necesitaba dejar la mente en blanco, los pensamientos dormidos. Por eso me encontraba en aquel club en el que había trabajado hasta entonces. Me reí cuando la gente que estaba alrededor de la mesa también lo hizo, aunque no había oído la broma y tampoco me interesaba.

Inspiré hondo. Bebí un trago de mi copa. Escuché la música que sonaba, una mezcla electrónica de ritmo desenfrenado. Sentí unos dedos suaves acariciándome el pelo, hundiéndose entre los mechones. Luego el aliento cálido de Sarah cerca de mi boca.

—Hoy tienes la cabeza en otra parte —susurró.

Asentí. No le conté que iba a ver a mi madre a la mañana siguiente. Ni que me sentía extraño aquella noche. Tampoco le dije que la copa que tenía en la mano era la cuarta y que pensaba ir en breve a por una quinta con la esperanza de despejarme aún más la mente, aunque me levantase con resaca y mi madre se diese cuenta al vuelo, porque me conocía bien.

—¿Qué te ocurre, Rhys? —insistió.

—Nada. Estoy bien. —Le sonreí.

Me gustaba Sarah. Me había gustado desde la primera vez que, dos años atrás, acabamos en su cama, pasando la madrugada juntos y divirtiéndonos. Pero esa noche me sentía lejos de ella y también del resto del grupo de amigos que tenía en aquella ciudad. Deseaba huir de Nueva York. Huir de mí mismo.

Aunque por aquel entonces ya sabía que no se puede huir de la piel.

Cerré los ojos cuando volví a notar sus dedos acariciándome la nuca, deslizándose con suavidad y haciéndome cosquillas. Me reí al ver que se acercaba.

—Deberíamos despedirnos esta noche.

—Mañana tengo que madrugar —dije.

No me aparté cuando sus labios rozaron los míos. Fue casi un gesto cariñoso, sencillo. Suspiré hondo al encontrarme con sus bonitos ojos verdes.

—Lo de la otra noche me supo a poco.

—A mí también. —Había sido un polvo rápido, brusco, y después nos habíamos quedado dormidos enseguida, casi sin hablar—. Pero seguro que nos vemos en Los Ángeles. ¿No tienes que grabar nada allí pronto?

—Sí, el mes que viene.

Sarah era actriz y hacía anuncios de televisión de todo tipo de productos: pasta dentífrica, comida precocinada, neumáticos o cremas hidratantes. El noventa por ciento de los rodajes eran en Los Ángeles o Nueva York, así que siempre estaba en una u otra ciudad.

—Me llamarás, ¿no? —Esbocé una sonrisa.

—Me lo pensaré, Rhys —contestó traviesa.

En ese momento noté una vibración en el bolsillo de los pantalones y toda mi atención se concentró en eso. «Ginger.» Seis letras que habían pasado a formar parte de mi vida de la forma más imprevisible. Dejé la copa en la mesa para poder cogerlo. Y sonreí como un idiota al ver que era ella. El mensaje no tenía asunto. Contuve el aliento cuando lo abrí y vi una foto.

Era Ginger. Estaba al lado de otra chica, con un vaso en la mano y los ojos brillantes mirando a la cámara. La imagen era de baja calidad, pero me fijé en cada detalle; en la camiseta negra y transparente que dejaba ver debajo la sombra del sujetador, en el pelo alborotado, en que parecía feliz y contenta y, joder, «arrebatadoramente *sexy*», sí.

—¿Quién es? —Sarah se inclinó para ver la pantalla de mi móvil.

—Una buena amiga. —Me levanté, me terminé la copa de un trago y miré al resto de la gente que estaba alrededor de la mesa—. Chicos, me marcho ya.

—Venga, Rhys, quédate a otra ronda —pidió Mason.

—La próxima vez. Os llamo. —Hice el gesto con la mano antes de inclinarme para despedirme de Sarah y darle un beso en la mejilla. Luego salí del club.

Las noches primaverales en Nueva York eran frías. El viento soplaba con fuerza cuando eché a andar calle abajo, con las manos metidas en los bolsillos de la cazadora. Palpé el móvil. Y suspiré al volver a pensar en ella. Terminé sentándome en un banco de un parque pequeño, casi a las afueras de Hell's Kitchen. Alcé la cabeza hacia la luna y me quedé allí un rato, contemplándola y pensando, disfrutando de la soledad, de la sensación de que mañana estaría en otra ciudad, una mucho más cálida; de que seguía teniendo el control de mi vida. Porque, por aquel entonces, aún no sabía que era justo al revés; que la vida tiraba de mí y yo iba tras ella a trompicones, corriendo sin rumbo.

No sé cuánto tiempo estuve allí hasta que saqué el móvil y miré de nuevo la fotografía que me había mandado Ginger. Deslicé los dedos por la pantalla. Joder. Me despertaba siempre una sonrisa. Daba igual que acabase de tener un día de mierda; era encender el ordenador o mirar el correo en el teléfono y terminar de buen humor. Siempre.

Empecé a teclear…

Elegí las palabras…

La sentí cerca de mí.

11

GINGER

Me dejé caer en el balancín con un estampado de flores que estaba en el porche sin parar de reír por algo que James había dicho. No recuerdo qué era. Tras un par de copas, cualquier tontería me parecía graciosa. Él se sentó a mi lado un minuto más tarde y grité por el movimiento del balancín, sujetándome a uno de los hierros que chirriaban. A lo lejos se escuchaba el ruido de la música y de la gente en la fiesta.

—¿Ese vaso es mío? —Señalé su mano.

—No, a menos que me cuentes otro chiste.

—No soy un mono de feria —protesté.

—Pero sí la chica más divertida que he conocido hoy. —Habíamos estado un rato hablando dentro y bailando antes de que decidiésemos salir a tomar el aire.

—Vale. A ver. —Respiré hondo, como si me estuviese preparando para una gran actuación, y giré un poco el cuerpo hacia él, que me observaba. El balancín volvió a oscilar. Nuestras rodillas se rozaron—. ¿Qué le dijo un plátano a una gelatina? «Todavía no me he desnudado y ya estás temblando.»

—¡Joder, Ginger! —Se echó a reír.

En ese momento me sonó el móvil.

Abrí el mensaje distraída, aún un poco achispada por la situación. Pero todo quedó a un lado cuando vi su nombre. Lo leí sin dejar de sonreír: «Jamás en mi vida he visto a una galleta tan arrebatadoramente *sexy*. Pásatelo bien. Y, recuerda, nosotros en la luna».

—Es curioso que no hayamos coincidido antes.

Volví a prestarle atención a James, que me seguía observando.

—No creas. Nunca iba a fiestas así. Yo…

—Tenías novio —adivinó—. ¿Ahora ya no?

Noté que él desviaba la vista un segundo hacia mi teléfono, así que me apresuré a negar con la cabeza y volví a guardármelo en el bolsillo de los pantalones.

—No, no hay nadie.

—Vale. Está bien saberlo.

—¿Por qué necesitas…?

—No quiero meterme en problemas.

Y un segundo después su boca encontró la mía y yo me quedé paralizada. Fue un beso lento, suave, casi delicado. Cuando conseguí reaccionar, le rodeé el cuello con las manos y me reí al notar que el balancín volvía a moverse. Él también se rio. Luego lo besé de nuevo, profundizando más, disfrutando de la embriagadora sensación y deseando que se alargase todo lo posible, porque esa noche me sentía tranquila y feliz después de bailar sin pensar.

Sencillamente, había sido Ginger Davies.

Una galleta arrebatadoramente *sexy*.

12

RHYS

Me puse en pie en cuanto vi llegar a mi madre, a lo lejos. El corazón me latía acelerado y con fuerza. De pronto, mi mente estaba tan aturullada que no podía pensar en nada. Ella tenía el mismo aspecto de siempre; vestía un traje de chaqueta pulcro y claro, llevaba el cabello recogido en un moño que le daba un aire severo a su dulce rostro y esas gafas de sol enormes sobre las que solía bromear diciéndole que parecía una actriz de Hollywood.

Avancé un paso hacia ella y, un segundo después, la tuve entre mis brazos, abrazándola y sin saber si iba a ser capaz de soltarla. Seguía usando el mismo perfume, uno dulzón. Se apartó de mí para mirarme y lo hizo de arriba abajo, con el labio inferior temblándole porque estaba a punto de echarse a llorar. Recé para que no lo hiciese.

—Estás… Tienes buen aspecto… —logró decir.

—Tú también. —Le sonreí casi de forma refleja.

—Sigues siendo un adulador. Vamos, sentémonos.

Nos acomodamos delante de la mesa, los dos juntos en lugar de uno enfrente del otro. Mi madre cogió mi mano entre las suyas y supe que solo me soltaría cuando nos trajesen la comida. Estábamos en una terraza acristalada del SoHo con unas vistas privilegiadas del cielo azul de esa mañana, tan solo roto por la estela que dejaban los aviones al sobrevolar la ciudad. Vinieron a tomarnos nota y, cuando el camarero se marchó, respiré hondo, un poco más tranquilo tras el primer momento del encuentro.

—Deberías cortarte el pelo, Rhys…

—Si me lo corté hace nada —protesté al tiempo que ella me lo revolvía, como si intentase evaluar la longitud de cada mechón—. No seas pesada con eso.

Ella sonrió y negó antes de desistir.

Nos sirvieron la comida poco después. Dos platos de espaguetis a la carbonara y agua, con la esperanza de que diluyese, o al menos lo intentase, todo lo que había bebido la noche anterior, porque aún me dolía horrores la cabeza.

—Joder. Creo que soy adicto a la pasta.

—Esa boca, Rhys. Y sí, siempre lo has sido con tu especial predilección por los tallarines, los espaguetis o los fideos esos largos. Yo no les encuentro tanta gracia, si te sigue interesando saber mi opinión. —Frunció el ceño mientras masticaba.

—Recuerdo esa receta tuya con la salsa de gambas.

—No dejabas nada en el plato.

Sonreí. Ella también. Y de repente eso fue suficiente. Mientras comíamos y nos poníamos al día, quedó atrás el año y pico de ausencia y de llamadas esporádicas. Solo volvimos a ser una madre y un hijo charlando de cualquier cosa, sin tensiones. Antes de aquella fatídica Navidad, habíamos tenido una relación estrecha y me gustaba pasar tiempo con ella; salir a comer, al supermercado o al cine. Recuerdo que me sorprendía al ver la poca confianza que mis colegas tenían con sus padres, como si todos fuesen extraños viviendo en una misma casa. Nosotros hablábamos en confianza. Hasta que todo cambió y los secretos y las palabras punzantes arrastraron lejos los buenos recuerdos.

—¿Adónde vas a ir ahora? —preguntó.

—Los Ángeles. Creo. Sí, iré allí.

—¿Cómo puedes no saberlo?

Me encogí de hombros, mirándola.

—Lo tengo más o menos claro.

No volví a contarle en qué consistía aquello, porque ella ya lo sabía. Demasiados años. Demasiadas conversaciones. Demasiados reproches. A veces ni siquiera podía explicarme a mí mismo por qué sentía esa extraña satisfacción al llegar a un aeropuerto con lo más básico como equipaje y sin un billete de avión de vuelta. El cosquilleo de no saber en qué vuelo terminaría. Las horas de espera eternas entre cafés, libros, música y ver a la gente ir de aquí para allá en un desfile continuo y adictivo.

Nos terminamos el postre que compartimos.

—La próxima vez iré yo a verte a ti.

—¿Significa eso que volverás a casa?

—Cerca. A casa no. —Suspiré hondo.

—Rhys, cariño… Si solo me contases qué fue lo que ocurrió…

—Ya lo sabes, mamá. Él no lo entendía. Quería que siguiese sus pasos, que me encargase de las inversiones familiares y toda esa mierda —mentí.

Ella dudó un solo segundo, pero acabó asintiendo.

—¿Y hacía falta que acabaseis así?

—La discusión se nos fue de las manos.

—Solo necesitáis sentaros y hablar.

—No puedo. Las cosas han cambiado.

Me encogí de hombros. Fingí despreocupación. Fingí no sentir nada. Tuve el impulso de levantarme y salir de allí, pero me contuve y aguanté y le mostré a mi madre una sonrisa que no sentía tan solo para intentar hacerla feliz. Y también quise preguntarle por mi padre y saber que estaba bien, aunque, como siempre, no lo hice. Pasamos unas horas más juntos recorriendo un par de tiendas y tomándonos un café, hasta que se hizo tarde y la acompañé a la estación de autobuses.

Esperamos juntos hasta que llegó el suyo.

—¿Él irá a recogerte? —pregunté.

—Sí, no te preocupes por eso.

—Vale. —Asentí—. Yo…, mamá…

—Nos vemos pronto, Rhys.

—Sí, eso quería decir.

—Bien. Ven, dame un beso. —Dejé que me abrazase con fuerza—. Recuerda no hacer nada de lo que puedas arrepentirte. Y cuídate. Y, por lo que más quieras, Rhys, si necesitas dinero…, tienes una cuenta corriente a tu nombre…

—Estaré bien, mamá —le aseguré.

Ella asintió y me miró con tristeza antes de subir al autobús.

Me quedé unos minutos allí, esperando, hasta que el motor arrancó y el vehículo se alejó calle abajo. Me cargué la mochila al hombro, cogí la bolsa de mano más grande que también llevaba conmigo y, una hora después, estaba dentro del aeropuerto. Me calentó por dentro volver a encontrarme con el ruido, el movimiento constante de la gente, las voces que se escuchaban por megafonía, las tiendas y cafeterías. Avancé de forma autómata siguiendo a los demás hasta llegar a una de las pantallas gigantes en las que salían todos los próximos vuelos programados.

Había varios a Los Ángeles. Uno a las siete. Otro a las doce. Uno de madrugada. Deslicé la vista por las letras iluminadas. Y entonces lo vi. «Londres», el vuelo salía dentro de cinco horas. Pensé en las probabilidades que tenía de que quedase alguna plaza libre. Yo qué sé. Estaba perdiendo la cabeza. Tenía que ser eso. Pero lo cierto era que tampoco tenía ningún destino fijo, nadie esperándome en la zona de llegadas, ningún compromiso.

Volví a repasar todos los vuelos, todas las opciones. Durante unos instantes de locura, imaginé lo divertido que sería aparecer en Londres al día siguiente, acercarme a la residencia de Ginger, darle una sorpresa. Seguro que gritaría como una jodida chiflada al verme. Quise convencerme de que no sería algo tan raro; al fin y al cabo, hablábamos a diario, yo vivía dando tumbos por el mundo y en ese momento me encontraba en medio de la nada.

Y entonces lo decidí. A la mierda. Improvisaría.

Me puse en la cola de uno de los mostradores.

Me sonó el móvil. Lo saqué. Era un mensaje. Creo que nunca me había latido el corazón tan rápido al leer un *e-mail*. Y tampoco había sentido tantas cosas. Alegría y tristeza a la vez. Orgullo y frustración, todo mezclado. Inspiré hondo. Mierda.

—¿Puedo ayudarle en algo? —me preguntó la chica.

—Sí, perdona. Un billete para el próximo vuelo a Los Ángeles.

—No tenemos ninguna plaza libre hasta mañana a las nueve.

—Bien. Ese servirá.

13

De: Ginger Davies
Para: Rhys Baker
Asunto: Tenías razón…

¡No te lo vas a creer! A ver, ¿por dónde empiezo? Acabo de despertarme hace nada, así que imagínate, anoche volvimos a las tantas. Ah, bueno, y estuve vomitando casi hasta el amanecer, por lo que recordaré a partir de ahora eso de NO BEBER. El caso, Rhys, es que tenías razón en todo. Necesitaba salir de mi zona de confort, conocer gente…

… besar a un chico.

Porque sí, ocurrió. No fue para nada planificado. Ni siquiera se me pasó por la cabeza algo así cuando acepté ir con Kate a esa fiesta, pero, sencillamente, sucedió. Con el chico de la cerveza. Estuve toda la noche contándole chistes y no fui nada correcta (bailé haciendo el ridículo, porque tengo un ritmo pésimo, y creo que hablé sin filtros gracias a la bebida). Y, no sé, salimos un rato fuera para despejarnos y nos sentamos en uno de esos balancines que en realidad son cero relajantes y hacen demasiado ruido.

Y se inclinó y me besó.

Ya sé que en estos momentos estarás pensando que me comporto (y escribo) como una cría de quince años, ¿y sabes qué? Tienes razón. Porque me siento exactamente así. No me culpes. Es el segundo beso de toda mi vida. Me ha hecho entender dos cosas: que Dean estaba sobrevalorado y que yo tenía razón con eso de que tanta saliva no era normal. No pongas cara de asco, es que no tenía con qué comparar. James besa mucho mejor, sí.

No sé qué más contarte. En estos momentos, la cabeza me va a estallar y creo que aún tengo náuseas, pero estoy contenta y quería que fueses el primero en saber de mis avances. Sé que te mueres de ganas por ver despegar mi vida sexual y esas cosas.

Pero ahora hablemos de ti...

¿Has visto a tu madre? Espero que sí.

¿Dónde estás? ¿Sigues en Nueva York?

De: Rhys Baker
Para: Ginger Davies
Asunto: RE: Tenías razón...

Me gusta el asunto de tu mensaje, aunque era cuestión de tiempo y algo que tanto tú como yo ya sabíamos: siempre tengo razón. También sobre tu vida amorosa-sexual (¿quieres que la llamemos así a partir de ahora? A mí me suena bien). La cuestión, Ginger, es que me alegra que te lo pasases bien y que tuvieses «el segundo beso» que te merecías. También me gusta ver que empiezas a darte cuenta de que ahí fuera hay todo un mundo más allá de Dean y de su saliva excesiva (en serio, ya no puedo quitármelo de la cabeza, ¿por qué me has contado eso?). Por cierto, háblame más de ese tal James.

Yo acabo de llegar a Los Ángeles, hace unas horas. Estoy en un motel, pero pasado mañana me iré a casa de un buen amigo, Logan, que tendrá ya libre la habitación de invitados. La verdad es que sospecho que esta moqueta tiene vida propia, porque hay manchas que deben de estar ahí desde 1920, como poco. Algunos arqueólogos podrían estudiarla en sus ratos libres. En fin, omitiendo el hecho de que huele raro, no está tan mal.

Y sí, vi a mi madre...

No fue tan incómodo como había imaginado. ¿Sabes esas veces en las que recreas tanto una situación en la cabeza que luego te sorprende cuando llega el momento y es mucho menos de lo que habías dado por hecho? Pues eso fue un poco lo que ocurrió. Llegó, la abracé, comimos juntos, dimos una vuelta y luego la acompañé hasta la estación de autobuses. Apenas hablamos sobre mi padre. Todo fue bien, muy bien.

Espero que tu estómago esté mejor.

Suerte con eso (sí, me estoy riendo).

De: Ginger Davies
Para: Rhys Baker
Asunto: RE: RE: Tenías razón…

¿Encuentras gracioso que mi estómago sea ahora como una especie de lavadora que no para de dar vueltas? En serio, han pasado más de veinticuatro horas y sigue resentido.

Pero vayamos a lo importante. Tu madre.

No sabes cuánto me alegro, Rhys. Estoy feliz por ti. Y espero que no pase tanto tiempo hasta que vuelvas a verla la próxima vez. En cuanto a tu padre…, nunca me has contado por qué os enfadasteis. ¿Qué ocurrió? No es que me guste preguntarte directamente, pero creo que me haré vieja si tengo que esperar a que vengas tú a contármelo. Eres Rhys, el chico caracol. Pero tú no sacas la cabeza ni cuando sale el sol. (Esto es un intento de broma.)

Y ahora mismo me das mucha envidia. Te imagino paseando por una de esas playas de Los Ángeles llenas de gente y de surfistas, con gafas de sol y camiseta de manga corta, comiéndote un burrito de un puesto ambulante o algo por el estilo. Por si te interesa saberlo, aquí sigue haciendo frío y, para no variar, hoy el cielo es gris. Llevo un suéter de manga larga y dos pares de calcetines (no te burles, pero sí, sigo pensando que sería algo superromántico tener a una persona que me calentase los pies). De cualquier modo, no importa, porque la próxima semana tengo los exámenes finales, así que tampoco iba a poder ver la luz del sol.

De: Rhys Baker
Para: Ginger Davies
Asunto: Los Ángeles

Has descrito a la perfección lo que pienso hacer hoy.

Admito que lo de «chico caracol» tiene sentido. No sé, Ginger, la verdad es que a veces me cuesta hasta hablar conmigo mismo, ya no te digo hablar con la gente en general. Y eso que tú eres ahora la persona que más sabe de mi día a día, pero... es complicado. Es decir, quizá no lo sea tanto el problema en sí, sino yo. Creo que a los dieciséis años empecé a darme cuenta de que había algo que no estaba bien en mí, de que me gustaba estar con la gente y al mismo tiempo me agobiaba y necesitaba la soledad, de que abrirme era como vaciarme, y el vacío me da un miedo de cojones.

Suerte en los exámenes, Ginger.

De: Rhys Baker
Para: Ginger Davies
Asunto: Sin asunto

Ni siquiera tengo derecho a pedirte que me entiendas, así que no voy a hacerlo. Creo que me basta con que sigas al otro lado de la pantalla, aunque te caiga un poco peor.

De: Ginger Davies
Para: Rhys Baker
Asunto: Lo siento

Mierda. Perdona, Rhys. Anoche no te contesté porque volví de la biblioteca a las tantas y estaba tan cansada que caí en la cama redonda y me quedé dormida. Espero que no creyeses que estaba enfadada porque no quisieses contarme lo de tu padre. Y no, no me caes peor, me gustas tal y como eres, caracol y todo. Son unos animales fascinantes; mira, hasta llevan su casa siempre a cuestas, como tú, ja, ja, ja (lo sé, chiste malo, ignórame; he memorizado tantas cosas para el examen de mañana que la cabeza no me da para más). No sé, Rhys, yo te entiendo incluso sin entenderte. ¿Sabes lo que quiero decir? Espero que sí, porque lo pienso en serio. Fue esa la sensación que tuve la noche que pasamos juntos en París, que tú me comprendías sin hacerlo, que me bastaba con que me escuchases.

Creo que si alguien leyese nuestros *e-mails* pensaría que estamos locos. Pero, bueno, nosotros en la luna, ¿no, Rhys? Así que no te sientas presionado a contarme nada. Prefiero saber solo lo que tú quieras decirme, aunque siga haciéndote preguntas sin parar, porque así soy yo. Y perdona si estos días estoy algo más ausente, pero medio vivo en la biblioteca (me alimento de galletitas saladas y sándwiches de la máquina expendedora). Mi vida es ahora muy triste, de modo que estos días te corresponde a ti contar cosas interesantes. ¿Cómo va todo por Los Ángeles? ¿Sigue haciendo un sol espléndido? (Seguro que sí, no me des mucha envidia, sé bueno.) ¿Has encontrado trabajo? ¿Ya estás en casa de tu amigo Logan?

De: Rhys Baker
Para: Ginger Davies
Asunto: RE: Lo siento

Yo también tuve esa sensación rara cuando nos conocimos en París. Parece mentira que ya hayan pasado casi cinco meses desde entonces. Lo recuerdo cerca y lejos a la vez. No es que tenga mucho sentido…, pero creo que podrás entenderlo.

Me gusta pensar que compartimos locura, Ginger.

Y no te preocupes, ocúpate de tus estudios. Pero no te alimentes a base de galletitas saladas y sándwiches, a ser posible. En fin, piensa que pronto serás libre. ¿Tienes planes para este verano? Yo creo que me quedaré por aquí hasta septiembre u octubre, aún no lo he decidido. Ya estoy en casa de Logan, sí. Esta mañana hemos pasado un rato entre las olas (creo que estoy cogiéndole el tranquillo de nuevo, y eso que hacía años que no surfeaba) y tengo una entrevista dentro de tres días, es en un club en plena playa; incluye un sueldo decente y bebidas gratis durante el tiempo libre, así que deséame suerte.

De: Ginger Davies
Para: Rhys Baker
Asunto: ¡Sueeeerte!

Que sepas que mañana pienso pasarme todo el día enviando toneladas de energía positiva hacia el otro lado del mundo y cruzando los dedos mientras piense en ti.

No me queda apenas batería en el portátil, así que voy a mandar esto antes de que muera definitivamente. Perdona por seguir tan ausente. Ya casi acaba la tortura (los exámenes). Creo que voy a dejarme caer con la ropa puesta en la cama y a cerrar los ojos, así de cansada estoy ahora mismo. Cuéntame cosas divertidas, Rhys.

De: Rhys Baker
Para: Ginger Davies
Asunto: RE: ¡Sueeeerte!
Pues ha debido de llegar la energía, porque tengo trabajo. Estoy contento. Es un sitio genial, ¿sabes? La mesa de mezclas está ubicada sobre una tarima de madera en medio de la arena de la playa y puedes estar ahí pinchando descalzo, viendo a la gente divertirse, y luego terminar y unirte a la fiesta. Me gusta la idea de trabajar delante del mar.

¿Cosas divertidas, cosas divertidas…?

Mmm. Vale. A ver, tengo una extraña adicción por la pasta, pero especialmente por todo lo que sea estilo espaguetis, tallarines, fideos chinos… De pequeño me parecía muy divertida la forma que tenían, no preguntes por qué era tan simple. Y me daba miedo subir a la noria. Perdón, me sigue dando puto miedo subir a la noria. Si te estás riendo, deja de hacerlo. También me acojonan los saltamontes grandes, son terriblemente feos.

Espero que estas confesiones te alegren la noche.

También espero que no estés muy cansada.

Y que los exámenes hayan salido bien…

Descansa, Ginger.

De: Ginger Davies
Para: Rhys Baker
Asunto: TERMINÉ
¡He terminado! Casi no me lo creo, en serio. No sé cómo me han salido estos últimos exámenes (creo que bien), pero ahora mismo solo puedo pensar en que ya no volveré a tocar uno de esos libros de texto aburridos hasta que empiece el próximo curso; pienso pasarme el verano leyendo novelas y malgastando el tiempo en cosas poco útiles.

Quizá deba avisarte de que este mensaje va a ser eterno, porque tengo mucho que contarte después de tantos días, así que ponte cómodo y coge palomitas o algo.

En primer lugar, no puedo quitarme de la cabeza que tengas debilidad por un tipo de pasta en concreto. Ya sé que es una tontería, pero me hace pensar «ay, qué mono», y encima no te pega nada; no pareces el típico que tendría en cuenta un detalle así. Me ha hecho recordar la noche que pasamos en París, cuando estuvimos en esa buhardilla (a veces sigo pensando en ella como «tu casa») y comimos esos fideos chinos sentados en la cama mientras hablábamos sin parar. Pero, en cuanto al tiempo, tienes razón, a mí también me pasa lo mismo; a veces me parece que ocurrió hace años, otras, que fue la semana pasada. Y en ocasiones, atención a mi grado de locura, que nunca sucedió. Sí. Justo eso.

Estoy muy de acuerdo con lo de los saltamontes...

Ahora, ¿la noria?, ¿en serio?, ¡no me lo puedo creer! Si no es ninguna atracción terrorífica ni nada de eso. Me he dejado llevar, como siempre, y me he imaginado que si alguna vez vinieses a Londres te llevaría al London Eye. Mide ciento treinta y cinco metros y, hasta el 2016, era la noria más grande que existía. Subiríamos juntos. Y seguro que se me ocurriría algo para que no tuvieses miedo y pudieses disfrutar de las vistas.

A veces me paro a pensar si en realidad ya nunca volveremos a vernos. No sé, no me lo tengas en cuenta, son preguntas tontas que me hago; creo que tanto estudiar me ha dejado un poco alelada, y ahora mismo no tengo filtros ni a nadie que me arrebate el ordenador y lo tire por la ventana antes de que siga escribiendo sin parar el *e-mail* más largo del mundo.

Pero hablemos de cosas con más sentido: ¡tienes trabajo! Enhorabuena. Suena genial lo que cuentas. Te imagino con un mojito cerca mientras llenas el lugar de música. Sigo esperando que me mandes una de tus canciones, por cierto, tú sin prisa, pero ahí lo dejo.

¿Qué más...? Ah, el verano. La verdad es que no tengo pensado hacer nada especial. Iré a casa y pasaré allí unos días con mi familia antes de que nos vayamos de vacaciones a Glastonbury. Es un pueblo pequeño que está en el condado de Somerset, muy conocido por los apasionados del esoterismo y el misticismo. Ya sabes, encierra mil mitos y leyendas. Por si te lo estás preguntando, no, por suerte mi familia no cree en eso, algo que me alivia mucho, pero imagino que te escribiré cada diez minutos en cuanto me vea rodeada por ellos, porque admito que durante estos años de universidad me he acostumbrado demasiado a estar sola y hacer las cosas a mi ritmo, ya sabes, en fin, ¿qué te voy a contar sobre eso?

Espero que después de este inmenso *e-mail* me escribas uno al menos la mitad de largo. Creo que me lo merezco. Cuéntame cosas, Rhys. Y disfruta del sol por mí.

De: Rhys Baker
Para: Ginger Davies
Asunto: Felicidades, galletita

Me alegra saber que tu secuestro en la biblioteca ha llegado a su fin. Yo estoy ya acostumbrándome a la rutina del trabajo; los compañeros y el jefe son geniales. Todo el ambiente en sí lo es. Tengo turnos de tarde y de noche, pero prefiero el primero. Ver el atardecer mientras la música lo envuelve todo…, y luego pasar la noche divirtiéndome con los demás, despertarme en la playa de madrugada y escuchando el mar.

Y en cuanto a lo de volver a vernos…

Yo también lo pienso a veces. No sé.

Quizá sigamos escribiéndonos toda la vida, pero nuestros caminos nunca más se crucen. O podríamos encontrarnos alguna vez en algún rincón del mundo. No me termina de encajar ese plan tuyo de subir a la noria…, creo que tendría un ataque de pánico allá arriba y perdería todo mi atractivo. No puedo arriesgarme a eso, Ginger.

Entiendo lo que quieres decir con lo de tener la sensación de que lo de París nunca sucedió. Pero sí pasó. Fui afortunado aquel día. Por cierto, ¿ya has aprendido a sacar billetes de metro? Es una pregunta que llevo queriendo hacerte desde hace meses.

¿No has vuelto a saber nada de Dean?

¿Y qué fue del chico del segundo beso?

Disfruta del verano. Le estaba dando vueltas a lo que me has contado y tiene su encanto que sigáis viajando todos en familia, ¿sabes? Como en esas películas en las que siempre ocurren un montón de anécdotas divertidas y extravagantes. Pásatelo bien. Y escríbeme todo lo que quieras. No me canso de leerte, Ginger.

De: Ginger Davies
Para: Rhys Baker
Asunto: SÉ SACAR BILLETES

Y pensarás que eres muy gracioso…

¡Claro que sé sacar billetes! Pero todo estaba en francés y no veía el botón donde podía seleccionar el idioma. Ni siquiera sé por qué me molesto en darte explicaciones, seguro que ahora mismo te estás tronchando de risa. Ten por seguro que, si algún día te convenzo para que vengas a Londres y subas conmigo a la noria, me vengaré a propósito solo para ver cómo gritas como un cobarde y pierdes todo tu atractivo.

Me alegra que te guste el trabajo. No sé si tanto la idea de que duermas en la playa. ¿Sabes que el mundo es un lugar peligroso? Pues eso. Ten cuidado. No bebas mucho. No quiero ponerme en plan madre, sobre todo teniendo en cuenta que yo acabé vomitando hasta mi primera papilla hace unas semanas, pero… me preocupo por ti.

Sí, tuve que hacer un trabajo para una asignatura con Dean, ¿no te lo conté? Fue un poco incómodo al principio, pero creo que al final no fue tan terrible. Tengo la sensación de que se esforzó más porque se sentía culpable, cosa que me parece genial, porque necesito que me suba la nota del examen. No hablamos de nada personal, pero creo que este verano seguiré viéndolo. Seguro que viene con sus padres a cenar a casa alguna vez y, además, vivimos cerca, como a diez minutos andando.

Y, en cuanto a James…, he quedado esta tarde con él. No hemos vuelto a vernos desde esa noche en la fiesta porque, ya sabes, he vivido en la biblioteca, y no tengo muy claro qué ocurrirá ahora teniendo en cuenta que me marcho de aquí la próxima semana. Va a sonar fatal lo que voy a decir, pero ni siquiera recuerdo su cara nítidamente. Es decir, sí que besaba bien, que era mono y que pensé que se parecía a otro chico que conozco, pero poco más. Es como si hubiese metido los recuerdos de esa noche en una batidora.

Kate aún se ríe cuando hablamos de eso.

De: Ginger Davies
Para: Rhys Baker
Asunto: Mi cita

Supongo que estarás trabajando, así que ya me leerás luego o mañana. Solo quería contarte que ya he vuelto de mi ¿cita?, voy a llamarlo así porque me hace ilusión.

Hemos pasado la tarde en una cafetería conocida de aquí en la que hacen los mejores chocolates del mundo (de todos los sabores, todos los tamaños, con todos los complementos imaginables. Es el cielo en la tierra). Y la verdad es que no hemos hecho nada especial, pero ha sido agradable. Nos hemos puesto al día, ya sabes. Ahora que lo pienso, quizá la conversación te parecería la más aburrida del mundo, porque sí ha sido la típica que me comentaste en París que odiabas de «¿qué estudias?, ¿qué edad tienes?, ¿tienes hermanos?, ¿cómo te ves dentro de diez años?». Pero supongo que es lo normal en el 94 % de los casos en los que dos personas se conocen (me he inventado el porcentaje, por si lo estás buscando en Google o algo así) y que la filosofía de *El Principito* es una utopía cuando se trata de la vida real. Además, al menos me ha servido para saber varias cosas de él: vive en la casa donde se celebró la fiesta, que es de sus padres, que ahora residen en otra propiedad que tienen en Escocia (se fueron allí tras jubilarse). Trabaja en un bufete de abogados y tiene tu misma edad, veintiséis años. Le gusta la mezcla de chocolate con frambuesa. Si quieres saber mi opinión, me parece TERRIBLE, con todas las letras. Creo que el Señor Chocolate es un ser solitario al que no le entusiasmaría en absoluto tener una aventura con la Señorita Frambuesa; como mucho, tendría un *affaire* con Miss Menta, pero algo breve. Un polvo rápido. (No, no me estoy sonrojando al escribir «polvo», Rhys.)

Luego me ha acompañado hasta la residencia dando un paseo y, sí, ha vuelto a besarme en la puerta. Pero esta vez la cabeza no me daba vueltas y a él tampoco, así que ha estado bien. Mejor que bien. Hemos quedado en llamarnos cuando empiece el próximo curso, pero ya sabes cómo son estas cosas, dudo que lo hagamos. Aun así, me ha gustado quedar con él y sentir esas maripositas en la tripa al despedirnos.

De: Rhys Baker
Para: Ginger Davies
Asunto: Maripositas

¿Maripositas? ¿En serio? Ja, ja, ja, ja. No te lo tendré en cuenta. Pero sí quiero comentar lo otro, para que lo medites antes de cometer una estupidez si te llama dentro de unos meses: ¿de verdad saldrías con alguien que está dispuesto a dejar que el Señor Chocolate se acueste con la Señorita Frambuesa? Sinceramente, hay defectos y defectos, y a mí este me parece grave, de los que en vista de un futuro hacen que una relación no funcione.

Además, no me ha gustado eso de que la filosofía de *El Principito* sea utópica en el mundo real. Para empezar, porque nosotros vivimos en la luna y allí puede ocurrir cualquier cosa, ¿no? Aunque, si te soy sincero, sigo sin haber leído el libro, así que no tengo ni idea de qué estoy diciendo ahora mismo. Sencillamente, me gusta creer en imposibles.

Me alegra que Dean se esforzase en el trabajo.

Y no te preocupes por mí. Siempre estoy bien.

De: Ginger Davies
Para: Rhys Baker
Asunto: RE: Maripositas

Bien, me apunto tu consejo. Tendré muy en cuenta los gustos chocolateros de alguien antes de comprometerme, no vaya a ser que me termine divorciando y alegando como las estrellas de cine algo así como «diferencias irreconciliables relacionadas con la frambuesa».

Deberías leer el libro. Algún día te hablaré de él.

De: Ginger Davies
Para: Rhys Baker
Asunto: Síííííííí

¡Las he aprobado todas! Creo que nunca he sido tan feliz.

En serio, este verano pienso olvidar todo lo aprendido.

Esta noche voy a cenar con Kate para despedirnos, porque ella se va unos días antes. Yo ya he empezado a hacer las maletas. Si estos días estoy un poco ausente, es por eso.

Cuídate. Me da igual lo que digas. Me preocupo por ti.

De: Rhys Baker
Para: Ginger Davies
Asunto: RE: Síííííííí

Enhorabuena, galletita. Te lo mereces.

Avísame cuando ya estés en casa.

14

GINGER

Vi a mi hermana, Dona, en la zona de llegadas de la estación de tren y corrí hacia ella como una loca, arrastrando las maletas. Nos abrazamos fuerte. Tuve la sensación de que había pasado una eternidad desde la última vez que nos vimos, cuando solo habían sido unos meses y hablábamos varios días a la semana por teléfono.

—¡Te has cortado el pelo! —grité.

—¿Te gusta? —Se apartó un mechón.

—¡Me encanta! ¡Pero no me lo habías contado!

—Ginger, no puedo mantenerte al tanto de todo. Seguro que quieres saber hasta cuántas veces voy a mear al día —dijo riendo mientras me cogía una maleta.

—Pues claro que quiero saberlo. Eres mi hermana.

—O nos vamos ya o llegaremos tarde. Papá ha reservado mesa en ese restaurante que tanto te gusta, el que está en Notting Hill. A ver, mírame. Bien, ningún *piercing* ni tatuaje a la vista.

—¿Por qué lo preguntas? —La seguí.

—Ya solo te queda un año de universidad, quería asegurarme de que no has entrado en esa fase de «hacer locuras», que en mi opinión no tiene nada de malo, pero era por adelantarme al drama que montarían papá y mamá si aparecieses con la nariz agujereada.

Me toqué la nariz en un acto reflejo y suspiré al darme cuenta de lo que Dona quería decir y de lo lejos que había estado de sentir ese cosquilleo hacia nuevas experiencias, ya fuese con forma de tatuaje o de cortarme el pelo y tintármelo de rosa, por ejemplo. Existía algo en mí que me instaba a quedarme bien acurrucada en mi nido, en la seguridad de lo conocido.

—No, ni siquiera lo había pensado…

Dona había venido en taxi a recogerme, así que el conductor nos ayudó a meter el equipaje en el maletero y pusimos rumbo al restaurante, al que mis padres acudirían por su cuenta. Era un lugar pequeño, en Queensway, donde hacían la mejor hamburguesa con pimientos que había probado en toda mi vida. El lugar era una bolera y no es que fuese un plato muy sofisticado, pero estaba delicioso. Pensé en Rhys y en sus espaguetis, y sonreí antes de cambiar la emisora de música.

Mis padres ya estaban allí cuando llegamos.

Mamá me besó, me abrazó y me avergonzó delante de un camarero joven que nos miraba con los labios apretados, como si estuviese conteniendo una carcajada. Mi padre apoyó una mano en mi hombro y me dijo que estaba «orgulloso de mí» por haber sacado tan buenas notas y no dejar que lo ocurrido con Dean me afectase.

Nos sentamos a la mesa, que tenía un estrafalario mantel negro con dibujos de tenedores y cucharas sonrientes, y pedimos la comida sin necesidad de mirar la carta.

—¿Qué día nos vamos a Glastonbury? —pregunté.

—El jueves de la semana que viene. Y, a propósito, tu padre y yo queríamos comentarte una idea que se nos ha ocurrido —comenzó a decir mamá.

—Es fantástica. —Mi padre sonrió.

—¿Qué te parecería pasar unos días en la oficina cuando regresemos? Hemos pensado que, ya que el próximo año te incorporarás a la empresa, te vendría bien familiarizarte un poco más con todo. Y así tendrás experiencia. Estamos muy contentos con el programa de la universidad, pero deberían añadir más prácticas.

—Eh, esto…, pues…

Fruncí el ceño y miré a Dona, que, a su vez, miraba fijamente su plato como si quisiese evitar a propósito formar parte de esa conversación. Quería decir que no. Peor aún, quería gritar que no, alto y claro. NO, NO, NO. Pero esa palabra tan sencilla y que solo tenía dos letras se me quedó atascada en la garganta mientras mis padres me miraban ilusionados.

—Supongo que podría hacerlo, sí…

—¡Qué alegría, Ginger! —Mamá aplaudió, literalmente—. Ya verás lo orgulloso que va a estar tu padre al ir cada día a la empresa con su hija pequeña.

—¿Me pasas la salsa? —la interrumpió Dona.

—Claro, cielo, toma. Y tú, Ginger, cuéntanos qué tal te han ido las cosas últimamente. ¿Has hablado con Dean? Cuando te llamo por las noches siempre pareces distraída y deseando colgar. ¿Quieres otra patata?

—Sí, gracias. —La cogí de su plato.

—Eso es porque por las noches está ocupada escribiendo. —Dona me miró con una sonrisa tonta y el tenedor en la mano—. No me puedo creer que no sepan nada. —Sacudió la cabeza antes de seguir comiendo.

Noté que se me encendían las mejillas.

—¿Qué es eso de que estás escribiendo?

—¿Una novela? —preguntó papá.

—No. Solo… es como un diario…

—Que manda a otra persona.

Deslicé la mano bajo el mantel y le di un pellizco a mi hermana en la pierna. Ella se quejó antes de echarse a reír. Luego me pasó un brazo por los hombros y suspiró.

—Vamos, Ginger, es algo importante para ti. No me estaba burlando. Solo es que me sorprende que no se lo hayas contado a ellos. —Los miró—. Tiene un amigo por correspondencia. No a través de esas cartas que os mandabais en la antigüedad escritas a mano y con sellos, sino por *e-mail*. Es genial.

—¿Por qué no nos lo habías contado?

—¿Cómo se llama? —preguntó papá.

—Rhys. Es estadounidense. —Tragué saliva con fuerza—. Y no había dicho nada porque no tiene importancia, solo es un amigo. Hablamos y nos contamos cosas, eso es todo.

Por supuesto, mis padres no tenían ni idea de que el día que lo dejé con Dean decidí coger un avión a cualquier destino y que terminé en París con una mochila en la que llevaba unas bragas, unos calcetines y galletitas saladas. De mi familia solo se lo había contado a Dona. Y casi me sorprendía que hubiese conseguido guardarme el secreto, aunque, claro, no había podido mantener la boca callada con respecto a Rhys. No sé por qué nunca se lo había comentado a mi madre cuando me llamaba por las noches y yo respondía a la mitad de las cosas con monosílabos porque estaba deseando colgar y encender el ordenador. Supongo que la relación que teníamos me resultaba tan especial que quería guardármela para mí, como esas cosas materiales que a veces te gustan tanto que terminas por no usarlas para no correr el riesgo de perderlas o dañarlas. Yo quería conservar a Rhys. Y, en cierto modo, me gustaba que aquello fuese «solo nuestro». Me preguntaba si él le habría hablado a alguien sobre mí. Conociéndolo, apostaba cualquier cosa a que no.

—¿A qué se dedica? —preguntó mi padre.

Sacudí la cabeza antes de suspirar hondo.

—Es DJ. También compone canciones.

Aunque aún no me había dejado escuchar ninguna, pero eso no lo dije. Observé cómo papá fruncía un poco el ceño antes de fijar la vista en su plato. Dona me sonrió.

—A mí me parece fascinante. Todo él.

—¿Todo él? —preguntó mamá.

—Lo que me ha contado —explicó mi hermana.

—¿Y qué tiene de fascinante? —Papá la miró.

—Bueno, viaja por todo el mundo, ¿verdad, Ginger? Y lo hace solo. Creo que es un buen ejercicio para conocerse a sí mismo. —Dona leía unos mil libros al año de autoayuda y, aunque había estudiado Bellas Artes, para decepción de mi padre, tenía alma de psicóloga o algo así—. Y escribe sin faltas de ortografía. Eso siempre es un plus.

—Supongo que sí —asintió mamá.

Hablar de Rhys con mi familia era, probablemente, lo último que me apetecía del mundo. Aparte de tener que pasarme la mitad del verano acudiendo a la oficina para trabajar con papá, claro. Y, por desgracia, en torno a esos dos asuntos giró la conversación durante toda la comida. Así que, cuando llegamos a casa, que estaba en un barrio residencial al este de Londres, casi celebré tener un rato de intimidad para deshacer las maletas.

Mi antigua habitación estaba tal y como la había dejado cuando me marché a la universidad. Era tan típica que podría servir como decorado para cualquier película de sobremesa en la que saliese una adolescente. El corcho lleno de fotografías con mis amigas del instituto, esas con las que cada vez hablaba menos porque cada una había seguido un rumbo distinto, las otras en las que salíamos Dean y yo posando como un par de enamorados y otras tantas con mi hermana haciendo el payaso cuando éramos más pequeñas. Luego estaba el escritorio junto a una pared con un bonito papel de flores y lleno de bolígrafos, libretitas y velas aromáticas, justo al lado de la estantería y el armario.

Mi idea era buscarme una habitación de alquiler cuando terminase los estudios al año siguiente. Pasaría de golpe a trabajar en la empresa familiar y a independizarme. Mucha de la gente que conocía solía hacerlo, de hecho, al cumplir los dieciocho, pero en mi caso había tenido la suerte de conseguir una beca que incluía la residencia. Por no hablar de que vivir en Londres era algo así como una misión imposible por culpa de los precios desorbitados.

Dona entró en el dormitorio sin llamar.

—Enana, mamá pregunta si vas a querer pastel de espinacas con queso para cenar. Ya la conoces, acabamos de comer y ya está pensando en lo que pasará dentro de unas horas.

—Vale, sí, eso me va bien —suspiré.

Ella se sentó en la cama, a mi lado.

—¿Estás enfadada conmigo?

—No, ¿por qué lo preguntas?

—Ya lo sabes. Por lo de Rhys.

—No estoy enfadada —dije.

—Ginger…, puedes estarlo. —Me miró—. También puedes gritarme si quieres. Estás en tu derecho. Si te digo la verdad, me ha sorprendido que no le hubieses hablado a mamá de él, pensaba que ya lo sabría y, no sé…, me ha hecho gracia. Pero luego he estado pensando que quizá querías guardártelo para ti, ¿es eso?

Asentí con la cabeza, pero no le grité. Es que no me salía hacerlo. Peor aún: es que no *sabía* hacerlo. ¿Y cómo puede una persona no ser capaz de expresar enfado o ira o rabia…? Quizá me daba miedo que la gente dejase de quererme si lo hacía. Quizá pensaba que era mejor así, ser siempre «la dulce Ginger complaciente». Temía decepcionar a las personas que me rodeaban. Temía quedarme sola. Temía no dar lo mejor de mí.

Supongo que por eso acepté trabajar ese verano.

Y por eso aún no había hablado con Dean…

Y por eso era incapaz de gritarle a Dona…

Y por eso…, por eso… tenía un nudo en la garganta la mayor parte del tiempo, como si todo lo que no llegaba a expresar se quedase ahí, dentro de mí, escondido en algún rincón. Pero dejaba que una parte pequeña saliese. Con Rhys. Con él era yo misma.

—Da igual, tienes razón, si lo de Rhys no tiene importancia…

—Sí que la tiene —insistió Dona. A veces me daba la impresión de que mi hermana intentaba tensar la cuerda que nos unía a propósito, como si me pusiese a prueba.

—No, es una tontería. Debería deshacer las maletas.

—Ginger, mírame. Rhys no es ninguna tontería para ti. Lo sé, te conozco. Él es alguien especial, ¿verdad? Asiente si tengo razón. —Muy a mi pesar, mientras mi hermana me sostenía la cabeza por las mejillas, terminé moviéndola de arriba abajo—. Bien. Y ahora vayamos a lo primordial, ¿cuándo piensas enseñarme una foto de él?

Me reí y me levanté. Subí una maleta a la cama.

—No tengo fotos. Ya te lo dije. Y no te mentía.

—Tendrá alguna red social en la que suba algo.

—No. Ya lo busqué. Pero es… guapísimo.

—«Guapísimo.» —Mi hermana soltó una carcajada.

—¡Lo digo en serio! No te burles. —Nos reímos—. La primera vez que lo vi, bueno, la primera y la última, para ser exactos, pensé que era como una de esas estrellas de *rock* que tienen ese aire de estar cansados de la vida, pero al mismo tiempo están llenos de ganas de todo, de hacer cosas, de viajar, de cometer locuras. ¿Sabes lo que digo?

—No tan bien como tú, desde luego.

Mi hermana se quedó un rato más, contándome qué tal le iban las cosas en su trabajo mientras me ayudaba a colgar en el armario las prendas que se arrugaban más rápido. Dona había conseguido un empleo como camarera en un *pub* en Carnaby Street, en el corazón del Soho. Había aceptado porque, tras comentar con su jefa que era artista y que estaba intentando abrirse paso, le dio la oportunidad de exponer algunas de sus obras en las paredes del local, con la esperanza de que alguien quisiese comprarlas o se interesase por ella.

De momento, no había tenido suerte. Y, como era de esperar, mis padres estaban decepcionados por la situación, sobre todo ahora que Dona vivía en un apartamento junto con otros seis jóvenes. Mamá había intentado que entrase en razón y aceptase un puesto como recepcionista en la empresa familiar o algo así, pero mi hermana se había negado. Yo admiraba eso de ella. Que le diese igual no contentar a todo el mundo. Que hiciese siempre lo que le viniese en gana. La abracé antes de que saliese y me dejase a solas.

—¿Te quedarás a dormir aquí hoy? —pregunté.

—No, me iré después de cenar. —Me sonrió.

Luego, me senté en la cama y encendí el portátil.

No tenía ningún nuevo mensaje de Rhys.

Suspiré, alargué la mano y cogí su sudadera, esa que había dejado apartada al deshacer la maleta. Era gris, con los puños y la capucha rojos. No me la había puesto desde aquel día en el aeropuerto. Y, por supuesto, no la había lavado. Ya no quedaba rastro de él cuando la olía (sí, lo hacía, sobre todo durante las primeras semanas), pero me gustaba la idea de tener algo de Rhys conmigo, como si eso me recordase que él era real, aunque estuviese a miles y miles de kilómetros, al otro lado del mundo.

15

RHYS

El viento que soplaba era fresco y las olas del mar lamían la orilla de la playa. Inspiré hondo. Sentí cómo mis pulmones se llenaban de aire, cómo todo daba más y más vueltas. Estaba tumbado en la arena, en bañador, a las tantas de la madrugada. El agua fría me rozaba los pies de vez en cuando. Me concentré solo en eso. En respirar. En respirar. En respirar. No sé cuánto había bebido, solo sé que me había alejado de la fiesta, de la multitud y de aquella chica tan guapa con la que no me apetecía hablar. Y ahora estaba allí, con la vista clavada en el cielo oscuro repleto de estrellas que parecían temblar en lo alto del firmamento.

Y la luna iluminando entre sombras, redonda.

La luna que siempre me recordaba a ella.

16

De: Ginger Davies
Para: Rhys Baker
Asunto: ¡No sobreviviré!

Llevo dos días en casa y ya estoy pensando en el suicidio. En serio, Rhys, es terrible, terrible, terrible. Y eso que adoro a mis padres. Pero son... agobiantes. Son ridículamente perfectos, y entonces yo también tengo que ser ridículamente perfecta, especialmente después de que Dona haya dejado de serlo. Tengo la sensación de que ahora todas las esperanzas de la familia recaen sobre mí y, sinceramente, no es justo. Voy a respirar hondo.

De: Ginger Davies
Para: Rhys Baker
Asunto: ¡No sobreviviré! (Segunda parte)

Vale, mi madre ha entrado en mi habitación mientras te escribía el mensaje y me he puesto tan nerviosa que le he dado a enviar. Ya se ha ido. Creo. Me hace entre cinco y diez visitas cada hora. A veces solo llama a la puerta, abre y comenta: «Nada, solo quería saber si estabas bien». Y la miro como diciendo «¿estás loca?». Lo sé, soy una mala hija y tú un ángel caído del cielo por estar dispuesto a escucharme. Gracias, gracias, Rhys.

El caso es que este verano, en cuanto volvamos de vacaciones, voy a tener que acompañar a mi padre todos los días al trabajo (encima, Dona solo viene tres días con nosotros porque no ha podido coger más días libres, y luego se volverá en tren). Conclusión: adiós a eso de vaguear y leer tirada en cualquier lugar. Ahora te imagino en la playa y me muero de envidia. Seguro que estarás moreno. Ya sé que trabajas, pero no sé por qué siempre tengo la impresión de que disfrutas de unas «vacaciones eternas».

Espero tener wifi en Glastonbury.

De: Rhys Baker
Para: Ginger Davies
Asunto: Sé una galleta fuerte

Puede que sea porque he bebido un poco, pero voy a decirte qué es lo que creo que deberías hacer en este momento. Abre tu armario, mete en la maleta un montón de prendas de verano, ve al aeropuerto y coge un avión con destino a Los Ángeles.

Pasa el verano conmigo, Ginger. Será divertido. Podemos emborracharnos juntos y te enseñaré a surfear y nos bañaremos por la noche en la playa. Desnudos si quieres. Seguro que nunca has hecho una de esas locuras, ¿no? Dejar el bañador en la orilla y correr hasta meterte en el agua. Seré tu compinche. Piénsalo.

A la mierda eso del trabajo. Suena aburrido.

De: Ginger Davies
Para: Rhys Baker
Asunto: RE: Sé una galleta fuerte

Dios mío, Rhys, no puedes decirme algo así.

NO PUEDES, ¿vale? Porque ahora no dejo de imaginar lo genial que sería, y es imposible. No vuelvas a escribirme cuando estés bebido, porque se te ocurren cosas demasiado tentadoras con las que no me puedo permitir siquiera fantasear.

De: Ginger Davies
Para: Rhys Baker
Asunto: Sin asunto

¿Te has enfadado conmigo? No espero que lo entiendas, pero es que en mi mundo existen obligaciones, horarios, plazos que cumplir, cosas.

De: Ginger Davies
Para: Rhys Baker
Asunto: …

Vale, ya hemos llegado al hotel y sí que tengo wifi, pero parece ser que tú no, porque sigues sin contestarme. Ahora en serio, ¿vas a estar enfadado eternamente? Ni siquiera te he hecho nada. A mí también me gustaría estar ahí, pero no puedo…

De: Rhys Baker
Para: Ginger Davies
Asunto: Perdona

¡Lo siento! Claro que no estoy enfadado, Ginger. ¿Cómo iba a molestarme por algo así? Lo entiendo. Solo fue una locura que se me ocurrió, intentaré no volver a escribirte cuando llegue borracho de madrugada. Estos días apenas he parado. Ha venido Sarah y me he mudado estas semanas a un apartamento con ella, hasta que se marche.

Disfruta del viaje. Cuéntame qué tal es todo por allí.

De: Ginger Davies
Para: Rhys Baker
Asunto: Intrigada

¿Quién es Sarah? Creo que nunca me habías hablado de ella.

De: Rhys Baker
Para: Ginger Davies
Asunto: RE: Intrigada

Es una amiga. Algo así. Ya sabes.

De: Ginger Davies
Para: Rhys Baker
Asunto: RE: RE: Intrigada

No sé si ofenderme por lo rápido que has encontrado una sustituta para pasar unos días en Los Ángeles o por el hecho de que no me habías dicho hasta ahora que tenías una «amiga especial». Estoy de coña, aunque estaría bien que alguna vez me contaras algo.

Por aquí todo bien. El sitio es muy bonito, uno de esos pueblos con encanto. Mi madre ha hecho tantas fotos que hemos tenido que comprar otra tarjeta para la cámara, y mi padre se pasa el día emocionado, haciendo planes sobre lo que haremos cada día en la oficina cuando regresemos a Londres. Disfruta de todo aquello, Rhys.

De: Rhys Baker
Para: Ginger Davies
Asunto: RE: RE: RE: Intrigada

Tienes razón, Ginger. He estado dándole vueltas a tu mensaje durante todo el día, pero no he podido contestarte hasta ahora, que Sarah se ha quedado dormida, y es cierto: tú me das mucho más que yo a ti y no es justo. Yo… estoy intentándolo. Quiero que sepas que, pese a todo, ahora mismo eres la persona que más sabe de mí. De hecho, si analizo mi día a día, creo que eres mi mejor amiga. Y eso que solo hace, ¿cuánto?, ¿seis meses que nos conocimos? ¿Casi siete? Desde finales de enero, sí, pero a pesar de eso tengo la sensación de que llevo hablando contigo desde hace años. Ni siquiera sé por qué. Supongo que son cosas que pasan, que a veces conoces a una persona y la dejas entrar en tu vida sin razón.

Sí, Sarah es una «amiga especial». Nos vemos a veces en Nueva York o en Los Ángeles y, ya sabes, nos divertimos juntos. Es actriz, trabaja rodando anuncios. Y es simpática, creo que te caería bien. Hace ya un par de años que la conocí una noche.

No sé qué más contarte…

Espero que estés bien.

De: Ginger Davies
Para: Rhys Baker
Asunto: Eso ha sido bonito

Vale, lo de que soy tu mejor amiga ha sido bonito. No sé cómo consigues a veces que pase tan rápido del cabreo a querer abrazarte, Rhys. La verdad es que creo que tú también eres ahora mi mejor amigo. O al menos el que más sabe de mí. A veces tengo la sensación de que te lo cuento absolutamente todo, y eso da un poco de miedo.

Me alegra que te lo estés pasando bien con Sarah.

¿La conociste una noche como a mí? Detalles.

Ah, y sí, mañana empiezo a trabajar.

Ya te contaré. Besos. (¿Por qué nunca nos despedimos así? En plan «besos», o «abrazos», o «cuídate». Quizá porque nos mandamos tantos mensajes que ya sonaría poco real, ¿no? Como cuando das un beso al saludar a alguien, pero no lo sientes, ya sabes.)

De: Rhys Baker
Para: Ginger Davies
Asunto: RE: Eso ha sido bonito
Lo consigo porque soy encantador, claro.

Y no, no la conocí una noche como a ti, Ginger. La conocí…, no sé, fue diferente. La conocí en un *pub*, bebimos y acabamos en su hotel. A eso me refería. Fue otra cosa.

Cuéntame qué tal tu primer día en el trabajo.

Besos, besos, besos (estos son sentidos).

De: Ginger Davies
Para: Rhys Baker
Asunto: Ojalá me secuestren
Mi primer día se resume leyendo el asunto de este mensaje. La verdad es que me siento un poco culpable, porque mi padre estaba tan ilusionado y orgulloso… Se le pone la cara roja en momentos así, y cuando me ha presentado delante de toda la plantilla parecía que le había dado una insolación, pero no, solo era la emoción transitoria.

Y yo me he sentido bien y mal al mismo tiempo.

Bien por verlo feliz. Mal porque no quería estar allí.

Vale, entiendo a lo que te refieres sobre que fue una noche diferente… Pero eso me hace preguntarme algo. Voy a soltarlo sin pensar y le daré a enviar a este mensaje sin releer, ¿de acuerdo? Porque, si no, me arrepentiré antes de hacerlo. ¿Crees que en otras circunstancias podría haber ocurrido algo así entre nosotros? Es decir, no quiero ponerte en un compromiso, puedes ser sincero conmigo. Yo también tengo mis propias ideas al respecto. Solo quiero saber si te habrías fijado en mí si me hubieses conocido en un *pub*.

Voy a mandarlo sin pensar.

No me lo tengas en cuenta.

De: Rhys Baker
Para: Ginger Davies
Asunto: Sin asunto
Ginger, Ginger, Ginger...

De: Ginger Davies
Para: Rhys Baker
Asunto: RE: Sin asunto
¿Qué demonios significa eso?

De: Rhys Baker
Para: Ginger Davies
Asunto: Lo que significa
Significa que hay algunas respuestas que es mejor no saber. Pero si no puedes soportar la intriga, te diré que sí. Si te hubiese conocido en un *pub* y en otras circunstancias, probablemente me habría acercado a ti, nos habríamos tomado una copa y habríamos estado hablando un poco. Y luego, no sé, me habría inclinado para susurrarte al oído. Y te habría acariciado la rodilla por debajo de la mesa. Habríamos terminado en esa buhardilla, pero en lugar de comer tallarines chinos tirados en la cama, te habría besado por todas partes hasta que gimieses mi nombre. Y luego me habría tomado mi tiempo para memorizar cada centímetro de tu piel desnuda. Cada peca. Cada lunar. Cada cicatriz. Cada curva.

Pero ¿sabes qué? Me alegra que nunca ocurriese. Porque lo

que tenemos es mil veces mejor y es algo que no tengo con nadie más. Algo especial, esta amistad nuestra. Ahora será mejor que finjamos que nunca hemos hablado de esa realidad paralela.

De: Rhys Baker
Para: Ginger Davies
Asunto: ¿Estás bien?
¿Has muerto de un infarto, galletita?

De: Ginger Davies
Para: Rhys Baker
Asunto: Estoy bien
Eres idiota. Y sí, estoy bien. ¿De verdad piensas que soy tan impresionable? Ja. Tendrías que hacer algo mucho mejor para conseguirlo. Pero tienes razón, será mejor que lo olvidemos, porque ahora no viene al caso. Solo me intrigaba…

El trabajo está siendo un asco. Papá sigue feliz. Yo he estado a punto de intentar asfixiarme hoy con el cable de la impresora, pero luego he recordado que solo me quedan unas semanas y después volveré a ser libre. O lo que es lo mismo, regresaré a la residencia. ¿Sabes? Ahora que estoy a punto de empezar el último curso de la universidad, me planteo si luego seré capaz de trabajar aquí todos los días. Si te soy sincera, no quiero ni pensarlo.

¿Qué vas a hacer tú? ¿Sigue Sarah allí contigo?

De: Rhys Baker
Para: Ginger Davies
Asunto: RE: Estoy bien
Ginger, pienso que eres aún mucho más impresionable. Pero dije que lo olvidásemos y voy a intentar no añadir nada sobre eso.

¿Alguna vez te has planteado si te gusta lo que estás haciendo? Voy a contarte algo que creo que aún no te he dicho: no solo estudié el primer año de Psicología. También empecé el primer año de Derecho. Y de Ciencias Políticas. Sí, el hijo perfecto, como ves. No, en serio, quería que me gustase algo de todo eso, pero no me llenaba. Las horas en clase eran eternas, así que terminaba saltándome la mitad. Lo único bueno que le veía a la universidad eran las fiestas que dábamos en la hermandad (sí, te lo juro, mi padre formó parte de ella y antes mi abuelo, y yo qué sé, la cuestión es que conmigo terminó el legado).

Allí conocí a Logan, por cierto, el amigo con el que vivía aquí en Los Ángeles hasta que Sarah llegó. Ella se marcha pasado mañana, así que imagino que entonces volveré a su casa. Él sí terminó Derecho y tiene un despacho pequeño en la ciudad, casi a las afueras, nada demasiado pretencioso. A veces lo miro y pienso que esa podría ser ahora mi vida. Pero, no sé, hay algo que falla. Ni siquiera hoy sé qué es. Creo que aún me falta mucho para conseguir entenderme. Espero que, como siempre, tú sepas sacarle el sentido a eso y verle el lado lógico.

Lo que intento decirte, Ginger, es que no deberías hacer nada que te haga infeliz. Ya sé que parece una frase motivadora de esas que se imprimen ahora en las camisetas de los grandes almacenes o en las tazas del desayuno, pero la vida es demasiado corta como para no aprovecharla todo lo posible.

Ahora mismo no tengo muy claro qué hacer. Creo que me quedaré unos meses más y luego quizá suba hacia San Francisco y no me vaya muy lejos.

17

RHYS

Bajé la tapa del portátil y me quedé unos segundos mirando por la ventana. Era un día caluroso y acababa de amanecer. Medité sobre mi vida allí, en Los Ángeles, hasta que noté que el cuerpo de Sarah se movía a mi espalda. Seguía tumbada en la cama, desnuda, con las sábanas blancas hechas un ovillo a un lado.

Sonreí y me acerqué. Estaba adormilada.

—¿Qué estás haciendo a estas horas?

—Contestar a un correo. ¿Quién se ducha antes?

—Tú —dijo rápidamente cerrando los ojos.

Busqué algo de ropa limpia que ponerme y luego me metí en el cuarto de baño. No encendí el agua caliente. Me estremecí de la impresión ante el primer chorro frío, pero permanecí inmóvil debajo hasta que me acostumbré, y la sensación empezó a ser placentera. Una vez oí decir algo así como que el dolor, un baño de agua helada o el vértigo hacían que uno despertase de golpe, que fuese consciente de su propia piel, de esa sensación de estar vivo. Algo físico, directo. Algo que nos saque de la comodidad que buscamos por instinto.

Cuando salí, ya olía a café recién hecho y Sarah estaba hablando por teléfono. Me fijé entonces en la luz que entraba por la ventana, el efecto que creaba, cómo se curvaba ligeramente y simulaba un pequeño arco iris que se reflejaba en la mesa blanca de la cocina.

—¿Qué estás mirando? —Sarah me abrazó por detrás cuando colgó.

—Nada. ¿Te han dicho si tienes hoy el rodaje? —pregunté.

Asintió y me dio un beso suave en los labios antes de alejarse para prepararse una taza de café. Esperé hasta que acabó para servirme la mía y los dos desayunamos en silencio mientras quedaban atrás los minutos del reloj que estaba colgado en lo alto de la pared.

Dicen que es durante los silencios cuando uno se da cuenta de que tiene delante a la persona adecuada. Yo pienso que es mentira. O que a esa afirmación le faltan matices. Un silencio puede ser cómodo, pero estar vacío. Y otros silencios pueden ser tensos, electrizantes, pero significarlo todo. Como el que compartí con Ginger más de medio año atrás en aquella buhardilla, cuando sentía el pulso de su muñeca latir contra mis dedos mientras contemplábamos la luna llena y brillante. Supongo que cada instante es irrepetible. Que nada puede ser igual.

—No me apetece marcharme —dijo.

—¿Has sacado ya los billetes de avión?

—Sí, anoche. Cogí tu ordenador.

Apartó la mirada de golpe, incómoda.

—¿Y...? —Alcé las cejas.

Dejó el café en la mesa y suspiró hondo, como si necesitase unos segundos para ordenar lo que quería decir. Yo noté que me tensaba. Y no porque hubiese visto los mensajes, sino por lo mucho que me jodía que alguien se tomase la libertad de entrar sin antes molestarse en llamar a la puerta de mi vida. Solo se lo permitía a Ginger. A ella le dejaba colarse por ventanas abiertas, por rendijas ocultas, por el hueco de la chimenea...

—Lo siento, te prometo que solo leí los últimos *e-mails*... Es que mi portátil no tenía batería y los mensajes estaban ahí cuando se encendió la pantalla, y yo..., no sé, Rhys, tengo la sensación de que hace dos años que nos conocemos y aun así creo que no sé nada de ti.

—Sarah...

—Y eso, eso de que con ella era distinto... —Se puso en pie, se acercó a la ventana y la cerró. El rayo de luz menguó hasta casi desaparecer. Me quedé mirándolo—. No pensaba decirte nada, ¿sabes? Al despertarme esta mañana me había propuesto fingir que todo estaba bien y que lo habría olvidado de aquí a que volviésemos a encontrarnos en Nueva York dentro de un tiempo. Pero luego, cuando te he preguntado en qué pensabas y me has dicho que en «nada», sabía que me estabas mintiendo.

—¿Adónde quieres ir a parar?

—Eso que le dijiste a ella. Esa frase.

—¿Cuál? —Me levanté también.

—«Que a veces conoces a una persona y la dejas entrar en tu vida sin razón.» No creo que sea así, tiene que haber alguna explicación. Dime el qué.

Se me encogió el estómago al verla así, con los ojos húmedos, el labio temblándole, la mirada fija en mí con la esperanza de que pudiese darle algo que en realidad no tenía. Quizá había sido egoísta con ella. Quizá no me había fijado lo suficiente en las señales.

Inspiré hondo; pensativo, incómodo.

—La frase era verdad, Sarah. No tengo una razón. No sé por qué puedo abrirme con ella y por qué no puedo darte eso a ti. Lo siento.

Se quedó callada y yo di un paso al frente para abrazarla. No se apartó. Cerré los ojos cuando sentí sus labios en la línea de la mandíbula, las manos subiéndome la camiseta, su piel contra la mía cuando acabé sentado en la silla de la cocina con ella encima. Dudé. No por mí, sino por Sarah. Porque no estaba seguro de que en ese momento no estuviese haciéndose más daño. Pero la dejé seguir. Dejé que su cuerpo se moviese sobre el mío, que enredase los dedos en mi pelo y me besase fuerte, usando los dientes, reclamándome.

Luego, los jadeos lo llenaron todo. Terminó. Terminamos.

Se apartó, poniéndose en pie. Aún llevaba encima la camiseta que no había llegado a quitarse y me miró con una mezcla de enfado y cariño y confusión. La cogí de la mano y tiré de ella hasta volver a sentarla en mi regazo. Le di un beso en la frente.

—¿Qué estás haciendo, Sarah?

—No lo sé —susurró.

—Esto nunca ha sido un problema entre nosotros.

—Ya. —Me miró dolida—. Pero eso era porque pensaba que eras así, Rhys, tal y como te he conocido durante estos años. Creía que no te gustaba hablar de ti mismo, que eras incapaz de estar relajado con alguien compartiendo anécdotas de tu infancia o preocupándote por sus inquietudes. Y entonces me encuentro eso. A otra persona. Una que nunca he visto ni de refilón. Lo que había aceptado era que no podía cambiarte, pero eso…, eso… lo estropea todo. —Sacudió la cabeza, zafándose de mí.

—Le estás dando demasiadas vueltas…

—Dormiré esta noche en un hotel.

—No lo entiendo. Tenemos una relación abierta y ella es una amiga. Te estás comportando como si llevásemos años saliendo y acabase de traicionarte…

—No es eso. Solo es que he abierto los ojos.

—Vale. —Me abroché los vaqueros suspirando.

—¿Lo ves? Me refiero justo a eso. ¿Reaccionarías igual si fuese ella la que estuviese a punto de irse a dormir a un hotel? No. Y las dos somos tus amigas. Peor aún. A una te la has tirado y a la otra no. Déjalo, no vas a entenderlo ahora. No quiero acabar mal contigo.

Respiré hondo; un poco nervioso, un poco frustrado, un poco de todo. Porque, en el fondo, no quería darle vueltas a aquello. Sarah se dio una ducha rápida, salió vestida, cogió su bolso y se marchó. Imaginé que volvería por la tarde a por sus cosas, tras el rodaje que tenía. Me quedé un rato más en la cocina, siguiendo el haz de luz con los dedos, pensativo.

No sé cuánto tiempo pasó hasta que me acerqué al sintetizador.

Y luego perdí la noción de todo. Solo estaba ese sonido, el del bajo, la base, retumbando una y otra y otra vez en mi cabeza, reproduciéndose sin descanso hasta que encontré el ritmo que buscaba, el único que me servía. Bum, bum, bum. Cerré los ojos, valorando lo que venía después, recordando sensaciones. Bum, bum, bum. Era casi mediodía cuando vi que mi móvil vibraba sobre la mesa y me quité los auriculares.

Era Logan. Llevaba veinte minutos en la puerta.

Abrí y, al verme, negó con la cabeza y suspiró. Levantó una bolsa de una hamburguesería cercana y se dirigió al comedor. Empezó a sacarlo todo.

—He dado por hecho que no habrías comido una mierda. —Me miró de reojo antes de proseguir—: Me ha llamado Sarah para preguntarme si podía quedarse esta noche en mi casa, así que... imaginé que algo iba mal, ya sabes.

—Me dijo que dormiría en un hotel.

—Ya. ¿Qué ha ocurrido exactamente?

—Nada. No lo sé. —Cogí una hamburguesa, le quité el papel y me dejé caer en el sofá antes de darle un mordisco y masticar pensativo—. Quiero decir, que ayer todo estaba bien y hoy de repente se comportaba como si tuviésemos algo serio.

—¿Y lo tenéis? —cuestionó Logan.

—Claro que no. ¿A qué viene esa pregunta?

—Simplemente he pensado que, bueno, os veis a menudo, ¿no? Lleváis haciéndolo durante años. Tampoco sería muy diferente si fueseis «en serio».

Fruncí el ceño, consternado. Logan permaneció impasible mientras devoraba su hamburguesa, como si no hubiese dicho algo que él sabía que era casi ridículo. Porque pocas personas me conocían como él, incluso aunque no lo supiese todo sobre mí o no le contase a veces ciertas cosas, como la existencia de Ginger. O lo ocurrido con mi padre. O lo difícil que se me hacía hablar con mi madre cada semana...

A decir verdad, mirándolo entonces, me di cuenta de que uno de mis mejores amigos, ese al que había conocido siete años atrás en la universidad, apenas sabía nada real sobre mí. Solo lo que le dejaba ver, las pequeñas migas de pan que tiraba por el camino.

—Es imposible que tenga una relación con nadie.

—¿Por qué? Sarah es impresionante —contestó.

—Sí que lo es. Pero viajo a menudo, ¿recuerdas? No me veo viviendo dos o tres años en un mismo sitio. O más. Toda una vida. No me veo metiéndome en una hipoteca ni teniendo hijos ni haciendo ninguna de todas esas cosas estables.

Logan me estudió unos segundos en silencio.

—¿Qué esperas encontrar, Rhys?

—¿Encontrar? Nada. ¿Por qué?

Sacudió la cabeza y se encogió de hombros.

—A veces tengo esa sensación, la de que estás buscando algo. Olvídalo. Joder, yo solo me casaría con una de estas hamburguesas. Y la engañaría con el queso.

Intenté sonreír, pero no conseguí hacerlo.

Ni tampoco ignorar esa frase.

«La sensación de estar buscando algo.»

18

GINGER

La semana había sido eterna. Los días en el trabajo con mi padre me resultaban agotadores a nivel emocional, sobre todo porque tenía que fingir todo el tiempo que estar allí era lo que más me gustaba del mundo y, en el fondo, cada vez que me quedaba sola en el despacho sobrevivía imaginando que estaba en una playa, tirada en la arena, sin hacer ni pensar en nada, tan solo sintiendo el sol cálido en la piel y el viento salado.

Y con Rhys. Él aparecía a mi lado.

Intenté refugiarme en esa ilusión mientras el tictac del reloj avanzaba lentamente. Recorrí con la mirada el despacho de mi padre; los papeles apilados, la fotocopiadora imprimiendo las últimas facturas que me había mandado hacer, los diseños de algunos armarios para la próxima temporada colgados en un corcho gigante delante del escritorio, las paredes lisas y aburridas que me habían acompañado durante aquellas semanas de verano…

Aquel, por fin, era mi último día.

A la mañana siguiente cogería un tren y regresaría a la residencia de la universidad. Noté una sensación de alivio. Y sonreí al recordar que me habían concedido el traslado a otra habitación más grande que compartiría con Kate. Estaba deseando vivir aquel último año y, durante un segundo, dentro de aquel despacho, deseé que se alargase para siempre. No me apetecía enfrentarme a «la vida adulta», ni trabajar allí, ni tener más responsabilidades.

—¿Ya has terminado con las facturas?

—Sí. —Me levanté cuando mi padre entró. Fui a la impresora y la apagué antes de coger los papeles y señalar la mesa—. ¿Las dejo aquí?

—Sí, mañana ya les echaré un vistazo.

—Vale. —Rodeé el escritorio.

Mi padre me pasó un brazo por los hombros y me estrechó contra su costado. Olía a una mezcla de tabaco de liar (había intentado dejar de fumar varias veces sin conseguirlo) y al suavizante que mamá usaba para lavar la ropa desde que yo era pequeña. Respiré hondo, sintiéndome arropada por la familiaridad que me envolvía. No sabía muy bien qué estábamos haciendo ahí hasta que él miró en derredor y emitió un suspiro satisfecho.

—Algún día, mi pequeña Ginger, todo esto será tuyo.

Tragué con fuerza al notar un nudo en la garganta. Luego, papá apagó el interruptor de la luz y salimos de su despacho. Estuve callada mientras regresábamos a casa.

—¿Estás bien, Ginger? Dijiste que no te importaba…

Tardé unos segundos en darme cuenta de que estaba preocupado por la comida de ese día: como despedida antes de que volviésemos a la universidad, íbamos a reunirnos con Dean y sus padres como en los viejos tiempos. Sacudí la cabeza.

—Y no me importa —le aseguré—. De verdad.

—De acuerdo. Si en algún momento cambias de idea, puedes decir que te encuentras mal e irte a tu habitación. Escucha, Ginger, sé que quizá no tuve demasiado tacto contigo cuando Dean te dejó. He estado pensando mucho en ello últimamente…

—Papá, olvídalo, en serio. Da igual.

—Es que creía que era un buen chico…

—Y lo es. Pero no para mí. No tienes que odiarlo.

—Vale. —Respiró hondo, un poco más tranquilo.

Agradecí la intención, pero no quería que mi padre se obligase a cambiar con Dean. A fin de cuentas, siempre lo había tratado como al hijo que nunca tuvo, hasta el punto de que esperaba que también ocupase un alto cargo en la empresa familiar. No tenía ninguna intención de romper la relación que ellos habían forjado durante tantos años tan solo porque nosotros hubiésemos tomado senderos separados y ya está. Estaba bien. Más que bien.

No me importaba no haber recibido ninguna explicación...

Tampoco que jamás llegásemos a hablar sobre ello...

Me lo repetí, intentando convencerme. Cuando entramos en casa, el aroma a pastel de carne flotaba en el ambiente y la familia Stewart al completo ya estaba allí, en el salón. Los padres de Dean me abrazaron tan fuerte que temí que me rompiesen una costilla. No nos habíamos visto durante todo el verano y, cuando menos, era raro; claro que quizá no sabían que había estado evitándolos, porque las semanas habían sido suficientemente deprimentes sin añadir a mi vida una de esas conversaciones incómodas que no me apetecía tener.

Dean se quedó mirándome con las manos metidas en los bolsillos. Parecía nervioso. Lo saludé con la cabeza antes de meterme en la cocina con la excusa de ayudar a mamá a sacar el pastel del horno y servirlo en los platos.

Dona llegó la última, cuando ya estábamos sentándonos a la mesa. Cogió una ración generosa y se puso a mi lado, haciendo hueco, algo que agradecí. Me centré en el plato de comida mientras escuchaba, masticaba y le prestaba toda mi atención a la cómoda acristalada que había detrás y que estaba llena de cachivaches antiguos de esos que mamá nunca quería tirar, como regalos de bautizos o adornos familiares pasados de moda. Llevaba varios bocados cuando noté que la comida se me empezaba a atascar en la garganta. Bebí agua, intentando entender por qué de pronto estaba tan angustiada. Al fin me atreví a levantar la vista hacia Dean y... no sentí nada. No hubo ningún tirón de anhelo al contemplar su cabello castaño y rizado, ni el movimiento de la nuez de su garganta, ni sus ojos oscuros.

Durante los últimos meses, lo había tenido cerca en clase y habíamos hecho un trabajo juntos, pero, curiosamente, fue en aquel lugar, en mi casa, cuando lo sentí de repente diferente. Creo que fue porque hasta entonces no me había dado cuenta de que Dean había sido una constante en mi vida casi desde que dejé de usar pañales. Me había hecho esa horrible cicatriz en la rodilla corriendo tras él por la calle que estaba detrás de mi casa, al tropezar y caerme cuando tenía siete años. Había sido el único chico con el que había hecho el amor. El primero en todo. El que me acompañó en el baile del instituto cuando nos graduamos. Y con el que hice la solicitud a la universidad. Tantos instantes, tantos recuerdos…

Y ahora estaba delante de mí, como un extraño más.

El estómago me empezó a dar vueltas y me puse en pie limpiándome con la servilleta. Todos dejaron de hablar y me miraron con incertidumbre.

—No me encuentro muy bien. Si me disculpáis…

Me alejé y subí a la segunda planta dando un traspié por la escalera enmoquetada. Una vez que estuve dentro del cuarto de baño, me lavé la cara con agua fría e intenté calmarme. No sabía a qué venía todo aquello cuando ya casi ni siquiera tenía sentido. O quizá sí. Quizá de repente tenía todo el sentido del mundo.

Escuché unos golpes en la puerta.

—Ginger… ¿Puedes abrir?

Eran Dean. Inspiré hondo antes de quitar el pestillo de la puerta y dejarle entrar. Nos miramos sin decir nada a través del espejo del cuarto de baño.

—Creo… creo que deberíamos hablar.

—Ya era hora —mascullé bajito.

—¿Qué?

—Nada.

Él me siguió cuando me dirigí hacia mi habitación. Al entrar se quedó un rato contemplando ese corcho que aún estaba lleno de fotografías suyas. El silencio era incómodo. Dean me parecía de pronto demasiado grande y ajeno en aquella estancia, como si no cupiera allí, aunque eso ni siquiera tuviese sentido. Nos miramos.

—No sé cómo empezar…

—Yo tampoco —admití.

—Supongo que deberíamos haber tenido esta conversación hace meses. Le he estado dando vueltas desde entonces… —Avanzó hacia mí y sentí el peso del colchón hundiéndose cuando se sentó cerca, aún nervioso—. Creo que lo que te dije ese día no fue suficiente. No sé, Ginger, siempre has estado en mi vida y yo... supongo que tuve una crisis general y no me paré a pensar en cómo te sentirías tú. Lo siento.

Tomé aire, sorprendida. Más que nada porque conocía bien al chico que tenía delante y sabía que no era de los que se disculpaban con facilidad. Nos miramos. Él esperando una respuesta. Yo intentando desentrañar si tenía que estar enfadada, si eso era lo justo, o si tenía sentido que «lo entendiese» y que en aquel momento estuviese siendo esa Ginger que no me gustaba. Sacudí la cabeza.

—Debería gritarte. Debería...

—Tú no haces esas cosas.

—Ya. Pero quiero hacerlo.

—Me gustaría que intentásemos ser amigos. No te pido que nos veamos siempre ni nada de eso, pero, no sé, podríamos quedar alguna tarde y tomarnos un café.

Me picaba la nariz. Me picaba la nariz y no era por Dean, era por mí. Creo que lo menos importante de aquella situación era él. Clavé la vista en el cubrecama, en un hilito suelto de color morado que parecía haberse quedado ahí, solo, sin hilvanar. Qué vida más perdida, pensé. Vivir atado a un punto, pero ser incapaz de formar parte del siguiente, anclado en medio de la nada. Como me sentía en ese momento. Dos partes de mí enfrentándose. Una quería perdonar a Dean, intentar ser su amiga, recuperar resquicios de esa relación que nos había unido durante tantos años. La otra deseaba levantarse, coger aire y empezar a gritarle. Pero ni siquiera sabía el qué, porque no lo odiaba. Me dolía cómo había hecho las cosas, pero, sobre todo, me dolía cómo me las había tomado en su momento, porque entonces era cuando tendría que haber reaccionado. Y no por él, sino por mí. Ahora sentía que ese tren había pasado y que ya no tenía ningún sentido que me esforzase por subirme a él. Porque a la Ginger de ese momento, en el fondo, ni siquiera le apetecía ir en tren.

Y entonces recordé que, de algún modo, tragarme aquel

dolor me había conducido a Rhys. Qué ironía. Supongo que cada acto, cada detalle, cada decisión nos guía a un destino diferente, uno que a veces puede cambiarlo todo cuando menos te lo esperas.

—Si quieres que te deje a solas…

Negué con la cabeza y lo miré.

—Te perdono.

Dean sonrió y respiró hondo. Luego, antes de que pudiese prepararme para lo que iba a hacer, se inclinó y me abrazó. No fui capaz de rodearle la espalda con los brazos, pero tampoco me aparté. Me quedé quieta, un poco incómoda, hasta que me soltó.

—¿Sabes…? Te echaba de menos.

No fui capaz de decirle que yo también, porque lo cierto es que aquellos meses lejos de él me habían servido para conocerme un poco más, aunque todavía siguiese perdida, y había hecho una nueva amiga y había besado a otro chico y había tenido una cita…

—Necesitaré un poco de tiempo hasta que las cosas vuelvan a ser menos incómodas. Así que no digo que no a ese futuro café, pero quizá más adelante. Y creo…, creo que me merezco que al menos me expliques qué te ocurrió. Ya sabes, las ganas repentinas de querer experimentar y vivir cosas nuevas, todo eso.

Al principio le costó. Abrió y cerró la boca varias veces, bajando la vista hasta sus manos, dejando los segundos correr. Pero en algún momento la coraza se rompió y empezó a explicarme cómo se había sentido, esa sensación de monotonía que lo arrastraba cada día, la de que se estaba «perdiendo algo», aunque ni siquiera sabía el qué. Y dolió un poco, porque yo formaba parte de esa rutina que a él ya no le era suficiente, pero también pude entenderlo.

—¿Y ahora estás mejor? —pregunté al final.

—Sí, creo que sí. Voy por épocas. —Dean ladeó la cabeza y me miró con curiosidad—. ¿Y qué hay de ti? Te noto cambiada, Ginger.

—Me lo tomaré como un halago.

Sonreí. Y él también lo hizo entonces.

19

De: Ginger Davies
Para: Rhys Baker
Asunto: Hogar, dulce hogar

Ya estoy de nuevo en la residencia. ¿No es raro que en parte sienta este lugar casi más como mi hogar? Supongo que fue algo tan progresivo que apenas me di cuenta, y un día me desperté y en lugar de referirme a la vivienda de la ciudad como «mi casa» pasé a llamarla «la casa de mis padres», y así, tan simple como eso, dejó de ser un poco mía, aunque siga teniendo ahí una habitación con todas mis cosas, casi como si fuese un museo.

¿Sigues teniendo tú un dormitorio así, Rhys?

No sé por qué, pero me cuesta imaginarlo.

Últimamente sé poco de ti. ¿Estás bien? Espero que sí. Yo no tengo mucho que contar. Estoy ilusionada y aterrada por este nuevo curso que comienza; por una parte, es genial compartir habitación con Kate y saber que antes del próximo verano cerraré una etapa importante de mi vida, pero también tengo miedo por lo que vendrá después. Creo que me sentiré como una pelota de tenis que alguien golpea fuerte y que acaba perdida y rebotando de un lado a otro. Y tendré que asumir cosas que ahora ni me planteo, pero, en fin, también tengo ganas de que empiece «mi vida adulta» (seguro que odias esta expresión).

Ah, olvidé contarte que hablé con Dean. Vino con sus padres a comer a casa y pensaba que no me afectaría, porque, a ver, nos veíamos en la universidad, pero creo que encontrarme con él en ese entorno fue distinto, porque no podía dejar de recordar todo lo que habíamos compartido. Qué raro, ¿no? Lo complejas que son las emociones. Tuve la sensación de que llevaba guardando las mías durante demasiado tiempo y cuando las dejé salir ya estaban como... desgastadas, habían perdido intensidad. No tenían brillo.

Te tengo que dejar. Voy a dar una vuelta con Kate.

Besos. Y espero señales de vida.

De: Rhys Baker
Para: Ginger Davies
Asunto: Señal de vida

Siento haber estado un poco ausente, han sido unos días complicados. Y sí, claro que odio la expresión «mi vida adulta». Debería ser eso, «vida», siempre, sin más añadidos. Mi cuento preferido de pequeño era *Peter Pan*, así que no me hagas mucho caso.

Ya sabes que hace un tiempo que no voy a casa, pero la última vez que estuve allí seguía teniendo la típica habitación de adolescente. Con menos pósteres y trastos, aunque en la estantería aún estaban intactas las maquetas que construía con mi padre y una pelota de béisbol firmada por uno de mis jugadores preferidos en la mesita y..., no sé, ahora no recuerdo nada más. Libros, alguna foto, chismes, esas cosas.

La verdad es que llevo un rato dándole vueltas a lo de Dean... Pero creo que lo entiendo. Lo de que lo sentiste distinto por culpa del entorno. ¿Qué te dijo?

De: Ginger Davies
Para: Rhys Baker
Asunto: RE: Señal de vida

No voy a contarte mi conversación con Dean hasta que no me digas qué es lo que te ocurre. Te noto... ¿más melancólico de lo normal? Si es que eso es posible. Vamos, Rhys, puedes contar conmigo. Se me da bien escuchar (leer).

Besos (de los de verdad).

De: Rhys Baker
Para: Ginger Davies
Asunto: RE: RE: Señal de vida

Ese es el problema, que no sé qué me pasa. Ha sido un verano raro. Me he divertido, he follado, me he reído, he pasado los días en la playa, he compuesto canciones, he estado con amigos…, pero al mismo tiempo, joder, no sé, sigo teniendo esa sensación de que busco algo que no llega. Y quizá…, quizá es que no existe nada más allá.

Me gustan tus besos de verdad.

De: Ginger Davies
Para: Rhys Baker
Asunto: RE: RE: RE: Señal de vida

Tiene sentido, Rhys. Yo creo que todo el mundo nos sentimos así a veces, aunque puede que en el día a día no busquemos «eso» con tanta intensidad como tú. Pero sí, supongo que siempre aspiramos a ese «más», ¿no? ¿Te has planteado que quizá te refieres a lo que muchos llaman «felicidad»? Y también entra en juego que algunas personas somos más conformistas que otras. No sé. Puede que sea triste, pero así son las cosas…

De: Rhys Baker
Para: Ginger Davies
Asunto: Vida

No me gusta pensar en ti conformándote, Ginger.

Y menos si consideras que eso es triste, joder.

Ya sé que crees que sí, pero no tienes por qué aferrarte a un trabajo que no te guste de nueve a tres, ni comprarte un coche a los veinticinco y meterte en una hipoteca antes de los treinta, justo después de la boda y de la luna de miel en algún lugar del Caribe. No me malinterpretes. Todo eso es perfecto si es lo que tú quieres, pero no si lo ves como una obligación o algo que «está escrito».

Tú puedes ser lo que quieras, Ginger.

De: Ginger Davies
Para: Rhys Baker
Asunto: RE: Vida

Todo lo que dices suena genial en teoría, pero es difícil llevarlo a la práctica. Y da igual, no quiero hablar de esto. Además, ¿qué cambiaría? Tú no has seguido ese esquema y continúas sin encontrar ese «algo» que buscas. ¿No empezó toda esta conversación por eso?

De: Ginger Davies
Para: Rhys Baker
Asunto: RE: Vida

Rhys, ¿te has enfadado?

De: Ginger Davies
Para: Rhys Baker
Asunto: RE: Vida

Si te has enfadado, que sepas que me parece un comportamiento propio de un niño de cinco años. Quizá seis, con suerte. Si es de los tontos de la clase.

De: Rhys Baker
Para: Ginger Davies
Asunto: RE: RE: Vida

Vale. Pues tengo seis años mentales.
(Que es mejor que tener ochenta y dos.)

De: Ginger Davies
Para: Rhys Baker
Asunto: RE: RE: RE: Vida

Ja, ja, ja, ja. No me lo puedo creer.
¿Sabes? Puede que vayas por ahí con ese aire tuyo independiente y melancólico y pasota de la vida, pero a veces me recuerdas al típico chico mimado que fue una estrella de fútbol americano en el instituto y coronado rey del baile. Admítelo y estaré dispuesta a firmar una tregua.

De: Rhys Baker
Para: Ginger Davies
Asunto: RE: RE: RE: RE: Vida
Quizá acabas de dar en el clavo, galletita Ginger.
Solo por eso, acepto firmar esa tregua.

De: Ginger Davies
Para: Rhys Baker
Asunto: ¿HE DADO EN EL CLAVO?
¿Qué quieres decir? Rhys, Rhys, RHYS.
Contesta. En serio. No me mates de curiosidad.

De: Rhys Baker
Para: Ginger Davies
Asunto: Negociemos
Tú primero. Aún no me has contado esa conversación tan interesante y emocional que tuviste con Dean antes de volver a la residencia. No me hagas suplicar.

De: Ginger Davies
Para: Rhys Baker
Asunto: RE: Negociemos
Si te la cuento, ¿me explicarás eso de «dar en el clavo» y me harás un buen resumen de cómo era tu antigua vida? Odio que nos dispersemos siempre en otros temas.

De: Rhys Baker
Para: Ginger Davies
Asunto: RE: RE: Negociemos
Hecho. Tú me cuentas lo de Dean.
Yo te pongo al día sobre lo otro.

20

De: Ginger Davies
Para: Rhys Baker
Asunto: Mi parte del trato

Vale, pues a ver, era una mañana grisácea, como siempre, y yo había estado en la oficina con papá (estoy intentando narrar la escena en plan novela para darle más intensidad); la verdad es que me sentí un poco rara dentro de aquel despacho, pensando que al año siguiente estaría ahí, viendo moverse las agujas de ese reloj colgado en la pared. Y no sé. Quizá me afectó todo, ahora que lo pienso. Ah, también me acababa de bajar la regla. No sé si te interesa, pero voy a incluirlo porque creo que justifica bien que ese día me sintiese especialmente sensible. Cosa que aumentó cuando llegué a casa y vi que los padres de Dean ya estaban allí. Creo que nunca te lo he contado, pero son maravillosos. Nos abrazamos, blablablá, y terminamos en la mesa comiendo todos juntos. Mi hermana llegó poco después. Y de repente lo miré y sentí… cosas. Como pena. Recordé todo lo que habíamos vivido juntos; tantas tardes jugando, tantos momentos mientras crecíamos…

¿A ti no te parece triste que a veces dejemos de tener contacto con personas que en algún instante llegaron a significarlo todo? Es extraño. Ya sé eso que se dice de que «la vida da muchas vueltas» y «la gente va y viene», pero quizá no deberíamos verlo con tanta normalidad. Porque a mí me asusta que el ser humano sea capaz de olvidar tan rápido.

El caso es que me empezaron a picar los ojos (yo no suelo

llorar de golpe, es algo gradual, como si intentase evitarlo al principio, pero al final no pudiese contenerlo más), me levanté de la mesa y me fui al baño. Él vino poco después y me preguntó si podíamos hablar, así que terminamos en mi habitación, sentados en la cama. ¿Sabes? Es raro pensar a veces cómo cambian las cosas. En ese mismo lugar me besó cinco años atrás, una tarde, cuando hacíamos juntos un trabajo de ciencias. Pero ahora estábamos ahí, hablando de nuestra ruptura. Qué curioso. Qué imprevisible e irónico es todo.

Supongo que lo entendí. Y lo perdoné. Sobre todo, porque me di cuenta de que no me dolía tanto haberlo perdido a él como pareja, sino el hecho de que tirase por tierra tantos años de amistad, esa relación de confianza que teníamos. De eso fue de lo que me percaté al verlo en aquel entorno, en casa, porque me hizo recordar esas cosas importantes que Dean había pisoteado al no darme al menos las explicaciones que yo merecía, ¿no crees?

Luego fue raro… No me sentí triste…

Y pensé que, si no hubiese ocurrido aquello justo así, milímetro a milímetro, tú y yo no nos habríamos conocido, Rhys. El destino es caprichoso. Es decir, imagina que Dean sí hubiese querido hablar conmigo y hubiésemos tenido una larga charla de dos o tres horas. Nunca habría cogido ese avión. Nunca me habría sentido tan perdida, porque al menos habría tenido las respuestas que no me dio en su momento. Tú no me hubieses visto luchar contra esa máquina de billetes. O, sencillamente, si un semáforo se hubiese puesto en rojo y hubiese bajado un minuto más tarde a la estación, no habríamos coincidido. ¿Te das cuenta de lo delicado que es todo? Un hilo tan fino que casi da miedo rozarlo.

Así que, en resumen: fue mejor de lo que esperaba. Me desahogué, él se explicó, lo entendí, luego me dijo que parecía cambiada (eso me gustó), comprendí que hay cosas malas que a veces traen otras buenas y, antes de irme de casa, cuando terminé de meterlo todo en la maleta, quité la mayoría de las fotografías con Dean que aún tenía en el corcho de la habitación. No me preguntes por qué las dejé ahí durante todo el verano.

Solo sé que hasta que no cerré un poco aquella etapa no me sentí preparada para guardarlas en un cajón. Y dejé una, la del día que nos graduamos en el instituto, porque pensé que a fin de cuentas seguía teniendo un buen recuerdo de aquel momento y él formaba parte de eso.

Hemos quedado en que, quizá algún día, nos tomemos juntos un café. ¿Quién sabe? De momento no es uno de mis planes inmediatos, pero quizá me anime más adelante.

Puede que te estés arrepintiendo de haber querido saberlo todo al detalle. Pero ya es tarde, Rhys. Y ahora me debes un correo largo en el que me cuentes tus más oscuros secretos. No seas tacaño con la información.

De: Rhys Baker
Para: Ginger Davies
Asunto: RE: Mi parte del trato
Vale, creo que he entendido lo que me decías sobre Dean. Y, si he de ser sincero, siempre me había limitado a pensar en él como en un idiota que no te merecía, pero no había tenido en cuenta eso. Que había sido tu amigo. Todo lo que habías vivido a su lado. Sé lo que quieres decir con eso de que las personas a veces olvidamos muy rápido, pero ¿nunca has pensado que quizá es un método de supervivencia?

Porque algunas cosas… duelen demasiado.

Posdata: No enloquezcas. Ahora te mando otro correo cumpliendo mi parte del trato. Y te prometo que voy a intentar explayarme, dentro de mis posibilidades y de lo mal que se me da hacerlo. Tienes suerte de que esta noche no pueda dormir.

De: Rhys Baker
Para: Ginger Davies
Asunto: Segundo intento
La verdad es que no sé por dónde empezar, Ginger. Llevo como media hora mirando la pantalla en blanco del ordenador y he empezado el correo mil veces, pero siempre termino borrando lo que pongo. Creo que por eso he mandado antes el

otro, porque no estaba seguro de cuánto tardaría en escribir este. Aquí es de madrugada, así que imagino que a estas horas ya estarás en la universidad. Ginger, Ginger. ¿Sabes qué es lo que más me gusta de ti? Que me dejaste verte desde el principio, sin pedir nada a cambio, sin esconderte. Me hiciste tener ganas de imitarte, de darte… cosas. No sé por qué me cuesta tanto hablar de mí mismo. No soy nadie especial. No he tenido una vida traumática. No hay nada que me diferencie de ti, y, sin embargo, míranos. Yo consumiendo las horas escribiendo y borrando y volviendo a escribir… Tú, seguramente, aporreando el teclado siempre sin pensar.

De: Rhys Baker
Para: Ginger Davies
Asunto: Una parte de mí
Vale, todo se resume en eso que tú dijiste, cuando comenté que habías «dado en el clavo». Era cierto; crecí en una casa grande, en una de las mejores urbanizaciones de Tennessee. Teníamos una empleada de la limpieza y jardinero. Mi infancia fue feliz. Adoraba a mi padre. Adoraba a mi madre. Parecíamos la familia perfecta.

Y sí, Ginger. Era el jodido capitán del equipo de fútbol americano, el que recibía invitaciones a todas las fiestas y salía con la chica más guapa del curso. Tampoco te equivocaste con lo otro: fui el rey del baile durante tres años seguidos. ¿Cómo te quedas? Impresionante, ¿eh? La verdad es que nunca pretendí que las cosas fuesen así, sencillamente venían rodadas, sin hacer nada, sin esfuerzo. Tenía todo lo que alguien podía desear al alcance de mi mano. Fue así durante mucho tiempo. Una vida idílica.

De: Ginger Davies
Para: Rhys Baker
Asunto: RE: Una parte de mí
Rhys, no sé qué decir. Yo no imaginaba… La verdad es que solo comenté aquello de coña, nunca pensé que alguien como tú…, como la persona que conocí… No tiene nada que ver

121

contigo. Ni siquiera puedo visualizarte siendo así de joven. Olvídalo. No me cuentes nada que no quieras que sepa, «chico caracol». Igualmente seguiré siendo tu amiga.

De: Rhys Baker
Para: Ginger Davies
Asunto: La otra parte de mí

La otra cara de la moneda es que jamás en toda mi vida me he sentido más vacío que durante aquella época. Ni más solo. ¿Puede haber algún tipo de soledad más triste que esa, Ginger? La de estar rodeado de gente, pero sentir que no hay nadie.

¿Recuerdas lo que me dijiste aquella noche en París sobre que te daba miedo haber matado y enterrado a la verdadera Ginger? En realidad, no hace falta acabar con uno del todo, tan solo basta con amordazarlo e ignorar día tras día su existencia. Creo que eso es lo que hacemos a veces las personas. Nos convencemos de que queremos ser de una manera que en el fondo no nos nace, no deseamos, no nos llena, no nos sacude. Pero da igual. Estamos empeñados en ello. Y lo forzamos. Y aguantamos. Y pasan los años. Y empiezas una y otra y otra carrera. Y te convences de que puedes ser feliz si todos los demás también lo son (o aparentan serlo). Pero ¿sabes qué? No es verdad. Un día cualquiera lo entendí.

Entendí que tenía solo una vida y que no quería tirarla a la basura.

Entendí que había llegado el momento de cambiar las cosas.

Y aquí estamos, Ginger, divagando sobre la vida…

De: Ginger Davies
Para: Rhys Baker
Asunto: RE: La otra parte de mí

Para ser la primera vez que haces el esfuerzo de abrirte de verdad, creo que lo has hecho genial. En serio. ¿Yves? No ha pasado nada, el mundo sigue girando. Me enorgullece poder inspirarte a la hora de abrirte y ser más expresivo. Reconozco que no esperaba esta parte de tu pasado y me ha sorprendido, pero… me gusta,

Rhys. Creo que eres la persona más contradictoria, inesperada e imprevisible que conozco. Y no sé si debería darme miedo.

De: Rhys Baker
Para: Ginger Davies
Asunto: RE: RE: La otra parte de mí
¿Por qué iba a darte miedo, Ginger?

De: Ginger Davies
Para: Rhys Baker
Asunto: Razones
Mi hermana dice que eres interesante. Y no solo eso, resultas «adictivo». Como una de esas series en las que los guionistas saben cómo hacer que el espectador siempre se quede con ganas de ver un capítulo más. ¿Por qué? Porque pasan cosas imprevisibles. Sorpresas. Y entonces quieres saber más. Nadie se engancha a algo que ya sabe cómo termina. No al menos con la misma intensidad.

De: Rhys Baker
Para: Ginger Davies
Asunto: RE: Razones
Ya me he perdido, galletita.
Pero ser adictivo me suena bien.

De: Ginger Davies
Para: Rhys Baker
Asunto: Relájate
No te vengas arriba. Lo que quiero decir es ¿qué ocurrirá si de repente te cansas de mí y dejas de escribirme? Es como quedarme con un final abierto.

De: Rhys Baker
Para: Ginger Davies
Asunto: RE: Relájate
Nunca voy a cansarme de ti.

De: Ginger Davies
Para: Rhys Baker
Asunto: RE: RE: Relájate

Veo que has gastado todo el cupo de palabras al hablarme de tu pasado. Descansa. Debes de tener los deditos en carne viva (estoy siendo irónica, por si hay dudas).

Posdata: Yo tampoco voy a cansarme de ti.

21

RHYS

Cuando era pequeño pensaba que los domingos eran el mejor día de la semana. Casi puedo acariciar aún esa felicidad al despertar: abría los ojos y me daba cuenta de que no había colegio y de que mi padre estaría en casa todo el día. Recuerdo la luz que entraba en primavera por la ventana de la cocina, el sonido de las ramas moviéndose en el jardín y de los pájaros que cantaban, lo contento que estaba mientras me comía los cereales y mi padre leía el periódico frente a mí, tomando su café. A veces fruncía el ceño, disgustado. O se reía. En otras ocasiones compartía alguna noticia conmigo, sobre todo conforme fui creciendo. Yo me esforzaba por dar una buena respuesta. Mi madre sonreía de medio lado desde el otro lado de la mesa cuando, años después, esto derivaba en un largo debate en el que casi siempre solía dejarnos a solas, probablemente porque le aburría escucharnos.

Pero no era solo aquella estampa familiar lo que hacía que los domingos fuesen especiales. Era más... una sensación. Una cálida, agradable y perezosa, en el buen sentido. Una que ya nunca volví a sentir igual y que fue desapareciendo con el paso de los años.

22

De: Rhys Baker
Para: Ginger Davies
Asunto: Los Ángeles

He decidido que voy a quedarme más tiempo en Los Ángeles. Me han ofrecido la posibilidad de alargarme el contrato dos meses más, hasta diciembre, y he aceptado. No me apetecía ir a San Francisco. Supongo que tener a Logan aquí es un plus. Casi no te he hablado de él, pero conocerlo desde que nos cruzamos en la universidad hace que me sienta un poco como en casa. Es raro de explicar, porque en realidad apenas tenemos nada en común, pero supongo que a veces eso es lo de menos.

¿Qué planes tienes esta semana? ¿Mucho que estudiar?

De: Ginger Davies
Para: Rhys Baker
Asunto: RE: Los Ángeles

Bien, me gusta la idea de que te quedes un tiempo en algún lugar. No sé cómo no enloqueces de aquí para allá cada dos por tres. ¿Cuánto hace que nos conocemos? ¿Ocho meses? Y ya has vivido en tres ciudades. Yo no podría. Echaría de menos, no sé, abrir el cajón de mis calcetines, por ejemplo, y verlos todos ahí felizmente emparejados.

Sí, muchos trabajos que hacer. Imagino que es lo que tiene el último año de carrera. Ya le estoy dando vueltas al proyecto final, pero aún no lo tengo muy claro…

De: Rhys Baker
Para: Ginger Davies
Asunto: ¿En serio?

¿Eso es lo mejor que se te ocurre? Ginger, tengo un cajón de calcetines. Quizá no tenga treinta pares, pero sí siete u ocho. No necesito más, sé poner lavadoras.

Seguro que ya pensarás en algo para ese proyecto.

De: Ginger Davies
Para: Rhys Baker
Asunto: RE: ¿En serio?

Vale, lo de los calcetines era un ejemplo tonto, pero tenías que captar la idea general. Como la rutina. La estabilidad. Hay otros mil factores que tener en cuenta. Viajando de una a otra ciudad no puedes tener una relación normal y cercana.

De: Rhys Baker
Para: Ginger Davies
Asunto: No es cierto

Tengo cajón de calcetines.
Y tengo una relación contigo.
Busca alguna otra excusa.

De: Ginger Davies
Para: Rhys Baker
Asunto: Paciencia

Qué tonto eres, Rhys.
Me refería a una relación romántica.

De: Rhys Baker
Para: Ginger Davies
Asunto: RE: Paciencia

No se me dan bien las relaciones de ese tipo, así que quizá sea algo positivo mi situación actual. Podría correr el riesgo de joderla con alguien que me importase.

De: Ginger Davies
Para: Rhys Baker
Asunto: Curiosidad

¿Por qué no se te dan bien? Entonces tenía razón desde el principio. Eres de los de un polvo de una noche. Qué previsible, Rhys. En esto me has decepcionado.

De: Rhys Baker
Para: Ginger Davies
Asunto: Expectativas

¿Qué esperabas, Ginger?

De: Ginger Davies
Para: Rhys Baker
Asunto: RE: Expectativas

Nada en concreto y todo en general. Esperaba que no fueses el típico alérgico al compromiso, que en realidad se escuda en eso para limitarse a divertirse y a pasar una noche con cada chica. Que no tiene nada de malo, no me malinterpretes. Yo tampoco busco ahora algo serio, pero no «para siempre» o «por regla», sino en este momento.

Lo que sí sé es que una relación de verdad requiere esfuerzo y sacrificio. Y un polvo esporádico, tan solo no pensar en nada y dejarse llevar. No son cosas comparables.

De: Rhys Baker
Para: Ginger Davies
Asunto: …

¿Nunca te has parado a pensar que algo que requiera «esfuerzo y sacrificio» ya supone un problema? No entiendo por qué debemos imponernos cosas que no nos hagan felices. La vida sería mucho más sencilla si nos limitásemos a sentir sin ataduras y a vivir el día a día, sin presiones, sin caminos concretos que seguir como un rebaño.

De: Ginger Davies
Para: Rhys Baker
Asunto: RE: …
¿Me estás llamando «oveja»?

De: Rhys Baker
Para: Ginger Davies
Asunto: RE: RE: …
Me he metido en un callejón sin salida, ¿verdad? Diga lo que diga te enfadarás. Así que voy a arriesgarme, así a lo loco. Sí, puede que yo sea a veces un poco «caracol», pero tú también pecas a menudo de ser una «oveja».

De: Rhys Baker
Para: Ginger Davies
Asunto: Confirmación
Supongo que es oficial: te has cabreado.

De: Rhys Baker
Para: Ginger Davies
Asunto: Aclaración
No lo decía como un insulto. Con eso solo me refería a que sigues un poco el «típico guion» de vida, y no es malo si es lo que tú quieres hacer. Pero quizá estaría bien también que respetases lo contrario. Yo no busco ese tipo de relación. Aunque, ¿quién sabe? Quizá a los cuarenta sigamos hablando y esté viviendo en un rancho del interior con veinte críos y mi segunda esposa y te rías de mí recordando esto. Pero en este momento…, en este instante…, es impensable. No entra en mis planes.

Venga, Ginger. Te echo de menos.

Alégrame la llegada de noviembre.

De: Ginger Davies
Para: Rhys Baker
Asunto: Puntualización
Quería hacer un apunte. En primer lugar, a los cuarenta no

podrías tener veinte hijos. Solo faltan catorce años para eso. Por lo tanto, sería imposible concebirlos.

De: Rhys Baker
Para: Ginger Davies
Asunto: Galleta listilla
He comentado que viviría con mi segunda esposa, ¿quién te dice que durante años no he ido teniendo hijos con la primera y con la actual, que, por aquel entonces, era mi amante? Divídelos. Diez críos en catorce años es factible.

De: Ginger Davies
Para: Rhys Baker
Asunto: Me aburro
Estoy poniendo los ojos en blanco en este momento, pero no puedes verme. También estoy comiéndome un dónut de chocolate y escribiendo solo con una mano y pensando que a veces me cabreas tanto que, si estuvieses aquí, no te daría ni un bocado. ¿Me estás oyendo? Nada. Ni un mordisquito. Ni lamerlo, Rhys.

De: Rhys Baker
Para: Ginger Davies
Asunto: Mmmm
Joder, ¿tienes algún tipo de fetiche sexual con los dónuts, Ginger? Tranquila, creo que sobreviviría sin lamer tu merienda. A menos que te estés refiriendo a otra cosa.

De: Ginger Davies
Para: Rhys Baker
Asunto: RE: Mmmm
Qué cerdo.

De: Rhys Baker
Para: Ginger Davies
Asunto: RE: RE: Mmmm
Cerda tú, que comes con una mano, en la cama y delante

del portátil. Seguro que te chupas los dedos antes de seguir tecleando. Ginger, Ginger…

De: Ginger Davies
Para: Rhys Baker
Asunto: RE: RE: RE: Mmmm
SAUIHFSAF QWAUFHB QWJFBSC

De: Rhys Baker
Para: Ginger Davies
Asunto: RE: RE: RE: RE: Mmmm
¿Eso significa que estás aporreando el ordenador?

De: Ginger Davies
Para: Rhys Baker
Asunto: RE: RE: RE: RE: RE: Mmmm
Mientras pienso en ti, sí.
Buenas noches, Rhys.

De: Rhys Baker
Para: Ginger Davies
Asunto: RE: RE: RE: RE: RE: RE: Mmmm
Ja, ja, ja, ja, ja, ja, ja, ja, ja, ja. Ja, ja, ja, ja, ja, ja, ja, ja, ja.
Buenas noches, galletita. Descansa.

23

De: Rhys Baker
Para: Ginger Davies
Asunto: El Principito
No puedo dormir. Así que llevo una hora releyendo todos nuestros mensajes y me he dado cuenta de que nunca llegaste a hablarme sobre ese libro que tanto te gusta. Este sería un buen momento para que lo hicieses. Así mañana por la noche tendré algo que hacer, además de quedarme mirando el techo hasta el amanecer.

De: Ginger Davies
Para: Rhys Baker
Asunto: RE: El Principito
¿Sabes qué te ayudaría a dormir? Que leyeses el libro tú mismo. Seguro que tendrás alguna librería o biblioteca cerca donde puedas encontrarlo.

De: Rhys Baker
Para: Ginger Davies
Asunto: RE: RE: El Principito
Ahora mismo prefiero que me lo cuentes tú. Las cosas siempre son mejores desde tu perspectiva, ¿nunca te lo había dicho, Ginger? Pues así es.

De: Ginger Davies
Para: Rhys Baker
Asunto: RE: RE: RE: El Principito
Está bien, pero, a cambio, quiero que me prometas que algún

día lo leerás. Es una parábola preciosa sobre la amistad y el sentido de la vida, como uno de esos cuentos infantiles mágicos, solo que en este caso es para adultos. De hecho, la primera vez que lo leí era una niña y no entendí nada. Encontré el libro en Skoob Books, una librería de segunda mano en Bloomsbury; era un ejemplar muy antiguo que, por supuesto, guardo como un tesoro, y me empeñé en comprármelo, pese a las protestas de mi madre, porque dentro tenía dibujos. Ciertamente, me llevé un chasco cuando empecé a leerlo y vi que era un cuento «de mayores». Pero, afortunadamente, años más tarde, durante una tarde aburrida, me dio por cogerlo de la estantería y echarle un vistazo. Yo tendría unos catorce años. Y me fascinó, incluso cuando aún no sabía que al releerlo me seguiría sorprendiendo, porque es uno de los secretos de *El Principito*, puedes leerlo una docena de veces y cada una de ellas aprenderás algo nuevo.

Si todavía sigues leyendo este mensaje y no te he aburrido como a una ostra, te diré que la historia trata de un hombre que termina en el desierto del Sahara cuando se avería su avioneta. Allí conoce al Principito, que ha abandonado el asteroide B612 en busca de respuestas y un amigo. Cuando se encuentran, lo primero que le pide es que le dibuje un cordero dentro de una caja. Para el protagonista, que se ha aburguesado y ha abandonado a su niño interior, el pequeño simboliza la pureza y la inocencia, volver a su propia esencia.

De: Rhys Baker
Para: Ginger Davies
Asunto: RE: RE: RE: RE: El Principito
Admito que es tierno. ¿Y luego qué ocurre?

De: Ginger Davies
Para: Rhys Baker
Asunto: RE: RE: RE: RE: RE: El Principito
Si lees el libro, lo averiguarás. Hay muchos más personajes que simbolizan distintos estereotipos, así como el zorro que el Principito logra domesticar y hacer su amigo, y la rosa. Ay, la

rosa merece un capítulo aparte, pero, para que lo entiendas, vive en el asteroide B612, así que el Principito la ha visto crecer, la ha cuidado, la ha regado y ha soportado todas sus exigencias, porque es una flor caprichosa, pero para él es única en el mundo. Sin embargo, cuando llega a la Tierra, descubre un rosal enorme lleno de ellas...

De: Rhys Baker
Para: Ginger Davies
Asunto: RE: RE: RE: RE: RE: RE: El Principito
¿No vas a seguir? Venga, Ginger, dámelo todo masticado.

De: Ginger Davies
Para: Rhys Baker
Asunto: RE: RE: RE: RE: RE: RE: RE: El Principito
Lo siento, pero no. Buenas noches, Rhys.

24

De: Rhys Baker
Para: Ginger Davies
Asunto: Nota mental

Prohíbeme que vuelva a salir de fiesta con Logan. En serio, si algún día, dentro de unos años, te digo «eh, voy a dar una vuelta con él», recuérdame ese 14 de noviembre en el que acabamos fumados y detenidos en una comisaría de policía.

Me duele la cabeza. Creo que necesito dormir.

De: Ginger Davies
Para: Rhys Baker
Asunto: RE: Nota mental

RHYS, ¿TE HAN DETENIDO?

De: Rhys Baker
Para: Ginger Davies
Asunto: Buenos días

No sé cuántas horas he dormido. Y sí, nos detuvieron. Ayer me comentó el encargado de mi jefe que, si estaba dispuesto a trasladarme, podía darme trabajo para el próximo año en otro club que tiene. Así que salimos a celebrarlo, pero en plan relax, solo pretendíamos tomar una copa. El caso es que conocimos en ese local a unas chicas que estaban allí de vacaciones. Unas chicas que tenían hierba. Unas chicas con las que terminamos en la playa de madrugada. Ya te imaginarás el resto…

No recuerdo la mitad de la noche. Solo que en algún momento indefinido acabé dentro del mar, que un policía nos paró al llegar al paseo de la playa y que Logan vomitó dentro del coche en el que íbamos hacia la comisaría.

¿Qué has hecho tú este fin de semana?

Me sigue doliendo la cabeza.

De: Ginger Davies
Para: Rhys Baker
Asunto: Malos días

Gracias por acostarte ayer sin responder, estaba preocupada. No dejaba de imaginar qué podrías haber hecho, y estaba a punto de investigar si a los presos les dejan tener ordenadores en la cárcel o si a partir de ahora nos comunicaríamos por carta.

Por cierto, eso me recuerda que nunca hemos intercambiado nuestros teléfonos. No te estoy pidiendo que lo hagamos, pero ¿no es raro? Eres mi mejor amigo y no puedo llamarte si algún día me apetece hablar contigo, o si me pasa algo. Olvídalo.

Mi fin de semana fue mucho más normal que el tuyo, claro. Salí con Kate y unas chicas con las que coincidimos en clase y que son geniales. Me tomé una cerveza, jugué al billar y llegué a la residencia sin haber sido esposada. Dame la enhorabuena.

Esta semana tengo un par de exámenes.

A veces te envidio tanto, Rhys…

De: Rhys Baker
Para: Ginger Davies
Asunto: Sin asunto

¿Mi teléfono? ¿Cuáles son tus intenciones ocultas, Ginger? Es coña. Te lo daré si tú me das tu dirección. El próximo mes es tu cumpleaños, ¿verdad? Quiero mandarte un regalo.

De: Ginger Davies
Para: Rhys Baker
Asunto: Sin asunto

Suena un poco a «paquete bomba».

De: Rhys Baker
Para: Ginger Davies
Asunto: Sin asunto

JA, JA, JA. Estás jodidamente chiflada, Ginger.

De: Ginger Davies
Para: Rhys Baker
Asunto: Nervios

¡Era broma! Perdona por no responder ayer. Ya sabes, vuelvo a estar medio viviendo en la biblioteca. Vale, te adjunto mi dirección en este correo. Pero que sepas que... estoy muy nerviosa. ¿Nunca te lo he dicho? Que me hagan regalos me pone histérica. MUY HISTÉRICA. Es como «ay, quiero saber qué objeto crees que te recuerda a mí o que pega conmigo», y me da miedo tanto que aciertes mucho como que te equivoques estrepitosamente. No es por meterte presión. De pequeña siempre hacía una batida por toda mi casa en busca de los regalos de Navidad. A veces obligaba a Dona y a Dean a que me ayudasen a encontrarlos. Y sí, mis padres terminaron por esconderlos en las oficinas de la empresa por miedo a que los abriese todos antes de tiempo (me enteré pronto de que Santa Claus no existía, porque al haber solo tres días de diferencia con mi cumpleaños, no me hacían dobles regalos. Lo sé, un drama terrible que ningún niño merece).

Pero volvamos a lo importante.

Tu trabajo. ¿Adónde te vas ahora, Rhys? Si es por Europa, quizá podríamos coincidir en alguna parte. Cada vez hay más vuelos baratos. No quiero parecer una acosadora. Que conste que, aunque tenga tu teléfono, no pienso llamarte, solo es que me gusta la idea de saber que, si alguna vez te necesito, estarás ahí.

De: Rhys Baker
Para: Ginger Davies
Asunto: RE: Nervios

Vale, te adjunto también mi número. Y puedes llamarme, pero a mí me gusta esto que tenemos, los *e-mails*. Es lo mejor que me espera al llegar a casa, ¿sabes? Acabo de hacerlo justo ahora. Coger una cerveza de la nevera, tirarme en el sillón que hay junto a la ventana y encender el ordenador para leerte y escribirte. Me gusta compartir esto solo contigo.

Ah, y acertaré con el regalo. Tú no lo sabes, pero te conozco más de lo que crees. Pero sí, eso de buscar los regalos como una loca suena a algo típico de ti, ja, ja, ja.

Entonces, ¿pasarás el cumpleaños en la residencia o en casa?

Y no, esta vez no vuelvo a Europa. Quizá en verano. Me voy a la otra punta del mundo, Ginger. A Australia. Ya tenía ganas de un cambio...

De: Ginger Davies
Para: Rhys Baker
Asunto: El culo del mundo

¿AUSTRALIA? Eso es como el culo del mundo. Espero que tengas wifi por allí. Y que me mandes fotos de koalas, me encantan esos animales, no sé qué tienen, pero me parece fascinante un ser que está especializado en abrazar y que además es muy peludito.

Qué suerte, Rhys. Llévame contigo. Méteme en la maleta.

Tengo un plan: me secuestras, disfrutamos juntos de un mes de vacaciones delante de una playa paradisíaca y de arena blanca. Luego, pides un rescate. Mis padres me quieren, estoy segura en un 99 % de que aceptarán dar una buena cantidad de dinero por mí (ten en cuenta que estoy destinada a dirigir la empresa familiar). Con ese dinero grabaremos un disco con el que te harás famoso. Yo sobornaré a los profesores de mi universidad para que me dejen hacer los exámenes a los que no me presenté y lo aprobaré todo con matrícula de honor. Seré la mejor de mi promoción. Y, además, saldré en los periódicos por el asunto del secuestro. ¿Qué te parece? Lo tengo todo bien atado, sin hilos sueltos.

Jo. No quiero hacer más exámenes. No quiero pasar el invierno en Londres. Tengo frío todo el tiempo. Da igual cuánta ropa use, soy un témpano de hielo. Y el cielo siempre está gris.

Y tú no paras de viajar a lugares cálidos y divertidos y todo eso. Te odio un poco.

Y no te creas que me conoces taaaan bien. Soy una chica misteriosa y hermética, ja, ja, ja. Ah, y el día de mi cumpleaños estaré aquí a medias. Es decir, que me pasaré la mañana haciendo la maleta y luego cogeré el tren para comer en casa y pasar allí las Navidades.

De: Rhys Baker
Para: Ginger Davies
Asunto: Cuando quieras
Vente conmigo. ¿Qué te lo impide?

De: Ginger Davies
Para: Rhys Baker
Asunto: RE: Cuando quieras
Qué gracioso, Rhys. No sé, ¿quizá que tengo una carrera que terminar? Por ejemplo. Nada importante. Un detallito. Ah, y que luego debo empezar a trabajar. Tonterías.

De: Rhys Baker
Para: Ginger Davies
Asunto: La vida es muy larga
Es verdad, tienes que terminar los estudios. Pero, cuando acabes, habrá muchos veranos por delante. ¿Quién sabe si alguna vez te dará por coger un avión a Australia o a cualquier otro lugar del mundo? Ya lo hiciste en una ocasión, ¿recuerdas?

De: Ginger Davies
Para: Rhys Baker
Asunto: RE: La vida es muy larga
Sí, recuerdo estar perdida hasta que un tipo con pinta de «la vida me aburre» me rescató. Rhys, aceptémoslo, no soy una de esas chicas aventureras que están destinadas a comerse el mundo. Es más probable que el mundo me coma a mí. Pero no pasa nada, tengo otras muchas virtudes. No todos tenemos que

ser valientes e independientes y esas cosas. Es que, no sé, te veo a ti y creo que no sería capaz de hacer eso; coger una mochila e irme sola por ahí. Seguro que terminaría desorientada, llorando y buscando la embajada.

De: Ginger Davies
Para: Rhys Baker
Asunto: Rutina

Me siento rara cuando estamos más de un día sin escribirnos. Eso de encender el ordenador y no encontrar ningún correo me hace dormir peor, que lo sepas.

Ya te lo dije. Soy una adicta a tus *e-mails*.

25

GINGER

Estaba nerviosa, porque siempre me sentía así el día de mi cumpleaños y porque esperaba que llegase el paquete de Rhys. Por eso me había despertado a las seis de la mañana y ya no había conseguido volver a dormirme, por muchas vueltas que di en la cama. Al final, me levanté intentando no hacer ruido para no molestar a Kate y, con una sensación extraña en el pecho, releí los últimos correos que nos habíamos mandado.

Porque sentía que algo no encajaba.

Que había vuelto a ir hacia atrás.

Aquel primer trimestre del curso había estado tan ocupada pensando en el proyecto final, en las clases y en los planes futuros que no me había dedicado mucho tiempo a mí misma. Sencillamente, estaba destinada a acomodarme en cuanto volvía a encontrar un nido cálido y confortable, y el que había construido ramita a ramita con Kate durante los últimos meses era así, seguro y estable. Así que ahí estaba yo de nuevo, hecha un ovillo.

Y ahí estaba él otra vez, recordándome que había muchos más árboles a mi alrededor. Peor aún. Bosques enteros. Hectáreas. Todo un mundo.

En parte me molestaba que lo hiciese.

En parte me gustaba que me zarandease.

Kate se despertó pasadas las nueve de la mañana y acabó lanzándose sobre mí, en la cama, y cantándome el *Cumpleaños feliz* mientras nos reíamos. Luego se metió en la ducha y me comí una barrita energética mientras miraba por la ventana el cielo plomizo. Anunciaban nieve. Por un instante, imaginé lo divertido que hubiese sido celebrar mi vigesimosegundo cumpleaños en algún lugar cálido, lejano, donde no existiese la rutina.

—¿Vienes a desayunar? —preguntó Kate al salir.

—No, ya me he comido una de esas barritas.

—¿De verdad vas a quedarte esperando el regalo?

—No me mires así, Kate. Si me voy y viene el repartidor y no estoy, ya no lo recibiré hasta que terminen las vacaciones de Navidad. No puedo aguantar tanto.

—Vale. Avísame si te arrepientes. Me tomaré un café con las chicas y luego iremos a ese *pub* en el que estuvimos la otra noche, porque Claire olvidó allí sus llaves.

Cuando me quedé a solas, cogí los dos libros de clase que todavía no había metido en la maleta y aproveché para repasar algunos apuntes y hacer algo útil. De vez en cuando me distraía mirando de nuevo por la ventana, contemplando a un grupo de estudiantes que reían en la parte lateral de la residencia mientras se fumaban un cigarro. Parecían de primer o segundo año. A veces aún tenía que recordarme que aquel era el último para mí, porque seguía viéndolo irreal. Y lo peor de todo es que no estaba especialmente ilusionada por ello.

Llamaron al timbre de la puerta.

Me levanté tan rápido que me golpeé en la rodilla con el canto de la mesita y solté una maldición por lo bajo. Inspiré hondo y caminé descalza pensando que no importaba demasiado que el mensajero me viese con un calcetín de cada color y un pijama de renos.

Solo que, al abrir, había otra persona en la puerta.

Un chico rubio de cabello despeinado y sonrisa perezosa que estaba apoyado en el marco, como si pasase todos los días por allí y hubiese recorrido un montón de veces aquel pasillo de la residencia. Sentí un tirón en el estómago. Me miró. Lo miré.

—Feliz cumpleaños, galletita Ginger.

—Rhys… —Casi no me salía la voz.

—Un poco más de entusiasmo.

142

—¡No, maldita sea…, es que… no me esperaba esto! ¡Rhys! ¡Estás aquí! —Extendí las manos y lo toqué, así sin pensar. Apoyé las palmas en su pecho, y él se echó a reír de esa forma que aún recordaba tan bien, arrugando las comisuras de los ojos—. ¡Rhys!

Lo abracé tan fuerte que casi me colgué de su cuello.

Y nos quedamos allí. Respirando. Callados. Unidos.

Seguía oliendo a menta. Y a él. A algo propio, suyo.

—Esta reacción está mucho mejor —susurró en mi oído y luego se separó un poco antes de colarse en la habitación y cerrar la puerta. De repente lo sentí allí, en cada rincón, entre esas paredes que nunca imaginé que lo cobijarían.

—Me ha pillado por sorpresa. Quiero decir, esperaba que llegase hoy tu regalo, y cuando llamaron al timbre pensé que sería el mensajero. Si hubiese sabido que eras tú, me habría peinado y todo eso. Madre mía, es nuestro segundo encuentro y yo llevo un pijama. De renos. Me lo regaló Dona hace dos Navidades y… estoy volviendo a hablar demasiado. Por favor, Rhys, haz algo para que me calle. Estoy muy nerviosa.

Él se limitó a sonreír, parado en medio de mi dormitorio, frotándose el mentón con la mano mientras me miraba con los ojos brillantes, intensos, cálidos.

—No pienso pararte. Echaba de menos oírte hablar.

—Eres… eres… —Inspiré hondo, aún confusa.

—El mejor amigo del mundo, lo sé.

No pidió permiso antes de dejar atrás la cama de Kate y dirigirse hacia el otro lado de la estancia. Ni siquiera preguntó si aquel era mi rincón. Lo supo desde lejos. El corazón me latía rápido mientras él se inclinaba sobre el escritorio y lo observaba todo con curiosidad, con calma. Yo aproveché aquel instante de silencio para mirarlo a él. Llevaba el pelo rubio un poco más largo, algunos mechones le rozaban las orejas. Tenía la piel dorada por el sol, y el gris de sus ojos destacaba más en su rostro, como si fuese más profundo, más oscuro. Vestía unos vaqueros claros y un suéter negro bajo la cazadora de cuero. Y llevaba dos pulseritas trenzadas en la muñeca derecha.

—Avísame cuando dejes de mirarme —dijo.

Luego se tumbó en mi cama. En-mi-cama. Se dejó caer sobre el montón de mantas, porque aún estaba sin hacer, y dobló un brazo sobre su cabeza. El suéter se le subió revelando unos centímetros de piel bronceada, y él alzó una ceja sin apartar la vista de mí.

—Te recordaba menos idiota —repliqué.

—Yo a ti igual de guapa. Me gusta el pijama.

Me senté en la cama, observándolo. Y de repente dejó de sonreír. Supongo que fue porque vio que me ponía seria después de esos minutos de confusión inicial. Lo había visto solo una vez en toda mi vida. Solo una. Menos de veinticuatro horas. Y sin embargo me conocía mejor que nadie en aquellos momentos. Lo sabía todo sobre mi día a día, mis miedos, mis preocupaciones, mis pensamientos más raros. Era una locura. Tragué saliva con fuerza y alargué una mano hacia él.

Rhys me sostuvo la mirada.

Le rocé la mejilla.

—No me puedo creer que estés aquí.

26

RHYS

A mí también me costaba creer que ahora estuviese allí. Que hubiese decidido tomar un desvío de mi ruta inicial para hacer una parada en Londres antes de marcharme a Australia. Pero lo había hecho. Un día atrás estaba delante del mar, despidiéndome de aquella ciudad que me había acogido durante meses, y ahora me encontraba allí, en su habitación, delante de esa chica que se había colado en mi vida sin razón. Por una casualidad. Por una tontería.

Respiré hondo al sentir la punta de sus dedos rozándome la mejilla. Lo hizo suave. Casi como si le diese miedo atreverse a tocarme. Quise que siguiese haciéndolo. Quise cogerla de la muñeca y tirar de ella hacia mí. Quise besarla. Con fuerza. Con tantas ganas…

—¿En qué piensas? —me preguntó Ginger.

—En nada. Y en todo. En este momento.

Se echó a reír y luego apartó la mano. La cama olía a ella. Todo aquel jodido lugar olía a ella. Y había necesitado un segundo para deducir cuál era su lado del cuarto. Se puso en pie y arrugó el ceño mientras se miraba en un espejo alargado que había al lado del armario.

—Debería arreglarme un poco…

—Yo te veo bien.

—Rhys.

—¿Cuándo tienes que estar en casa?

—Les dije que llegaría para comer…

—¿Y luego tienes algo que hacer?

—Yo… no puedo mirarte sin reírme…

—Ginger. —Contuve una sonrisa.

Ella paseó de un lado a otro de la habitación.

—Es que estoy nerviosa. Y me entra la risa tonta cuando me pongo nerviosa. ¿Cómo se te ocurre venir sin avisar? Vale, sí, porque era una sorpresa de cumpleaños, pero aun así… Es que quiero abrazarte y al mismo tiempo me resulta rarísimo que estés aquí.

Intenté disimular lo divertido que me parecía todo aquello. Lo divertida que me parecía siempre ella, en realidad. Me puse en pie, me acerqué y apoyé las manos en sus hombros. Incliné la cabeza para poder mirarla directamente a los ojos.

—Cálmate. Mira, mi vuelo sale mañana a las nueve. Así que volvemos a tener menos de veinticuatro horas por delante. Ahora vas a ducharte y después cogerás tu maleta y nos iremos a la estación de tren. Comerás con tus padres y luego pasaremos toda la tarde juntos, por la ciudad. Hoy tendrás que hacer tú de guía, creo que es lo justo.

—Rhys…, ¡estoy tan contenta!

—Así me gusta. —Me aparté.

—¿Y dónde dormirás?

—Tengo una habitación de hotel. No estoy tan loco como cierta persona que conozco. —Esquivé la pinza del pelo que me lanzó—. A esa persona se le daba igual de mal tener puntería que sacar billetes de metro.

Me reí mientras ella mascullaba por lo bajo antes de coger ropa limpia y meterse en el cuarto de baño. Suspiré. Aunque me esforzase por disimularlo, estaba inquieto. Alerta. Me incomodaba el hecho de tener que contener el aliento cuando me acercaba demasiado a ella o sentir una pequeña sacudida. También encontrarle tanta lógica a todo lo que veía en ese momento; su escritorio ordenado, aunque lleno de cosas y trastos de colores (bolígrafos, libretas, velas, caramelos), porque la definía bien. Y no dejaba de imaginarla allí, en la cama, sentada delante del ordenador mientras se comía un dónut con una mano y me escribía.

No dejaba de imaginar muchas cosas...

Le eché un vistazo al cielo a través de la ventana cuando paré de escuchar el ruido del agua de la ducha correr. Memoricé el color de aquella cúpula que nos envolvía, ese tono gris del que ella solía quejarse a menudo en los correos que me mandaba.

Ginger no tardó en salir. Sonreí al verla.

Vestía vaqueros y sudadera. El pelo recogido en un moño informal.

—Ya estoy lista. No hago milagros —objetó.

—No te hacen falta. ¿Dónde está tu maleta?

Y un minuto después salíamos de allí directos a la estación de tren mientras ella llamaba a Kate para avisarla de que iba a marcharse antes y yo intentaba memorizar aquel pasillo, esas paredes, la pequeña porción de su mundo diario que estaba viendo.

—Empieza a resultarme incómodo que me mires tanto.

—Es que no puedo dejar de hacerlo. Es como si lo necesitase para convencerme todo el tiempo de que sí que estás aquí. Y, además, me gusta mirarte, Rhys. Vale, olvida que he dicho eso. Solo…, no me refería a nada raro. Deja de reírte.

Él negó con la cabeza, aún sonriendo, mientras dejábamos atrás trazos de los kilómetros que el tren recorría. Estábamos sentados el uno delante del otro. La punta de sus zapatillas rozando las mías. Su brazo bronceado apoyado en la ventanilla por la que miraba a menudo, como si le gustase ser testigo del constante movimiento conforme avanzábamos.

—Vuelve a contarme por qué has decidido venir.

—Ya te lo he dicho antes, en la estación.

—Otra vez. Por favor. Por favor.

—Quería verte. Ginger…

—Es bonito —lo corté.

Él puso los ojos en blanco. Yo sonreí lentamente.

—Así que eras el capitán del equipo de fútbol.

—Eso importa ahora porque…

—Porque me cuesta creerlo después de observarte tanto. No sé. Por cómo te mueves. Por cómo te comportas en general. Esa actitud de perdonavidas.

—Ya te dije que fue una época de mi vida.

—Me sigue pareciendo muy relevante.

—Vas a torturarme eternamente, ¿verdad?

—Ese es el plan, sí —admití riéndome—. Por cierto, nunca

llegaste a contarme qué pasó con esa chica con la que salías cuando te coronaron rey del baile.

—Rompimos —contestó apartando la vista.

—Eso era evidente. Yo me refería a por qué…

Dejé de hablar cuando Rhys atrapó mi pierna en su mano en medio del balanceo y sonrió contemplando las zapatillas, que estaban decoradas con piñas diminutas.

—Muy veraniego para estar en Londres.

—Me gustan los contrastes —dije.

—Los contrastes controlados…

—¿Qué has querido decir con eso?

—¿No tenemos que bajar en esta parada?

—¡Mierda, sí! —Me levanté de un salto y Rhys se ocupó de bajar mi maleta del compartimento superior antes de echar a correr hacia las puertas, que ya estaban a punto de cerrar. Nos miramos al salir, reprimiendo una sonrisa mientras el tren se alejaba.

—¿Tu casa está cerca de aquí? —preguntó.

—Más o menos. Daremos un paseo.

Nos alejamos de la estación Victoria y nos recibió el frío de la ciudad. Rhys miró a su alrededor un par de veces, aún cargando mi maleta en la mano.

—Puedo esperarte en cualquier cafetería de aquí.

—¿Esperarme? —Fruncí el ceño.

—A que comas con tu familia.

—¿Qué? —Sacudí la cabeza—. No, claro que no. Tú vienes conmigo. Comes con nosotros. Mi madre estará encantada de conocerte y de servir un plato más.

Rhys se quedó quieto en medio de la acera mientras la gente seguía avanzando y nos dejaba atrás. Noté la tensión en sus hombros, la duda cubriendo sus ojos.

—¿Tu madre sabe que existo?

—Sí. En realidad, se lo dijo mi hermana.

—¿Le has hablado de mí a toda tu familia?

—Ehmm, sí. Surgió. ¿Qué te pasa, Rhys? —Me eché a reír—. No es como si fueses un secreto inconfesable o algo así. Vamos. Es mi cumpleaños, no te hagas de rogar.

Lo cogí de la manga de su cazadora y tiré de él antes de retomar el paso. Tuvimos que atravesar St. James's Park y, luego, Rhys se mantuvo callado pero atento mientras avanzábamos entre las calles y compartía con él pequeñas anécdotas de mi vida, de mi infancia. «En esa esquina me caí.» «En aquella cafetería solía reunirme con mis amigas del instituto, esas con las que ya apenas tengo relación.» «Ese es el restaurante favorito de Dona, aunque no hacen nada especial, la verdad.»

Vi que inspiraba hondo cuando paramos delante de un edificio de dos alturas encajado entre otros iguales. Llamé al timbre de la puerta.

—¡Ginger! —Mamá se limpiaba las manos en el delantal cuando desvió la vista hacia Rhys. Él parecía inquieto. Y, al mismo tiempo, curioso—. Ah, hola.

—¿Podemos hacer las presentaciones dentro? —pregunté señalando la pesada maleta. Mi madre se apartó de inmediato y nos dejó entrar. El calor de la calefacción nos envolvió, y me quité los guantes y la bufanda mientras le explicaba a trompicones quién era y él la saludaba con timidez—. Se queda a comer, por cierto. Y luego le enseñaré la ciudad.

—¿La ciudad?, ¿cuántos días te quedas, Rhys?

—Me voy mañana —contestó.

—Oh, Londres es para vivirlo un tiempo, nada de unos días. ¿Te gusta el pastel de patata? Espero que sí. Ginger no me avisó de que vendrías, pero seguro que puedo hacer un apaño con lo que tengo en la nevera si prefieres otra cosa. ¿Eres más de carne o de pescado?

—El pastel estará bien. —Le sonrió, un poco tenso.

—Vale. Poneos cómodos en el comedor. Tu padre llegará de un momento a otro. Y Dona vendrá más tarde, a tiempo para el pastel. Por cierto, Ginger, había invitado a los Wilson, pero si supone un problema, puedo decirles que vengan mañana a tomar el té…

—No. Está bien, mamá. Vamos a dejar las cosas.

Subimos a mi habitación por las escaleras enmoquetadas. Rhys dejó la mochila a los pies de la cama y luego echó un vistazo alrededor. Era la segunda vez en apenas unas horas que me sentía como si estuviese escarbando en mi interior, buscando «algo», cazando detalles…

—¿Quiénes son los Wilson? —preguntó.

—Los padres de Dean. Él es este de aquí.

Señalé la fotografía que había colocado en el corcho el verano anterior, antes de marcharme a la residencia, esa en la que salíamos juntos el día de la graduación. Rhys la miró fijamente durante unos instantes y me pregunté qué estaría pensando.

—¿Por qué estás tan nervioso? —inquirí.

—¿Yo? —Me miró divertido—. No lo estoy.

—Pareces un león a punto de atacar. En tensión. No en su hábitat natural, sino como si acabasen de soltarlo en algún territorio hostil que no reconoce.

—Será que hacía tiempo que no estaba en un hogar de verdad.

Me sorprendió que fuese sincero, así, sin pensar, de aquella forma tan visceral, cuando él solía evitar las preguntas incómodas o desviar la conversación. Nos miramos en silencio unos instantes, antes de que siguiese contemplando el resto de las fotografías. Lo observé conteniendo el aliento. Aún me costaba asimilar que estaba allí, apenas a unos centímetros de distancia. Podía olerlo. Podía tocarlo solo con alargar un poco la mano…

Escuchamos la voz de mi padre en el piso inferior. Había llegado acompañado por los Wilson, y no era difícil adivinar que a Rhys le incomodaba formar parte de aquello y que estaba haciendo un esfuerzo. Así que intenté que se sintiese lo más cómodo posible. Lo presenté rápidamente antes de conducirlo a la mesa y sentarme a su lado, ignorando la mirada curiosa que Dean nos dirigió mientras se acomodaba enfrente.

Casi fue una suerte que la conversación se centrase en los nuevos armarios de la próxima temporada, que, según mi padre, iban a arrasar en el mercado. Había firmado un acuerdo con unos grandes almacenes que empezarían a distribuir dos modelos.

Antes de que sirviesen el postre, mi hermana apareció y saludó a Rhys con familiaridad, como si no fuese la primera vez que coincidían. Suspiró sonoramente mientras se dejaba caer en su silla y me sonrió cuando mamá apareció por la puerta del comedor sosteniendo el pastel de queso y galleta con un par de velas encendidas.

—*Happy birthday to you, happy birthday to you…*

Me puse nerviosa. A los veintidós años, como si fuese una niña en su primer cumpleaños. Mientras sus voces me envolvían al ritmo de la canción, mi madre dejó la tarta en el centro de la mesa. Me giré un segundo hacia Rhys. Solo uno. Sus ojos se encontraron con los míos y me sonrió con la mirada.

Luego pedí un deseo.

Y soplé las velas.

—Ginger nos ha contado que viajas a menudo —comentó mi padre al tiempo que se servía la porción más grande de pastel y se preparaba para atacarla con el tenedor.

—Sí, ahora pasaré una época en Australia.

—¿Por qué lo haces? —preguntó Dean.

Creo que fueron las primeras palabras que le dirigió. Rhys masticó el trozo de tarta que acababa de meterse en la boca y lo miró pensativo, como si de verdad le diese vueltas.

—No lo sé. A veces, por trabajo.

—¿Y si tuvieses que elegir un lugar de todos los que has visitado? —Dona esperó con interés mientras él volvía a permanecer en silencio. Noté el movimiento de su pierna. Un roce sutil contra la mía cuando se inclinó ligeramente hacia delante.

—Supongo que París tiene algo especial.

—Ya. ¿Tú opinas lo mismo, Ginger?

Le dirigí a mi hermana una mirada afilada.

—No lo sé. Lo averiguaré el día que vaya.

—Te haré una visita guiada —añadió Rhys.

Tuve ganas de matarlo. Y a mi hermana también. Los dos se miraron cómplices mientras nos terminábamos los postres. Luego, tras rechazar tomar el té con los Wilson, ayudamos a quitar los platos y me despedí de mi familia lo más rápido que pude.

Era mi cumpleaños y me encantaba estar con ellos, pero solo tenía unas horas libres con Rhys y no sabía cuándo volveríamos a vernos. Quizá dentro de unos meses. O de años. O nunca.

28

RHYS

El frío nos sacudió de nuevo al salir a la calle. El color del cielo no presagiaba nada bueno, pero lo cierto era que me sobraba con mirarla para calentarme por dentro y recordar que había valido la pena cometer aquella locura imprevista. Ginger estaba feliz. La sonrisa le cruzaba la cara mientras caminábamos hacia la parada del bus, porque se había empeñado en que montase en uno de esos autobuses rojos londinenses de dos pisos. Subimos al superior y nos acomodamos en la primera fila, disfrutando de las vistas de la ciudad.

—Te has tomado en serio lo de la visita turística.

—Muy en serio. ¿Habías estado antes aquí?

—Una vez, pero fue hace mucho tiempo, casi no lo recuerdo —contesté al tiempo que rescataba algunos detalles e instantes—. Tendría unos siete u ocho años y vine de viaje con mis padres. Solo sé que el hotel en el que estábamos tenía un montón de cuadros antiguos y muebles viejos que daban miedo. Creo que no dormí ninguna noche del tirón.

—Oh, pobre pequeño Rhys —bromeó mirándome.

Me perdí durante unos segundos en sus ojos, grandes y transparentes; y en la expresión de su rostro, ese mohín tan gracioso y burlón que me hizo sonreír.

—¿Adónde me llevas? —Me pudo la curiosidad.

—Vamos hacia Camden. He pensado que te pegaba. No sé, el barrio, el ambiente. Conozco un sitio en el que hacen las mejores arepas del mundo. Podemos dar una vuelta por ahí y luego regresar en metro y...

Mordiéndose el labio inferior, clavó sus ojos en mí.

Bajé la vista hasta su boca e inspiré hondo.

—Y… —la insté a que terminase la frase.

—Subir a la noria. Al London Eye.

—Ni de puta broma —gruñí.

—¡Venga, Rhys! Será divertido.

—No, nada de norias gigantes.

—¿Tanto miedo tienes?

—Ginger…

—Vale, lo entiendo.

—No es miedo. Es vértigo.

—Eso es lo mismo.

—Claro que no.

—El vértigo te da miedo.

—Yo eliminaría la palabra «miedo» y ya está.

—Luego seguimos discutiendo. Es esta parada.

La seguí por la estrecha escalera hacia la primera planta del autobús y bajamos en Camden Road. Nos recibió un aluvión de colores y fachadas estrafalarias de diseños en relieve. El ambiente alternativo se respiraba en cada rincón, entre las cafeterías, las tiendas y los estudios de tatuajes que llenaban las calles. Me quedé unos segundos contemplando un escaparate, parado entre la gente que iba y venía alrededor, hasta que noté sus dedos rozando los míos antes de cogerme de la mano con decisión. La miré.

—¿Pretendes perderte? —Tiró de mí.

Contuve el aliento mientras cruzábamos el puente que atravesaba el canal y nos adentrábamos entre unas calles más estrechas, repletas de puestos ambulantes de comida. Sus dedos seguían entrelazados con los míos. Su paso decidido, tranquilo, como si caminar por allí conmigo fuese algo que hiciésemos todas las tardes. Mirando nuestras manos unidas, pensé en ello. En cómo sería nuestro día a día si viviésemos en aquella ciudad, en otra realidad alternativa. Si compartiésemos una rutina, una vida…

29

GINGER

Sabía que debía soltarlo, pero no quería hacerlo. Hacía un frío intenso y punzante, aunque Rhys tenía la mano cálida, la piel suave. Y era grande. Y encajaba perfectamente con la mía. Y nunca había imaginado que un acto tan sencillo pudiese ser tan reconfortante. Hacía que el estómago se me pusiese del revés, pero al mismo tiempo me resultaba familiar, cercano.

Un contraste. Otro más tratándose de él.

Paseamos por Camden casi sin hablar, tan solo disfrutando del ambiente, de estar juntos, de aquel rato solo nuestro. Rhys se entretuvo echándole un vistazo a unos discos de música en una tienda inmensa de vinilos y casetes antiguos. Yo paré delante de un escaparate de tatuajes mientras degustaba una de las arepas que habíamos comprado.

—¿Te gusta algo de lo que ves? —Se situó a mi lado.

Contemplé los diseños, suspiré y negué con la cabeza.

—No. —Lo miré—. ¿Qué significan los tuyos?

—¿Cómo sabes que llevo tatuajes?

—Te vi. Sin camiseta. En París.

Rhys sonrió. Una sonrisa lenta.

—Y te fijaste bien… —bromeó.

—Eres idiota. Claro, no estoy ciega.

Retomamos el paso. Ignoré las ganas que tenía de cogerlo de nuevo de la mano y escondí las mías en los bolsillos del abrigo de color chocolate que llevaba puesto.

—¿Sobre cuál sientes curiosidad?

—Creo…, creo que vi una abeja pequeña…

Él volvió a sonreír, paró en medio de la calle y se levantó un poco el suéter, dejando a la vista una abeja diminuta justo sobre la línea de la cadera.

—¿Por qué? —insistí alzando la mirada.

—Fue el primero que me hice. Era muy joven, pero me pareció un buen homenaje a la «vida». ¿No conoces el dicho de Einstein? «Si las abejas desaparecieran, el mundo duraría cuatro años.» Ya sabes, si no hay polinización no hay semillas, si no hay semillas no hay plantas, y sin plantas no hay vida. Además, me gustan.

—Nunca dejas de sorprenderme…

—Me lo tomaré como algo bueno.

—Entonces, ¿no celebrarás la Navidad con tu familia?

Rhys frunció el ceño un segundo, solo uno. Suspiró.

—No. No he vuelto a ir a casa. ¿Qué harás tú?

—Ya sabes, lo de todos los años. Comer juntos, darnos regalos y tarjetas, colocar el muérdago para que mi padre se divierta haciendo las mismas bromas…

—Parecen buena gente —comentó distraído.

—Lo son, con sus más y sus menos. No me quejo. ¿Tú no los echas de menos, Rhys? Quiero decir, ¿tu vida sería igual si no hubieses discutido, si no…, ya sabes?

—No lo sé. Viajar siempre me ha gustado.

—¿Antes también lo hacías así?

—No. Pasaba más tiempo en casa.

Fijé la vista en la acera mientras caminábamos hacia la boca del metro. El trayecto me recordó al primero que compartimos casi un año atrás. Sentados juntos. Nuestras piernas rozándose cada vez que tomábamos una curva más pronunciada. Él, pensativo. Yo, nerviosa.

Ya había empezado a oscurecer cuando llegamos y dejamos atrás unas cuantas calles antes de poder ver el Big Ben iluminado. Rhys se quedó unos segundos contemplando el paisaje, inclinado delante del muro del puente que atravesaba el río Támesis.

Me miró de reojo. El viento le sacudía el cabello.

—No me has preguntado por tu regalo…

—Pensaba que era esto —contesté.

Rhys se giró, apoyó la cadera en el muro.

—¿Esto? —Alzó las cejas confuso.

—Tú. Que estés aquí conmigo.

Reprimió una sonrisa, sin apartar los ojos de mí.

—Ya sé que soy muy muy deseable, pero…

—Me estás poniendo tan nerviosa que voy a gritar.

—Vale. No te haré esperar más. —Sacó del bolsillo de su chaqueta el teléfono móvil y unos auriculares. Desenredó los cables con el ceño un poco fruncido. Inquieto. Y supe que aquel momento también era importante para él. Alzó la vista—. Es una canción.

—¿En serio? —Me acerqué emocionada.

—Sí. La he titulado *Ginger*.

—¿Me has compuesto una canción?

Rhys asintió con la cabeza y me tendió los auriculares. Se encargó de apartarme el pelo y colocarme él mismo uno en la oreja derecha mientras yo me ponía el otro. Mi mirada se perdió en la suya cuando las primeras notas sonaron. Era un bajo. Solo eso. Un bum, bum, bum rítmico, constante y limpio al que luego se sumaron otros sonidos, más matices. Y no sé. Me pareció que era una canción triste y alegre a la vez. Como una enredadera trepando por algún lugar solitario y olvidado, creciendo llena de flores, pero también de espinas.

Nunca me habían regalado algo tan bonito.

Cuando acabó, tomé aire, mirándolo.

—Ponla otra vez —pedí bajito.

Él se echó a reír y me quitó los cascos.

—Es tuya para siempre.

—¿Qué quieres decir con eso?

—Que quisieron comprármela en Los Ángeles, pero no voy a venderla. Puedes escucharla hasta que te canses de ella. Te la mandaré. Te lo prometo.

—¿Rechazaste una oferta así?

Se encogió de hombros y respiró hondo.

—Algunos DJ famosos compran composiciones ya hechas. Ellos tienen la fama. Otros, buen material. ¿Quién sabe? Quizá algún día la saque por mi cuenta.

—¿Por qué esta? —pregunté.

—La base es tu corazón. Tu pulso.

Tragué saliva cuando lo entendí, cuando recordé sus dedos sobre mi muñeca aquella noche lejana; buscando el pulso, memorizándolo en la oscuridad.

Nos miramos fijamente en el silencio de la noche.

Estaba tan cerca… Y tan inalcanzable a la vez…

El vaho que escapaba de sus labios se entremezclaba con el mío. Rhys se movió cuando di un paso hacia él y me tendió la mano. La acepté un poco descolocada. Luego echó a caminar, cruzamos el puente y nos dirigimos hacia la noria que se alzaba más allá. Memoricé los pasos largos que daba, la forma ovalada de sus uñas que rozaba con la punta de los dedos, lo alto que parecía a mi lado, con los hombros tan rectos…

Fruncí el ceño al reparar en el trayecto.

—¿Vamos a donde creo que vamos?

—¿No querías subir a esa maldita noria?

—¿Y tú no decías que te daba vértigo?

—Sí, pero nadie me llama cobarde.

Antes de seguir caminando hacia allí me dirigió una mirada divertida que me hizo reír. Los árboles de los alrededores estaban decorados con luces navideñas azules y blancas. Rhys parecía nervioso mientras esperábamos en la cola; esa noche el frío era muy intenso, por lo que no había tanta gente como era habitual. Alcé la vista al cielo al ver que empezaban a caer los primeros copos de nieve, pequeños y efímeros, porque se deshacían al rozar el suelo.

No me soltó cuando subimos a una de las cápsulas, junto a otras dos parejas de turistas. Nos situamos en uno de los extremos y no tardó en empezar a moverse. Rhys mantuvo una mano en torno a la barandilla y la mirada fija en la pared de cristal; al menos hasta que ascendimos más, ya que entonces cerró los ojos y apretó los dientes.

—¡Te lo estás perdiendo todo! Vamos, Rhys.

—Mmm. Odio las putas alturas —gruñó.

—Venga. Hazlo por mí. Solo un poquito.

Rhys inspiró hondo y luego parpadeó. Su mirada se fijó unos instantes en el río que brillaba bajo nosotros, en las luces parpadeantes y el cielo sin estrellas.

—Mierda. —Bajó la vista al suelo.

—¿Por qué te has empeñado en subir?

—¿En serio, Ginger? —Me asesinó con la mirada y a mí me entró la risa, algo que no ayudó a mejorar la situación. Por suerte, los turistas que habían montado en la cápsula estaban en el otro lado—. Esta mierda no para de girar. Distráeme. Cuéntame algo.

Se volvió hacia mí. La mano aún apoyada en la barandilla. Su pecho subiendo y bajando al ritmo de su respiración. Sus ojos clavados en los míos y evitando mirar alrededor.

—Cuando era pequeña… tenía gusanos de seda…

—No está funcionando. Necesito bajar.

—Rhys, cálmate. —Cogí su mano.

—Joder. ¿No sientes el vértigo?

—Sí —susurré nerviosa.

—¿Sí? —Inspiró hondo.

—Hay muchos tipos de vértigo.

Con eso conseguí captar su atención.

—¿Y de cuál estamos hablando?

—Del que te sacude antes de hacer una locura.

—Ginger… —Pero no le dejé decir nada más.

Me puse de puntillas. Y entonces lo besé.

Sentí sus labios cálidos contra los míos.

Sus manos descendiendo por mi cintura.

Su respiración acelerada… Su sabor…

Lo sentí todo en aquel instante.

RHYS

Deslicé la lengua por su labio inferior antes de hundirla en su boca y buscar más, un poco más. Mientras la besaba, olvidé que estaba a más de cien metros del suelo, olvidé que me daban miedo las alturas y olvidé que se suponía que aquello no tenía que pasar. Porque solo podía pensar en ella, en lo bien que olía, en lo bien que sabía, en su cuerpo pegado al mío, en que necesitaba mucho más, en que no quería soltarla nunca. En imposibles.

Gruñí contra sus labios. Cerré los ojos.

Ginger me buscó de nuevo. Lento. Suave.

Yo me dejé encontrar, besándola con fuerza. «Vértigo» era aquel beso y no lo que había sentido antes. «Vértigo» era ella. Mirarla y saber que no existía un «nosotros».

No sé cuánto tiempo estuvimos allí,

… tan perdidos en aquel momento,

… tan cerca de la luna.

GINGER

Ni siquiera sabía en qué estaba pensando cuando decidí que iba a besarlo. Pero era una de las primeras veces que me había dejado llevar por un impulso, por un tirón, por lo que de verdad deseaba. Y supe que, si volviese atrás, lo haría de nuevo. A pesar de todo lo que inició ese beso en lo alto de la noria, en medio de la noche. A pesar de lo que cambió. De lo que rompió. De lo que nació en ese instante. Porque a veces algunos pequeños actos están destinados a marcar toda una vida o suponen un desvío en el camino que no estaba ahí segundos atrás. Ocurre, aunque ni siquiera seamos conscientes de esos momentos.

Yo sí que lo supe entonces. Como también supe que dolería en cuanto bajamos de la cápsula y vi su semblante, la tensión en su mandíbula y en sus hombros. Como supe que aun así había valido la pena cazar ese recuerdo. Porque hay certezas que son así, punzantes.

Avanzamos en silencio atravesando un parque cercano. La nieve caía con más fuerza y había empezado a cuajar en el suelo, cubriéndolo con una fina capa blanca que brillaba bajo la luz anaranjada de las farolas. Escuché suspirar a Rhys mientras lo seguía.

—¿Puedes…, puedes parar de correr? —le pedí.

Porque eso era lo que hacía. Sus pisadas eran largas, rápidas, y me costaba seguirle el ritmo. Él se giró. Contemplé su rostro envuelto entre las sombras.

—Eso no tenía que pasar, Ginger. Lo siento.

—¿Por qué no? —Me acerqué más—. Rhys…

—Porque lo rompe todo.

—No es verdad. No lo rompe.

—No tengo nada que darte.

Me crucé de brazos. Lo miré dolida, enfadada.

—¿Y no te has parado a pensar que quizá no espero nada de ti? Ya sé cómo son las cosas, Rhys. Sé que probablemente no volvamos a vernos en años. O puede que ni siquiera lo hagamos nunca más. Pero quería eso. Quería besarte esta noche…

—Ginger, joder…

—Y tú también querías.

—Vas a complicarlo todo.

—Solo tenemos unas horas.

—Mierda —gruñó entre dientes.

Se pasó una mano por el pelo y me miró.

Era imposible deducir por su expresión en qué estaría pensando. Solo sé que negó con la cabeza una última vez, casi para sí mismo, y que luego dio un paso al frente y sentí su cuerpo junto al mío, una de sus manos deslizándose hasta mi nuca para alzar mi rostro y cubrir con sus labios los míos en un beso largo, profundo y tan diferente de los demás que no me pareció justo llamarlos igual. «Besos.» Había muchos tipos de besos. Los de Rhys eran intensos y cálidos, cargados de todo lo que los dos decidimos callarnos por aquel entonces. Porque no me atrevía a admitir que quizá ya lo necesitaba. Que era adicta a él, a todo lo que me había dejado conocer a través de las palabras que intercambiábamos cada día; quería saber más del Rhys de hacía años que había escapado en busca de algo que aún seguía sin encontrar y del Rhys de esa noche, el que había conseguido que aquel fuese el cumpleaños más especial que podía recordar.

No recuerdo cuánto duró el camino hacia el hotel.

Solo sé que no podía dejar de sonreír al mirarlo.

Que parábamos cada minuto para besarnos…

—Joder, Ginger… —Me sujetó de la barbilla.

—Creo que es la siguiente calle —dije.

Rhys me miró serio. Firme. Decidido. No vaciló.

—Si subes…, no ocurrirá nada más. ¿Lo entiendes?

—¿Por qué no? —Desenredé las manos de su cuello.

—Porque necesito que sea así, Ginger. Yo… no sé qué estoy haciendo esta noche, pero no quiero arrepentirme mañana. No quiero perder esto nuestro.

—No vas a perderme —susurré.

Él me observó durante unos segundos, aún dubitativo, aún rígido. Tenía el pelo y la cazadora oscura llenos de nieve, y el vaho escapaba de sus labios entreabiertos, enrojecidos por el frío y mis besos. Alcé la mano y los acaricié despacio. Rhys atrapó mi muñeca y tragó saliva con fuerza con sus ojos intensos clavados en mí y la respiración agitada.

Entrelazó sus dedos entre los míos antes de retomar el paso y avanzar por la calle que nos separaba del hotel. No dijo nada mientras sacaba la tarjeta y la metía en la ranura de la puerta trasera del establecimiento. Entramos. El calor nos recibió. El suelo enmoquetado silenciaba nuestras pisadas mientras subíamos por la estrecha escalera hasta la tercera planta, donde estaba su habitación. Temblé al llegar. Era tan pequeña que apenas había espacio para una cama, dos mesitas y la puerta que daba al baño.

Había una ventana al otro lado con una repisa baja en la que podías sentarte. Corrí las cortinas y me acomodé allí mientras Rhys se quitaba la chaqueta y se acercaba. Lo sentí a mi espalda y me apoyé en su pecho. Suspiré nerviosa. Feliz. Triste. Todo a la vez. Sus brazos me rodearon y noté su respiración pausada en mi cuello. La nieve seguía cayendo cada vez con más fuerza, cubriendo las calles de blanco, los salientes de los edificios de enfrente, la cima de las farolas y de las señales de tráfico, los tejados victorianos londinenses…

RHYS

Olía a algo delicioso. Como a un pastel de nata o a un caramelo dulce. Inspiré hondo, con la barbilla apoyada en su hombro y mis manos rodeándole la cintura.

—No te has quitado el abrigo —susurré.

Negó con la cabeza y comencé a desabrochar los botones grandes que llevaba por delante. La ayudé a desprenderse de la prenda y, al moverse, se giró hacia mí. Sus piernas quedaron sobre las mías y nuestros ojos se buscaron en medio de la penumbra de la habitación. Contuve el aliento cuando alzó una mano y enredó los dedos en mi pelo antes de descender rozándome la piel, dibujando en un trazo suave el contorno del rostro, de los labios, de la mandíbula. No aparté la mirada de ella mientras lo hacía.

—¿Por qué no podemos…? —preguntó bajito.

—Ginger… No me lo pongas más difícil.

—Podríamos quedarnos con el recuerdo.

—Los recuerdos no son solo eso. Son mucho más.

—No significaría nada. Solo tú y yo. Una noche.

—Ven aquí, Ginger. —Suspiré y tiré de ella hasta que estuvo sobre mi regazo. Estiré las piernas, tocando el otro extremo de la repisa. Y luego nos quedamos allí durante horas, solo viendo nevar, dejando que el tiempo se deshiciese. A veces nuestros labios se encontraban a medio camino. A veces nos escuchábamos respirar. A veces tenía tantas ganas de romperlo todo y desnudarla que sentía cómo me hormigueaban los dedos cada vez que los deslizaba por el borde de su camiseta, cuando la tentación era más fuerte, cuando sus besos eran más intensos, cuando casi me dolía mirarla.

—¿Y si nunca volvemos a coincidir, Rhys?

—¿Qué quieres decir? —Me estiré debajo de ella.

—¿Y si la próxima vez que nos veamos es dentro de muchos años? ¿Y si tú tienes novia o hijos? ¿Y si yo he conocido a alguien y voy a casarme? ¿Y si…?

—Ginger… —Suspiré observándola.

—No me mires así. Contesta a eso.

—¿Qué quieres que conteste?

—¿Te arrepentirás de no haber hecho nada más esta noche? ¿De no saber cómo podría ser estar juntos? ¿De no dejar que pase algo que sí quieres…?

—Joder… —Me puse en pie y me alejé hacia el otro extremo de la diminuta habitación—. Claro que me arrepentiré. Ya me arrepiento, Ginger.

—No lo entiendo.

Ella se quedó sentada en la ventana.

—Es que así es como tiene que ser. Me alegraré si me escribes dentro de unos años y me cuentas que vas a casarte con alguien que te haga feliz. Quiero que lo seas.

Deslicé la espalda por la pared hasta sentarme en la moqueta gris del suelo. Nos miramos fijamente durante lo que me pareció una eternidad. Ella tenía la nariz arrugada con disgusto, como si no pudiese entender mis palabras, mi forma de quererla; su pierna se movía rítmicamente, nerviosa. Mantuvo las manos sobre el regazo.

—Yo no sé si me alegraré de que tengas novia…

Lo dijo tan bajito, tan suave… que me hizo reír. Por eso y por ella, por lo visceral que era, porque no le importase ser correcta o confesar sus miedos en voz alta. Al menos conmigo. Y eso lo hacía todo más especial, saber que me dejaba verla así, transparente…

—No te lo tendré en cuenta. Pero no deberías preocuparte por eso.

—¿Por qué? ¿Porque no crees en el amor? ¿Porque te da miedo?

—No me da miedo, no es eso. Y sí creo en él. A veces.

—No puedes creer «a veces». O lo haces o no, Rhys.

Me froté la mandíbula y suspiré hondo, sin dejar de mirarla. Intenté ser sincero con ella por una vez, por esa noche, porque Ginger también lo era siempre conmigo.

—Creo en instantes. Creo que puedes enamorarte muchas veces a lo largo de la vida; de la misma persona, de otras distintas, de ti mismo o solo de momentos.

Ella se quedó callada. Apartó la vista y la fijó en la ventana.

—No sé si podré invitarte a mi boda.

Me reí fuerte. Ginger también lo hizo.

Y entre aquel sonido volvimos a encontrarnos cuando me levanté y avancé hacia ella de nuevo. Le di un beso en la frente. Seguía nevando, pero se distinguía el contorno borroso de la luna en medio de la oscuridad, apenas una curva fina y menguante.

—Yo también la veo —adivinó ella.

—Nosotros en la luna —susurré.

No sé cuánto tiempo pasó hasta que Ginger se quedó dormida con la cabeza apoyada contra mi pecho. La observé en silencio, memorizando las líneas de su rostro y convenciéndome de que prefería arrepentirme de todos los «y si...» que estaba dejando por el camino antes que arriesgarme a perderla a ella. Pensé en París, en que ya entonces me pregunté qué habría ocurrido si me hubiese atrevido a besarla en el aeropuerto. En los hilos que íbamos abriendo. Deshilachando. En los desvíos que a veces elegimos recorrer y, aún más importante, en aquellos que no pisamos por miedo y dejamos atrás.

Murmuró algo incomprensible cuando la cogí en brazos y la tendí en la cama. Me acosté a su lado y cogí su mano. Luego busqué el pulso, el ritmo constante de aquella canción que me acompañó mientras cerraba los ojos.

33

GINGER

Tragué saliva con fuerza para deshacer el nudo que tenía en la garganta, pero no lo conseguí. Porque se iba a ir. Porque sabía que el recuerdo de aquella noche pronto me parecería lejano e insuficiente. Y no podía dejar de observarlo todo de él mientras arrastraba las dos maletas que llevaba. Sus pasos decididos. Lo poco que vacilaba. El cabello revuelto y sin peinar, justo como se había despertado aquella mañana cuando lo besé en el cuello mientras aún estaba dormido y lo vi sonreír antes de abrir los ojos…

Frenó al llegar cerca de la cola de seguridad. Giró la cabeza por encima del hombro para mirarme y lo vi suspirar con cierto pesar. Tenía los ojos fijos en mí, tan brillantes…

—Supongo que esto es un adiós —logré decir.

Rhys sonrió y se mordió el labio inferior.

—Ya me dijiste justo esta frase. Hace casi un año.

—Soy muy poco original, lo sé…

—Ven aquí. —Tiró de mí y me abrazó.

«¿Cómo sería quedarme para siempre cobijada entre sus brazos?» Me lo pregunté con el rostro escondido en su pecho hasta que él se apartó con suavidad. Durante un instante pensé que si lo miraba una vez más me echaría a llorar. Y no tenía razones para hacerlo. Ni siquiera esperaba esa visita. No esperaba nada. Pero lo había tenido…

Sujetó mi barbilla con los dedos y me alzó el rostro.

—Eh, galletita, ¿qué ocurre? Vamos, mírame.

—Me pone triste que te vayas. Ya sé que no debería…

Dejé la frase a medias cuando sus labios chocaron con los míos. No sé a qué sabía ese beso. A despedida. Pero también a algo bonito y dulce. A uno de los tantos puntos y aparte de nuestras vidas, esos que aún no habíamos empezado a contar.

Contuve el aliento cuando nos separamos.

Vi su expresión. El deseo. Las dudas.

Se inclinó. Su boca rozó mi oído.

—No me esperes, Ginger.

Cuatro palabras. Cuatro palabras que se me clavaron, que dolieron. Aunque las entendiese. Eso fue lo último que Rhys me dijo aquella mañana fría antes de dar media vuelta y alejarse. Me quedé allí unos segundos, observándolo mientras se paraba al final de la cola, pero luego yo también di media vuelta y me marché sin mirar atrás.

SEGUNDA PARTE

—

CONFIANZA. PAUSA. ACANTILADOS

Caminando en línea recta
no puede uno llegar muy lejos.

El Principito

De: Rhys Baker
Para: Ginger Davies
Asunto: Sigo vivo
El vuelo se retrasó y luego fue un lío al llegar, tardé casi medio día en conseguir que me diesen las llaves de un coche por no sé qué mierda con mi permiso de conducir. El caso es que... ya estoy por aquí y vivo. No sé si te conté que alquilé una casa enfrente del mar. Puede que el sitio esté viejo y necesite una reparación urgentemente porque se cae a pedazos, pero el lugar... Joder, Ginger, ojalá pudieses ver el atardecer con tus propios ojos.

De: Rhys Baker
Para: Ginger Davies
Asunto: Sigo vivo
¿Va todo bien, Ginger?
No sé nada de ti...

De: Ginger Davies
Para: Rhys Baker
Asunto: ¡Yo también!
Perdona, estos días han sido un poco caóticos entre la compra a última hora de los regalos navideños, comidas, cenas, postales suficientes como para empapelar una habitación y ese tipo de cosas familiares, ya sabes. Me alegra saber que has llegado bien, Rhys.

Por cierto, recuerda mandarme mi canción.

Tengo ganas de volver a escucharla…

De: Rhys Baker
Para: Ginger Davies
Asunto: Canción Ginger

Deséales a tus padres y a tu hermana una feliz Navidad de mi parte. Cuando estuve allí me despisté tanto con todas las novedades que se me pasó decírselo. Fueron muy simpáticos. Espero que disfrutes de estas fechas, Ginger. Te adjunto la canción.

Mañana empiezo en el nuevo trabajo.

De: Ginger Davies
Para: Rhys Baker
Asunto: RE: Canción Ginger

¿Qué tal ha ido? ¿Compañeros agradables?

De: Rhys Baker
Para: Ginger Davies
Asunto: RE: RE: Canción Ginger

Sí, todo bien. Aquí es ahora verano, así que hay bastante ambiente. No es un local demasiado grande y también queda cerca de la playa. Byron Bay es muy turístico y está lleno de gente en esta época del año. ¿Te puedes creer que algunos van descalzos por el supermercado y por la calle? Es como un rincón diferente de todo lo que conocemos. No sé, tengo el presentimiento de que voy a quedarme por aquí más tiempo del que imaginaba.

De: Rhys Baker
Para: Ginger Davies
Asunto: Un nuevo comienzo

Feliz año, galletita Ginger. No recuerdo si me contaste qué planes tenías para hoy, pero espero que lo pases bien. Aquí somos los primeros en dar la bienvenida al año nuevo. Me gusta empezarlo sabiendo que estás al otro lado del océano y de la pantalla, al otro lado de todo, en realidad, aunque eso no hace que te sienta lejos. A veces creo que es al revés. Quizá los kilómetros no sean lo único que unen o separan a las personas.

No he hecho gran cosa, en realidad. Solo trabajar hasta tarde y luego beber un poco con unos tipos que estaban en el local y que viven por la zona. He vuelto a casa caminando. Y mirando la luna. E imaginando qué nos deparará este nuevo comienzo.

Quizá no cambie nada.

O puede que sea un año distinto.

35

RHYS

—El móvil al que llama está apagado o fuera de cobertura en este momento. Por favor, deje un mensaje cuando termine de escuchar la señal. Piiii.

—Hola, mamá. Feliz año. Solo quería…, ya sabes, eso, felicitarte y ver qué tal estabas. Recuerdo que me dijiste que ibas a pasar las Navidades con papá en un crucero, así que imagino que no tendrás mucha cobertura por ahí. Id con cuidado, ¿vale? Y disfruta del viaje todo lo que puedas. Ya me cuentas qué tal a la vuelta. Un beso.

36

De: Ginger Davies
Para: Rhys Baker
Asunto: Feliz añooooo

¡Feliz año, Rhys! Me alegra que te sientas bien por allí. He buscado el sitio en Google, como era de esperar, y tienes razón, parece uno de esos lugares utópicos que ya no existen. ¿Has conocido ya a mucha gente? Imagino que sí. No sé cómo puedes tener la capacidad de relacionarte con tantas personas siendo al mismo tiempo alguien tan cerrado, tan reservado. ¿Cómo lo haces, Rhys? Creo que nunca te lo he preguntado.

Yo no hice nada demasiado especial ayer por la noche. Después de cenar fui al bar en el que trabaja Dona, bebí un par de copas y estuve con unos amigos suyos hasta que ella terminó el turno y nos marchamos a otro lugar. Me lo pasé bien, aunque me sentía rara.

Mañana vuelvo a la residencia.

De: Rhys Baker
Para: Ginger Davies
Asunto: ¿Por qué?

No hago nada especial a la hora de relacionarme. Pero entiendo lo que quieres decir. Supongo que le ofrezco a cada persona lo que creo que espera de mí. Es fácil.

¿Por qué te sentiste rara esa noche?

De: Ginger Davies
Para: Rhys Baker
Asunto: RE: ¿Por qué?
¿A mí también me das lo que crees que espero de ti?

De: Rhys Baker
Para: Ginger Davies
Asunto: RE: RE: ¿Por qué?
No. Y por eso eres casi mi única amiga de verdad.
No has respondido a mi pregunta…

De: Ginger Davies
Para: Rhys Baker
Asunto: Rarezas
No sé, no quiero complicar esto, pero no dejo de pensar en lo que ocurrió entre nosotros. Casi parece irreal, ¿sabes? Y siento que desde entonces las cosas están algo diferentes o raras, ¿estoy loca?, ¿tú también lo notas? Supongo que es normal, pero al mismo tiempo no quiero que cambie nada. Ni siquiera sé muy bien qué estoy escribiendo…
Es que, Rhys, nunca me había sentido así con alguien.

De: Rhys Baker
Para: Ginger Davies
Asunto: RE: Rarezas
Fue real. Fue perfecto. Pero tú lo has dicho…, no hagas que cambie nada. Estamos bien así, ¿no, Ginger? Algún día conocerás a otra persona, a alguien especial, y pensarás justo eso mismo, que «nunca te habías sentido así». Hazme caso.

De: Ginger Davies
Para: Rhys Baker
Asunto: RE: RE: Rarezas
Vale. Lo entiendo. Tienes razón.

De: Rhys Baker
Para: Ginger Davies
Asunto: RE: RE: RE: Rarezas
Ginger… No hagas esto…
Es justo lo que me daba miedo…

De: Ginger Davies
Para: Rhys Baker
Asunto: Olvídalo
Ya lo sé, Rhys. Lo siento. Es que estas semanas han sido algo inestables, entre las Navidades, volver a la residencia, darme cuenta de que apenas me quedan unos días para presentar la propuesta del trabajo de fin de carrera…
Estoy agobiada. No sé aún qué hacer.

De: Rhys Baker
Para: Ginger Davies
Asunto: RE: Olvídalo
Imagínate dirigiendo una empresa. ¿Qué ves?

De: Ginger Davies
Para: Rhys Baker
Asunto: La realidad
Veo un almacén lleno de muestras de madera y serrín. Un poco más allá, a la derecha, veo un pasillo largo y gris que conduce a las oficinas en las que se reúnen los directivos, el equipo comercial, administrativo y de diseño. Eso es lo que veo, Rhys. Supongo que podría hacer el trabajo enfocándolo de una manera diferente, sobre una empresa ya constituida, valorando los puntos débiles o que considero que deberían mejorarse y cambiar; aunque, si mi padre lo lee, es probable que le provoque un infarto. Y temo que el profesor se duerma mientras intente evaluarme. Seamos sinceros, a nadie le parecen divertidos los armarios. Kate está preparando un trabajo fantástico (lo empezó hace un mes) sobre cómo sería una empresa de coches eléctricos de alquiler para turistas. Me dan ganas de robárselo.

De: Rhys Baker
Para: Ginger Davies
Asunto: Cambia la realidad

El trabajo no tiene por qué resumir tu futuro, ¿no? Olvídate de los armarios durante un segundo e imagina qué tipo de empresa te gustaría desarrollar si tuvieses los medios para hacerlo. Me dijiste eso cuando nos conocimos, ¿no? Que te encantaba la idea de dirigir algo. De crear. Pues piénsalo así. ¿Cuál sería tu sueño? (Da igual que suene utópico.)

De: Ginger Davies
Para: Rhys Baker
Asunto: RE: Cambia la realidad

Llevo dándole vueltas todo el día…

Y creo…, no sé… Me he imaginado una editorial. Una pequeña, ¿vale? Nada demasiado pretencioso. Nunca me ha tentado la idea de escribir, pero siempre que leo un libro me pregunto no solo por el autor, sino por esa persona que un día cualquiera decidió publicar el manuscrito que llegó a su mesa, esa que lo leyó, se emocionó, escarbó entre las letras y encontró potencial o algo interesante que merecía ser compartido con otra mucha gente. ¿No es curioso? Me refiero al hecho de que, al final, casi todo en esta vida sea una especie de cadena. Como las fichas de dominó, cae una y el resto lo hacen por inercia, pero supongo que siempre hay un impulsor, un primer desencadenante, aunque la mayoría de las veces ni siquiera lo pensemos. Qué raro es todo. Voy a dejar de divagar…

De: Rhys Baker
Para: Ginger Davies
Asunto: RE: RE: Cambia la realidad

A mí me encanta cómo divagas. Y me encantan aún más tus ideas. Cuéntame, ¿cómo sería esa editorial? ¿Desde qué perspectiva enfocarías el trabajo?

De: Ginger Davies
Para: Rhys Baker
Asunto: Pues divaguemos…

El trabajo consiste en desarrollar un proyecto empresarial, a nivel externo e interno, con datos contrastados y argumentados; ya sabes, como si fuese una propuesta para un inversor, ¿me entiendes? Son muchos aspectos, debes valorarlo de una manera global, generar un informe económico, financiero y social, anticiparte a los inconvenientes que surgirán, ubicación, competencia y estudio de mercado, estrategia comercial…

No quiero aburrirte. Pero… quizá lo haga.

Creo que he evitado pensarlo hasta ahora, porque ¿para qué? Si siempre he sabido lo que haría en cuanto terminase de estudiar… Lo sabía incluso antes de matricularme en la universidad. No me malinterpretes; aunque no me muera de emoción, estoy agradecida por ello. No todo el mundo tiene una empresa familiar. Soy afortunada.

Supongo que hasta entonces puedo soñar.

De: Rhys Baker
Para: Ginger Davies
Asunto: RE: Pues divaguemos…

Puedes soñar siempre, en realidad. Antes y después de terminar la universidad. ¿Quién sabe? Es imposible predecir qué estaremos haciendo dentro de diez años, por ejemplo. ¿O es que tú lo tienes tan claro?

Vale, creo que pillo el concepto del trabajo…

Yo quería que me contaras cómo lo imaginas tú. Es decir, si esa editorial tuya existiese. ¿Cómo sería? La decoración, el ambiente, ir allí cada mañana.

Venga, camina un poco por la luna de vez en cuando; aquí arriba no se está tan mal.

De: Ginger Davies
Para: Rhys Baker
Asunto: Diez años

Pues, veamos, por mucho que me tiente la idea de irme mentalmente a la luna un rato y dejarme llevar por fantasías poco terrenales, es evidente que si, en otra vida paralela, decidiese montar una editorial independiente, no podría pagar una oficina en una buena zona del centro, por diminuta que fuese, así que ubicaría la empresa en algún lugar al oeste de Londres, por ejemplo. En un sitio tranquilo, pero que esté bien comunicado.

Me imagino la oficina pequeña, pero agradable. Con luz y plantas (aunque todos sabemos que eso es casi imposible en esta ciudad). Las paredes blancas o de algún color cálido, un ocre suave, y muebles de diferentes estilos, con toques de color, nada de uno de esos sitios que parecen casi hospitales. Ah, y estanterías, claro. Muchas estanterías blancas recubriendo el pasillo (sería ancho) y la sala de reuniones.

El ambiente de trabajo sería inmejorable, por supuesto. Yo sería una jefa flexible y simpatiquísima que llevaría todas las mañanas café y pastas. Mis empleados jamás me criticarían y a mis espaldas solo dirían cosas como: «¿Has visto lo bonita que es esa blusa que lleva Ginger?, el color le favorece una barbaridad». Y en medio de toda esa energía positiva, publicaríamos uno o dos libros al mes, quizá menos; me gusta la idea de poder elegir con tiento cada proyecto, mimarlo, darle su espacio y sacarle todo el brillo posible. Serían libros íntimos, polémicos y emocionantes, de los que se quedan en el recuerdo.

Quizá me he venido muy arriba...

Y en cuanto a tu pregunta, por supuesto que sí, Rhys, más o menos tengo claro cómo será mi vida dentro de diez años. Trabajaré en la empresa familiar, me sentiré satisfecha tras tomar las riendas e introducir algunas mejoras, quizá me haya casado ya o esté a punto de hacerlo. Viviré en una casa de dos plantas con buhardilla y tendré un perro. O un gato. Aún no lo he decidido, pero tengo tiempo hasta que llegue el momento para valorarlo.

¿Cómo te ves a ti mismo para entonces?

De: Rhys Baker
Para: Ginger Davies
Asunto: RE: Diez años
Pues para no querer caminar mucho por la luna, si no te

conociera diría que has pasado un buen rato por ahí últimamente. Me gusta, Ginger. Me gusta esa fantasía tuya y casi puedo imaginarte entre estanterías, escuchando los murmullos de tus empleados halagando esa camisa que te queda tan bien (¿es muy escotada? A mí dame detalles).

Así que, ahora mismo, tu mayor duda respecto al futuro es saber si tendrás un perro o un gato. No sé si tiene sentido que no haya parado de reírme a carcajadas desde que he leído eso. No me extraña que pienses que, en comparación, yo voy sin rumbo por la vida. ¿Y sabes qué? Como ya te imaginarás, no, no sé qué haré dentro de diez años. Me da miedo pensarlo. Tendré treinta y siete años. ¿Qué se supone que hacen las personas a esa edad?

De: Ginger Davies
Para: Rhys Baker
Asunto: ¡Te voy a matar!
Oh, Dios. Oh, Dios. OH, DIOS.

Voy a matarte, Rhys. ¿Cómo has podido? Hoy hace justo un año que nos conocemos. Es nuestro amigoaniversario. Y ACABO DE CAER EN LA CUENTA DE QUE HAS CUMPLIDO AÑOS A LO LARGO DE ESTE TIEMPO SIN DECÍRMELO. OBVIO. No sé cómo no he caído antes. Ah, bueno, sí, PORQUE NO ME LO HAS DICHO.

¿Cuándo fue tu cumpleaños, Rhys?
CONFIESA.

De: Rhys Baker
Para: Ginger Davies
Asunto: RE: ¡Te voy a matar!
No es para tanto, Ginger, solo es un cumpleaños. Ni siquiera lo pensé. Pero, si tanto te interesa, te diré que es el 13 de agosto. No me gusta celebrarlo.

Así que es nuestro amigoaniversario (intentaré no repetir esto fuera de aquí para mantener mi orgullo intacto). De modo que esta noche, hace justo un año, tú y yo estábamos paseando por las calles de París. Y bailando *Je t'aime… moi non plus*. Y comiendo tallarines chinos. Y mirando esa luna que a veces evitas…

De: Ginger Davies
Para: Rhys Baker
Asunto: Eres lo peor

Conozco tus tácticas, Rhys. Ahora te (me) pones sentimental para intentar que olvide lo del cumpleaños, cuando ambos sabemos que fue una traición en toda regla. Vamos a celebrar nuestro amigoaniversario (la expresión es genial, no sé de qué te avergüenzas, a mí me dan ganas de abrir la ventana y ponerme a gritarla). Es decir, que tú vienes a visitarme por el mío y yo ni siquiera tengo la oportunidad de hacer lo mismo contigo.

Dame tu dirección. Te enviaré un regalo.

De: Rhys Baker
Para: Ginger Davies
Asunto: Soy lo mejor

Eres la chica más divertida que conozco, ¿te lo he dicho antes alguna vez? En serio, soy incapaz de leerte sin sonreír y admito que lo de las sonrisas gratuitas no es lo mío. Pero estás exagerándolo todo. No me gusta cumplir años. Ya te dije que mi cuento preferido de pequeño era *Peter Pan*. Tampoco me va lo de imaginarme qué estaré haciendo dentro de diez años. Ni los regalos. Me ponen jodidamente nervioso los regalos. Pero no como a ti, en el buen sentido, sino al revés. Así que, galletita, ¿olvidamos todo esto y nos quedamos con la idea principal, que viene a ser que tengo veintisiete años?

Además, ¿de verdad hubieses venido a visitarme? Los dos sabemos que no. Por aquel entonces estaba en Los Ángeles y recuerdo que rechazaste mi invitación improvisada.

Posdata: Me encanta que te pongas sentimental por mi culpa.

De: Ginger Davies
Para: Rhys Baker
Asunto: No eres lo mejor

Rhys, seamos serios, me propusiste que fuese a visitarte una noche, borracho, y casi no me dio tiempo a negarme antes de que ya tuvieses a una *amiga* llamada Sarah en tu casa. Probablemente nos habríamos cruzado ella y yo en la puerta, no sé si eres muy consciente de ello.

De: Rhys Baker
Para: Ginger Davies
Asunto: Sí lo soy
¿Noto cierto enfado?

De: Ginger Davies
Para: Rhys Baker
Asunto: Baja a la tierra
No, Rhys, no estoy enfadada. Solo puntualizaba que en realidad aquello fue cualquier cosa menos una invitación de verdad. Todo esto ha derivado por culpa de tu cumpleaños. Y de tu miedo a envejecer. Dame la dirección y no le demos más vueltas.

Por cierto, ya he empezado el trabajo. Me gusta tanto la idea que ayer me quedé hasta las tantas estructurando los contenidos. He pensado en la posibilidad de entrevistar a los directores de algunas editoriales pequeñas de la ciudad e incluir las entrevistas como material extra. Obviamente, serían preguntas enfocadas al aspecto empresarial.

De: Rhys Baker
Para: Ginger Davies
Asunto: RE: Baja a la tierra
Está bien, te adjunto mi dirección, aunque no sé cómo funcionará aquí el correo. Mi madre me mandó hace ya un par de semanas un paquete y todavía no ha llegado. Vivo algo alejado del pueblo, en una casa que parece que esté a punto de caerse en cualquier momento. Ya te mandaré una foto más adelante, pero que sepas que ahora mismo aquí está atardeciendo y te escribo desde el porche de la terraza. El cielo es rojo. No rosado ni anaranjado, sino de un rojo intenso como el de las cerezas maduras. Ojalá pudieras ver todo esto, Ginger…

Me gusta la idea de las entrevistas.

Y también ver que estás ilusionada.

Pero estás muy equivocada con lo que has dicho. Yo no tengo miedo a envejecer. No es eso. No le tengo miedo a nada. Solo es que me encanta y me descoloca a la vez vivir sumido en la incertidumbre. No saber qué estaré haciendo ni tener ningún plan. Por una parte es adictivo. No creo que puedas entenderlo, Ginger, pero tiene algo liberador. Pensar que quizá el año que viene estaré en la India o en Nueva York de nuevo o aquí mismo. Y la parte mala…, bueno, supongo que esto implica cosas. Ya sabes. La soledad. O la sensación de ir dando tumbos a veces. Pero me gusta. Creo que ahora ya no sabría vivir de otra manera. Y no me apetece pararme a pensar en qué debería hacer ni en planes futuros ni en cómo será mi vida dentro de diez años. Quizá esté muerto. Así de imprevisible es esto.

De: Ginger Davies
Para: Rhys Baker
Asunto: RE: RE: Baja a la tierra
Maldito seas, Rhys, no digas eso. Ojalá te tuviese cerca para poder pegarte. Ya, ya sé que es verdad, que existe la posibilidad de que dentro de diez años no estemos en este mundo, pero ni se me pasa por la cabeza pensarlo. Y tú tampoco deberías hacerlo.

¿Quieres saber cómo te imagino entonces?

Te veo triunfando. Creo que en algún momento te animarás a sacar una canción, probablemente mientras sigues trabajando en el *pub*, y la escucharán cientos, no, miles de personas. Millones. Te harás famoso. Irás por ahí con ese aire de perdonavidas y chico melancólico que volverá locas a tus fans (¿*groupies* te suena mejor?). Es probable que tengas algún hijo de alguna modelo rusa de apellido indescifrable.

Y seguirás viajando por ahí, libre.

¿Qué me dices? ¿Tentador?

De: Rhys Baker
Para: Ginger Davies
Asunto: Sin asunto
En primer lugar, sí, *groupies* me suena mucho mejor. Gra-

cias. Y, en segundo lugar, si tuviese un hijo con una modelo rusa de apellido indescifrable, no viajaría por ahí, Ginger. O, bueno, quizá sí, si consiguiese la custodia o algo así. Ni siquiera sé por qué perdemos el tiempo imaginando tantas tonterías, pero el caso es que quería que supieses que yo no dejaría que mi hijo creciese lejos de mí. No sé qué te ha hecho pensar eso.

De: Ginger Davies
Para: Rhys Baker
Asunto: Sin asunto
Pues no lo sé, quizá que no pareces de los que disfrutan haciéndose cargo de responsabilidades y horarios y ese tipo de cosas. Solo era una broma, Rhys. Una tontería.

De: Rhys Baker
Para: Ginger Davies
Asunto: Lo esencial
En cualquier caso, sé usar un condón, así que esa teoría tuya jamás ocurrirá. En fin. Esta noche tengo turno doble, así que voy a intentar dormir un rato. Besos.

37

De: Ginger Davies
Para: Rhys Baker
Asunto: ¿Qué hago?

¿Sabes quién me ha llamado? No te lo vas a imaginar. ¿Te acuerdas de James, el chico de la cerveza que conocí a finales del curso pasado en una fiesta? Quedamos después en una especie de cita. Ya sabes, el que pensó que era una buena idea la mezcla del Señor Chocolate con la Señora Frambuesa. El caso es que nos hemos puesto al día, hablando de todo un poco, y luego me ha preguntado si me apetecía salir con él este sábado por la noche.

No sé, Rhys. ¿Qué hago?

De: Rhys Baker
Para: Ginger Davies
Asunto: RE: ¿Qué hago?

No sé qué quieres que diga…

Queda con él, Ginger. Parece un buen tipo, ¿no? (si ignoramos lo del chocolate, que es un gusto casi imperdonable). Siempre puedes pillar un taxi si te aburres.

De: Rhys Baker
Para: Ginger Davies
Asunto: RE: ¿Qué hago?

¿En qué quedaste al final? ¿Tienes una cita este sábado? Yo apenas he dormido. Salí con los compañeros del trabajo cuando terminamos, así que ya te imaginarás qué horas eran. Acabamos tirados en la playa con un par de botellas de ron. Fue divertido, aunque tuve que sacar a Tracy del agua al ver que le faltaba poco para ahogarse. Esa chica está completamente chiflada. Ah, y mi jefe me dijo que iba a aumentarme el sueldo. No sé si hoy lo recordará…

De: Ginger Davies
Para: Rhys Baker
Asunto: Mi cita
Al final he decidido quedar con James el sábado. Cruzo los dedos para que vaya todo bien y no termine buscando un taxi antes del postre.
¿Quién es Tracy? Nunca me has hablado de ella.
¿Y chiflada…? ¿En un sentido similar al mío?

De: Rhys Baker
Para: Ginger Davies
Asunto: RE: Mi cita
Ya, creo que no te he presentado a los compañeros de trabajo; no somos muchos, está Garrick, que es el jefe (o, más bien, el encargado ante el que respondo, porque el jefe de verdad suele estar en el local de Los Ángeles). Y Josh, camarero y el que hace las mejores tortitas veganas antes de que anochezca y se apague la cocina. Y luego Tracy, que se incorpora al turno de noche, como yo. Sirve bebidas tras la barra. Y no, no está chiflada como crees, sino de verdad. Es capaz de hacer cualquier locura que se le pase por la cabeza.
Ya me contarás cómo va esa cita…

De: Ginger Davies
Para: Rhys Baker
Asunto: Arrrrghh
Ya sé que falta un día, pero he revuelto todo mi armario y no sé qué ponerme mañana. No tengo NADA que me quede bien. No hay NADA con lo que me sienta bien. Solo me apetece

llorar, enroscarme en la cama como un gato y quedarme ahí para siempre. Pero Kate ha insistido en que vayamos a tomarnos una cerveza a un sitio que está aquí cerca con unas compañeras de clase, así que voy a hacer el esfuerzo de mi vida.

Ayúdame, Rhys.

De: Rhys Baker
Para: Ginger Davies
Asunto: RE: Arrrrghh
Respuesta simple: ponte algo corto por abajo o por arriba.

De: Ginger Davies
Para: Rhys Baker
Asunto: RE: RE: Arrrrghh
Qué cerdo eres, Rhys. Pero sí, por suerte ya he encontrado algo medio decente y ahora estoy esperando a que James venga a recogerme. Ya te contaré cómo va.

De: Ginger Davies
Para: Rhys Baker
Asunto: En vela
Ya he vuelto. Y, como no consigo dormir, he terminado encendiendo el portátil para escribirte. La verdad es que todo ha ido muy bien. Resulta que él ha estado saliendo con una chica durante todo este tiempo, por eso no me llamó después del verano. No han acabado bien, así que, bueno, parece que no busca nada serio. Y yo tampoco. No tendría mucho sentido si dentro de unos meses terminaré la universidad y me mudaré. No es que esté lejísimos, pero tampoco me tienta la idea. En resumen, fuimos a cenar a un restaurante que no conocía. Nos lo pasamos bien. Al menos, no es uno de esos chicos con los que no fluya la conversación. James trabaja en un bufete de abogados, creo que ya te lo dije. Le hablé sobre mi proyecto de fin de carrera y le encantó. De hecho, cree que no es una utopía en absoluto, qué locura, ¿no? El caso es que cuando quise darme cuenta ya nos habíamos comido el postre y estaban casi cerran-

do, así que dimos un paseo y nos tomamos una copa en un local cercano. Luego me acompañó a la residencia.

Creo que por fin me está entrando sueño…

Buenas noches, Rhys.

De: Rhys Baker
Para: Ginger Davies
Asunto: ¿Seguro que no es una película?

¿En serio? ¿De verdad aún existen citas así? Pensaba que habíais quedado para dar una vuelta o algo por el estilo. Creía que ese tipo de citas clásicas se habían extinguido hacía décadas. ¿Cena, copa y paseo de regreso? ¿Hubo beso en la puerta? Creo que es el único tópico que falta. Supongo que te pega.

No te imaginas la que se montó ayer en el trabajo.

Tracy enloqueció. Se subió a la barra y empezó a bailar. No sé en qué momento pensamos los demás que era buena idea hacerlo también (íbamos borrachos, ya estábamos a punto de cerrar). El caso es que la barra se rompió, crac, a la mierda. Creo que vamos a pagarla entre todos para que el jefe no se entere. Con suerte, seguirá por Los Ángeles.

De: Ginger Davies
Para: Rhys Baker
Asunto: RE: ¿Seguro que no es una película?

Sí, Rhys. Hubo beso en la puerta. Uno perfecto.

De: Rhys Baker
Para: Ginger Davies
Asunto: Sin asunto

¿Te has enfadado? Solo bromeaba…

Me alegra que te lo pasases bien, Ginger. Y ese tío, James, parece agradable. No estaba burlándome de ti, te lo prometo. Además, no tiene nada de malo, ¿no? A ti te gustan las cosas clásicas, en todos los sentidos. No veo por qué tendrías que tomártelo a mal.

De: Ginger Davies
Para: Rhys Baker
Asunto: RE: Sin asunto

No me lo he tomado a mal, pero has hecho que sonase como algo aburrido. O malo. O pasado de moda. Siento no ser tan divertida-loca-chiflada como Tracy. Pero, sí, algunas chicas simples como yo nos contentamos con pasar una velada normal, apacible, hablando con alguien y conociéndolo. Y en lugar de saltar en paracaídas en la tercera cita o subirnos a una barra a bailar (¿se supone que es algo alucinante?, a mí me parece ridículo), nos basta con elegir un postre sabroso, como el *mousse* de chocolate con naranja.

De: Rhys Baker
Para: Ginger Davies
Asunto: RE: RE: Sin asunto

No lo pillo, Ginger. Yo jamás he dicho que seas simple. Eres lo contrario a alguien simple. Precisamente, por eso me gustas. Por todos tus enredos.

Entonces, ¿qué?, ¿vas a seguir quedando con James? ¿A pesar de haberte hecho presenciar que el Señor Chocolate tuviese un escarceo con la Señorita Naranja? Me pregunto qué pensará Doña Frambuesa de todo esto. No creo que le haga ninguna gracia.

Posdata: Lo de la barra te habría parecido gracioso si hubieses estado borracha y lo hubieses visto en persona. Es una de esas cosas que no suenan igual de divertidas al contarlas.

De: Ginger Davies
Para: Rhys Baker
Asunto: RE: RE: RE: Sin asunto

Sí, vamos al cine mañana.

Ya sé que también es predecible, pero no digas nada. ¿Sabes la temperatura que hace aquí? No tenemos una playa paradisíaca delante ni nada parecido. Y me ha dejado elegir a mí la película. Eso es de ser muy mono y adorable, no lo niegues.

Luego te cuento qué tal ha ido. Y perdona si estos días he sonado un poco a la defensiva, es que pensaba que te estabas burlando de mí. No sé, Rhys, a veces a través de los *e-mails* es más complicado imaginar el tono de una frase. Supongo que es eso.

Espero que hayáis solucionado lo de la barra.

Cuéntame qué tal te van las cosas por allí.

De: Rhys Baker
Para: Ginger Davies
Asunto: Sin opciones
Entonces me dejas pocas opciones, Ginger. Pero me limitaré a añadir que me alegra ver que estás contenta. Y saber que no vas a congelarte esta noche. Tienes razón, recuerdo el frío que hacía en Londres… Estuve por allí bajo la nieve con una chica enredada hace ya algunos meses…

Por aquí todo bien. Me gusta este sitio.

Hemos arreglado la barra, sí.

De: Ginger Davies
Para: Rhys Baker
Asunto: RE: Sin opciones
Siento no haberte escrito mucho esta semana. Ya sabes, entre el trabajo final, los exámenes y salir con James y las chicas, a veces no recuerdo ni cómo me llamo. Además, he conseguido concertar una entrevista con la fundadora de la editorial Bday. Se llama Lilian Everden y es como… impresionante. No sé, espero no ponerme a temblar delante de ella. Me parece que ha hecho un trabajo increíble empezando desde cero, sin ayuda de nadie.

La veo mañana. Y luego, por la noche, James me ha invitado a cenar a su casa. No soy idiota, sé lo que eso significa. Por una parte, me apetece. Hace más de un año que no me acuesto con nadie. Pero, por otra parte, tengo miedo de haber olvidado cómo demonios se hace, te lo digo en serio. Me aterra hacerlo mal. Caerme de la cama. O decir alguna tontería en el momento menos apropiado. A saber. No quiero ni imaginarlo.

Mañana te cuento. Estoy muy muy nerviosa.

38

RHYS

Abrí los ojos de golpe. El móvil estaba sonando. El móvil… que debería estar en la mesita, pero ahora no lo encontraba. Salí de la cama y me agaché para recogerlo del suelo. Lo habría tirado sin querer después del primer timbrazo. Fruncí el ceño al ver que era Ginger.

Ginger… llamándome…

Se me aceleró el corazón.

—¿Estás bien? Ginger…

—Sí… —Hablaba en susurros—. Sí —repitió—. Siento…, siento haberte llamado… Oh, Dios, Rhys, acabo de caer en la cuenta de la diferencia horaria. No sé por qué no lo he pensado. Yo solo…, ha sido un impulso. Te he despertado, ¿verdad? Lo siento.

—No pasa nada. ¿Todo bien, entonces?

Le eché un vistazo por encima del hombro a la chica que dormía en mi cama y luego salí de la habitación, descalzo, sin camiseta. Empecé a caminar. Dejé atrás los escalones del porche de madera y sentí la arena templada en los pies mientras avanzaba hacia el mar.

—Sí, todo bien. Perdona, no puedo hablar muy alto. James se ha quedado dormido. Es que estoy un poco nerviosa. Ni siquiera sé por qué me ha dado por llamarte.

—¿Te ha hecho algo? ¿Qué pasa, Ginger?

—No, no. Nada de eso. Solo es que no tengo demasiado claro qué debería hacer ahora. Es decir, no puedo dormir. No con él. Es imposible. Créeme, lo he intentado. No es solo porque ronque, es que no dejo de dar vueltas en la cama y me siento fuera de lugar.

Me senté en la arena y tragué saliva con fuerza. Apenas había empezado a amanecer. Una luz suave intentaba alzarse tras el horizonte, pero el cielo estaba oscuro. Sin nubes. Inspiré hondo y, no sé, me concentré en el sonido de su voz, en cómo pronunciaba las palabras con ese acento inglés que le daba un aire estirado y que me encantaba. Procuré pensar en cualquier cosa menos en la idea de él tocándola, besándola, hundiéndose en ella...

—Quieres irte, ¿es eso? —adiviné.

—Sí —admitió bajito—. Es que han sido muchas emociones de golpe. Necesito estar a solas para procesarlo todo, ya sabes. Y también necesito mi cama.

Recordé cómo se durmió entre mis brazos a finales de diciembre...

—Vale. Entonces deberías hacerlo.

—Pero no quiero que se enfade.

—Entiendo...

—Ha sido muy... considerado.

—¿Considerado en qué sentido?

—Ya te imaginarás. En todos.

Casi pude verla sonrojándose.

—Puedes dejarle una nota. Es la mejor alternativa.

—Sí, eso suena bien, ¿no? Algo así como: «Gracias por esta noche, James. Te llamo mañana». Nadie puede enfadarse después de eso, ¿verdad?

—No, y si se enfada, es idiota. Doble juego.

—Vale. Creo que tengo papel en el bolso...

—¿Tienes tu ropa a mano?

—Casi toda. —Fue un susurro casi inaudible.

—¿Qué significa eso? —Contuve el aliento.

—Pues..., no me hagas decirlo en voz alta...

—No me jodas. ¿Has perdido tus bragas?

—¡Rhys! Mierda. Acabaré despertándolo.

No pude evitar echarme a reír. Lo hice con ganas y alto antes de terminar tumbado en la arena, suspirando, con el teléfono aún pegado a la oreja y la mirada fija en el cielo que se iba aclarando lentamente. La escuché protestar entre murmullos.

—Las he buscado por todas partes y no están. El problema es que el vestido y las medias me las quitó en el piso de abajo, cuando estábamos en el sofá, después de la cena, pero el resto acabó fuera en la habitación, que es donde él está. Totalmente a oscuras, no se ve nada. He recorrido todo el suelo con las manos y ni rastro. ¿Qué hago?

—No veo cuál es el problema si tienes las medias y un vestido.

—Muy gracioso, Rhys. Jo. Quiero llorar.

Ahogué otra carcajada. Yo tenía ganas de abrazarla.

—Centrémonos en la fase dos. Vístete con lo que tienes. Luego busca en tu bolso un papel y escríbele esa nota. Yo se la dejaría en la cocina, pegada a la cafetera. Nunca falla.

—Veo que eres un experto en la materia.

—Sé sobre trabajos sucios, galletita.

—Argh, Rhys. Ha sonado muy muy…

—¿Profesional? ¿Ya estás vestida?

—Quería decir soez. Y sí, he terminado.

—Vale, ¿dónde estás en este momento?

—En el cuarto de baño del segundo piso. No me he movido de aquí desde que te he llamado. Así que voy a bajar y reza para que los escalones no crujan. Evidentemente, no me he fijado cuando subíamos. Bueno, allá voy.

Escuché cómo cogía aire y se movía.

—¿Todo bien? —pregunté después.

—Sí, ya estoy en la cocina. Escribiendo…

—Añade algo así como «muchos besos».

Chasqueó la lengua, pero estoy seguro de que me hizo caso. Luego volví a oír pasos y no dijo nada mientras, supuse, se dirigía hacia la puerta, porque escuché cómo la cerraba.

—¡Ya está! ¡Estoy fuera, Rhys!

—Y ahora es el momento en el que te ve desde la ventana…

Soltó un pequeño gritito y yo volví a reírme. Era tan… ella.

—Voy a ver si encuentro una parada de taxis.

—Oye, ve con cuidado. Imagino que será casi de madrugada.

—Sí. —Solo se escuchaba el sonido de sus pasos resonando en la acera—. Gracias por esto, Rhys. Me he puesto un poco nerviosa allí dentro. Quiero decir, que no es que fuese complicado marcharme y dejar una nota, pero me sentía… bloqueada. Como atrapada.

Respiré hondo. Noté el pecho subiendo y bajando…

El murmullo de las olas, de su voz cantarina…

—¿Ha sido la noche que esperabas? —pregunté.

—Creo que sí. Es decir, sí. Vale, veo una parada de taxis, pero no hay ninguno ahora. No quiero entretenerte más, Rhys, ya has hecho suficiente. Te escribo mañana, ¿vale?

—No, no cuelgues. Esperaré contigo.

—No es necesario —replicó Ginger.

—Me quedo más tranquilo así.

—Como quieras… —suspiró.

—Entonces, ha sido como imaginabas.

—Algo así. Diferente a Dean. Es decir, James es más… intenso.

—Intenso… —Apreté el teléfono con la mano.

—Supongo que tiene más experiencia. Aunque —bajó un poco la voz— ha sido raro lo de desnudarme delante de otra persona. ¿Sabes esa sensación de llevar tanto tiempo saliendo con alguien que ya no lo miras o lo tocas como esas primeras veces, cuando estás descubriendo un cuerpo nuevo…? Bueno, imagino que no, claro, porque nunca has tenido una relación seria, pero es un poco así. La rutina. O el hacer algo casi por inercia.

—¿Y qué quieres decir con eso?

—Pues que todo era distinto. El tacto de su piel, cómo besaba, cómo me tocaba. ¿Así es como te sientes tú todo el tiempo, Rhys? Al conocer a una persona y luego a otra…

—No es algo que me haya parado a pensar.

—Pues imagínatelo. Cuando llevas años saliendo con alguien tienes memorizado cada detalle, hasta los lunares, las marcas. No sé. En parte, es raro tocar un cuerpo del que no sabes nada y aun así disfrutar haciéndolo, como ir a ciegas. Olvídalo.

—Creo que lo entiendo. Puedo entenderlo.

Nos quedamos callados hasta que la oí levantarse.

—Ahí viene mi taxi. Cuelgo ya. Gracias, Rhys.

—No hay de qué. Buenas noches, Ginger.

Llegué a escuchar cómo cerraba la puerta del vehículo antes de colgar el teléfono. Suspiré, tumbado en la arena, pensando en todo... En la noche que había pasado Ginger, en la que había pasado yo, en cómo hubiese sido en una realidad paralela... Las veces que había imaginado cómo sería follar con ella, hacerla reír, ser una persona diferente. Una que se entendiese a sí misma y que se dejase entender por los demás. Alguien distinto. Mejor.

Alguien que no tuviese agujeros por dentro.

Y que supiese por qué los tenía.

Me incorporé un poco y contemplé a una pareja que hacía surf a lo lejos, como si estuviesen dándole la bienvenida al nuevo día. Luego me levanté. Le di la espalda al amanecer y regresé a casa sin levantar la vista del cielo. Sin dejar de pensar en ella. Al menos hasta que llegué a la habitación y vi a Tracy dormida entre las sábanas. Dejé el móvil en la mesita y me acosté a su lado. Cerré los ojos. Y luego sentí su brazo rodeándome la cintura y la estreché contra mí, buscando el calor de aquel cuerpo que, era cierto, no conocía, pero me bastaba para sentirme menos solo, para tener la efímera sensación de estar sujeto a alguien, de tener un ancla momentánea.

39

De: Ginger Davies
Para: Rhys Baker
Asunto: ¡Hola!

Hoy me he levantado contenta, no me preguntes por qué, no hay ninguna razón. Y como sé lo que vas a decir, no, tampoco es porque ahora me acueste de vez en cuando con James, odio esa expresión machista de «lo que necesitas es un polvo». Por esa regla de tres, lo que muchos hombres necesitan entonces es un cinturón de castidad. Pero ¿por dónde iba…? Ah, sí, la felicidad. Me he despertado, he cogido el trabajo (el otro día imprimí todo lo que tenía listo) y, como Kate aún estaba durmiendo, me he ido a una cafetería a desayunar. Hacía mucho tiempo que no actuaba así. Ya ves, una cosa tan sencilla como levantarme el sábado, dar un paseo y sentarme sola en una mesa. He pedido tostadas y un café. Aunque por aquí aún hace un poco de frío, me he sentado en la terraza. He estado revisando la entrevista que me concedió Lilian Everden hace unas semanas, e imagino que la camarera alucinaría con mi cara de loca sonriendo a solas, pero es que fue tan inspiradora…

Estoy muy contenta con el proyecto final.

Y me he dado cuenta de que tengo todo lo que necesito. No sé por qué a veces las personas nos complicamos tanto en lugar de mirar alrededor y sentirnos afortunadas. Piénsalo. He hecho amigas nuevas. Tengo una buena relación con mi exnovio (cuando nos cruzamos en clase siempre me pregunta «¿cómo estás, Ginger?», y nos hemos sentado juntos alguna vez, aunque no puede decirse que hablemos mucho). Y luego está mi familia, con sus más y sus menos, pero los quiero así. Quedo con un «amigo con derecho a roce». En un pestañeo terminaré la carrera y luego tendré la suerte de poder incorporarme al mercado laboral de inmediato, ¿no es maravilloso? ¿Te has parado a pensarlo alguna vez así?

De: Rhys Baker
Para: Ginger Davies
Asunto: Yo también quiero

Lo único en lo que no paro de pensar es en dónde habrás comprado esas setas alucinógenas que sientan tan bien. Porque no diría que no a que me mandases un poco. Por cierto, tu regalo de cumpleaños sigue sin llegar. Sí apareció la caja que me mandó mi madre hace como un millón de años. Metió dentro comida envasada al vacío (creo que piensa que vivo en la selva o algo así) y varios pares de calcetines nuevos (¿por qué dan por hecho las madres que puedes comprarte cualquier cosa allá donde estés menos calcetines?). Ah, y le pedí que me mandase una fotografía de cuando yo iba al instituto para enseñártela. Te vas a reír. Soy yo con el equipo de fútbol americano tras ganar el campeonato de ese año.

¿Preparada…? Te la adjunto. No seas muy mala.

A cambio de esto, creo que deberías darme algo.

De: Ginger Davies
Para: Rhys Baker
Asunto: Sin asunto

¿Puedes oír cómo me río desde aquí? Porque estoy haciéndolo. No me puedo creer que seas ESE CHICO. Llevabas el pelo a capas, Rhys, A CAPAS. Como en las películas de los ochenta. Y pareces un mimado con ese uniforme y esa pose… ¿Quién es la animadora que apoya la mano en tu hombro? ¿Tu novia de entonces? ¿La reina del insti?

¿Por qué debería darte algo a cambio?

Eso es coacción. No dejo de reírme.

De: Rhys Baker
Para: Ginger Davies
Asunto: Pues te coacciono

Sí, esa chica era mi novia por aquel entonces. ¿Qué te parece? Admito que era algo superficial, pero no era una mala persona. Creo. Si he de ser sincero, hablábamos poco. Nos limitábamos a liarnos en el asiento trasero de mi coche cada vez que teníamos un rato.

Y que sepas que he hecho un esfuerzo.

Odio profundamente las fotografías.

De: Ginger Davies
Para: Rhys Baker
Asunto: Trato

Veo que fue una relación muy muy profunda.

Está bien, hagamos un trato. Cuéntame por qué odias tanto las fotos y yo te daré algo ridículo y patético sobre mi infancia. Creo que es bastante justo.

De: Rhys Baker
Para: Ginger Davies
Asunto: RE: Trato

No sé, no me gusta la idea de dejar congelado un instante. No lo representa. Cualquier desconocido podría mirar una fotografía de una familia reunida, por ejemplo, y no sentir nada. Solo ver unas caras, unas sonrisas, fijarse en el peinado que llevaban o en la ropa. Prefiero la idea de quedarme los recuerdos para mí, porque sé qué color y qué olor tiene cada uno, ¿me entiendes? Sé cómo fue exactamente ese instante. Una imagen no puede trasmitir eso. Es solo un trozo de papel, plano. Me basta con hacer fotografías mentales.

De: Ginger Davies
Para: Rhys Baker
Asunto: RE: RE: Trato

«Fotografías mentales.» Qué moderno, Rhys.

A ver, sé lo que quieres decir, pero no lo comparto. Ya sé que una fotografía no puede trasmitir bien la sensación de un recuerdo de verdad, ese cosquilleo cuando te adentras en la memoria, esos matices…, pero también es bonito, a su manera. Para mí, sería como el prólogo de ese recuerdo. A veces miro las que tengo colgadas en el corcho. Y sí, acabo de darme cuenta de que no tengo ninguna fotografía tuya. Peor aún: no tenemos ninguna juntos. No sé si volveremos a vernos algún día, pero ten por seguro que, si lo hacemos, pienso sacarte un montón de fotos, aunque te quejes y me mires con el ceño fruncido.

Te mando mi parte del trato.

No te rías demasiado, ¿vale?

De: Rhys Baker
Para: Ginger Davies
Asunto: Pequeña Ginger…

¿Esa eres tú? ¿En serio? No te pareces. Es curioso, no vi ninguna fotografía así en ese corcho tuyo que tenías en la habitación cuando estuve en tu casa. Pues que sepas que estabas muy mona con tus mofletes redondos y ese aparato tan… tan… ¿enorme? Aunque dan ganas de estirarte un poco de esas dos coletas de «chica empollona».

Claro que volveremos a vernos…

Pero no habrá fotos, Ginger.

De: Ginger Davies
Para: Rhys Baker
Asunto: RE: Pequeña Ginger…

Ya lo sé. El aparato era enorme. Tampoco ayudaba que yo sonriese como un caballo, claro. La verdad es que, ahora que lo pienso, creo que, si hubiésemos coincidido en el mismo colegio, probablemente jamás me habrías dirigido la palabra. Seguro que estarías ocupado siendo el rey del baile, y yo…, bueno, era un poco invisible. Casi fue una suerte que Dean fuese mi vecino y el hijo de los amigos de mis padres, porque no se me daba muy bien relacionarme. No es que ahora sea mi especialidad, pero al menos no me sonrojo cada vez que alguien me dirige la palabra. Ah, y parezco una empollona porque lo era.

De: Rhys Baker
Para: Ginger Davies
Asunto: RE: RE: Pequeña Ginger…
¿Por qué piensas eso? Yo creo que habríamos sido amigos.

De: Ginger Davies
Para: Rhys Baker
Asunto: Sabes que no
No es verdad, Rhys. Tú habrías estado demasiado ocupado mirando esas… esas bolas gigantes y redondas y perfectas llamadas «pechos» que tu novia parecía intentar ponerte en la cara antes de hacer la fotografía de la final del campeonato.

De: Rhys Baker
Para: Ginger Davies
Asunto: RE: Sabes que no
¿Y…? Una cosa no quita la otra. Podría mirar sus tetas y ser tu amigo a la vez.

De: Ginger Davies
Para: Rhys Baker
Asunto: RE: RE: Sabes que no
Lo dudo. Los tíos, en la adolescencia, tenéis una sola neurona. Y esa neurona suele estar ocupada pensando en tonterías o en guarradas. No importa, Rhys. Solo estamos suponiendo teorías de cosas que no han ocurrido, ni siquiera hablaba en serio.
Te tengo que dejar. Esta noche he quedado con James.

De: Rhys Baker
Para: Ginger Davies
Asunto: Hablando de realidades…
Quizá no tengamos que irnos tan lejos para ver quién aban-

donaría a quién. Mira cuál de los dos no tiene tiempo para escribir últimamente porque está entretenida con ese tema que, tiempo atrás, ocuparía mi única neurona (y siempre he tenido más de una neurona, por cierto. Sorpréndete: no soy uno de esos tíos que solo puede hacer una cosa a la vez).

De: Ginger Davies
Para: Rhys Baker
Asunto: RE: Hablando de realidades…
¿Estás celoso, Rhys? No me hagas reír.

De: Rhys Baker
Para: Ginger Davies
Asunto: Sin asunto
¿Qué pasa? Podría estarlo.

De: Ginger Davies
Para: Rhys Baker
Asunto: RE: Sin asunto
Vale, probablemente hace unas horas has llegado a casa borracho después de divertirte con tus amigos (y de tirarte a alguna chica por ahí), te has abierto una última cerveza y has encendido el ordenador. Entonces has pensado que sería de lo más divertido bromear conmigo porque soy la chica que se sonroja con la palabra «polvo». Ya no hablemos de otras más soeces. Así que, Rhys, vete a la mierda. Te escribo menos porque estoy ocupada entre James, los exámenes y el trabajo final, sí. Pero no finjas sentirte abandonado.

De: Rhys Baker
Para: Ginger Davies
Asunto: RE: RE: Sin asunto
Sí, llegué borracho. Sí, me tiré a Tracy en los baños del local. Sí, me abrí una cerveza al llegar. ¿Tan predecible soy, Ginger? Pero no pretendía bromear contigo. Creo que nos entendemos bien por *e-mail*, menos en lo referente a ese tema, o a lo

que tú consideras una «burla» y yo un comentario sin más. Ya lo iremos puliendo.

Entiendo que estés más ocupada ahora…

Pero, dime, Ginger, ¿qué otras palabras más «soeces» te hacen sonrojarte también? Ni se te ocurra dejarme con la intriga. Llevo dándole vueltas desde ayer.

De: Ginger Davies
Para: Rhys Baker
Asunto: RE: RE: RE: Sin asunto
No es que seas predecible, es que te conozco bastante más de lo que crees. Y por supuesto que pillo las bromas, pero es que tú no las haces bien.

Y deja de ponerme nerviosa.

De: Rhys Baker
Para: Ginger Davies
Asunto: RE: RE: RE: RE: Sin asunto
Venga, confiesa.

De: Ginger Davies
Para: Rhys Baker
Asunto: RE: RE: RE: RE: RE: Sin asunto
¿Qué quieres que diga? Sí, me incomodan ciertas palabras o expresiones. ¡Yo qué sé! Ni siquiera lo sé en la práctica ni es algo en lo que piense. ¿Podemos cambiar de tema?

De: Rhys Baker
Para: Ginger Davies
Asunto: Suposiciones…
Entonces, debo suponer que ni Dean ni James son de los de susurrar guarradas al oído mientras estáis en la cama. Qué curioso. Tengo el presentimiento de que es justo algo que a ti te gustaría. Que te excitaría. Aunque no vayas a reconocerlo, claro.

De: Ginger Davies
Para: Rhys Baker
Asunto: RE: Suposiciones…

Vale, como no dejes de hablar de esas cosas voy a empezar a mandarte *e-mails* larguísimos reflexionando sobre la vida, sobre qué estaremos haciendo dentro de diez años, sobre el amor romántico y puro que dura para siempre, sobre lo de tener hijos…

De: Rhys Baker
Para: Ginger Davies
Asunto: RE: RE: Suposiciones…

De acuerdo, Ginger, tú ganas. Me rindo.

40

De: Rhys Baker
Para: Ginger Davies
Asunto: Nuevo proyecto

No te puedes hacer una idea de la resaca que tengo. En serio. Me da vueltas la puta cabeza. Fue una noche alucinante. Vino mi jefe (el de verdad, el que suele estar en Los Ángeles). Se llama Owen. Y el caso es que quiere que participe en un proyecto suyo, personal, que consiste en producir un *single*. Es decir, quiere que yo me encargue de la composición y que su hermana cante. Vamos, que hagamos una canción entre todos. Te seré sincero: tuve mis dudas. Pero después de la quinta copa se me olvidaron y le dije que sí.

No sé. Supongo que es raro que no tenga demasiadas aspiraciones cuando sí me gusta componer, pero a veces me da miedo que algo pueda cambiar.

Cuéntame qué tal estás tú.

Imagino que estudiando.

Ánimo. No te queda nada.

De: Rhys Baker
Para: Ginger Davies
Asunto: Te entretengo

Como sé que permanecerás recluida en la biblioteca ahora que estás en la recta final, te entretengo un poco. Por aquí todo sigue igual. Owen se marchó, pero hemos acordado que volverá dentro de unas semanas con su hermana para que le presente algunas propuestas y probemos cómo puede quedar. Tiene pensado grabar aquí la canción, en Brisbane, porque saldrá más económico. Al menos, para una primera toma de contacto. Ya te contaré.

He estado ocupado últimamente con todo eso y el trabajo. Aunque ayer tenía la noche libre y, en serio, no puedes hacerte una idea de lo loca que está Tracy. Acabamos bañándonos desnudos en la playa y luego nos alejó la marea y tardamos un buen rato en encontrar la ropa que habíamos dejado en la orilla. Fue divertido.

En fin, Ginger, mucha mierda en los exámenes.

De: Ginger Davies
Para: Rhys Baker
Asunto: ¡Lo sientooo!

Lo sé, sé que soy la peor amiga del mundo mundial, Rhys. Lo siento mucho. Sí, como imaginabas, vuelvo a vivir en la biblioteca y me alimento nuevamente de galletitas saladas. ¡Pero estoy tan feliz por ti! Creo que es genial lo de esa canción. En serio. No sé, tengo un buen presentimiento. Y, por supuesto, espero poder ser de las primeras en escucharla. Eres bueno, Rhys. Deberías aprovecharlo. No digo que no lo hagas cuando ya trabajas justo en lo que te gusta, pero podrías sacarle aún más partido.

Ni te imaginas la de noches que me duermo escuchando *Ginger*. Fue el mejor regalo de cumpleaños que me han hecho en toda mi vida.

Cuando me cuentas cosas sobre veladas locas que terminan con baños desnudos en la playa, tengo la sensación de que vivimos en planetas diferentes. Como si tú estuvieses en Marte y yo en Saturno. A veces te envidio un poco.

Besos (de verdad).

De: Rhys Baker
Para: Ginger Davies
Asunto: Nosotros en la luna

¿Qué es eso de Marte y Saturno? Nosotros estamos en la

luna, Ginger. No te desvíes por la galaxia sin avisar. Quizá te mande algo del material que estoy preparando, porque a veces todo me parece una mierda y al minuto siguiente una genialidad.

Y come algo más que galletitas saladas.

De: Ginger Davies
Para: Rhys Baker
Asunto: RE: Nosotros en la luna
Tienes razón. No me muevo de la luna.

Claro, mándamelas. Quiero escucharte. Seguro que serán geniales.

De: Rhys Baker
Para: Ginger Davies
Asunto: RE: RE: Nosotros en la luna
Te adjunto tres mezclas distintas. Y también la letra de la canción en un documento aparte. Es solo un boceto, ¿vale? Hay que cambiar muchos detalles, pero para que te hagas una idea. Quiero saber cuál de las tres te trasmite más... cosas. Lo que sea.

De: Ginger Davies
Para: Rhys Baker
Asunto: ¡Me encantan!
Me gustan las dos primeras. Y la letra es... perfecta. ¿La has escrito tú? No tenía ni idea de que escribieses esas cosas. Me encanta especialmente el estribillo: «Pero aún no sé lo que siento / después de tanto tiempo huyendo de mí mismo / hasta que llegué al borde del acantilado / y te encontré entre la niebla».

Me resulta curioso que uses la expresión «al borde del acantilado», teniendo en cuenta que uno de tus mayores miedos es el vértigo.

No sé cuál elegiría. Quizá la primera.

Ay, no me hagas decidir.

De: Rhys Baker
Para: Ginger Davies
Asunto: RE: ¡Me encantan!

Te lo repito: no tengo miedo. Es una sensación física. Es distinto. Además, creo que ya te demostré en la noria que lo tengo casi superado.

A mí también me gusta más la primera.

Gracias, Ginger.

De: Ginger Davies
Para: Rhys Baker
Asunto: Alucinada

¿En serio crees que poner como ejemplo lo que ocurrió en la noria es lo mejor para argumentar tu teoría? Rhys, te bloqueaste. Dijiste, literalmente: «Odio las putas alturas», y luego «necesito bajar». Juzga tú mismo. Tuve que besarte para que no te echases a llorar.

De: Rhys Baker
Para: Ginger Davies
Asunto: RE: Alucinada

Si ahora mismo te tuviese cerca…

Qué graciosa eres, Ginger. Así que me besaste para impedir que llorase, no porque estuvieses deseándolo locamente desde el mismo momento en el que me viste.

De: Ginger Davies
Para: Rhys Baker
Asunto: RE: RE: Alucinada

Exacto. Fue tal y como has dicho.

De: Rhys Baker
Para: Ginger Davies
Asunto: RE: RE: RE: Alucinada

Un consejo: no tengas nunca una aventura. Mientes tan mal que te pillarían antes siquiera de que tú misma fueses consciente de que te gusta otra persona.

De: Ginger Davies
Para: Rhys Baker
Asunto: ¿Por quién me tomas?
Genial, porque yo nunca tendría una aventura.
Ya sé que a ti eso te sonará a chino, pero creo en la fidelidad.

De: Rhys Baker
Para: Ginger Davies
Asunto: RE: ¿Por quién me tomas?
¿Y por qué supones eso? No hay nadie que crea más en la fidelidad y en la lealtad que yo, por eso se la doy a tan pocas personas, así no corro el riesgo de no cumplir mi parte del trato. Pero nunca traicionaría algo con lo que me he comprometido. Y no le fallaría a propósito a alguien que me importa. ¿Qué más piensas de mí? Casi me acojona preguntar.

De: Ginger Davies
Para: Rhys Baker
Asunto: Sobre ti
Lo siento. Tienes razón. Creo que a veces, sobre esos temas de los que hablamos poco, me pongo en lo peor porque a) ya te tengo demasiado idealizado, y b) así evito llevarme luego una decepción si descubro que es cierto. No sé, no eres tampoco la persona más abierta que conozco en cuanto a cosas como… la paternidad, o el futuro, o el amor, o el compromiso. Tampoco te gusta hablar sobre tu familia. Y a mí me da miedo preguntar.

De: Ginger Davies
Para: Rhys Baker
Asunto: Sobre ti (parte II)
Pero creo que eres increíble, Rhys.
Eres brillante. Independiente. Aventurero. Valiente. Sincero. Reservado (no como algo malo). Muy guapo (no lo repetiré jamás). Inteligente. Escribes sin faltas de ortografía (valoro esas cosas, predeciblemente). Eres tierno a veces (lo fuiste la noche

que me encontraste perdida en París). Y honesto. Directo. Divertido. Un poco cerdo (seguro que tú lo consideras una virtud, por eso lo añado). Creativo. Contradictorio. Melancólico y taciturno (eso será algo atractivo para tus futuras fans). Auténtico.

De: Rhys Baker
Para: Ginger Davies
Asunto: Mmmm
Vaya, veo que te has venido arriba en mi ausencia, Ginger. No está mal. Me gusta cómo suena especialmente lo de cerdo, brillante y auténtico. Ya sé qué añadir a mi currículum. Y... tienes razón (tampoco soy especialmente testarudo, ¿no?), es verdad que me cuesta hablar de esos temas, pero como a mucha más gente. Prueba a preguntarle a James sobre hijos y reza para que no salga corriendo. Ya me dirás cómo sale el experimento.

De: Ginger Davies
Para: Rhys Baker
Asunto: RE: Mmmm
Lamento tener que comunicarte que ya lo he hablado con él y fue bien, normal. Quiere ser padre y espera casarse algún día, aunque aún no sabe cuándo. No es tan raro. Si todo el mundo fuese como tú, los humanos nos extinguiríamos. Y nadie saldría con nadie más de unos meses. Supongo que cada persona es un mundo.

De: Ginger Davies
Para: Rhys Baker
Asunto: ¡HE TERMINADO!
¡He terminado, Rhys! Soy TAN feliz. No tengo palabras. También estoy un poco mareada. Estos días han sido caóticos, por eso no te he escrito (aunque tú tampoco lo has hecho, estarás ocupado bañándote desnudo en la playa o haciendo algo trepidante), pero el caso es que lo he aprobado todo, con dos matrículas y un sobresaliente en el proyecto final. Creo que

nunca me había sentido tan orgullosa. También estoy aterrada, no te creas, porque esto de empezar una nueva vida así de sopetón asusta un poco, pero tengo ganas. Esta misma semana me mudo a Londres. De momento, viviré en el piso de mi hermana. Resulta que ella lo compartía con Michael y Tina, pero Tina se ha marchado con su novio, ese con el que apenas lleva saliendo unas semanas, así que ha sido un golpe de suerte inesperado.

¿Qué más…? Ah, lo peor va a ser despedirme de Kate. Pasará una temporada con sus padres, en Mánchester, y sobre octubre o noviembre intentará buscar trabajo en Londres.

Me siento como una botella de champán recién descorchada y llena de burbujas. Voy a terminar de preparar mi equipaje. Y luego me despediré de cada pared, de cada rincón, de cada trocito de césped que he pisado durante estos años…

Lo sé, me estoy poniendo sentimental.

Ya paro. Espero que estés bien. Besos.

41

RHYS

Había quedado con Owen y su hermana en el mismo local al que acudía cada noche a trabajar, solo que entonces era de día y en realidad no estaba abierto al público. Al llegar lo saludé dándole la mano. Ella se adelantó unos pasos y me sonrió antes de darme un beso en la mejilla. Se llamaba Alexa, tenía unas piernas infinitas y el pelo rubio y largo. Toda ella parecía larga en sí. Casi me llegaba por la barbilla. Eso me hizo recordar que, cuando se trataba de Ginger, siempre tenía que inclinar la cabeza para poder mirarla a los ojos. Y también pensé en esa impresión que tuve la primera vez que la vi frente a la máquina de billetes, más de un año y medio atrás. «Tan bajita. Tan graciosa. Tan enfadada... Como uno de esos dibujos animados de los programas infantiles.»

Alexa era justo lo contrario.

Nos sentamos en una mesa y Owen trajo un par de cervezas mientras empezábamos a hablar. Me limité a escuchar al principio, tanteando el terreno. Aún no estaba seguro de que aquello fuese una buena idea. ¿Para qué quería más? Si total, ya me bastaba con lo que tenía entonces, ¿no? Se suponía que mi trabajo era perfecto; sencillo, sin muchas obligaciones ni pretensiones. Así pues, ¿qué esperaba conseguir con todo aquello? ¿Fama? Nunca me había interesado. ¿Dinero? Tenía una cuenta corriente con varios ceros y jamás había tenido la tentación de tocarla. ¿Satisfacción personal? Quizá fuera eso. Sentir que estaba «haciendo algo», más allá de emborracharme y dar tumbos por ahí.

—¡La letra es perfecta! —Alexa miró a su hermano con alegría antes de llevarse una mano al pecho y fijar sus ojos en mí—. Es muy profunda. Solo… habrá que cambiar el género, claro. Me encantaría hacer una prueba si me enseñas la entonación.

Cierto. La había escrito en masculino.

—Sí, haremos los arreglos necesarios.

Luego, durante la siguiente media hora, reproduje varias veces la canción mientras le explicaba a Alexa cómo encajaba la letra con la música. Ella hizo un par de pruebas, entonando el estribillo, haciendo sonreír a su hermano, que parecía contento con aquella primera toma de contacto. Cantaba bien. Tenía una voz dulce, pero con fuerza. La propuesta era más lineal y triste hasta que llegaba el subidón, el cambio brusco y potente.

—¿Dónde podemos vernos para ensayar?

—No lo sé. Aquí. O en mi casa. Donde quieras.

Alexa asintió mientras su hermano se levantaba para atender una llamada de teléfono. Le di un sorbo a mi cerveza al tiempo que ella volvía a tararear el estribillo. Lo había pillado rápido, fácil. Y sin poner pegas ni darme quebraderos de cabeza, algo que temía cuando acepté aquel proyecto inesperado. Nos miramos satisfechos.

—Creo que va a quedar genial —dijo.

—Eso espero. —Me froté la mandíbula—. En cuanto a los ensayos…

—Eh, ten confianza en ti mismo. —Apoyó una mano en mi brazo. Sin titubear, no como cuando Ginger me tocaba. Sin timidez. Sin miedo—. Has hecho un trabajo increíble, de verdad. Mi hermano ya lo intentó hace unos meses con un conocido suyo que trabajaba en una discoteca, pero, entre tú y yo, me pareció tan horrible que le dije que no pensaba cantar eso. No estoy dispuesta a hacer algo que no me convenza. Pero esta canción, esta letra… es bonita. Es justo lo que llevábamos tanto tiempo buscando.

Me gustó. Me gustó ella y su voz y cómo lo dijo.

—Entonces, ¿cuándo quieres empezar a ensayar?

—Por mí, mañana mismo. —Apartó la mano.

—¿Cuánto tiempo te quedas aquí?

—Unas semanas, hasta que grabemos la canción. Luego volveré a Los Ángeles para el lanzamiento y para empezar con la promoción. Mi hermano y yo tenemos bastantes contactos allí. Además, ¿quién sabe? Puede que estemos ante el próximo bombazo.

Asentí con la cabeza sin saber qué decir sobre eso.

Owen regresó tras terminar de hablar por teléfono, trajo otra ronda de cervezas y, con una sonrisa dichosa, se recostó en la silla mientras su hermana le hablaba de planes futuros, ideas sobre el proyecto y acciones de *marketing*. En algún momento, desconecté.

—Rhys, ¿me estás escuchando?

—Perdona, ¿qué decías...?

—Que me han hablado muy bien de un ilustrador de aquí, de Byron Bay. Se llama Axel Nguyen. Todo el mundo lo conoce. Estoy seguro de que puede hacer exactamente lo que tenemos en la mente. Pásate a verlo un día de estos, explícaselo y pídele que se ponga en contacto conmigo cuando lo tenga listo. —Owen sacó una tarjeta de su cartera y me la tendió.

—De acuerdo. Perfecto.

—Vale. Pues todo listo.

Volví a casa al mediodía. El sol brillaba en lo alto de un cielo azul pálido. La temperatura era suave, agradable. El viento sacudía la vegetación que bordeaba el camino hasta la puerta. Entonces lo vi. Había un paquete justo encima del primer escalón. Lo cogí. Era de Ginger. Inspiré hondo mientras entraba y dejaba las llaves en la repisa.

Luego cogí una manzana de la nevera y me dirigí hacia el porche trasero. Me quité los zapatos y me senté en el suelo de madera salpicado por la arena de la playa que el aire arrastraba cada día hasta allí. Di un par de mordiscos a la fruta, contemplando el paquete. Estaba envuelto en papel rojo y dorado, con un pomposo lazo algo chafado después de pasar tantas semanas dando vueltas hasta llegar a su destino. Me terminé la manzana, dejé el corazón a un lado y abrí el paquete despacio, imaginando a Ginger doblando el papel, cortando los trocitos de celo, pegándolos con un gesto de concentración (seguramente arrugando esa nariz pequeña suya) antes de dejar escapar un suspiro satisfecho al terminar.

Era un libro fino y viejo. *El Principito.*

Había una dedicatoria en la primera página.

«Para Rhys, el chico con el que comparto apartamento en la luna, porque *no era más que un zorro semejante a cien mil otros. Pero yo lo hice mi amigo y ahora es único en el mundo.*»

Sonreí y le eché un vistazo. Tras la solapa había un listado de fechas y adiviné que se trataba de todas las veces que había releído la historia. Las páginas estaban llenas de frases subrayadas de colores, anotaciones en los márgenes y garabatos sin sentido. Sorprendido, caí en la cuenta de que aquel era el ejemplar que Ginger había comprado de pequeña en aquella librería de Bloomsbury y que me dijo que guardaba como un tesoro. Sentí algo cálido apretándome el pecho antes de fijarme en una de las frases señaladas:

«Él se enamoró de sus flores y no de sus raíces, y en otoño no supo qué hacer».

La leí. La releí. Me pasé media tarde pensando en ella, masticando las palabras, dándole vueltas. Pensando en eso, en qué ocurre cuando los pétalos caen y solo quedan las raíces. Peor aún. ¿Qué pasa si no hay raíces, si no existe nada anclado a la tierra?

42

GINGER

—¿Qué tal ha ido el día? ¿Ya te sientes una ejecutiva?

—Ehmm…, no. A no ser que sentirse como una ejecutiva se resuma en estar muerta de sueño, pensar en cogerme vacaciones durante mi tercera semana de trabajo y en qué cosas puedo hacer entre factura y factura para que no sea todo tan terriblemente aburrido.

La sonrisa se borró del rostro de mi hermana, Dona, mientras dejaba el bolso en el sofá que estaba libre antes de acomodarme a su lado. Me pasó un brazo por los hombros y me estrechó contra ella. En la televisión daban uno de esos programas de la tarde en los que los concursantes acumulan más dinero conforme van acertando preguntas. Llevaba tres semanas trabajando en la empresa familiar y no era muy diferente de las prácticas que había realizado durante el verano anterior, por mucho que mi padre asegurase que ahora era «su mano derecha», la futura directora. Además, sentía las miradas punzantes de algunos compañeros que pensaban (quizá con algo de razón) que era la niña de papá que no había tenido que esforzarse para conseguir aquel puesto de trabajo. En cambio, no me pareció que nadie mirase así a Dean. No. Por alguna razón incomprensible, él había conseguido caerle bien a más de la mitad de la plantilla durante los primeros días, con su sonrisa encantadora, sus chistes durante la hora del almuerzo y su capacidad para ser extrovertido y simpático.

—¿Tan mal va la cosa? —Dona me miró preocupada.

—No diría exactamente «mal», pero me siento fuera de lugar. Cada día al llegar a la oficina me digo que ese será, seguro, en el que las cosas empezarán a ir bien; pero te prometo que cada hora es eterna y no ayuda ver lo bien que se ha adaptado Dean. ¿Qué me pasa?

—A ti no te pasa nada, Ginger. Sois diferentes.

—Ya, pero se supone… que conozco esta empresa desde pequeña… Llevo años haciéndome a la idea de que este sería mi futuro, y ahora no estoy segura de poder conseguirlo.

—Tampoco es algo impepinable.

—¿Impepinable? ¿De dónde has sacado esa palabra?

—La dice Amanda. Déjalo. No te desvíes del tema.

Amanda era la novia de mi hermana. Otra de esas cosas que mis padres no esperaban de Dona: que fuese lesbiana. Como tampoco esperaron que no quisiese saber nada del negocio de armarios. O que estudiase Bellas Artes. O que decidiese raparse la cabeza poco después de entrar en ese lugar de copas en el que seguía trabajando. Yo, en cambio, me esforzaba por ser todo lo que esperaban de mí, incluso aunque nunca me lo hubiesen pedido.

«¿Por qué lo haces, Ginger?» A veces esa pregunta se colaba en mi cabeza, buscando algún rincón lleno de polvo en el que quedarse rezagada. Pero nunca dejaba que lo hiciese. Siempre terminaba abriendo las ventanas y echándola fuera rápidamente.

—Lo que intento decir —prosiguió Dona— es que no estás obligada a hacer algo que no te guste, lo sabes, ¿verdad? Puedes cambiar de opinión, Ginger. Yo lo hice.

—Pero llevo años preparándome para esto…

—A veces, las cosas no salen como esperamos.

—Y Dean…, él lo está haciendo todo bien.

—Tú también lo haces bien. Es distinto.

—No. No lo entiendes. ¿Recuerdas que la semana pasada me acosté de madrugada durante tres o cuatro noches? No estaba hablando con Rhys, estaba escribiendo un informe con unas propuestas que quería presentarle a papá. Esa es otra, llamar «papá» al jefe me suena rarísimo. El caso es que me esforcé mucho a la hora de enfocarlas adecuadamente, ya sabes lo reacio que es él a los cambios. ¿Y para qué? Para nada. El otro día entré en su despacho, distinguí una esquina del informe bajo un montón de papeles, le pregunté si lo había leído y me dijo: «No he tenido tiempo, pero seguro que es estupendo, cariño».

—Ya. Entiendo. Te trata como si fueses su hija y no una empleada más. Te refieres a eso, ¿no? Es complicado, Ginger. Papá te adora. Eres su ojito derecho.

—Me adora, pero cada vez que le comento algo, una pequeña sugerencia, frunce el ceño y tuerce el morro como uno de esos perros que tienen la cara así, aplastada.

—Tienes razón, se le pone esa expresión.

Dona se echó a reír y terminó contagiándome.

—Supongo que me acostumbraré a esto…

—Sí. —Ella suspiró—. Por cierto, ¿qué tal le va a Rhys?

—Ah, bien, muy bien. Superbién.

—¿Te pasa algo con él?

—No, qué va. Es solo que su vida es tan estupenda… —Me levanté, rodeé la barra de la cocina americana que separaba la estancia del salón y me abrí un tetrabrik de zumo. Dona me miraba desde el sofá—. Ya ha empezado la grabación de esa canción con Alexa Goldberg. Sí, como te imaginarás la he buscado en internet. La chica es impresionante. Y canta bien; sale haciéndolo en unos vídeos de Instagram. Ah, ahí mismo también aparece en una fotografía con Rhys. ¿Sabes quién no tiene ninguna foto con él? Yo.

—¿Estás celosa? —Mi hermana me miró divertida.

—Sí. Un poquito. Es decir, la acabo de ver. Ya se me pasará. Es solo que él dijo que odiaba las fotos. Quizá solo las odie si mi cara sale al lado.

—Ginger, qué tonta eres cuando se trata de Rhys.

Volví al salón con el zumo de piña en la mano.

Ignoré las palabras de Dona. Ya sabía que me comportaba como una cría en lo referente a él, pero no podía evitar darle importancia. Era EL CHICO. Nunca había pensado tanto en ningún otro, ni siquiera cuando lo dejé con Dean o tras despedirme de James un mes atrás antes de marcharme de la residencia haciéndolo sobre la alfombra de su dormitorio. Con Rhys era diferente. No como un pensamiento fugaz que aparecía y se extinguía de forma intermitente. Él, de alguna forma retorcida, estaba siempre en mi vida, en mi cabeza, en los correos que leía o escribía cada noche. Cuando me pasaba algo ridículo o relevante, sonreía sabiendo que se lo contaría unas horas después. Como aquel día de la semana anterior, cuando la alarma de Harrods pitó cuando yo salía y dos seguratas se lanzaron a por mí como si fuese una delincuente habitual; estaba tan cansada después de quedarme por la noche hasta las tantas redactando ese informe que ahora cogía polvo y trabajando, que solo se me ocurrió gritar: «¡Soy inocente, no me hagan daño!». Y luego, con lágrimas en los ojos, me quedé mirando el suelo mientras me registraban la mochila.

—A veces no entiendo por qué sigue hablando conmigo.

—¿A qué viene eso?

—Soy aburrida, Dona.

—¡No digas tonterías! Y, además, Rhys te adora. Aún recuerdo cómo te miraba durante esa comida de Navidad. Por no hablar de lo que pasó después.

—Yo lo besé —insistí bajito.

—¿Y? Tú, él, ¿qué importa?

—Él nunca lo habría hecho.

—Ginger, necesitas salir más.

—Lo digo en serio. Si hubiese dependido de Rhys, ese beso jamás habría existido. Creo que sencillamente le di pena. Es muy tierno, aunque no lo parezca, ¿sabes? Así que me siguió un poco la corriente. —Me encogí de hombros—. En fin, me espera un largo y aburrido verano por delante. Otro más. ¿Esta noche trabajas?

—No. Así que vamos a elegir una película, a sacar el helado de chocolate del congelador y a dejar de lamentarnos, ¿de acuerdo? No hagas que me ponga en modo «hermana mayor». Además, Michael estará fuera todo el fin de semana.

Michael era nuestro compañero de piso. La verdad es que no era un mal tipo, pero hablaba poco (casi nada) y no salía apenas de la habitación cuando estaba en casa (solo para atracar la nevera o darse duchas eternas de casi una hora). Era informático, llevaba la cabeza rapada al uno o al dos y tenía varios tatuajes y *piercings* en la lengua y en la ceja. Mi madre solía apretar los labios cada vez que venía a casa a visitarnos y se cruzaba con él, porque no le gustaba su aspecto «poco elegante» (era una forma muy sutil de decirlo) y no entendía por qué no podía pagar ella la diferencia del alquiler a cambio de que viviésemos las dos solas y pudiese ganar en tranquilidad y, como solía añadir, en «calidad de vida».

—Puedes decirle a Amanda que venga —le dije.

—Mañana, quizá. Hoy es «la noche de las Davies».

Sonreí, porque me gustó cómo sonaba, y luego cogí el helado del congelador y me dejé caer a su lado con dos cucharas en la mano mientras ella encendía la televisión.

43

RHYS

Axel Nguyen vivía a menos de un kilómetro de mi casa; de hecho, estaba casi seguro de haberlo visto alguna mañana practicando surf en la playa. Observé con curiosidad la estancia cuando me invitó a entrar y, no sé, sentí de golpe un tirón de incomodidad en el estómago al darme cuenta de que aquello era un «hogar», no solo cuatro paredes. No tenía nada que ver con la primera impresión que me había dado al conocerlo semanas atrás en el *pub*. Y deseé largarme de inmediato de allí, dar media vuelta y salir sin mirar atrás.

—Perdona el puto desastre. Mis hijos… —Negó con la cabeza—. Y un poco yo mismo, para qué mentir. Debo de tener el último porfolio por aquí…

Lo vi revolver entre los papeles, las pinturas y los trastos que tenía encima del escritorio. A decir verdad, en general había cierto desorden en la casa. Pero era ese tipo de caos lleno de vida que resulta estimulante. Había dibujos en los marcos de las puertas, en las patas de las sillas y en algunos rincones más, como si hubiesen querido marcar cada espacio, hacerlo único e irremplazable. El salón estaba lleno de juguetes y había algunos cuentos por el suelo. Mientras él seguía abriendo y cerrando cajones, me agaché y cogí uno de ellos.

—Vaya, qué colorido —dije sin parar de mirar.

—Mis hijos, muy artísticos ellos. Y Leah, por supuesto, que es la mejor pintora de la ciudad. Aunque, siendo sincero, esta locura la inicié yo —puntualizó alzando también la vista hacia las vigas llenas de dibujos y símbolos. Después siguió a lo suyo, buscando entre los papeles del escritorio—. Vale, ya lo tengo. Estaba en esta carpeta.

Me acerqué hacia él y contemplé el diseño de la carátula del *single*. Yo solo le había detallado cuando tuvimos una reunión informal las especificaciones que Alexa me había dado, pero aún no había visto el resultado final. A partir de ahí, él se había comunicado con Owen, que le había dado el visto bueno días atrás. Sin embargo, al cruzarme con Axel esa mañana en una cafetería, me había preguntado si quería verlo. Y era tan bueno como había imaginado.

Un acantilado entre humo y sombras. Un cielo rojo. El título que habíamos elegido entre todos en la parte superior, *Edges and Scars*, y abajo, *Rhys Baker feat. Alexa Goldberg*. Me quedé mirándolo un buen rato, casi sorprendido, como si aquellas semanas de grabaciones, de reuniones y ensayos con Alexa no hubiesen sido reales hasta ese momento.

—Joder, tampoco está tan mal…

—No. Mierda, no. Es perfecto.

—Empezabas a asustarme —dijo él.

—Solo lo asimilaba. Es increíble.

—Bien. Pues ya está. ¿Un cigarro?

Le dije que no fumaba, pero que lo acompañaría. Salimos a la terraza y Axel se encendió un cigarro. Nos quedamos callados, contemplando el mar que se extendía a lo lejos.

—¿De dónde me dijiste que eras?

Axel expulsó el humo del cigarrillo.

—De Tennessee, Estados Unidos.

—¿Y qué haces tan lejos de casa?

—Vivir, simplemente. —Suspiré.

—¿No lo echas de menos?

—A veces. ¿Tú eres de aquí?

—Sí. Me mudé con mi familia cuando era pequeño y me crie aquí. Luego crecí, fui a la universidad y regresé. Hace unos años pasé unos meses en París, pero no es lo mismo. Mi ancla está aquí, en este trozo de mar —dijo orgulloso.

—¿Qué quieres decir? —Lo miré.

—Pues eso. El ancla. Todos la necesitamos, ¿no?

—No sé a qué te refieres... —masculló.

—Me refiero a aquello que nos sostiene.

—Sostenernos... —Entrecerré los ojos.

—Las ciudades, las circunstancias y las decisiones nos cambian según vamos avanzando, ¿no crees? Somos moldeables, como la plastilina esa con la que juegan mis hijos. Yo quería seguir siendo la persona que era en este lugar, creo que..., sí, creo que es eso...

Resoplé y fruncí un poco el ceño.

—Pero no todos tenemos un ancla.

—A veces no es un lugar, sino una persona o un sueño... ¿Quién sabe? Hay muchas variables. Oye, no te entretengo más. —Me dirigió una mirada indescifrable, como de reconocimiento o de curiosidad. Me hizo sentir incómodo—. Suerte con la canción.

Le di las gracias y repetí que el diseño era perfecto antes de bajar los escalones de ese porche que era tan parecido al mío y adentrarme en la arena de la playa. Me quité las zapatillas y avancé a paso lento, respirando hondo, respirando el olor del mar. «Un ancla.» De eso se trataba todo. De anclas, de raíces, de nidos.

Tan sencillo y doloroso a la vez...

44

De: Ginger Davies
Para: Rhys Baker
Asunto: Odio mi vida

Cuando pienso en la universidad veo todos los recuerdos con un filtro de arco iris y estrellitas titilantes. No sé cómo podía quejarme. «Mi vida de adulta» es mucho peor (no me importa que odies esta expresión, es que es así); me levanto a las seis, desayuno rápido, cojo el metro atestado de gente y camino durante un buen rato para llegar a un lugar en el que todos parecen tratarme de forma diferente por ser la hija del jefe. No es justo. Quiero decir, Dean también ha entrado ahí a dedo, y en cambio no lo asocian tan directamente, porque no es ningún pariente y, bueno, porque sabe ganarse al personal. Ayer trajo dónuts para todos, ¿por qué no se me ocurrió a mí?, si es algo típico que sale en todas las películas.

Seguiría torturándote, contándote el resto de mi día, pero a) no quiero que dejes de ser mi amigo, y b) tengo que ir a una reunión *superdivertida* sobre los nuevos tiradores.

De: Rhys Baker
Para: Ginger Davies
Asunto: RE: Odio mi vida

Venga, galletita, no será para tanto. No sé, me gustaría poder hacer o decir algo para animarte. Imagino que la adaptación siempre es difícil. Y apenas has tenido tiempo para ti misma después de acabar la universidad, ¿por qué no le pediste a tu padre que te dejase unas semanas de vacaciones? El verano anterior tampoco pudiste hacerlo. Quizá necesites despejarte un poco para poder afrontarlo todo con más ganas.

Yo qué sé, Ginger. Intento animarte, pero soy pésimo dando consejos de estos que aparecen en las tazas de desayuno y levantándoles el ánimo a los demás. Tú desahógate todo lo que necesites, ¿de acuerdo? Ya sabes que siempre estoy aquí.

De: Ginger Davies
Para: Rhys Baker
Asunto: RE: RE: Odio mi vida
Ya, supongo que tienes razón, pero no me atreví a pedirle esas semanas libres cuando me enteré de que Dean iba a incorporarse enseguida. Hubiese quedado mal, ¿no? Como un poco vaga. Sé que esto no es una competición entre él y yo, pero quiero demostrar que puedo hacerlo. Llevo años estudiando y preparándome para ello.

Casi toda la plantilla que está en la zona de las oficinas se ha ido hoy a tomar un café durante los veinte minutos de descanso, pero a mí no me han avisado. Cuando salí del despacho ya no quedaba nadie, excepto papá, que estuvo encantado de compartir el rato conmigo para poder seguir hablando de esos tiradores nuevos que vamos a poner en unos armarios blancos. Antes eran de color bronce y ahora serán de plata. Alucina.

De: Rhys Baker
Para: Ginger Davies
Asunto: No lo entiendo
¿Por qué no te has ido con ellos durante el descanso?

De: Ginger Davies
Para: Rhys Baker
Asunto: RE: No lo entiendo
Porque es evidente que no querían que me uniese al plan. Ay, Rhys, es horrible. Vuelvo a sentirme como cuando era pequeña y llevaba aparato y en el colegio me hacían el vacío. Solo que entonces Dean me ayudó y ahora parece ignorar que existo.

De: Rhys Baker
Para: Ginger Davies
Asunto: RE: RE: No lo entiendo

Dean es imbécil. Y no soporto pensar que te sientas así, Ginger. Ojalá pudiese estar allí para echarte una mano, o bromear contigo, o hacerte la vida más fácil.

De: Ginger Davies
Para: Rhys Baker
Asunto: Lo admito

A veces lo imagino, ¿sabes? Una realidad paralela en la que tú vives en Londres. Tu apartamento no queda lejos del mío y nos reunimos todos los viernes por la noche para cenar y ponernos al día en lugar de mandarnos *e-mails*. Tú trabajas en una discoteca conocida de la ciudad y yo voy a verte a veces, durante las sesiones más importantes. En mi fantasía, obviamente, no acudo todos los días a esas oficinas, sino que tengo mi propia editorial independiente. Y soy una mujer elegante y segura de sí misma que vive en la gran ciudad y que es muy capaz de decir «no» cuando no desea hacer algo.

De: Rhys Baker
Para: Ginger Davies
Asunto: RE: Lo admito

Pues no suena tan mal sobre el papel, ¿verdad, Ginger? ¿Quién sabe? Quizá algún día. No sé si aguantaría demasiado tiempo en Londres. Y no podría verte solo un día a la semana; qué menos que dos o tres. Pero lo de la editorial me parece algo muy real, nada fantasioso.

De: Ginger Davies
Para: Rhys Baker
Asunto: Me acostumbraré

En fin, no pasa nada, ya me haré a la idea conforme vaya adaptándome. Al menos, las cosas por casa van bien. La convivencia con Dona es genial. Y Michael es un buen chico, aunque no hable mucho y mi madre le tenga miedo. El otro día se interesó por tu canción; estaba escuchando *Ginger* tirada en la cama a todo volumen porque creía que no había nadie en casa, y al final él llamó y me preguntó que de quién era. Me hice un lío al explicárselo. Pero, vamos, que al final entendió que era de un «artista» (lo pongo entre comillas, pero para resaltar, no por lo contrario) que aún no ha despegado, pero le dije que pronto lo harías.

¿Cómo avanza el proyecto? ¿Cuándo sale?

Seguro que todo irá genial, ya lo verás.

De: Rhys Baker
Para: Ginger Davies
Asunto: Fechas y eso

El lanzamiento es dentro de una semana, pero parece ser que ya ha empezado toda la promoción. La verdad es que agradezco estar aquí y no enterarme de mucho. Creo que es lo mejor. Alexa insistió en que fuese a Los Ángeles con ella, pero no sé, no tengo ganas de moverme ahora. Estoy bien aquí. Es un lugar tranquilo, creo que te gustaría.

De: Ginger Davies
Para: Rhys Baker
Asunto: No es justo

Por cierto, no te lo dije cuando lo vi hace unas semanas, pero Alexa subió una fotografía de vosotros dos en su Instagram (sí, cotilleé un poco, no pongas los ojos en blanco ni te rías). ¿Qué tipo de broma es esta? O sea, que eres mi mejor amigo y yo no puedo tener una foto contigo y ella sí, no creo que sea muy justo. A veces se me olvida cómo es exactamente tu cara. No a grandes rasgos, ya sabes, sino los detalles. Me gustaría tenerte colgado en mi corcho de «recuerdos bonitos». Porque eres uno de ellos, Rhys.

De: Rhys Baker
Para: Ginger Davies
Asunto: RE: No es justo

Alexa insistió y no pude negarme. Es testaruda.

Pero si tanto te importa…, te mando una foto. Me la acabo de hacer. La playa que sale detrás es lo que se ve desde el porche de mi casa. Espero que sirva para que «no olvides los pequeños detalles» y puedas colgarme en tu corcho de recuerdos.

De: Ginger Davies
Para: Rhys Baker
Asunto: ENHORABUENA

¡Felicidades, Rhys! ¡Hoy es el gran día! No me puedo creer que al entrar en Spotify y buscarte me saliese ahí tu nombre. Y la canción… ha quedado perfecta. Es genial. Tú eres genial. Deberías estar muy orgulloso. ¿Sabe todo esto tu familia? Espero que sí, porque seguro que ellos se sentirían igual de felices.

Cuéntame cómo va todo.

Mucha mierda, Rhys.

TERCERA PARTE

—

ÉXITO. INDEPENDENCIA. BÚSQUEDA

Será necesario que soporte dos o tres orugas
si quiero conocer las mariposas.

El Principito

45

De: Ginger Davies
Para: Rhys Baker
Asunto: ¡Felicidades!

¡Feliz cumpleaños, Rhys! Vaya, no me puedo creer lo rápido que pasa el tiempo. Veintiocho añitos. Qué mayor. Hace apenas unos meses que te llegó mi regalo del año pasado y ya estoy envolviendo el siguiente (ja, intentaba ser graciosa, a la próxima me avisarás de estas cosas). En fin, eso, que te he comprado algo que espero que te guste. Ojalá que te diviertas y pases un día increíble rodeado de amigos.

Muchos besos (verdaderos y sentidos).

De: Ginger Davies
Para: Rhys Baker
Asunto: ¿Qué tal todo?

Imagino que estarás a tope, ¡ya he visto que la canción ha sido todo un éxito! ¿Cuántas reproducciones lleva? Con la de veces que la he escuchado en Spotify, seguro que he subido un buen pico. No, ahora en serio, me parece increíble buscarte en Google y que aparezcas, ¡estoy tan orgullosa! Voy por todas partes diciendo «eh, Rhys Baker es mi mejor amigo», «oye, tú, ponme tres peras y cuatro plátanos, ¿y sabes una cosa? Que estén maduros, porque soy amiga de Rhys Baker, sí, el de la canción». En fin, estoy desvariando. Pero quiero que sepas que me alegra que todo te esté yendo tan bien y que espero saber pronto de ti, echo de menos tus mensajes diarios, aunque entiendo que ahora estás más ocupado.

Cuídate, ¿vale? Más besos.

De: Rhys Baker
Para: Ginger Davies
Asunto: Un agobio

Perdona, Ginger. En serio, siento haber estado ausente estas últimas semanas. Han sido complicadas. Al parecer, Owen y Alexa tienen más contactos de lo que esperaba en Los Ángeles y, no sé cómo, pero han conseguido que la canción supere las 300 000 reproducciones. Que es increíble, teniendo en cuenta que nadie nos conoce. Y por una parte es genial, pero, joder, no esperaba esto y estoy un poco agobiado. Quieren que vaya allí para acompañar a Alexa en la promoción, pero no estoy muy seguro de que sea una buena idea.

¿Sabes qué es lo que de verdad me apetece?

Me apetece esto. Salir a la terraza al atardecer con una cerveza y el portátil, leerte y luego escribirte. Ver cómo anochece. Mirar la luna e imaginar algunos imposibles. Echarle un vistazo a ese libro que me regalaste y que ya he releído casi más veces que tú…

Pero no hablemos más de mí. Cuéntame cómo te van a ti las cosas. ¿Qué tal en el trabajo?, ¿mejor? ¿Te has adaptado tras los primeros meses?

De: Ginger Davies
Para: Rhys Baker
Asunto: RE: Un agobio

Te entiendo, Rhys. Y me encanta imaginarte ahí, en la playa, relajado. Es muy tú. Aunque también soy consciente de que es normal que los hermanos Goldberg quieran explotar al máximo este momento. La canción es genial. Y a mí no me sorprende que haya gustado tanto. Estoy segura de que si sacases *Ginger*, triunfaría igual, o más, a pesar de que tuviésemos que cambiarle el título, claro. De todas formas, no hagas nada que no quieras. Te lo digo por experiencia. A veces creo que, si volviese atrás, lo haría todo diferente…

Pero esta es mi realidad ahora, supongo.

En el trabajo, regular, todo sigue un poco igual. Lo bueno es que ya ha dejado de importarme que la mayoría de los compañeros me haga el vacío por ser la hija del jefe y, al menos, una chica llamada Sue habla conmigo a menudo últimamente.

Por supuesto, Dean sigue conquistando todo lo que toca a su paso. ¿Te puedes creer que mi padre sí tuvo en cuenta una sugerencia que él hizo sobre el embalaje de los cajones? En serio, era una tontería (algunas esquinas se rozan a veces), y yo he propuesto cosas de lo más interesantes que ni siquiera se ha dignado a mirar. No sé, Rhys, me siento un poco como un florero. Me encargo de las facturas y de alguna otra cosa básica que, desde luego, no es para lo que estuve casi cinco años en la universidad.

Tampoco quiero aburrirte.

Tu vida es tan interesante…

Ah, te contaré algo gracioso. El otro día abrí la puerta del baño de casa sin llamar, ¿y a que no sabes qué me encontré? A Michael, nuestro compañero. A Michael masturbándose. Fue muy… vergonzoso. Primero, porque no pude evitar fijarme. A ver, soy humana, ¿vale? Y la tiene, mmm, grande. Tamaño extra, como matizó mi hermana. Y, segundo, después me pasé días evitándolo por casa. De hecho, sigo haciéndolo. Me da miedo que venga a hablarme en algún momento, por si me pongo nerviosa y suelto alguna chorrada. Seguro que si me pregunta «¿te has terminado el tetrabrik de leche de la nevera?, contestaré «pene, pene, pene, PENE», como una chiflada. No sé cuánto tiempo podré soportar convivir con alguien sin cruzármelo. Y ojalá pudiese sacarme la imagen de la cabeza, arrhgg.

De: Rhys Baker
Para: Ginger Davies
Asunto: Qué traviesa
Venga, admite que te gustó. Te fijaste en su tamaño, ¿no?

Eso debería significar algo. Y sí, ahora mismo me estoy riendo a carcajadas. Te he dicho que eres la chica más divertida que conozco, ¿verdad? Y también un poco traviesa… Entrando en el cuarto de baño sin llamar a la puerta… Recuérdame que no comparta nunca piso contigo.

En cuanto a tu trabajo, no eres ningún florero.

Odio que te sientas así, en serio. Lo odio.

Al final voy a tener que ir a Los Ángeles, así que supongo que aguantaré por allí una temporada, por todo el tema de la promoción, y luego quizá aproveche para pasar las Navidades con mi madre antes de regresar aquí. Lo último que me apetece estos meses es moverme, y ahora mira, qué ironía, ¿no? Debe de ser el karma o algo así.

Y si publicase *Ginger*, jamás le cambiaría el título. ¿Por qué tendría que hacerlo? No puede llamarse de ninguna otra manera. Pero siento…, no sé, creo que me incomodaría compartir algo mío, ¿entiendes? Más bien tuyo. Quizá nuestro.

De: Ginger Davies
Para: Rhys Baker
Asunto: Será el karma
Me gusta cómo suena eso de algo nuestro.

Siento que tengas que ir a Los Ángeles, ¿cuándo te vas? Ya he visto que las reproducciones no paran de aumentar. Es increíble. Estoy muy orgullosa de ti.

De: Ginger Davies
Para: Rhys Baker
Asunto: ¡Lo que faltaba!
¡No te lo vas a creer! Como si no fuese suficiente que a mí todos me consideren una niña mimada y a él un héroe cuando hemos entrado en la empresa JUSTO IGUAL, es decir, por enchufe, ahora resulta que Dean está saliendo con la directora del equipo de *marketing*. Lo anunciaron el viernes pasado, justo cuando terminó la jornada laboral y tras reunirnos a todos en la sala central. Y, a partir de entonces, se han pasado toda esta

semana pegados el uno al otro como dos mejillones en una roca. Qué bonito. O sea, que no solo a él lo tratan mejor por sonreír falsamente y no ser un familiar directo del jefe, sino que además ha encontrado el amor. Sé que sueno rencorosa y odiosa y completamente frustrada, pero es que me siento un poco así. Ya sé que es terrible admitir en voz alta sentimientos como la envidia…, pero supongo que así somos los humanos. Porque en teoría tengo claro que estoy siendo injusta. Pero en la práctica, ah, en la práctica es otra historia. Me paso el día encerrada en mi cubículo, sola, comiendo sándwiches de la máquina (están terriblemente malos y encima he engordado dos o tres kilos por culpa de esa salsa apestosa que llevan o lo que sea). Y cuando llego a casa estoy agotada. Y lo pago con Dona, que es lo peor de todo. O con Michael (terminamos cruzándonos, sí, y le dije que tenía que poner el pestillo, aunque sé que en parte también fue culpa mía por abrir la puerta sin avisar).

Últimamente me odio un poquitín a mí misma.

Cuéntame tú qué tal todo. Besos.

De: Ginger Davies
Para: Rhys Baker
Asunto: ¿Sigues ahí?
¡Hola! ¿Estás vivo, Rhys?
Empiezo a preocuparme…

De: Rhys Baker
Para: Ginger Davies
Asunto: Sin asunto
Joder, perdona. Estos días…, qué caos…
Siento no haberte escrito apenas durante las últimas semanas. Ya estoy en Los Ángeles y, desde que llegué aquí, casi no he tenido un minuto libre entre reuniones y fiestas en las que me presentan a gente con nombres estrambóticos de los que jamás he oído hablar. Creo que necesito un tiempo para asimilar todo esto. No sé, no me lo esperaba. Está la parte mala, que básicamente se resume en que echo de menos la vida lenta que

tenía en Australia; la tranquilidad, ese mar, no tener casi que vestirme para salir a la calle más allá de ponerme un bañador y una camiseta (o ni eso), allí a veces parecía que el tiempo se detenía por momentos. Y la parte buena…, supongo que no puedo decir que esto sea «aburrido». No hay una palabra menos apropiada. Aquí todos los días hay algo que hacer, en plan a lo grande. Apenas tengo margen para pensar antes de verme metido de lleno en otra situación nueva. Por cierto, mañana a las ocho de la tarde tenemos una entrevista en la radio, en un canal llamado Xdem, pero no sé qué hora será en Londres o si podrás escucharla.

Y en cuanto a Dean…, es normal que te sientas así, ¿no? ¿A quién no le ocurriría? Llevas toda la vida preparándote para algo en lo que él parece encajar finalmente mejor que tú. No te lo tomes a mal. Con esto solo intento decirte que, no sé, quizá tu lugar esté en otra parte, ¿nunca te lo has planteado, Ginger? Ya sé que te da miedo pensarlo siquiera, pero es una posibilidad. ¿Quién sabe? Mírame a mí. Ni en un millón de años habría imaginado que ahora estaría aquí, a punto de vestirme para ir a cenar a casa de no sé qué cantante de pop.

46

GINGER

Cuando por fin conseguí que cargase la página web de la emisora de radio, me puse los auriculares. Me llegó de inmediato la voz del locutor. Al parecer, la entrevista ya había empezado. Intenté ponerla desde el principio, pero no hubo manera. Me limité a escuchar.

—Entonces, no os esperabais este éxito.

—En absoluto —contestó Rhys.

—Tampoco es eso... —añadió Alexa.

—¿Lo imaginaste? —insistió el locutor.

—Alguna vez lo pensé, no voy a mentir. La canción que compuso Rhys es maravillosa, la letra es profunda, el estribillo es pegadizo, ¿por qué no iba a triunfar?

—Quizá porque nadie os conocía hasta ahora.

—Cierto, cierto —soltó una risita—, pero hay que soñar alto.

—Así se habla. Claro que sí. Entonces, Rhys, cuéntanos, ¿cuándo empezaste a desear convertirte en DJ profesional? ¿Ha sido un camino duro?

—La verdad es que no. Casi una casualidad.

—¿Qué quieres decir? —insistió el hombre.

Hubo un silencio antes de que Rhys contestase.

—Nunca me lo había planteado. ¿Puedo ser totalmente sincero? —Suspiró y casi pude verlo sonreír, aunque estuviese a miles de kilómetros de distancia—. Mi jefe, y ahora productor, me propuso esta locura una noche, en el club. Yo iba a decir que no, pero lo olvidé tras la quinta copa.

Se escucharon las risas de Alexa y el locutor.

—¿Al menos tú lo tenías más claro, Alexa?

—Sí, sí. Yo supe que tenía entre manos algo potente en cuanto vi el material. Rhys es muy modesto, pero es evidente que tiene talento y que esto solo es el principio de todo lo que está por llegar.

—¿Y qué tal se os da compenetraros? —preguntó.

—Ah, genial, genial. —Alexa se mostraba siempre más entusiasmada de lo que yo consideraba normal. Era como si todo le resultase «fascinante», «alucinante», «increíble», y tendía a alargar la última vocal de cada palabra para darle más énfasis—. Trabajar con él es muy sencillo. Además, conectamos desde el primer minuto, ¿verdad, Rhys? Ahora somos casi como uña y carne.

—Me tiene secuestrado —bromeó él haciéndola reír.

—Es evidente que estáis muy unidos. ¿Qué planes tenéis?

—Ahora mismo seguimos centrados en la promoción, y el próximo sábado actuaremos en directo en el club Havana. Después… —Alexa bajó la voz para darle un aire más interesante—. Digamos que aún no podemos decir nada, ¿verdad, Rhys? —Se rio tontamente—. Pero es probable que en breve confirmemos nuestra asistencia a un conocido festival…, y hasta ahí puedo contar.

—¡No puede decirse que vayáis a aburriros, chicos!

—Ya lo creo que no —respondió Alexa contenta.

—Por último, antes de que nos despidamos escuchando una vez más la canción que os ha dado a conocer, *Edges and Scars*, me gustaría haceros una pregunta: ¿qué es para vosotros el éxito?

—El éxito es cumplir tus sueños, alcanzar propósitos.

—¿Y tú qué dices, Rhys? —insistió el locutor.

—El éxito… —Noté su duda en el leve susurro de su voz, en el tono algo inseguro—. Supongo que llega cuando consigues saber quién eres y ser fiel a eso.

Hubo un corto silencio antes de que el presentador volviese a hablar con excesiva alegría para despedirse de los oyentes y dar paso a la canción, de la que empezaron a sonar los primeros acordes. Pero esa vez no la escuché. Esa vez estaba aún dándole vueltas a lo que había dicho Rhys, porque esa frase escondía secretos, dolor, anhelos. A pesar de parecer despreocupado. A pesar de casi arrastrar las palabras antes de dejarlas salir.

De: Rhys Baker
Para: Ginger Davies
Asunto: ¡Felicidades!

¡Feliz cumpleaños, galletita! Perdona que últimamente esté tan ausente. Ha sido una temporada complicada. ¿Cómo te van las cosas? ¿Qué vas a hacer hoy? Siento no poder darte este año un regalo como te mereces. Al final… he decidido ir a casa. Pasaré el día de Navidad con mi madre, aprovechando que mi padre no podrá estar porque tiene un viaje de negocios importante. Espero no sentirme muy raro al dejarme caer por ahí después de tres años.

En fin, Ginger, háblame de ti. ¿Cómo te sientes a los veintitrés? ¿Y qué tal siguen las cosas por el trabajo? ¿Dean aún sale con esa chica de la empresa?

Besos (muchos, de los de verdad).

48

RHYS

Hay lugares que tienen una luz concreta. Lo pensé en cuanto aparqué delante de la puerta de la casa en la que había crecido. El sol invernal no lograba abrirse paso a través del cielo de Tennessee, y, al alzar la vista, tenía que entrecerrar los ojos. Hacía frío. Un frío que conocía bien y que me resultaba familiar al calarme los huesos. Avancé despacio por la acera que rodeaba la propiedad. Tenía un nudo en la garganta. Dejé la mente en blanco al llamar al timbre y también mientras mis pasos me conducían casi de forma autómata hasta los escalones de la entrada. Mi madre abrió. Y luego me inundó su olor dulzón, el tacto de sus brazos temblorosos rodeándome con fuerza como si temiese que fuese a marcharme si me soltaba. Su voz, susurrándome al oído que se alegraba tanto, tanto, tanto de verme…

—Rhys… —Tembló un poco antes de apartarse para mirarme—. Estás estupendo. Algo más delgado que la última vez. Pero estupendo, estupendo —repitió, como si las palabras se le atascasen, y luego me instó a seguirla hasta la cocina, que era inmensa, con los armarios blancos e impolutos, la mesa en la que solíamos desayunar justo en medio, con un frutero encima y un par de flores del jardín.

—Te veo bien —logré decir—. Estás guapa.

Mi madre esbozó una sonrisa trémula antes de darse la vuelta y echarle un vistazo al horno, que emanaba un aroma delicioso. Me acerqué y miré a través del cristal.

—¿Espaguetis? —pregunté sorprendido.

—Sí. El queso se está gratinando.

—¿Espaguetis para Navidad?

—Sé que te encantan. Pensé que te gustaría.

Parpadeé, un poco incómodo. También tenso.

—Gracias, mamá. —Le rodeé los hombros con una mano y le di un beso rápido en la cabeza antes de apartarme—. Voy a subir a dejar las cosas, ¿de acuerdo?

—Claro. Aún le faltan unos diez minutos.

Ascendí despacio por la escalera de caracol que conducía a la segunda planta. Las fotografías familiares seguían allí, colgadas en la pared en orden cronológico. Los primeros escalones estaban acompañados por imágenes de ellos dos antes de mi llegada. Jóvenes, guapos, con ropas antiguas, y el día de su boda. Poco después aparecía yo. Con apenas un año, en los brazos de mi padre, que miraba a la cámara con un cigarro en los labios algo curvados. En una bicicleta, algo más mayor; recordaba aún cómo me enseñaron a usarla por las calles de la urbanización. Inspiré hondo. El cumpleaños número siete y el diez y el doce, siempre con una sonrisa infantil y feliz mientras sonaba el clic de la cámara que inmortalizaría aquel instante delante de la tarta llena de velas. Y luego más mayor, más hombre. Con mi madre al lado el día de la graduación. Con mi padre rodeándome los hombros con una mano delante del coche que me regaló al cumplir los veinte.

Sacudí la cabeza. Odiaba las putas fotografías.

Respiré por fin al dejar atrás la escalera, pero volví a sentir que me ahogaba en cuanto entré en mi antiguo dormitorio. Porque todo seguía igual, como si nunca me hubiese marchado o, peor aún, como si alguien esperase que un día apareciese y volviese a ocupar esa cama o a necesitar los bolígrafos que había en un bote sobre el escritorio, esos que seguramente ya tendrían la tinta seca después de tanto tiempo.

Me quedé unos segundos con el hombro apoyado en el marco de la puerta, incapaz de cruzar el umbral y adentrarme más allá. No se alejaba en lo más mínimo a la descripción por *e-mail* que le había hecho más de un año atrás a Ginger.

Ginger… Tampoco quería pensar en ella.

Últimamente, no quería pensar en nada.

Me fijé en las maquetas que adornaban las estanterías y que mi padre y yo habíamos construido cuando aún era un niño. Era evidente que seguían limpiando mi dormitorio con esmero, porque no había ni una mota de polvo. Ahí estaban; barcos, monumentos, un avión a escala. Congeladas en el tiempo. Cuántas horas invertidas. Qué pérdida.

Escuché la voz de mi madre llamándome para comer. Dejé el equipaje en el suelo antes de regresar a la cocina. En esa mesa grande que años atrás había estado cada festividad llena de familia, amigos y vecinos, ahora solo había dos vasos y dos platos de espaguetis humeantes. Pero después de pasar tres Navidades solo, pensé que era perfecto.

—Están deliciosos —dije tras probarlos.

—Aún recuerdo que te gustaban con la cebolla crujiente.

—No ha pasado tanto tiempo, ¿no? —Inspiré hondo.

—Bueno…, tres años es «bastante» tiempo, Rhys.

Nos miramos en silencio, el uno frente al otro. Me fijé bien en ella. Tenía las mejillas un poco más hundidas que la última vez que nos habíamos visto en Nueva York. También más arrugadas. ¿Los ojos quizá más pequeños? No estaba seguro. De hecho, ¿pueden los ojos encogerse? Alrededor del cuello llevaba el colgante de oro que le ayudé a escoger a mi padre muchos años atrás como regalo de cumpleaños; jamás se lo quitaba, la cadena era fina y llevaba una diminuta lágrima de nácar azul que ella solía toquetear cuando estaba nerviosa.

Como justo entonces, mientras me miraba inquieta.

—¿Cuándo vais a sentaros para hablar de una vez?

—Mamá, no estropeemos la comida —repliqué.

—Lo digo en serio, Rhys. Los años pasan…

—Lo sé. Y seguirán pasando. Yo no tengo nada que decirle. —Tragué, y cuando eso no consiguió deshacer el nudo que tenía en la garganta, cogí el vaso de agua y me lo bebí de un trago—. No me mires así. Te prometí que te llamaría todas las semanas y lo hago.

—¡Qué menos! Pero, en cuanto a lo otro…

—Mamá… —Sacudí la cabeza y suspiré.

No quería hablar de él. Y menos con ella. Porque estaba cumpliendo al menos con una parte del trato, aunque ni siquiera sabía por qué lo hacía. Quizá por miedo. Quizá por comodidad. Quizá porque evitaba pensar en la mecha que prendió e hizo estallar todo lo que vino después. Porque la había cagado, sí. Me había portado como un imbécil, un niño mimado huyendo de casa cuando más lo necesitaban sus padres. Pero él…, él me había roto.

Él me había lanzado a la deriva.

Y seguía perdido en ese mar.

Y luego estaba el orgullo.

Orgullo. El suyo, el mío.

De ese que te ciega, que te llena de rabia, del que hace que te distancies durante años porque esperas una disculpa, unas palabras de aliento de esa persona, sin ser consciente de que la otra parte está aguardando exactamente lo mismo. Y el tiempo pasa. Y nos había terminado pasando por encima también a nosotros. Y ya estábamos abajo, enterrados en algún lugar oscuro y hondo del que ya no sabíamos cómo salir.

Solo nos quedaba un punto de unión. Ella. Mi madre. Lo pensé mientras la miraba, memorizando su rostro algo envejecido, cómo cortaba los espaguetis porque no soportaba la idea de que el tomate le ensuciase la comisura de los labios. Probablemente, siempre lo había sido. El nexo entre mi padre y yo. La pieza central de todo aquello.

—Está bien, no hablaremos de eso si no quieres —cedió—. Pero al menos cuéntame qué tal te van las cosas y con detalles, nada de tres monosílabos, como haces a veces por teléfono. Quiero saber todo lo que está pasando con esa canción.

—No esperábamos una acogida tan buena.

—Ya me imagino. ¿Y estás contento?

—Supongo. —Me encogí de hombros.

—No pareces muy alegre.

—No sé… —Moví la comida con el tenedor—. Es que estaba bien allí, ¿sabes? En Australia. Era un lugar tranquilo y vivía delante del mar y pensé… que me quedaría más tiempo. Quería hacerlo. Creo que me desconcierta verme obligado por primera vez a moverme de un sitio sin decidirlo por mí mismo, ¿lo entiendes?

—Sí. —Sonrió—. Tú y las obligaciones.

—Y la vida en Los Ángeles es todo lo contrario. Rápida. Casi tanto que no te das cuenta de que el tiempo pasa. Tendrías que venir alguna vez allí, mamá, a pasar unos días. O una semana. Lo que quieras. Estaría bien.

—¿Y hay alguna chica?

Me miró divertida. Me reí.

—Algo así —dije.

—¿Ginger, se llamaba? ¿Sigues hablando con ella?

—No, no es Ginger, mamá.

Era la única persona a la que le había hablado de ella. De lo importante que era para mí. De que llevábamos casi dos años hablando, aunque durante los últimos meses las conversaciones se hubiesen espaciado un poco. Quería pensar que era culpa mía, porque siempre estaba ocupado, pero también que en parte se debía a ella, que estaba liada con el trabajo, el nuevo horario, su vida en Londres…

Aunque a veces la echaba de menos, cuando pasaba un solo segundo del día sin estar rodeado de gente o haciendo algo trepidante y divertido. Entonces Ginger se colaba otra vez por las grietas abiertas, como si estuviese destinada a llenar los huecos vacíos. Pensaba en ella y también en ese regalo que me había mandado por mi último cumpleaños y que jamás llegó a mis manos porque me marché antes de recibirlo, dejándolo atrás. Imaginaba el paquete en la puerta de la casa que tuve en la playa, envuelto con delicadeza, con mimo. Imaginaba todo eso y tenía la sensación de que las cosas no estaban bien del todo.

—Entonces, ¿quién es la chica? —preguntó.

—Alexa. La que canta conmigo.

—¿Sales con ella? ¿Vas en serio?

—No, no es exactamente así…

—Uno de esos líos juveniles de ahora.

No es que me considerase muy «juvenil» a los veintiocho años, pero era algo así. Un acercamiento. Una especie de relación distinta. Lo que la hacía diferente de las demás chicas con las que había tenido algo durante los últimos años era que con Alexa no solo follaba, también estábamos todo el día juntos entre la promoción, las noches que actuábamos en locales, los próximos viajes a un par de festivales que nos habían confirmado...

—Entonces, veo que todo te va sobre ruedas.

—Imagino que sí —admití en un susurro.

Aunque no podía quitarme de encima cierta sensación de pesadez, de apatía, de que había algo que no encajaba en todo aquello a pesar de lo mucho que me apetecía dejarme llevar, nadar por una vez siguiendo la corriente sin pensar, sin luchar contra mí mismo.

49

De: Rhys Baker
Para: Ginger Davies
Asunto: El Principito

Ya he leído el libro y es fascinante. Ahora, teniendo en cuenta tu dedicatoria, hay algo que no dejo de preguntarme, ¿soy el zorro domesticado?

De: Ginger Davies
Para: Rhys Baker
Asunto: RE: El Principito

Si por «domesticar» entiendes crear «lazos de unión», entonces sí.

De: Rhys Baker
Para: Ginger Davies
Asunto: RE: RE: El Principito

¿Eso significa que tú eres el Principito? En cierto modo, tendría sentido. Eres una buena persona, Ginger Davies. Y crees en la amistad. ¡Qué demonios! Crees en todo en general, eres de las que siguen teniendo fe en el ser humano cuando los demás la perdimos hace tiempo. Seguro que aún sientes el impulso de dejarle galletas a Santa Claus en Navidad. Hay una frase del libro que dice «solo los niños aplastan su nariz contra los vidrios». Me apuesto lo que sea a que tú sigues haciéndolo cuando pasas delante de una pastelería.

Tuve suerte. Nadie me habría «domesticado» mejor, Ginger.

De: Ginger Davies
Para: Rhys Baker
Asunto: RE: RE: RE: El Principito
Eres idiota. Solo le dejo leche. Las galletas llevan demasiado azúcar y grasas saturadas para su corazón, no quiero que al hombre le dé un infarto. Fuera de bromas, cuando te conocí creí que este libro te gustaría porque siempre he pensado que eras un niño grande, una de esas personas que reniegan de la vida adulta y que siguen mirando el mundo con ganas de jugar, cometer travesuras y descubrir cosas nuevas.

De: Rhys Baker
Para: Ginger Davies
Asunto: RE: RE: RE: RE: El Principito
Me tienes en demasiada alta estima. Pero ojalá fuese cierto.

De: Ginger Davies
Para: Rhys Baker
Asunto: RE: RE: RE: RE: RE: El Principito
Lo es. Tienes una parte del zorro, la lealtad. Y algo del protagonista, la capacidad de mirarte hacia dentro y escuchar a los demás. Y del Principito, ese niño interior al que no has abandonado. Hasta de la rosa, con tu orgullo intacto. Además, eres la única persona que conozco que sería feliz viviendo en un asteroide solitario.

De: Rhys Baker
Para: Ginger Davies
Asunto: RE: RE: RE: RE: RE: RE: El Principito
Gracias, Ginger.

50

GINGER

Navidad. Debería haber pensado al entrar «oh, dulce hogar», pero la idea que me azotó al sentarme en la mesa rodeada de gente fue algo así como «ojalá esta tortura acabe cuanto antes». Porque ahí estaba mi padre, hablando orgulloso de mi labor en la empresa como si me hubiese dejado hacer algo durante el último medio año; algo más allá de grapar papeles, revisar facturas y mirar durante horas el reloj de la pared, quiero decir. Y también estaba Dona, intentando ignorar las preguntas de los Wilson sobre si, al ser lesbiana, no deseaba ser madre. Y la guinda del pastel: enfrente se había sentado Dean, al lado de su brillante novia. O a mí me lo parecía. Tenía una piel digna de salir en algún anuncio de televisión de cosmética y una sonrisa tan dulce que era humanamente imposible odiarla ni tan siquiera un poquito (lo había intentado), y además era lista, guapa y vestía con clase.

—¿Me pasas el puré de patatas, Ginger?

—Claro. Toma, Stella. —Se lo tendí.

—Este próximo año va a ser fabuloso, ahora que tenemos a estos dos genios en la plantilla —dijo papá sonriente—. Bueno, tres. Perdona, Stella.

—No te lo tendré en cuenta porque hace dos años que me incorporé —comentó la aludida, y todos rieron la broma.

Dean la miraba con adoración. Como si fuese un astro dando vueltas alrededor de su novia, el sol. Y era una chorrada, pero pensé que a mí jamás me había mirado así y que quizá eso debería haber sido suficiente para percatarme de que la cosa no iba bien.

Aguanté como pude respondiendo a los Wilson cada vez que me preguntaban algo sobre el trabajo. «Sí, estoy superfeliz», «¡claro que han valido la pena tantos años de esfuerzo en la universidad preparándome!», «cierto, nosotros hemos tenido suerte; mi compañera, Kate, aún no ha encontrado un empleo decente. Es complicado».

Cuando llegaron los postres, para mi sorpresa, Dean quiso descorchar una botella de champán que había metido a enfriar en la nevera al llegar. La bebida se sirvió en copas que mi madre sacó de la vitrina en la que guardaba la vajilla especial, esa que usaba en contadas ocasiones, pero, en lugar de sentarse al terminar, Dean siguió en pie.

—Familia, quiero anunciaros algo.

Cogió de la mano a Stella y ella se levantó también. Parecía nerviosa y tenía las mejillas algo coloradas a pesar de que la calefacción no estaba muy alta. Miré a Dean. Y supe lo que iba a decir. De repente, pensé en Rhys. En que ojalá estuviese allí. En que el año pasado, o unos días antes por mi cumpleaños, se había sentado en esa misma mesa y yo me había pasado toda la comida con un nudo en el estómago mientras nos mirábamos de reojo y su rodilla rozaba la mía. Y ahora allí estaba, todo tan diferente, tan distinto. No me sentía mejor. No me sentía más adulta ni más realizada. No era feliz.

—Stella y yo… ¡vamos a casarnos!

—¡Dios mío, Dean! —Mi madre se levantó emocionada, rodeó la mesa y lo abrazó con tanta fuerza que temí que le arrancase la cabeza al pobre. Luego le dio un beso sonoro a Stella en la mejilla—. ¡Estoy tan feliz por vosotros! ¡Hacéis una pareja fabulosa!

—¡Enhorabuena, campeón! —Papá le apretó el hombro.

Los felicité a los dos cuando Dona terminó de hacerlo. Luego hablaron sobre los preparativos de la boda mientras nos comíamos el postre y brindábamos por la buena noticia. Pensaban casarse en mayo, una ceremonia sencilla, algo familiar…

—Yo recojo la mesa, mamá, no te levantes —le dije mientras apilaba los platos sucios para llevármelos a la cocina. Ella me lo agradeció antes de volver a prestarle atención a Stella, que hablaba ahora del tipo de vestido de novia que le gustaría llevar.

Salí del comedor y dejé los platos en la pila. Decidí lavarlos a mano porque el lavavajillas estaba lleno tras la comida. Acababa de arremangarme cuando Dean entró en la cocina y se puso a mi lado. Vi que cogía el jabón sin decir nada.

—¿Qué estás...?

—Te ayudo.

—No es necesario.

—Deja que lo haga.

—Como quieras.

Y así, codo con codo, comenzamos a fregar sumidos en un silencio incómodo, aunque tampoco entendía del todo por qué. Estaba feliz por él. No tenía celos. No, no era eso. Era tan solo que... quizá quería lo mismo. O algo parecido. No lo sé. Estaba pasando una época dura, de desencanto general. Y esperaba que fuese pasajera.

—¿No vas a decir nada? —preguntó.

—¿Sobre qué? Ya te he dicho que...

—Te alegras por mí. ¿Estás segura?

—Joder, Dean, claro que sí.

—Vale. Solo... estaba preocupado. No quería hacerte daño, Ginger. Ya sé que hace dos años que lo dejamos, pero también sé que te dije que necesitaba tiempo..., y que en cambio con Stella todo ha sido rapidísimo. Un flechazo, supongo. Pero son cosas que ocurren a veces, ¿no? Cuando uno menos se lo espera.

Me sequé las manos en un trapo y me giré hacia él.

—Dean, de verdad, es genial. Lo digo en serio. Stella parece una chica fantástica y a ti se te cae la baba cada vez que la miras. Estoy segura de que os irá muy bien.

—Entonces..., ¿por qué estás así?

—Así, ¿cómo? —pregunté.

—Ya sabes. Molesta conmigo.

—Ah, bueno, eso no tiene nada que ver con la boda. Es solo que, en el trabajo..., no sé, Dean, te comportas como si no me conocieses. Y entiendo que quizá nuestra relación ha sido así también durante el último año que estuvimos en la universidad, pero podrías haberte dado cuenta de que lo estoy pasando mal. O invitarme a ir contigo y los demás a tomar el café a media mañana, por ejemplo. No es que sea culpa tuya, pero…

—Ya. Tienes razón —me cortó.

—¿La tengo? —Dudé insegura.

—He sido un poco egoísta.

—No quería decir eso. No así.

—No, pero es la verdad. Es que, al entrar a trabajar en la empresa, ya sabes, todo me vino un poco rodado y quizá no me paré a pensar en nada más. ¿Borrón y cuenta nueva?

—De acuerdo. —Sonreí y suspiré.

51

De: Rhys Baker
Para: Ginger Davies
Asunto: Feliz año, galletita

Otro más. Lo he celebrado rodeado de un montón de gente, pero mientras pensaba en ti. No sé por qué. No preguntes. Sé que no debería escribirte cuando bebo, pero es que no dejaba de darle vueltas…, de sentirte lejos… Y he terminado por marcharme de la fiesta y volver al hotel en el que estamos ahora… Alexa aún no ha llegado…

La luna es redonda esta noche. Bueno, ¿sabes una cosa? En realidad, no es una esfera perfecta, sino ovalada, un poco como un huevo. La luna es un huevo, ¿qué te parece, Ginger? Es divertido, ¿no? Ah, hablando de eso, espero que lo estés haciendo ahora, que te estés divirtiendo…, que te vuelvas loca…

Si viviésemos en la misma ciudad, cometeríamos juntos cada día una locura. No te dejaría escaquearte, aunque pusieses malas caras. Tampoco sé a qué viene esto, pero, no sé, Ginger, te echo de menos. ¿Se puede echar de menos a alguien que has visto dos veces en toda tu vida? Supongo que tendrá algo que ver que las dos noches que pasé contigo fuesen casi las mejores que recuerdo. ¿Tú lo haces alguna vez? ¿Las rememoras?

Quizá debería dejar de escribirte ya. Solo quería que supieses que soy un amigo de mierda por haber estado últimamente más ausente y que te echo de menos, aunque creo que eso ya lo he dicho, y que pese a todo eres una de las personas más importantes de mi vida…

He encontrado una botella de ginebra diminuta en el minibar, así que, ¡a tu salud, Ginger! No sé cómo ni cuándo, pero creo que deberíamos vernos este año.

De: Ginger Davies
Para: Rhys Baker
Asunto: Feliz año, Rhys

La verdad es que me ha sorprendido tu *e-mail*. El Rhys borracho a veces me cae mejor que el Rhys sobrio. Se suelta más. Arriesga más. En cualquier caso…, tú también eres muy importante para mí y no me gusta la idea de que nos distanciemos. Es solo que a veces, bueno, a veces… tengo la sensación de que nuestros mundos se han alejado un poco, ¿sabes? No sé, con el éxito así tan de sopetón de la canción y tu vida de ahora…, me parece que todo lo que te cuento sobre mi día a día es aburrido y rutinario y poco interesante al lado de todo lo que tú estás haciendo. Y no me malinterpretes, me alegro por ti. Mucho. Muchísimo. Tienes talento. Pero no te pierdas, ¿de acuerdo? Solo eso.

De: Rhys Baker
Para: Ginger Davies
Asunto: No pensaba

Perdona. He releído el mensaje del otro día y me he vuelto a prometer que no te escribiré cuando haya bebido, aunque de momento no he cumplido bien esta regla. ¿Sabes qué pasa? Que soy de esos que se emborrachan y se ponen nostálgicos y sentimentales. No te rías, es verdad. Entonces me da por pensar en ti y, bueno, ya sabes el resto.

No voy a perderme, Ginger. He pasado unos días raros, pero creo que lo necesitaba para recordar algunas cosas. Fui a ver a mi madre en Navidad, no te lo conté. En realidad, no te he contado nada de lo que he hecho durante estas últimas semanas, pero, sí, estuvimos juntos. Comimos espaguetis con queso gratinado. Y hablamos. Y recordé por qué la quiero tanto. Y al mismo tiempo me dio miedo, por todo lo que eso implica.

A veces desearía no sentir nada… Sería más fácil…

Toda la casa seguía llena de fotografías. Tú tenías razón. Creo que no me gustan porque son justo eso, el prólogo de una historia que solo conocen los que estuvieron allí. Es como una puerta. Y la ves y la abres y te metes dentro…, y a veces te cuesta salir. Por no hablar de los recuerdos como tal. ¿No crees que a veces los distorsionamos? Los recuerdos… son moldeables, cambian según la perspectiva y la mente de la persona que los albergue. Y yo no dejo de darle vueltas a si muchos de los que tengo en realidad son falsos y están llenos de cosas que en su momento no supe ver por falta de información…

Qué locura, ¿no? En fin.

No vuelvas a decir eso de que crees que puedes aburrirme. No es verdad. Nunca me aburro contigo, Ginger. Y me gusta saberlo todo sobre tu día a día, aunque sean cosas rutinarias, sí. Seguro que es más interesante que todas las mierdas y anécdotas que me trago cada vez que me presentan a alguien, cosa que últimamente ocurre a menudo.

De: Ginger Davies
Para: Rhys Baker
Asunto: RE: No pensaba

No sabes cuánto me alegra que fueses a ver a tu madre y que pasaseis ese día juntos. ¿Alguna vez me contarás qué ocurrió con tu padre? Imagino que vuestra relación empezó a torcerse cuando eras un adolescente. Creo que es lo que nos pasa a todos, ¿no? A diferentes niveles, claro. Pero pensamos que nuestros padres son superhéroes y los mejores del mundo, hasta que vas creciendo y comienzas a percatarte de las carencias, de que también cometen errores, de esas cosas que de pequeño no podías entender…

Ya sé que no te gusta hablar del tema. Y sí, creo que sé lo que quieres decir con los recuerdos. No siempre son fieles a la realidad o a lo que ocurrió. Supongo que depende del prisma con el que se miren, claro. ¿Por qué estamos tan filosóficos, Rhys? Me gustaría contarte algo divertido, pero no me sale… Estoy pasando una época rara, ya te habrás dado cuenta. No ha sido solo por tu culpa que nos escribiésemos un poco menos, admito que a veces llegaba la noche, me sentaba delante del portátil y… por primera vez no tenía ganas de contarte cómo había sido mi día, porque, en resumen, había sido una basura.

Supongo que el tiempo suaviza las cosas.

De: Rhys Baker
Para: Ginger Davies
Asunto: ¡Me he acordado!
Feliz amigoaniversario, galletita.

La palabra me sigue dando escalofríos…, pero hoy hace dos años que nos conocimos y supongo que puedo hacer la vista gorda una vez más. Cuánto han cambiado las cosas en tan poco tiempo, ¿no crees? Tú estabas en la universidad, acababas de dejarlo con Dean, yo seguía en París y no tenía ni idea de lo que vendría…

Y ahora estamos aquí. Y filosóficos.

Tengo que irme porque mi avión sale dentro de dos horas, pero prometo contestarte lo demás en cuanto llegue al hotel.

De: Ginger Davies
Para: Rhys Baker
Asunto: Amigoaniversario
¡Es cierto! Me ha entrado un escalofrío de nostalgia. Qué tiempos aquellos, ¿no? La verdad es que echo de menos lo fácil que era vivir en la residencia, con las comidas del comedor y todo girando alrededor del campus. Para ser justos, sí adiviné que algún día triunfarías y tendrías fans, sé que aún no eres taaaan conocido, pero tiempo al tiempo.

¿Adónde te ibas ahora? ¿Un festival en Nevada?

De: Rhys Baker
Para: Ginger Davies
Asunto: RE: Amigoaniversario
Sí, tengo una sesión mañana por la noche.

En cuanto a lo de mi padre…, no, no empecé a llevarme mal con él durante la adolescencia. Al revés, ahí todo iba bien. Yo era el típico chico mimado de familia acomodada, ¿recuerdas? No es que sacase unas notas increíbles, pero me defendía y era bueno en deportes. El problema vino más tarde. Y antes…, antes todo iba genial. Cuando era pequeño adoraba a mi padre.

Tú tienes razón. Lo veía como a un superhéroe invencible. Me encantaba desayunar con él los domingos y, a veces, entre semana, lo esperaba sentado jugando en la puerta de casa tan solo para verlo llegar con su maletín y su traje de chaqueta y corbata.

De: Ginger Davies
Para: Rhys Baker
Asunto: RE: RE: Amigoaniversario
Es bonito lo que cuentas, Rhys.
Entonces, ¿cuándo cambió todo?

De: Rhys Baker
Para: Ginger Davies
Asunto: RE: RE: RE: Amigoaniversario
Supongo que me desvié un poco del camino correcto. Si es que eso existe, claro. Ya sabes, empecé tres carreras. Tres. Y las dejé todas. Estaba un poco perdido. Nada me gustaba, nada terminaba de hacerme feliz o de llenarme. A decir verdad, mis padres fueron más o menos comprensivos entonces, aunque era normal que él me metiese un poco de presión, ¿qué padre no lo haría? Sobre todo, cuando tenía todas sus esperanzas puestas en mí para que trabajase en su mismo bufete. Y entonces…, bueno…, mi madre enfermó.

Creo que nunca te he hablado de esto.

Tuvo cáncer. Fue terrible. Me sigue costando recordarlo. A ella así,, quiero decir. Consumida por la enfermedad. Luchando por sobrevivir. Sé que es algo jodidamente egoísta, pero me dolía mirarla cada día. Era como…, no sé, como si me abriesen un agujero en el pecho, una sensación que no podía ni sabía explicar con palabras. Nunca se me ha dado bien comunicarme, eso ya lo sabes, Ginger, no es mi fuerte, aunque supongo que tú eres una pequeña excepción. Así que aguanté como pude, tragándome todas esas emociones…

Y entonces pasó algo. Y la abandoné.

Me marché. Lo hice cuando peor estaba. Los médicos ni siquiera sabían aún si viviría o no lo superaría. Y me fui. Es que no podía…, no podía quedarme…

Fue el primer viaje que hice, cuando aún no sabía que luego vendrían muchos más. Fui un mal hijo, lo sé. Y una persona aún peor. No sé en qué pensaba. No sé cómo pude hacerlo. Y tampoco sé por qué ella me perdonó cuando nunca le he dicho que lo sentía. No hizo falta. Volví y me abrazó. Pero con mi padre…, ahí fue cuando todo se rompió.

Yo la jodí. Y él me destrozó.

Supongo que fue justo.

De: Ginger Davies
Para: Rhys Baker
Asunto: Lo siento mucho
Dios mío, Rhys, es terrible. No voy a decirte que lo que hiciste estuvo bien, pero eras joven y a veces no sabemos cómo gestionar ciertas emociones, todos tenemos derecho a pedir perdón y arrepentirnos. Te superó la situación y te equivocaste. No puedes estar pagando eternamente por ello. Y es triste que no habléis desde entonces…

De: Rhys Baker
Para: Ginger Davies
Asunto: Todo está bien
Es mejor así, créeme. Pero cambiemos de tema. Hemos vuelto fuerte, ¿no, galletita? ¿Qué ha sido de esos tiempos en los que bromeábamos en todos los correos o hablábamos de tus maravillosas citas o de tonterías sin importancia? Echo de menos eso.

Por cierto, a mediados de marzo estaré en un festival de Alemania. No es que te quede al lado, pero siempre puedes coger un avión y venir a verme. Cometer una locura. De esas que hacen que una noche conozcas a un chico en una estación de metro.

¿Qué me dices? Suena divertido.

De: Ginger Davies
Para: Rhys Baker
Asunto: Por si lo has olvidado
Quizá ya no recuerdes que soy una esclava. Trabajo de lunes

a viernes y cuando llega el fin de semana estoy agotada (eso si no tengo que acompañar a mi padre a visitar a los proveedores o cosas por el estilo que mejor no te cuento para que no te aburras).

Además, no pienso hacer de farola. Sí, a veces cotilleo el Instagram de Alexa, y hace dos días subió una fotografía sentada sobre tus rodillas en el reservado de una discoteca mientras te daba un morreo (¿tuviste problemas de asfixia? Espero que no. Hay aspiradoras más sutiles que ella, rezo por ti a diario). No me has dicho que estabais juntos. Y sé que te acompaña a casi todos los viajes, así que sería muy… incómodo.

Por cierto, creo que no te lo conté: Dean se casa.

De: Rhys Baker
Para: Ginger Davies
Asunto: Venga, Ginger
¿En serio? ¿Se casa? Habrá sido un noviazgo exprés.

No morí asfixiado, pero gracias por preocuparte. Y no, no estoy con ella. No exactamente, al menos. Además, ¿qué tiene eso que ver? Me apetece verte.

De: Ginger Davies
Para: Rhys Baker
Asunto: RE: Venga, Ginger
«No exactamente» es algo ambiguo.
Y sí, Dean lo llamó «flechazo».

De: Rhys Baker
Para: Ginger Davies
Asunto: Es que es así
Es que no lo sé. No sé si estamos juntos.
¿Debería saberlo? A veces no me entiendo.

De: Ginger Davies
Para: Rhys Baker
Asunto: Es fácil
¿Estás enamorado de ella?

De: Rhys Baker
Para: Ginger Davies
Asunto: RE: Es fácil
Joder, Ginger, qué preguntas.
No lo sé. No tengo ni puta idea.

De: Ginger Davies
Para: Rhys Baker
Asunto: RE: RE: Es fácil
Vale, pues eso sí que deberías saberlo.

De: Rhys Baker
Para: Ginger Davies
Asunto: Sin asunto
Entonces aceptemos que soy un desastre emocional y que ni siquiera sé lo que es estar enamorado. ¿Acaso tú lo tienes tan claro, Ginger? Si se resume en follar y pasar mucho tiempo con una persona, supongo que cumplo los requisitos.

De: Ginger Davies
Para: Rhys Baker
Asunto: Enamorarse
No, Rhys, no es solo follar y pasar tiempo con alguien porque estés de gira con esa persona. Yo no soy ninguna experta, pero creo que estar enamorado es algo más. Es sentir un cosquilleo en la tripa cuando la ves. Y no poder dejar de mirarla. Echarla de menos incluso teniéndola delante. Desear tocarla a todas horas, hablar de cualquier cosa, de todo y de nada. Sentir que pierdes la noción del tiempo cuando estás a su lado. Fijarte en los detalles. Querer saber cualquier cosa sobre ella, aunque sea una tontería. ¿Sabes, Rhys? En realidad, creo que es como estar permanentemente colgado de la luna. Boca abajo. Con una sonrisa inmensa. Sin miedo.

De: Rhys Baker
Para: Ginger Davies
Asunto: RE: Enamorarse
Entonces, no estoy enamorado. No de ella.

52

RHYS

Miradas. Palabras. Momentos.

Tres cosas capaces de cambiarlo todo.

Porque hay momentos que deberían desaparecer, esos de los que te arrepientes tanto que desearías poder viajar atrás en el tiempo y modificarlos; borrar las miradas llenas de rencor, ahogar las palabras que perforan, que crean agujeros, que te arrancan de tus raíces.

¿Quiénes somos sin raíces? ¿Cómo nos mantenemos anclados a la tierra? ¿Qué pasa cuando sopla el viento, te zarandea y no puedes sujetarte a nada que conozcas?

53

GINGER

Estaba tan guapa...

Llevaba el pelo recogido en un moño alto del que caían algunos rizos, el maquillaje natural con los labios un poco más oscuros, los ojos llenos de felicidad y un vestido blanco con un corpiño ajustado que le quedaba como un guante. Cuando llegó al altar, Dean le tendió la mano y ella la aceptó antes de sonreírle nerviosa.

Se escucharon algunos suspiros entre el público.

Años atrás, imaginé que estaría justo en el lugar que ahora ocupaba Stella. Allí, frente a Dean, mirándolo fijamente delante de nuestras familias, esperando hasta que llegase el momento de pronunciar los votos e irnos a celebrar el banquete.

Es curioso cómo cambia la vida. Hay caminos que parecen rectos y de repente el suelo se resquebraja, aparecen grietas y ya es imposible seguir avanzando en esa dirección. Decisiones que nos hacen movernos de un lado a otro. Supongo que al fin y al cabo todo es un cúmulo de casualidades. Y aquella mañana la chica que estaba vestida de novia no era yo, sino Stella, y una parte de mí se sentía feliz, porque no habría tenido sentido que fuese diferente, pero otra..., otra más oscura, más densa, más difícil de entender, me gritaba que todos los planes que había trazado siendo una cría, en plena adolescencia, se estaban desmoronando uno tras otro. Y no podía hacer nada por evitarlo.

Por más que me esforzase, por más que las cosas mejorasen un poco, seguía sintiéndome infeliz. Yo creía que todo sería distinto. Que acabaría la universidad, que estaría contenta en la empresa familiar y me sentiría realizada, que me casaría con Dean, que… que… Todo eso. Todo lo que a veces damos por hecho.

Y sin embargo ahí estaba, aún de pie, con un vestido amarillo pálido que me hacía parecer un pastel de limón poco apetecible. La boda fue emotiva, sencilla y bonita. Aplaudí cuando acabó y ellos salieron de la iglesia. Siendo justa, las cosas habían mejorado bastante entre Dean y yo esos últimos meses, después de aquella incómoda conversación en la cocina de casa durante las Navidades. Y, por ende, mi situación con los compañeros de la empresa también era más agradable; me incluían en los planes, iba a tomar café con ellos y hasta había empezado a sentirme a gusto ahora que no me miraban como si fuese un bicho raro-hija del jefe. Pero lo curioso de todo eso es que, aunque estaba más cómoda, no me sentía más satisfecha con el trabajo.

Quizá porque, en el fondo, ese era el gran problema.

Ese en el que me daba tanto miedo pensar.

—Langostinos de segundo. Genial —dijo Dona sonriente poco después cuando nos sentamos en las mesas al llegar a la sala del banquete. Me pasó la carta—. Y *mousse* de menta.

—Cualquiera diría que hace años que no comes.

—Oh, mira, ahí llegan los novios —me cortó.

El recinto se llenó de sonrisas en cuanto los novios hicieron acto de presencia y se dirigieron hacia la mesa principal. Nosotras estábamos sentadas en la más próxima, con mis padres y un par de primos de los Wilson. Degustamos el menú mientras charlábamos. Dona estaba especialmente animada aquel día. Yo, en cambio, tenía la cabeza en otra parte.

En Rhys, para ser más exactos.

En él y en el mensaje que había leído aquella misma mañana al despertar, ese en el que me mandaba ánimos para afrontar el día, porque sabía que, pese a no sentir nada por Dean, el momento significaba algo para mí. De un modo retorcido. O raro. Como una especie de revelación cuando entiendes que has soltado las riendas de tu vida.

Me había hecho sonreír antes de empezar a ponerme ese vestido amarillo que me hacía parecer un pastel de limón. Ese era el don de Rhys. Que daba igual que a veces nos distanciásemos o estuviésemos más tensos al no ponernos de acuerdo en algo, al final siempre se calmaban las aguas, volvíamos a conectar, a entendernos tan solo a través de unos *e-mails*.

Y en aquel momento hablábamos más que nunca. Sobre todo, desde que el mes pasado él había cortado definitivamente lo que fuese que tenía con Alexa y había aceptado esa oportunidad única de trabajar el próximo verano en Ibiza. Había alquilado un apartamento en la isla para asentarse en el lugar antes de que llegase la temporada de verano, y se pasaba los días componiendo, escribiéndome y componiendo. Parecía tan feliz que a veces me preguntaba si en el fondo no le gustaba más aquello, la parte creativa, que la meta por la que lo hacía, el trabajo en sí que llegaría más tarde.

—Ginger, vuelve a la tierra —me pidió mi madre.

—Perdona. Estaba…

—En la luna, como siempre —terminó de decir ella sin ser consciente de que sí, había estado más en la luna que nunca—. Comentábamos que el vestido es precioso.

—Mucho. Sí. —Me bebí medio sorbete de golpe.

—Creo que a ti te sentaría bien —añadió.

—¿A mí? —Cogí la copa de vino.

—Sí, cuando te cases. Que espero que sea pronto, por cierto. Ya no tienes edad para dormirte en los laureles. Creo que ese tipo de corte te favorecería.

—Sinceramente, dudo que vaya a ser «pronto».

—Yo también podría casarme —intervino Dona.

—Oh, cierto, cariño, cierto. Pero tu hermana…

—Con Amanda, por ejemplo. Lo hemos hablado.

—¿En serio? —Mi padre pareció sorprenderse.

—Claro, ¿por qué no?

—Lleváis poco tiempo juntas.

—Más que yo. Que ni tengo novio —puntualicé.

—¿Y qué fue de ese chico…? Ese que vino a casa por Navidad el año pasado. Rhys se llamaba, creo recordar.

—Solo somos amigos, mamá.

—Era guapo —suspiró resignada.

—No parecía muy formal —dijo mi padre.

—¿Por qué juzgáis así a la gente? —Dona puso los ojos en blanco—. Deberíais modernizaros un poco. A veces parece que sigáis en la Edad Media.

—¡Eso no es cierto! Tu padre y yo estamos muy contentos con las dos. Solo nos preocupa vuestra estabilidad. Mirad a Dean, tan centrado y tan joven. ¿Qué tiene de malo tener las cosas claras? Si de verdad estás decidida a casarte con Amanda, estupendo. Y en cuanto ti, Ginger, deja de beber, tienes las mejillas coloradas.

—Intento anestesiarme —me excusé. Dona se rio.

Un rato después seguí intentándolo. Cuando la comida terminó, empezaron los bailes y sirvieron los cócteles. Aproveché la ocasión para probar unos cuantos con Dona, sentadas en otra mesa con gente más joven que conocíamos del trabajo, riéndonos bajito cada vez que una de las dos decía alguna tontería o que analizábamos los movimientos de baile de uno de esos tíos lejanos que están destinados a dar la nota en las celebraciones especiales. No sé el tiempo que pasó ni cuántas copas me había bebido cuando de repente escuché mi nombre. Fruncí el ceño, tragué el sorbo que acababa de dar y me giré.

—Ginger, creo que es tu turno —comentó la señora Wilson.

—¿Mi turno? —balbuceé un poco mareada.

—Tenías que leer un discurso —me recordó Dona.

«Mierda, mierda, mierda.» No estaba para leer ningún discurso, pero, ante el silencio de la sala, dejé la copa en la mesa, me levanté con toda la dignidad de la que fui capaz y avancé como un pato mareado con tacones hacia el centro. Al llegar delante del micrófono empecé a sudar. Saqué del bolsito de mano un par de papeles arrugados. En teoría, era una nota preciosa en la que hablaba de mi amistad con Dean desde que éramos pequeños, de la bonita pareja que hacía con Stella y de lo orgullosa que estaba de él. Pero en la práctica se había convertido en un montón de letras desordenadas y borrosas. Así que volví a guardarlo.

—Bien, esto… Yo… —Carraspeé nerviosa—. Solo quería decir que conozco a Dean desde que…, bueno, desde que nos hacíamos caca en los pañales. Y pis. Eso también, claro. Somos humanos. —Oí algunas risas, aunque no entendí por qué—. El caso es que crecimos juntos y luego empezamos a salir y después él me dejó. —Silencio profundo—. Y la moraleja de todo esto es que era algo que estaba destinado a ocurrir porque, claro, ¡tenía que conocer a Stella! Que es, por cierto, la chica más guapa que he visto en mi vida. ¡Stella, quiero tus pestañas y tu pelo! —Volví a escuchar risitas. Ella me sonrió desde la mesa central y eso me animó—. ¡Hacéis una pareja tan fantástica…! Sois como Brad Pitt y Jennifer Aniston; antes de lo del divorcio y los cuernos, quiero decir. La cuestión es que estoy feliz por vosotros y hoy pensaba en todo eso de las decisiones y los caminos que se cruzan, porque algunos cambios de rumbo valen la pena. Me alegra que os encontraseis. Fue el destino.

Escuché algunos aplausos y respiré hondo. Intenté mantener el equilibrio.

—Y, además, quiero añadir que voy a hacerte un regalo de bodas muy especial, Dean. Otro, aparte de la batidora ultrapotente capaz de picar hielo. ¡Mierda! Ya he desvelado la sorpresa. En fin, a lo que iba: el segundo regalo es… ¡mi puesto! Sí, como lo oyes, te cedo mi puesto de trabajo. Y mi despacho. Es horrible. Lo odio tanto, tanto…

Ya no hubo aplausos. Solo murmullos.

Vi que Dona se acercaba hacia mí.

—Creo… creo que harás un trabajo estupendo en la empresa —seguí, incapaz de parar, como si de repente lo estuviese vomitando todo—. Y es lo justo. Porque eres un chico estupendo. Muy listo. Ah, la pata de la mesa del escritorio cojea un poco, pero…

—Ginger, suficiente. Despídete de tu público.

—¡Adiós! ¡Gracias a todos! ¡Y que vivan los novios!

Otra ronda de aplausos, silbidos y vítores.

No sé por qué, pero no podía parar de sonreír.

54

De: Ginger Davies
Para: Rhys Baker
Asunto: Es una pesadilla

Quiero morirme, Rhys. En serio, es terrible. Todo. Ni siquiera sé por dónde empezar. ¿Recuerdas que el sábado fue la boda de Dean? Bien, pues tenía que leer uno de esos discursos cursis y me había pasado días preparándolo, pero… no contaba con estar borracha. No te imaginas lo buenos que estaban los cócteles que servían. La cuestión es que terminé haciendo el ridículo más grande de la historia delante de todos los invitados. No descarto terminar en YouTube, entre los vídeos más vistos. Y lo más importante: renuncié a mi trabajo.

Sí, eso hice. En la boda de mi ex.

Le dije que le regalaba mi puesto.

No sé qué me ocurrió, supongo que se me fue de las manos. Según Dona, «dejé salir en un minuto todo lo que llevaba años reprimiendo». Ayer me pasé el día entero vomitando y tirada en el sofá, lamentándome y lloriqueando. No tenía fuerzas ni para escribirte y contártelo. ¿Y sabes qué es lo peor de todo? Que hoy, lunes, al ir a la oficina, mi padre me ha llamado para que fuese a su despacho, me ha dicho que no pasaba nada, que un día malo lo tenía cualquiera, aunque no le había sentado muy bien que lo avergonzase delante de los compañeros que acudieron a la boda, pero que fingiríamos que no había pasado nada y que podía volver a mi puesto de trabajo y encargarme de las facturas pendientes.

Y entonces… le he dicho que no.

Ni siquiera le había dado vueltas aún, simplemente me ha salido así. No quiero trabajar allí. No quiero levantarme cada mañana para ir a ese lugar. Ya está. Esa es la verdad. Al final del día, he terminado metiendo las pocas cosas que tenía y saliendo de allí con una caja de cartón. De la empresa de mi familia, ante los ojos de mi padre (ahora no me coge el teléfono, pero mamá dice que se le pasará cuando lo asimile).

Estoy perdida, Rhys. Perdida y hundida.

Ahora mismo veo el futuro muy negro.

De: Rhys Baker
Para: Ginger Davies
Asunto: No es una pesadilla

¡Enhorabuena, Ginger! Ya era hora. Estoy orgulloso de ti. No orgulloso de que acabases como una cuba en la boda de Dean, tú me entiendes, sino de todo lo demás. Aunque admito que he buscado en YouTube «discurso de exnovia borracha, boda en Londres», pero por desgracia no he encontrado nada. Ahora en serio, no importa la situación, has sido valiente. Llevo deseando que ocurra esto casi desde que te conocí. Siempre supe que ese no era tu sitio, aunque nunca te lo dijese directamente. No quería que te enfadases conmigo y creo que hay cosas que uno debe descubrir y decidir por sí mismo.

No tienes un futuro negro, Ginger. Tienes un futuro inmenso. Una página en blanco delante de ti. Y puedes escribir lo que tú quieras.

De: Ginger Davies
Para: Rhys Baker
Asunto: ¿De verdad lo crees?

Ya sospechaba que siempre lo habías pensado.

Pero ¿de verdad lo crees? ¿Una página en blanco? Supongo que sí… El problema es que ahora mismo no sé con qué rellenarla. Me paso el día mirando la televisión y comiendo galletitas saladas. Creo que estoy bloqueada. Eso dice Dona.

De: Rhys Baker
Para: Ginger Davies
Asunto: Sí que lo creo

A ver, piensa, Ginger, ¿qué cosas deseas? Seguro que muchas. Haz una lista. De lo que anhelas. De sueños. De locuras que se te pasen por la cabeza.

Déjate llevar por una vez. Sin límites.

De: Ginger Davies
Para: Rhys Baker
Asunto: Mi lista de cosas que hacer

Acabo de llegar a casa y es la una de la madrugada. No, las dos. Lo que sea. He estado esta noche en el local donde trabaja Dona por eso de que según ella «tengo que salir a la calle a que me dé el aire» y, mientras bebía cerveza, porque hasta ahora el alcohol me ha traído muchas cosas buenas (nótese la ironía), he escrito algunas cosas en este trozo de papel.

Te lo adjunto. Creo que debería dormir...

Viajar a algún lugar.

Tener un hijo. O dos. O tres.

Hacer alguna locura rara.

Tomar el sol sin pensar en nada.

Tener una aventura. ~~O hacer un trío.~~

Bailar con los ojos cerrados.

Cortarme el pelo. O tintármelo rosa.

Montar una editorial pequeña.

Tener un gato (y que me quiera).

Enamorarme de verdad.

Estoy tan cansada, Rhys…

Se suponía que todo tenía que ser fácil al terminar la universidad y yo solo siento que la habitación da vueltas y vueltas y más vueltas… Es como una noria… ¿Lo recuerdas? El beso que nos dimos en lo alto. Te mentí cuando te dije que lo hice para que no te echaras a llorar, aunque imagino que sabes que en realidad quería besarte.

Sabías tan bien… Como a helado de menta…

De: Rhys Baker
Para: Ginger Davies
Asunto: Qué traviesa…

Vaya, vaya, ¿quién lo iba a decir, Ginger?

Así que «hacer un trío». No sé por qué lo habrás tachado, creo que es una idea genial. En general, me parece una lista de lo más razonable e interesante. Excepto lo de los tres hijos. Eso acojona un poco. Pero, omitiendo ese punto, tengo algo importante que decirte: sé cómo puedes cumplir muchos de esos deseos. ¿Preparada? Allá va:

Pasa el verano conmigo, galletita.

Lo digo completamente en serio. Tengo una habitación libre en el apartamento que no uso. Mete lo justo y necesario en una mochila, ropa de verano y de baño, ya comprarás lo que te falte por aquí, coge un avión y ya está. Sin pensar. Sin buscar ahora mil excusas como siempre haces. ¿Qué me dices?

De: Ginger Davies
Para: Rhys Baker
Asunto: Mierda

Mierda. Lo de hacer el ridículo empieza a ser una constante en mi vida. No se me da bien esto de estar en casa encerrada sin tener nada de lo que ocuparme ni metas a la vista. Pero ¿irme a pasar el verano contigo? ¿Te has vuelto loco? No puedo hacer eso, Rhys.

Y lo del trío era mentira. Una chorrada.

De: Rhys Baker
Para: Ginger Davies
Asunto: No acepto un no

Ginger, Ginger…, ¿por qué eres tan predecible? Sabía que dirías justo eso: «¿Te has vuelto loco?», porque es lo mismo que repites cada vez que te propongo algo de lo más razonable. A ver, dime qué te lo impide, solo una cosa y lo dejaré estar. ¿Qué pasa? ¿Que la idea de pasarte el verano en la ciudad y encerrada en casa es mucho más apetecible? Venga, galletita, no has disfrutado de unas vacaciones de verdad desde que te conozco. Eso no puede ser sano. He mirado los billetes y la semana que viene, el miércoles, hay uno barato por la mañana. No lo pienses más. Será divertido. Tú. Yo. La isla. El sol. Cero preocupaciones.

De: Ginger Davies
Para: Rhys Baker
Asunto: Locura…

Quizá me arrepienta dentro de cinco minutos, pero creo que tienes razón. Me merezco esas vacaciones. Y no es tan raro, ¿verdad? Somos amigos. Es una buena excusa para vernos, y he ahorrado dinero durante estos últimos meses, así que sí, Rhys, ¡allá voy!

CUARTA PARTE

—

AMOR. LOCURA. PIEL

Solo con el corazón se puede ver bien;
lo esencial es invisible para los ojos.

El Principito

Lo sentí en cuanto la vi salir de la terminal de llegadas. Ese cosquilleo. La piel erizándose. Las ganas de acortar la distancia que me separaba de ella. Llevaba una mochila enorme colgada de la espalda, el pelo algo revuelto y ropa demasiado cálida para el calor que ya hacía en Ibiza en esa época del año. Avancé despacio, disfrutando de la sensación de observarla antes de que me viese. Cuando lo hizo, sus labios se curvaron y echó a correr hacia mí. Más que un abrazo fue un choque, un golpe en el pecho.

Me eché a reír y la retuve durante unos segundos.

Olía como recordaba… Tan jodidamente bien…

—Estás…, estás igual —dijo tras dar un paso atrás para mirarme—. Muy moreno. Haces que a tu lado parezca un fantasma. Qué horror. Y eso que como zanahorias para activar la melanina, pero, claro, si nunca me da el sol… Estoy nerviosa, Rhys.

—Ya lo veo. —Sonreí y le pasé una mano por los hombros antes de echar a andar hacia la salida del aeropuerto—. Tranquila, ahora vas a tener muchos días para tumbarte al sol en la playa. ¿Cuánto hace que no nos veíamos?

—Un año y medio, ¿por qué?

—Nada. Porque mejoras con el tiempo.

—¡Venga! No te quedes conmigo.

Me dio un codazo que más bien me hizo cosquillas. Caminamos hacia el *parking* mientras ella hablaba sin parar. Seguía pareciéndome reconfortante. Su voz. Que dijese lo primero que se le pasase por la cabeza y enlazase temas que no tenían nada que ver. Su pelo oscuro me rozaba el brazo con el que aún le rodeaba los hombros.

Frunció el ceño cuando frené y la solté.

—¿Cómo? No me dijiste que tenías una moto.

—La alquilé. Es más práctico así. Vamos.

Subí y esperé mientras ella se colocaba detrás y se ajustaba las asas de la mochila. Noté cómo se tensaba cuando arranqué el motor y nos dirigimos hacia la salida. Sus manos se mantenían flojas, medio apoyadas en el borde del sillón, medio agarrándose de mi camiseta. Al parar delante del primer semáforo en rojo, suspiré hondo.

—A menos que quieras matarte, Ginger…

Le cogí las manos y me rodeé con ellas la cintura.

—Vale, es que no estaba segura…

—Sujétate fuerte —dije antes de acelerar.

56

GINGER

Sentía un hormigueo en todo el cuerpo conforme recorríamos la isla y contemplaba el paisaje; trazos verdes y azules llenos de luz que dejábamos atrás. Era tan distinto de Londres…, tan lleno de vida y de color… Y luego estaba él. Rhys. Su espalda contra mi pecho, los hombros algo rígidos mientras conducía y su pelo cobrizo despeinándose con el viento. Me apreté un poco más contra él. Tenía el estómago tenso, duro. Contuve el aliento.

No quería pensar en por qué me sentía así.

En por qué todo él me despertaba…

Dejé rezagadas a un lado esas sensaciones y me limité a disfrutar de las vistas hasta que, veinte minutos más tarde, él empezó a reducir la velocidad al aparecer a lo lejos algunos edificios y casas bajas. Aparcó a un lado y me cogió la mochila antes de ayudarme a bajar.

—¿Es aquí? ¿En serio? —Lo miré emocionada.

—Sí. Es un sitio tranquilo. O todo lo «tranquilo» que puede ser este lugar en verano. ¿Te gusta? —preguntó mientras me alejaba para acercarme a la barandilla.

«Portinatx», rezaba la señal de madera que tenía delante. A pocos metros de distancia se recortaba una cala pequeña y ovalada con el agua de color turquesa. Daban ganas de lanzarse de cabeza. Algunos barcos se mecían más allá, en las zonas donde la costa estaba repleta de rocas y no había ninguna otra forma de llegar. El sol se reflejaba en el agua, que brillaba como si estuviese llena de cristales. Y olía a verano. Era inevitable sonreír.

—Es como el paraíso —susurré.

—Te enseñaré el apartamento.

Nos alejamos del mar un poco al recorrer un par de calles dentro de aquella especie de urbanización. Rhys sacó las llaves cuando llegamos a un edificio de tres alturas y subimos por la escalera hasta la última planta. Solté un gritito de emoción al entrar. Era sencillo y confortable. Estaba decorado en los típicos tonos blancos y azules que envolvían la isla, y una buganvilla de color púrpura rozaba el ventanal del salón que conducía a una terraza en la que había una mesa de madera y un par de sillas con cojines grises.

—Ven, sígueme, te enseñaré el resto. La cocina no es muy grande, pero la verdad es que tampoco la uso demasiado. Y aquí está el baño. El estudio que uso para trabajar. —Era diminuto, con una mesa llena de aparatos electrónicos—. Mi habitación… —Le eché un vistazo a la cama sin hacer, con las sábanas blancas arrugadas y algunas prendas de ropa sobre el sillón que había a un lado—. Justo al lado de la tuya.

—Es perfecta.

Crucé la estancia para abrir la ventana de madera y dejar que entrase el aire fresco. Me incliné un poco sobre el alféizar. A lo lejos se distinguían trocitos de mar azul entre los árboles que rodeaban el mirador. Suspiré feliz.

—¿Te estás arrepintiendo? No creo que puedas escapar por la ventana —bromeó.

—No. —Me giré hacia él—. Estaba pensando en que esta es, probablemente, la mejor decisión que he podido tomar en mi vida. ¡Quiero lanzarme al agua ya! ¡Quiero…, no sé, salir y verlo todo! ¿Hoy trabajas? ¿Esta noche?

—No. Hoy soy todo tuyo. —Sonrió.

—Entonces, ¿qué estamos haciendo aún aquí?

Tardé menos de diez minutos en tirar la ropa de mi mochila sobre la cama y ponerme el bañador; era de color rojo oscuro, con un ridículo volante alrededor del cuello, pero, a decir verdad, hacía años que no iba a la playa y había pensado que ya compraría algo mejor por la zona después de la precipitada salida de la ciudad. Me puse por encima un vestido veraniego blanco y salí de la habitación. Rhys ya estaba esperando en el sofá, vestido solo con los pantalones del bañador y sin camiseta. Alzó la mirada hacia mí y sonrió. Yo intenté no admirar su torso desnudo más de lo estrictamente necesario mientras nos dirigíamos hacia la playa con dos toallas colgadas del cuello y una mochila con algo de fruta y agua.

Bajamos por una escalera de madera y gemí en voz alta al quitarme las sandalias y hundir los dedos de los pies en la arena. ¿Cómo algo tan sencillo podía ser tan placentero? Él se echó a reír cuando le pregunté eso mismo. Pero es que era cierto. Y pensé que debería haberlo hecho mucho antes. Escaparme una semana, por ejemplo. O unos días. Tomarme unas vacaciones. Llevaba años sin darme ese capricho, sin estar satisfecha. Quizá era una ironía que empezase a sentirme justo así precisamente cuando acababa de perderlo todo; por primera vez desde que podía recordar no tenía una meta por delante. Vivía en el «ahora».

Ese «ahora» en el que me quité el vestido y me sonrojé al ver que Rhys me miraba divertido, con una sonrisa torcida en los labios y los ojos brillantes.

—¿Qué pasa? —Extendí mi toalla en la arena.

—Nada. —Él colocó la suya a mi lado.

Nos tumbamos. Yo algo enfurruñada por esa expresión que había visto en su rostro. Intenté ignorarlo. Aunque era media tarde, el sol calentaba con fuerza.

—Vamos, di lo que sea que pensabas —le exigí.

Rhys me miró de reojo, girándose en la toalla.

—Solo… me sorprendió tu bañador.

—¿Por qué? —Fruncí el ceño.

—Porque es como de los noventa.

—No tiene gracia, Rhys.

—Lo digo en serio, ¿cuándo lo compraste?

—Pues…, a ver… —Intenté hacer memoria y me mordí el labio inferior cuando caí en la cuenta—. Tenía dieciséis años. Sí, unos amigos de mis padres nos invitaron a una barbacoa y a nadar en su piscina, tenían una casa en las afueras… —Suspiré hondo y negué con la cabeza—. Tampoco es tan terrible, ¿no? Podría ser *vintage*.

Rhys se rio y alzó una mano hacia mí. Contuve la respiración mientras él deslizaba la punta del dedo índice por el volante del bañador. Me estremecí. Y solo por ese gesto. Tan pequeño. Tan poco relevante si lo hubiese hecho cualquier otra persona.

—En ti no es terrible, eso es verdad.

Puse los ojos en blanco para disimular que había empezado a enrojecer y me levanté dispuesta a darme el primer chapuzón en mucho tiempo. Rhys me siguió. El agua era transparente, deliciosa y… estaba helada. Solté un gritito al meter un pie dentro.

—Va, no seas gallina. De golpe es más fácil.

Él se había metido de cabeza y ya estaba unos metros más allá, con el sol deslizándose por su cuerpo y sus ojos fijos en mí, a la espera.

—¿Seguro que esto es bueno para la circulación? No lo tengo tan claro.

—Ginger, o te lanzas tú o voy a por ti. Diez, nueve, ocho, siete…

—¡Oye! Que llevo años viviendo bajo el cielo gris…

—Seis, cinco, cuatro…

—¡Tengo que aclimatarme!

Estaba cerca. Muy muy cerca.

—Tres, dos, uno…

—¡Rhys! ¡Espera!

Se lanzó hacia mí. Me di la vuelta y eché a correr hacia la orilla todo lo rápido que pude, entre risas y jadeos, pero apenas logré avanzar un par de metros antes de sentir sus manos rodeándome la cintura. Después me hundí en el agua salada. Me hundí con él, con su cuerpo pegado al mío. Respiré bruscamente al sacar la cabeza a la superficie unos segundos más tarde. Rhys se reía, todavía sosteniéndome con una mano. Chapoteé indignada, aunque sus carcajadas terminaron por contagiarme y dejó de parecerme que el agua estuviese fría.

Creo que fue porque en aquel momento, con el sol iluminando su rostro, con sus ojos claros entrecerrados fijos en los míos, me di cuenta de que Rhys brillaba. Era eso. Una estrella. A diferencia de él, lo supe desde el principio. Pero mientras nos mecíamos en el agua, mirándonos como si nos viésemos por primera vez, recordé también que las únicas estrellas que sabía dibujar a veces tenían puntas afiladas, aunque su centro fuese deslumbrante o resultasen tan bonitas y difíciles de tocar.

—¿Qué te pasa? —Él tragó saliva.

—Nada. Estoy feliz, estoy contenta.

Era verdad, a pesar de ese presentimiento que me había sacudido. Intenté no pensar más en ello. Me fijé en las gotitas de agua que pendían de sus pestañas, en las pecas casi imperceptibles que rodeaban el contorno de su nariz, en sus labios mojados, entreabiertos…

—Voy a salir ya a tostarme al sol.

—Vale. Ahora voy yo —dijo.

Respiré cuando me alejé de él y volví a sentarme en la toalla. Abrí la mochila y cogí un trozo de sandía mientras lo observaba nadar a lo lejos dando algunas brazadas sin prisa. Luego me tumbé y sonreí sin más al sentir la calidez del sol acariciándome.

—Te quemarás si no te pones protector.

Abrí un ojo. Rhys se dejó caer a mi lado.

—Si en nada empezará a atardecer…

—Es mi consejo. Eres…, bueno…, tú verás.

—¿Qué soy? —Me incorporé.

—Blanca, Ginger. Muy blanca.

—¡No tanto!

—Casi translúcida.

—Eres idiota.

—¿Te pongo crema solar o no?

—No, gracias.

Le robé las gafas de sol que acababa de coger de la mochila y me las puse. Eran de estilo aviador. No quise pensar en lo bien que le sentarían a él. Me dejé envolver por el murmullo del mar, aquel aroma a verano y la paz que se respiraba allí, así que cuando volví a abrir los ojos el sol ya casi había desaparecido tras el horizonte y el cielo estaba teñido de un tono anaranjado que se reflejaba en el agua. Bostecé y miré a Rhys, que tenía los auriculares puestos mientras contemplaba el atardecer. Sonrió al ver que me había despertado.

—¿Cuánto tiempo llevo dormida?

—Bastante. Estarías cansada por el viaje.

—Sí. ¿Qué escuchas?

—Unos temas de la sesión.

—¿Puedo? —pregunté dubitativa.

—Claro. —Me tendió el cable de uno de los auriculares—. Quizá no te guste tanto como la última. Quiero decir, que no hay voz, solo es música electrónica.

—¿No has pensado en cantar tú alguna vez?

Se encogió de hombros y frunció el ceño.

—No sé, podría intentarlo. Ya veremos.

—Venga, dale al *play*.

Eran sonidos fuertes, potentes. También animados, bailables. Imaginé escuchar aquello a todo volumen dentro de una discoteca llena de luces, la gente saltando alrededor…

—¿Cuándo podré verte en directo?

—Mañana por la noche. Pero ¿estás segura? Puedes quedarte en casa si no te apetece estar allí tantas horas…

—¡No, claro que no! Me divertiré como la que más.

—Vale. —Sonrió, la mirada clavada en el horizonte.

—¿Y cuántas noches trabajas?

—Tres. Martes, jueves y domingos.

—¿Y el resto de los días?

—Van otros. Y cada noche son varios. Los viernes y los sábados están reservados para DJ de más caché que no tienen por qué ser fijos. Mira, escucha esta.

Pasó la canción a otra más oscura, más dura.

Nos quedamos allí hasta que el sol se marchó y decidimos volver al apartamento para ducharnos antes de salir a cenar. Rhys se metió primero en la ducha y yo aproveché para colgar en el armario las pocas prendas de ropa que llevaba en la mo-

chila. Solo había metido eso, un pequeño estuche con maquillaje y un libro tamaño bolsillo que había comprado en el aeropuerto antes de embarcar. Nada más. Nada menos. Era como
si, por primera vez en mi vida, lo único imprescindible fuese yo
misma.

Cuando acabé de ducharme, me puse unos pantalones cortos cómodos y una camiseta de tirantes. Dudé sobre si usar sujetador a pesar de que tenía unos pechos tan pequeños que no
me hacía ninguna falta; pero al final terminé por hacerlo,
como siempre.

—¿Lista? —preguntó Rhys cuando salí.

—Lista —respondí sonriéndole.

57

RHYS

La noche era cálida y agradable. Avanzamos en silencio hasta llegar a un restaurante que estaba cerca de la playa y nos sentamos en la terraza. La carta estaba también en inglés, así que no hizo falta que le tradujese nada antes de que el camarero llegase para tomarnos nota.

La miré. Estaba preciosa, incluso a pesar de que el sol le había dado demasiado. Llevaba el cabello aún mojado tras la ducha y, así sin peinar ni secado a mano, se le rizaba un poco en las puntas. Avergonzada, me golpeó con la pierna bajo la mesa cuando se dio cuenta de que no podía apartar la vista de ella.

Nos sirvieron una jarra de sangría con fruta.

—¿Pretendes incomodarme? —se quejó.

—¿Qué quieres que haga? Estás guapa.

—¿Y así es como ligas con todas esas chicas?

—¿A qué viene eso? —Me reí tras servir dos vasos.

—Lo pensaba hoy cuando estábamos en la playa.

—¿Qué pensabas, Ginger? Sé más específica.

—Pues eso. En todas las chicas con las que habrías compartido ese mismo momento durante los últimos años; estar tirado en una playa cualquiera viendo el atardecer. Y, por cierto, al final no llegaste a contarme qué pasó con Alexa.

—Ya lo sabes. Que no estaba enamorado de ella.

—Nunca estás enamorado de ninguna —replicó.

—Ya. —Bebí un sorbo de sangría, mirándola.

Mirándola demasiado, quizá. Mirándola fijamente.

Porque en ese momento entendí que no había nada que me gustase más que eso, que mirarla y memorizar cada pequeño gesto, cada mueca, cada detalle de su rostro. Llevaba unos pendientes pequeños con forma de fresa. Y tenía los labios jugosos, suaves. Recordé cómo era besarlos. Lamerlos. Morderlos. Suspiré hondo. Bebí un poco más.

Cenamos mientras ella me contaba que la relación con su padre seguía tensa, a pesar de que habían hablado un par de veces tras decidir marcharse de la empresa familiar. Ginger picó algunas patatas fritas con la mano y acabamos por pedir una segunda jarra de sangría. Tenía las mejillas sonrosadas, los ojos brillantes y despiertos.

—Hablemos de la lista —dejé caer entonces.

—¿La lista? Por favor, Rhys, había bebido…

—Ahora también y pareces muy lúcida.

—Rectifico: había bebido y estaba sola y triste.

—Venga, Ginger, es tu lista de deseos.

—Una lista de deseos en una servilleta.

—Vale igual. El primer punto, «viajar a algún lugar», creo que ya lo has cumplido. En cuanto al segundo… —dudé—, eso de tener hijos…, ¿en serio? ¿Uno, dos o tres? Como si fuesen…, no sé, alcachofas…

—Alcachofas… —Ginger soltó una carcajada.

—Lo que sea. Tienes veintitrés años.

—¿Y? Siempre he querido ser madre.

—¿De verdad? —La miré asombrado.

—Sí. Y tú deberías planteártelo. Vas a cumplir…, ¿cuántos?, ¿veintinueve? No es que seas ningún crío. No me refiero a lo de la paternidad, sino a una vida más estable.

Nos miramos unos segundos en silencio.

«Estable, estable, estable…» Suspiré.

—Olvídalo. Pasemos al tercer punto.

—«Hacer alguna locura rara» —dije.

—Tenemos tiempo para pensarlo.

—Cuarto. «Tomar el sol sin pensar en nada.»

—Sí, eso creo que lo he cumplido hoy y pienso seguir haciéndolo hasta que me marche. —Se bebió lo poco que quedaba de su vaso y yo saqué la cartera cuando el camarero se acercó para llevarse la jarra vacía y pagué.

Nos levantamos y dimos un paseo bordeando la costa. Caminábamos lentos, un poco borrachos, con su mano rozando la mía de vez en cuando sin querer. O queriendo. No lo sé. Su cabello oscuro había dejado de ser de un liso perfecto y ahora caía salvaje por su espalda. Le acaricié las puntas distraído mientras avanzábamos.

—¿Estás lista para pasar al quinto punto?

—¡Dios, no, Rhys! —Se tapó la cara con las manos.

—«Tener una aventura. O hacer un trío.»

—¡No es verdad! —Paró de caminar y me enfrentó, cruzada de brazos. Sonreí al ver su nariz arrugada, su rostro algo enrojecido por el sol—. Taché lo último.

—Se leía igual, Ginger. A ver, sácame de dudas…

—No. No quiero hablar de esto…

Pero se le escapó la risa mientras lo decía.

—¿Un trío con una chica o con un chico?

—Mmm… Un chico. O sea, dos chicos.

—Ya. Vale. Interesante…

—Solo era una idea, pero más por pensar en algo fuera de lo habitual que por el acto en sí. Vaya, que no tiene importancia. Seguro que tú lo has hecho muchas veces.

—Sí. —Ella suspiró hondo—. ¿Qué pasa?

—Es que apenas he hecho nada «imprevisible» a lo largo de mi vida. Fíjate tú. Tantos países, tantas chicas, tantas experiencias… Seguro que hasta empiezas a aburrirte del sexo y yo todavía no estoy muy segura de haber probado mucho más allá del misionero.

—Joder, Ginger.

—¿Qué he dicho?

Contuve el aliento. Bajé la cabeza para poder mirarla a los ojos y me mordí el labio inferior. El corazón me latía rápido, fuerte. Me había prometido que esa vez evitaría situaciones así, que mantendría las manos quietas, una distancia prudencial…, y estaba fallando ya, cuando no hacía ni veinticuatro horas que la había recogido del aeropuerto.

Me incliné. Mis labios rozaron su cuello.

Ella se estremeció en respuesta. Se tensó.

—Uno no se aburre del sexo. Y en otras circunstancias, en otra vida, quizá ya estaríamos haciéndolo aquí, ahora, contra ese coche —le susurré al oído—. Pero lo que ocurrió la última vez entre nosotros ya hizo que luego las cosas fuesen raras. Así que vamos a intentar… marcar unas normas…

Ginger se apartó y me miró arrugando la nariz.

—Tranquilo, creo que podré mantener las manos lejos de ti sin necesidad de fijar unas normas. Gracias por ser tan considerado y pensar en todo.

—¿Estás segura? —Alcé las cejas.

—Esto del éxito se te ha subido un poco a la cabeza.

Me reí y ella me dio un manotazo antes de echar a andar otra vez y bajar por la escalera de madera que habíamos recorrido esa misma tarde para ir a la playa. Avanzamos por la arena en la oscuridad. Se escuchaba el susurro de las olas a lo lejos. No sé en qué momento terminamos riéndonos de nuevo por alguna tontería y tumbándonos en la arena sin pensar en nada más. La luna brillaba en lo alto del cielo lleno de estrellas.

—Siguiente punto… «Bailar con los ojos cerrados.»

—Eso es fácil. Pero quiero «bailar de verdad». Con la mente en blanco. Sin que me importe hacer el ridículo o que la gente piense que estoy chiflada.

—Me gusta. Siete. Cortarte el pelo o tintártelo de rosa.

—Ah, pero eso ahora no. Me gustaría hacerlo en algún momento importante, ¿sabes? Durante uno de esos cambios que terminan siendo tanto internos como físicos. Siempre he querido cortármelo al estilo de las chicas francesas, esas melenas rectas.

—Te quedaría bien. Y ahora vamos a lo importante…

—No quiero ni que lo digas en voz alta.

—Punto ocho. «Montar una editorial pequeña.»

—¿Podemos dejarlo para otro momento? En serio, prometo que no lo evitaré cuando volvamos a hablarlo, pero ahora estoy borracha y feliz y, ¡mira!, ¡puedo hacer un angelito en la arena como si fuese nieve! —Empezó a mover los brazos de lado a lado.

Yo dejé escapar una carcajada. Me dieron ganas de decirle que podía ser que hubiese pasado muchas noches en la playa con chicas distintas, pero ninguna como aquella. Ninguna teniendo al lado a alguien con quien sencillamente podía «estar» y «ser», sin más, sin esconderme, sin comportarme como el chico callado y reservado que el resto del mundo conocía.

Porque Ginger sacaba lo mejor de mí.

Hacía que no desease nada más.

—¿Qué me dices del siguiente?

—«Tener un gato (y que me quiera).»

—¿Temes tener un gato que te odie?

—Por supuesto. Acogeré uno del refugio si algún día consigo un trabajo estable y mudarme sola y esas cosas. ¿Te das cuenta de que ahora mismo es como si no hubiese hecho nada de provecho en toda mi vida? Siento que empiezo desde cero.

—¿Y eso es malo? —Giré la cabeza hacia ella.

—Supongo que no, dada la situación…

—La última…

—La sangría estaba buenísima.

—No cambies de tema. Enamorarte de verdad.

—Vaya, ¡tú queriendo hablar de amor!

Me incorporé un poco y la miré.

Estaba tan despreocupada… Tan contenta… A los pies de la luna. Con la ropa arrugada, el pelo revuelto, a tan solo unos centímetros de mí, demasiado cerca…, demasiado… Hundí los dedos en la arena, intentando contener las ganas de ella…

—No entiendo ese punto —insistí.

—¿Qué parte? —Evitó mirarme.

—El final. Ese «de verdad». ¿Qué quieres decir? ¿Que en realidad nunca lo has estado? —La escuché respirar hondo. Mantuvo los ojos clavados en el cielo.

—Puede ser. Puede que «querer» y «enamorarse» no sea lo mismo. Y quiero… estar loca por alguien. Quiero que me duela no poder tocarlo. Quiero el cosquilleo en la tripa y hacerlo dos o tres veces al día y tener ojos solo para él. Ya sabes, la intensidad de los primeros meses, antes de que las emociones se calmen, de que la rutina llegue…

Tragué saliva. El corazón gritándome cosas.

Los dedos aún hundidos en la arena con firmeza.

Un beso que nunca sucedió perdiéndose entre sus palabras.

286

58

RHYS

—Joder, Ginger. Te dije que te quemarías.

—Pero si casi se había ido el sol…

—Iré a la farmacia a buscar algo.

—Quiero llorar. Duele —gimoteó.

Me incliné y le di un beso en la cabeza antes de buscar las llaves del apartamento. Eran las tres de la tarde y acabábamos de despertarnos. Ginger estaba tan roja que me había asustado al verla. Tenía la marca de mis gafas en los ojos y parecía un mapache. Apenas pude contener la risa al verla aparecer así en la cocina en busca de café.

Regresé tras comprar un bálsamo que calmaba el escozor de las quemaduras y le pedí que se tumbase en el sofá para ponérselo en la espalda cuando ella terminó de untarse la cara, los brazos y las piernas. Obedeció y le levanté la camiseta despacio.

—Ay, con cuidado.

—Ya está. Tranquila.

—Prometo que te haré caso la próxima vez… —dijo mientras le extendía la crema por la piel. Inspiré hondo, ascendiendo por su cintura—. ¿Cómo voy a salir así a la calle? Y se supone que esta noche voy contigo al trabajo. No podrás presentarme a tus amigos…

—No digas tonterías.

—Pensarán que soy una gamba.

—Ginger, voy a desabrocharte el sujetador.

—¿Qué? No. Déjalo, ya no me duele.

La retuve con suavidad al ver que intentaba incorporarse y le quité el cierre. Ella respiró hondo cuando la liberé de esa tortura y cubrí aquella zona de la espalda con más crema, acariciándola despacio. Luego le bajé la camiseta y me puse en pie, con la boca seca.

—No hagas tonterías y ve cómoda estos días.

—Tengo que comprarme ropa —se quejó.

—Bien. Iremos mañana por la tarde.

59

GINGER

No sé qué había imaginado cuando Rhys me habló de aquel trabajo en Ibiza, pero no aquello. Nunca se me pasó por la cabeza que pudiese ser un local tan grande, con tanta gente divirtiéndose allí dentro, saltando al ritmo de la música y bebiendo. Contemplé aquel espectáculo maravillada mientras él me cogía de la mano y me arrastraba hacia una zona vip que estaba en el segundo piso y desde donde se veía todo el recinto. Casi parecía que el suelo retumbase al son de la canción.

Me fijé en las personas que había en el reservado hacia el que nos dirigimos. Eran dos chicos y tres chicas. Todos jóvenes, guapos y vestidos para la ocasión, nada que ver con la ropa de playa que yo llevaba y la cara lavada y roja por el sol.

—Eh, tío, has estado desaparecido —le dijo uno de ellos. Supe que era inglés por el acento. Tenía el pelo oscuro y rizado, casi sin peinar.

—Ya te dábamos por muerto —bromeó una joven rubia.

—Alec, esta es Ginger, la chica de la que te hablé.

—¿Qué pasa, preciosa? Ven aquí. —Señaló el hueco libre que había en el banco del reservado, a su lado—. No te preocupes. Yo me quedo con ella hasta que acabes.

—Bien. Los demás son Bean, Emily. —Señaló a la chica rubia—. Y sus amigas…

—Helen y Gina —se presentaron al ver que Rhys no recordaba los nombres.

—Eso. Perdona. Tengo que irme ya… —Me miró dubitativo.

—Tranquilo, la cuidaré bien. —Alec me pasó un brazo por

los hombros cuando me senté a su lado. Luego se encendió un cigarro. Al parecer, en la zona vip sí se podía fumar. Entre otras muchas cosas que descubriría más tarde—. Vete ya, Rhys.

Él me echó un último vistazo antes de alejarse y perderse entre la multitud. Me había hablado esa tarde de sus amigos. O, más bien, conocidos. Había empezado a salir con ellos durante los meses que llevaba viviendo allí; en concreto, se llevaba bien con Alec, que era el sobrino del dueño de aquella discoteca en la que estábamos.

—¿De dónde eres? —me preguntó.

Tosí cuando tragué un poco de humo.

—Londres. ¿Y tú?

—También. —Me sonrió—. Así que eres la mejor amiga de Rhys. O eso me ha dicho. ¿Cómo os conocisteis? —Le dio una calada al cigarro, aún sin soltarme.

—Es una larga historia…

—¡Me encantan esas historias! —Emily me sonrió.

—Pues…, esto, bueno…, a ver. Yo acababa de dejarlo con mi novio, así que quise hacer una especie de locura imprevista y cogí un avión a París. Entonces, luego, cuando iba a sacar un billete de metro de la máquina, me lie un poco… Y apareció Rhys.

—Oh, ¿y qué pasó? —Pude ver que Emily no llevaba ropa interior cuando cruzó las piernas enfundada en aquel minivestido fucsia que se ajustaba a sus curvas.

—Mmm…, paseamos por París toda la noche…

—¿Quién iba a decir que Rhys fuese un romántico?

Alec se echó a reír y los demás le siguieron el juego.

—No quería decir eso. Solo nos hicimos amigos.

—Te noto tensa. —Alec me masajeó el hombro derecho—. ¿Qué te apetece beber? Bean, ve a buscar al camarero. No sé qué demonios le pasa, pero lleva diez minutos sin aparecer por aquí. —Resopló echándole un vistazo a los vasos vacíos que había en la mesa.

—Mira, Rhys ya va a empezar —comentó Gina.

Noté una sensación burbujeante en el pecho y me puse en pie. Avancé hacia la barandilla con una sonrisa mientras fijaba la vista en la cabina que había al otro lado. Él estaba dentro, con unos auriculares, los ojos clavados en la mesa de mezcla, las primeras notas sonando a todo volumen, lentas, suaves, alzándose poco a poco.

Era mágico. Adictivo. Absorbente. Él y su manera de mover las manos, de estar concentrado en lo que hacía, de aislarse del resto del mundo, aunque estuviese rodeado por cientos de personas que se balanceaban al ritmo de la música. Y no sé por qué, mirándolo, me entraron ganas de llorar. De emoción. Pero también de algo más…

De algo profundo, algo sin nombre…

—Es fascinante, ¿verdad?

Me sobresalté al escuchar la voz de Emily a mi lado. Asentí con la cabeza, distraída, y acepté la bebida que me tendía. Le di un sorbo. Sabía un poco fuerte.

—Se le da bien —dije.

—Más que bien. Esto es solo el comienzo.

—¿Qué quieres decir?

—Que está destinado a hacer algo grande. Confía en mí: dentro de poco nadará en dinero, se lo rifarán en todos los festivales y firmará autógrafos por la calle.

Estuve a punto de formular en voz alta la pregunta que me rondaba la mente, pero al final me la quedé para mí. «¿Qué es algo grande?» ¿Cómo pueden cuantificarse las metas, los sueños, los objetivos? Tragué saliva, con los ojos fijos en Rhys, en lo ausente que parecía perdido dentro de sí mismo mientras las luces de colores se agitaban a su alrededor.

Deseaba algo «grande» para él… Pero no podía evitar pensar en todas las cosas «pequeñas» que podía perderse por el camino, esas que al final marcan una vida. En los pasos cortos que brillan menos en apariencia, pero que en el fondo están llenos de sonrisas, de amor, de las emociones que terminan coloreando el día a día…

No sé cuánto tiempo estuve mirándolo ensimismada, aprovechando aquel instante para empaparme de él. Cuando terminó su sesión seguía de pie, con la piel de gallina, un nudo extraño atenazándome la garganta. Respiré hondo. Me giré y entonces vi que Alec cogía con el borde de una tarjeta de crédito unos gramos de coca y los extendía en la mesa.

Alzó la vista hacia mí y sonrió achispado.

—¿Una, preciosa? —preguntó.

—Eh, no, gracias. —Me senté.

Incómoda. Un poco nerviosa. Sintiéndome de repente fuera de lugar después del subidón de ver a Rhys en la cabina. Vi cómo Emily se inclinaba sobre una de las rayas con un pequeño tubito entre los dedos y aspiraba con fuerza por la nariz.

Alec volvió a mirarme cuando ella terminó.

—¿Seguro que no quieres? Es buena.

Vi aparecer a Rhys por la puerta del reservado antes de que pudiese negarme de nuevo. Sus ojos se fijaron primero en mí, luego en la mesa y finalmente se entrecerraron.

—¿Qué haces dándole eso? —gruñó enfadado.

—Tranquilo. Solo pretendía ser un buen anfitrión.

—Joder. —Rhys se pasó una mano por el pelo, alterado, y luego me tendió la mano. Hubo algo en él, una especie de fragilidad, que me hizo aceptarla—. Nos vamos, Ginger.

—¿Ya? —protestó Emily.

—Eso. Quédate un rato. Ten, pruébala. Es de la que te gusta —le dijo Alec tendiéndole el pequeño tubito. Rhys negó con la cabeza, se despidió y salió de allí arrastrándome tras él. Parpadeé confundida mientras contemplaba su espalda, la tensión en sus hombros, las puntas rubias algo húmedas por el sudor, la música rodeándonos…

E intenté encajar la imagen que tenía de él con aquello. Intenté encajar a muchos Rhys en uno pero no pude hacerlo. Y lo sentí más lejos que nunca.

60

RHYS

Estábamos en la terraza del apartamento, cada uno con un vaso de Coca-Cola en la mano. Olía a las plantas que había en el piso inferior y a la brisa del mar que llegaba hasta allí. Solo se escuchaban algunos grillos a lo lejos, porque Ginger apenas había pronunciado palabra desde que salimos de la discoteca. Suspiré. Estiré las piernas y las apoyé en el borde de su silla, rozando las suyas. Ella me miró. Casi por primera vez desde que la conocía, al ver su expresión no supe qué significaba, qué se le estaría pasando por la cabeza.

—Ginger… —susurré a media voz.

—Nunca me lo habías dicho.

—Ya. Porque no es importante.

—Sí que lo es. Consumes.

—Pero todos lo hacen. Es…

—¿Qué es? —preguntó.

—Normal, Ginger. Eso es.

—Por favor, Rhys…

Se levantó de la silla, pero la atrapé antes de que se marchase y terminó en mi regazo. Le aparté el pelo de la cara, nervioso, odiando su ceño fruncido, su mirada de decepción…

—Lo siento. Y tienes razón, sé que no debería hacerlo, pero en este ambiente…, en este mundo… —Sacudí la cabeza—. No quiero buscar más excusas. En realidad, esperaba que nunca lo supieses, porque no quería… esto, verte así, ver cómo me miras ahora.

Ginger inspiró hondo y luego me rodeó el cuello y me abrazó.

—Es que por un momento he sentido que no te conocía, Rhys.

—Joder, no digas eso, porque si no me conoces tú, entonces, ¿quién lo hace?

No respondió. No dijo nada. Y me asustó ese silencio. Ese vacío repentino.

61

GINGER

Los siguientes días fueron tranquilos, agradables. El viernes por la tarde nos acercamos al centro de Ibiza y me compré un par de biquinis nuevos, algunos conjuntos playeros y, finalmente, entramos en una conocida tienda y busqué algo para salir de noche. Elegí tres modelos. Rhys se mantuvo expectante y paciente mientras esperaba en la puerta del probador. El primero lo descarté antes de salir. El segundo me hacía un escote rarísimo. Y el tercero… hizo que me quedase unos segundos de más mirándome en el espejo. Era un palabra de honor sencillo, ajustado y corto, de color rojo cereza.

Salí de allí. Él alzó la mirada del móvil, volvió a bajarla y la levantó de nuevo como si no me hubiese visto bien la primera vez. Sus ojos grises se deslizaron lentamente por mi cuerpo y yo reprimí el impulso de volver a entrar corriendo al probador.

—Es demasiado corto, y además…

—¿Bromeas? Te lo vas a llevar.

Sonreí, un poco cohibida todavía.

—Me servirá para el domingo.

—Como si quieres pasearte por casa así.

—Qué idiota eres, Rhys.

Puse los ojos en blanco antes de cerrar la puerta y empezar a desvestirme. Después, cuando terminamos con las compras, pasamos el resto de la tarde dando un paseo, subiendo por las calles empedradas rodeadas de casitas blancas y bajas que nos acompañaban hacia las murallas de la fortaleza. Había mercados, puestos artesanales y un montón de lugares donde parar a comer. Terminamos cenando allí mismo, bajo la luz amarillenta de unos farolillos que iluminaban la terraza en la que nos sentamos. Y en ese momento, con él enfrente, pensé que todo era perfecto. Incluso aunque hubiese una barrera entre los dos que parecía ir alzándose poco a poco. Incluso aunque a veces nuestras diferencias nos alejasen...

No volví a sacar el tema del que habíamos hablado en la terraza la noche anterior. Durante los siguientes días me limité a disfrutar de su compañía, de poder decirle lo primero que se me pasase por la cabeza en cualquier momento en lugar de buscar el ordenador para empezar a escribirle un *e-mail*. Y así se esfumaron las horas, las tardes viendo el atardecer y las mañanas levantándonos a las tantas y disfrutando del placer de desayunar sin prisa antes de planear recorrer algún lugar de la isla o visitar las calas más alejadas.

Cuando llegó el domingo, empecé a ponerme nerviosa.

Me arreglé un poco, me puse el vestido rojo y me mantuve más callada de lo normal mientras nos dirigimos hacia el local donde él trabajaba. Al llegar, Rhys se desvió hacia las puertas traseras para evitar la cola que había por delante. Cuando entramos tiró de mí con suavidad.

—Espera. Te acompaño arriba.

—¿A qué te refieres? —pregunté.

—Mientras estoy en la cabina puedes ir al reservado con Alec y los demás como el otro día. No son mala gente, es solo que...

—No, me quedaré aquí —lo corté.

—¿Aquí, dónde? —Frunció el ceño.

—Entre la gente. Bailando. Divirtiéndome.

—¿Estás segura? —Dudó—. Ginger...

Bajó la mirada durante un segundo hasta mi escote y lo vi tragar saliva antes de inspirar hondo. Yo asentí con la cabeza y le sonreí. No quería que estuviese nervioso mientras trabajaba ni que pensase en mí o en si estaba bien. E iba a estarlo. Vaya que sí. Esa noche pensaba vivir aquel momento como el resto de la gente, nada de estar sentada en un reservado; quería saltar y bailar y reírme sin pensar en nada. Aunque estuviese sola.

—Búscame luego. Estaré cerca de la cabina.

Me puse de puntillas para darle un beso en la mejilla y me marché. Después me acerqué hasta una de las barras e intenté hacerme un hueco entre la multitud para pedir una piña colada. Cerré los ojos cuando di el primer sorbo por la pajita. Estaba deliciosa.

Supe que Rhys ya estaba en la cabina en cuanto terminó una canción y empezó la siguiente. Podía distinguir el sonido de su música, que siempre empezaba lento, gradual, como si necesitase esos minutos para aclimatarse. Lo miré desde allí abajo, como el resto de la gente que bailaba a mi alrededor, y sonreí orgullosa. Estaba tan guapo... Tan serio... Los mechones rubios desordenados le acariciaban la frente y de vez en cuando curvaba los labios con timidez. No miraba demasiado al público, como si le diese vergüenza.

Parecía esquivo, como siempre. Hermético. Muy él.

En algún momento dejé de prestarle tanta atención y me envolvió la música, el ambiente, la segunda copa que pedí y unas chicas muy simpáticas que intentaban chapurrear inglés conmigo y con las que acabé bailando y riéndome, sobre todo cuando a las dos de la madrugada empezó la verdadera fiesta de la noche y el recinto se llenó de espuma por todas partes. Creo, irónicamente, que fue una de las veladas más divertidas que puedo recordar. Allí. Sola. Rodeada de un montón de desconocidos que saltaban a mi lado.

Ni siquiera me di cuenta de que la sesión de Rhys había terminado cuando alcé la vista y vi que había otro chico en la cabina, con los auriculares alrededor del cuello.

—Aquí estás, galletita —me susurró al oído.

Me giré hacia él y me sujeté de sus hombros al resbalarme. Estaba llena de espuma de la cabeza a los pies y no podía parar de reírme feliz. Rhys me sonrió.

—¿Te lo has pasado bien? —preguntó.

—¡Mucho! Ha sido genial. ¡Has estado genial!

—Todo genial. Ven, vamos a por una copa.

Pedimos dos mojitos en la barra. Rhys llevaba puesta una gorra de béisbol, pero aun así nadie parecía prestarnos atención mientras nos movíamos juntos, muy pegados, rozándonos entre la espuma y dejándonos contagiar por la atmósfera que creaban las luces de colores que iluminaban su rostro entre sombras. Y entonces lo hice. Dejé de pensar, cerré los ojos y simplemente bailé. Con él. Conmigo misma. Sin importarme que pudiese estar haciendo el ridículo o que la gente me mirase. Solo… siguiendo la música. Solo… sintiendo a Rhys muy cerca. Tan tan tan peligrosamente cerca. Y el suelo retumbaba a nuestros pies. Y sus pupilas estaban fijas en mis labios. Me los humedecí despacio al abrir los ojos.

—Joder, Ginger… —gruñó.

Su mano en mi cintura, bajando…

—¿En qué estás pensando?

—Ya lo sabes. —Tragó saliva.

Lo vi debatirse. Tenso, ansioso. Y entonces di un paso hacia atrás, alejándome de él, porque esa vez no pensaba ser la que se arriesgase, no iba a forzar algo si no tenía que ocurrir. Me di la vuelta dispuesta a ir hacia la barra de nuevo cuando noté sus brazos rodeándome la cintura, su pecho pegado a mi espalda, sus labios en la nuca, besándome suave…

Inspiré hondo, temblando. Rhys se movió hasta quedar delante de mí, con sus dedos jugueteando distraídamente con el borde del vestido rojo.

—¿Ves como deberíamos haber puesto normas?

—Yo te dije que mantendría las manos quietas.

—Pero nunca hablamos de si yo sería capaz…

Y entonces sus labios chocaron con los míos con rabia, con anhelo, con tantas ganas que le rodeé el cuello para mantener el equilibrio en el suelo resbaladizo por la espuma. Jadeé al rozar su lengua, al besarlo como si el mundo fuese a acabarse esa noche y no nos quedase más tiempo. Nos movimos por la sala con los ojos cerrados, sin separarnos, sin prestar atención a nada de lo que nos rodeaba. Solo él. Yo. Los dos perdidos entre besos, entre las luces y el aire denso de aquel lugar. Quería más. Lo quería todo de él.

Rhys rompió el contacto. Respiró bruscamente mientras sus manos acogían mi rostro y sus ojos se clavaban en los míos. Parecía perdido. También más vivo que nunca. Asustado y eufórico. Anhelante y algo desorientado. Miré sus labios enrojecidos.

—Vámonos de aquí. —Me dio otro beso más.

Otro. Y otro. Cada beso, una huella invisible.

62

RHYS

Ya sabía que iba a caer en la tentación en cuanto la vi en la terminal del aeropuerto. Y aun sabiéndolo no había hecho lo suficiente por evitarlo. Pero es que me volvía loco. Lo bien que olía. Su sonrisa. Su voz. Cada detalle. Que pudiese «ser» a su lado. Y aquella noche…, verla bailar así, al fin sin pensar en nada, sin tener mil cosas en la cabeza, con ese vestido rojo que se le subía centímetro a centímetro por los muslos cada vez que movía las caderas…

Había sido mi perdición. Toda ella.

Y ahora estábamos en la orilla de la playa, lo más lejos que habíamos podido llegar andando entre besos y caricias bruscas antes de terminar el uno sobre el otro en la arena. Si me quedaba algún atisbo de duda, se había esfumado en cuanto sentí su cuerpo apretado bajo el mío, cada curva haciéndome delirar, cada beso encendiéndome un poco más…

—Voy a follarte aquí mismo como no paremos.

—Rhys… —Se echó a reír y yo inspiré hondo.

—Lo digo en serio, Ginger…

—Pero hay gente. Podrían vernos.

—Están muy lejos —murmuré.

Ella arqueó con suavidad las caderas, buscándome. Le aparté el pelo revuelto de la cara y le mordí la boca. Ginger jadeó. Yo sentí que algo se liberaba en mi pecho y deslicé despacio una mano por su muslo hasta más allá de la tela del vestido. La noté estremecerse. Y subí un poco más, conteniendo el aliento, incapaz de dejar de mirarla mientras apartaba la ropa interior y ella se mordía los labios ya enrojecidos.

—Van a vernos. Rhys…

—¿Quieres que pare?

No había tanta gente. Apenas unos grupos de jóvenes y alguna pareja mucho más allá que no nos prestaba atención. Y era una noche oscura, con nuestra luna menguante.

Rocé el vértice entre sus piernas. Ella gimió.

—Dime, ¿qué hago…? Ginger, mírame.

Tenía los ojos nublados, llenos de deseo.

—Sigue —susurró arqueándose otra vez.

Y seguí. Despacio. Memorizando cada detalle. Hundiendo los dedos en ella. Aferrándome a ese momento. Recreándome. Sonriendo cada vez que se impacientaba e intentaba que fuese más rápido. Hasta que decidió que también quería jugar; deslizó una mano entre nuestros cuerpos, buscándome. No sé qué masculló por lo bajo, pero me pilló por sorpresa. Desabrochó el botón de mis pantalones y después me llevó al límite. Gruñí al sentir un escalofrío, porque, joder…, estaba perdiendo el control. Con los dos jadeando fuerte y acariciándonos tumbados en la arena. El resto del mundo se desdibujó alrededor. El tiempo pareció ralentizarse. Busqué sus labios. Los lamí. Los mordí. Los acaricié como si fuese el primer beso que nos dábamos, porque el sabor de ella en la lengua era lo jodidamente mejor que había probado jamás. Aceleré el roce y se tensó, temblando.

Alcé mi otra mano hasta su garganta, dejando resbalar el pulgar por su piel, subiendo y dibujando el contorno de sus labios sin dejar de mirarla.

Su respiración cada vez más agitada, más…

El corazón me iba a explotar.

Y entonces se dejó ir. Nos dejamos ir. El placer abrazándonos a la vez. Sus gemidos ahogados por el beso que no pude reprimir y por el murmullo de las olas. Luego, cuando conseguí dejar de temblar, nos quitamos los zapatos, la cogí en brazos y me interné en el mar con la ropa. El agua estaba templada y se escuchaban voces a lo lejos. Ninguno de los dos dijo nada. No sé cuánto tiempo estuvimos allí, meciéndonos abrazados, con sus piernas rodeando mi cintura y su rostro apoyado en mi hombro, solo recuerdo que cuando salimos ya estaba sobrio y que al montar en la moto aún estábamos los dos empapados. Ginger se pasó todo el camino con la cabeza escondida en mi espalda y, al llegar al apartamento, terminamos en el sofá, juntos, aún vestidos y húmedos, con las piernas enredadas y el cansancio envolviéndonos, con todas esas palabras atascadas en la garganta que ninguno de los dos se atrevió a pronunciar aquella noche.

63

GINGER

La luz del sol calentaba el salón cuando abrí los ojos. No sabía qué hora era, pero tuve la sensación de que ya había pasado el mediodía. Me quedé unos segundos contemplando las motas de polvo que flotaban en el aire, ausente, aún algo confundida por todo lo que había ocurrido durante las últimas horas. Recordaba haber pasado la noche con Rhys en ese mismo sofá, despertarme al amanecer y acurrucarme más contra él antes de volver a quedarme dormida.

Me levanté y comprobé que se había marchado.

Algo intranquila, me di una ducha y me quité el vestido que aún llevaba. Mi pelo estaba hecho un desastre, lleno de arena y enredado. Cuando salí una media hora más tarde, la casa olía a café y Rhys estaba en la cocina, de espaldas a la puerta. Lo observé un instante antes de carraspear al entrar. Él me miró de soslayo y se echó un par de cucharadas de azúcar en su tazón.

—No estabas cuando me he levantado.

Fue lo único que se me ocurrió decir.

—Fui a comprar café. No quedaba.

—Gracias. Creo que lo necesito.

Él se apartó de la encimera cuando me acerqué para servirme el mío. No llegué a hacerlo. Aún estaba decidiendo qué vaso coger cuando sentí sus ojos sobre mí, su pecho hincharse antes de hablar, sus manos dejando a un lado la taza que antes sostenían.

—Lo que ocurrió anoche… —empezó.

—No debería haber pasado. Ya lo sé.

No me molesté en mirarlo. No quería.

—Es demasiado arriesgado.

—Ya. Una idea terrible —asentí.

—Tú. Yo. Podría ser catastrófico.

—Sí. Será mejor evitarlo.

—Vale. —Dio un paso hacia mí.

—Vale. —Contuve el aliento.

Y un segundo después me sostuvo la barbilla con los dedos y nuestras miradas se enredaron antes de que me diese un beso ansioso, brusco y salvaje. Gemí, sorprendida. Rhys me alzó y me sentó en la mesa blanca de la cocina. Rodeé sus caderas con mis piernas, atrayéndolo, respirando agitada. Porque con él era así. Con él era pasar de cero a infinito en un segundo, ceder el control, dejar la mente en blanco. Y nunca había deseado tanto a nadie. Nunca había tenido a otra persona pegada a mí y había sentido la necesidad de que estuviese aún más cerca, más, más, aunque fuese imposible. Hundí las manos en su pelo y tiré con suavidad cuando sus labios se perdieron en el escote del vestido holgado que llevaba.

—Rhys…

—Dime.

—¿Qué significa esto?

—No lo sé. —Me miró con las pupilas dilatadas, el gris de sus ojos oscurecido, sus manos internándose bajo el vestido—. Significa que te deseo más que el miedo que me da perderte… —Tiró de mi ropa interior—. Y te aseguro que me aterra que eso ocurra. Me aterra… que algo se rompa entre nosotros. Pero cuando te miro…

Me apresuré a deshacer el nudo de los pantalones de chándal que llevaba puestos y él gruñó y hundió la lengua en mi boca.

—No dejaremos que se rompa nada…

—Prométemelo. —Me acarició la mejilla.

—Te lo prometo, Rhys. De verdad.

Dejó escapar el aire que había estado conteniendo y me levantó el vestido antes de que su cuerpo encajase con el mío; profundo, salvaje y, aun así, también me pareció tierno cuando me rodeó en un abrazo. Jadeé y le mordí el hombro, aferrada a él aún sobre la mesa de la cocina. Tenía la espalda rígida, el cuerpo en tensión, la respiración acelerada. Yo me sentía llena de él, llena de algo tan intenso que preferí no ponerle nombre mientras el placer me envolvía y Rhys se movía más rápido. Tiempo después seguí sintiendo un cosquilleo al pensar en aquel momento; en nuestros gemidos algo contenidos, en su expresión mientras se hundía en mí, en la fuerza de cada empuje y mis uñas clavándose en sus hombros. Casi no nos besamos. Nos mordimos. Nos miramos. Nos sentimos. Nos dejamos ir.

Y supongo que sí cambió algo…

Porque también nos perdimos.

64

RHYS

Ginger sonrió lentamente cuando le propuse algo para cumplir ese punto de su lista que estaba en el aire, «hacer alguna locura rara». Acudimos esa misma tarde al local de tatuajes. Y elegimos el mismo. Pequeño. Nuestro. Una media luna en la muñeca.

Era la primera persona con la que me tatuaba.

Y en ese momento ya supe que sería la última.

Porque no me imaginaba haciendo aquello con nadie más. No me imaginaba mirando a ninguna otra chica embobado mientras le grababan en la piel las ganas de dejar de tener siempre los pies en el suelo, de mirar más alto, de intentar tocar la luna.

Pensé en lo mucho que ella había cambiado desde la noche que la conocí en París. Puede que se hubiese tropezado en algunas ocasiones, que aún no hubiese encontrado su sitio del todo, pero era más valiente, más fuerte, más bonita. Era todo lo contrario a mí. Casi podía imaginarla en el futuro, poco a poco regando sus raíces, alimentándolas, viéndolas crecer. Eso. La veía creciendo. La veía siendo mejor, la veía estable, con los bordes delineados, aunque ella aún tuviese decisiones que tomar. Yo no. Ahí estaba el problema. Yo no me veía. Yo no tenía raíces. Yo estaba… borroso. Era humo. Era nada.

65

GINGER

Hasta entonces no sabía que se podía llegar a conocer a alguien a través de la piel. Tampoco que desnudarse era algo más que quitarse la ropa. Que el sexo, el placer, las horas entre las sábanas… podían ser divertidas, excitantes, tiernas e infinitas. Como aquella madrugada, después de horas acariciándonos con las manos, con la boca, con la mirada…

—¿Qué hora es? —pregunté distraída.

—Las dos de la mañana. —Rhys me besó y deslizó la palma de su mano por mis pechos desnudos. Me arqueé en respuesta. Estábamos sudados, saciados, un poco achispados después de la botella de vino que habíamos compartido durante la cena en la terraza—. Creo que deberíamos darnos una ducha antes de dormir. Mejor aún, llenaré la bañera.

—Vale. —Sonreí mientras él se levantaba.

El agua estaba templada. Apoyé la espalda en su pecho cuando me sumergí y él me abrazó por detrás; estiré los pies hasta tocar el borde de la bañera. No se oía nada. Solo el débil goteo del grifo y la respiración de Rhys cerca de mi oreja. Cerré los ojos. No quería despertar. No quería que cambiase nada de todo aquello y tampoco quería decirle en voz alta que me daba miedo ser consciente de que eso que teníamos solo era un paréntesis en nuestras vidas. ¿Cómo iba a olvidarlo? ¿Cómo iba a poder conocer a otro hombre sin compararlo con lo que estaba viviendo con Rhys? ¿Cómo seguiría adelante sin mirar atrás…?

—¿En qué estás pensando?

Me hizo cosquillas en la nuca.

—En nada. En esto. Nosotros. En «ahora».

—Mmm… —Me abrazó más fuerte.

—¿Y tú? Hoy estás un poco callado.

—Ya. Pensaba en lo que querías…

—¿De qué estás hablando?

—Ya sabes. Tu lista de deseos.

Fruncí el ceño y me di la vuelta para poder mirarlo de frente. El agua se movió a nuestro alrededor. Le rodeé la cintura con las piernas, nuestros cuerpos rozándose…

—¿Te refieres al punto cinco?

—Sí. ¿Es lo que quieres? —Me entraron ganas de reír. No, no quería hacer un trío. Llevábamos semanas encontrándonos, descubriéndonos…, y lo único que podía desear era que aquello no tuviese un final, que fuese eterno—. Porque si es algo que tú necesitas, si sientes curiosidad…, no sé, podría…, podría intentarlo.

—¿Intentarlo? ¿Acaso no te ves capaz?

Rhys inspiró hondo y apartó la mirada.

—Yo qué sé. Cuando lo dijiste por primera vez te juro que me pareció lo más excitante del mundo. Un puto sueño. —Sus manos se movieron por mis piernas, ascendiendo hasta las rodillas—. Pero ahora…, no estoy seguro de poder soportarlo.

—No quiero nada de todo eso —susurré.

—Vale, porque me haces ser un avaricioso.

Deslicé los dedos por su pecho y acaricié la pequeña abeja que tenía tatuada un poco más abajo. «Vida», eso era para él. Sonreí, consciente de lo mucho que me gustaba poder ir descifrando pequeñas partes de Rhys. Luego pensé en el futuro, en cómo mantenernos a flote, cómo salvar aquello, y la desazón me rodeó.

—¿Y qué pasará cuando me marche?

—No te entiendo. —Siguió acariciándome.

—Ya lo sabes. Cuando me vaya seguiremos adelante, ¿no? Cada uno por su lado. Cada uno haciendo sus vidas, conociendo a otras personas… —Noté que algo se me atascaba en la garganta—. No sé si todo puede ser igual. No sé si quiero saberlo. No sé si podemos seguir hablando de cualquier cosa, de esas cosas…

—Ginger… —Su voz sonó ronca, rota.

—Deberíamos cambiar eso, ¿de acuerdo?

—¿Quieres poner límites? No sé…

—Solo al principio, ¿vale? Cuando me marche, al menos durante un tiempo, prefiero no saber qué estás haciendo ni con quién. Y luego… —Me llevé una mano al pecho de forma inconsciente y tragué saliva, él siguió el movimiento—. Luego todo volverá a su cauce, seguro que sí. Después de los primeros meses. Olvidaremos esto…

—¿Y si no quiero que lo olvides?

Me puse en pie. Rhys me soltó y salí de la bañera. Cogí una toalla y lo miré pensativa mientras me cubría con ella, preguntándome si también podría cubrir más cosas; mi corazón, mi cabeza, mi desnudez real. Porque me di cuenta de que era más consciente que él de lo peligroso que era aquello. Eso, o bien no sentíamos lo mismo. No sentíamos igual.

—Pues tendré que hacerlo, Rhys, porque será la única forma de seguir adelante. Es lo que hablamos, ¿no? Esto es algo improvisado. Y luego volveremos a ser solo amigos.

—No entiendo por qué estás enfadada.

—No lo estoy. No es eso… —dudé, nerviosa—. Es solo… Creo que debería comprar un billete de vuelta, no porque vaya a irme ya, sino para marcar una fecha, ¿lo entiendes? Así sabremos cuánto tiempo nos queda. Será más fácil. Más práctico.

Rhys clavó sus ojos grises en mí.

Intensos. Profundos. Dolidos.

—Haz lo que quieras —gruñó.

Compré el billete esa misma madrugada, en la habitación, desde su ordenador. Él estuvo un rato más en la bañera y, cuando salió, oí cómo se preparaba un vaso de whisky antes de irse a la terraza. Tragué saliva al pensar en esa fecha: un día después de su cumpleaños. Apenas dos semanas más. Me di la vuelta en la cama.

Sentí su peso en el colchón un poco más tarde. El olor a alcohol. Su mano rodeándome la cintura y pegándome a él a pesar de que sabía que seguía estando enfadado. El problema era que nos sentíamos igual, pero aun así no conseguíamos entendernos. En ese momento, no fuimos conscientes de que éramos dos espejos.

66

GINGER

Los días se fundieron unos con otros entre largos paseos en moto para ir a ver el espectáculo del atardecer a la playa de Benirrás. Bajábamos a la pequeña cala, que estaba rodeada de árboles y senderos, entre colinas, y dejábamos que el silencio nos abrazase mientras escuchábamos de fondo los tambores que tocaban cerca o el murmullo de las voces de la gente. En cuanto nos sentábamos en la arena, Rhys buscaba mi mano y sus dedos terminaban dibujando espirales. Yo sonreía despacio, cerraba los ojos y respiraba hondo empapándome del olor del mar y sintiendo la brisa colándose por las camisetas sueltas y los vestidos que me había comprado en la isla cuando visitamos un par de mercadillos. Había dejado de usar sujetador; lo hice una mañana que me acerqué sola a la playa mientras Rhys se quedaba durmiendo un poco más. Tras darme un chapuzón, me quité la parte superior del biquini y me tumbé al sol en la orilla, con los brazos extendidos y el sonido de las gaviotas acercándose conforme sobrevolaban la costa. Y quizá fuese algo tonto, pero me sentía más libre que nunca, más ligera, más feliz. Dejar atrás mi vida en Londres, esa vida a la que me había atado sin pararme a pensar antes si realmente la deseaba, fue como arañar un capullo de seda a punto de romperse y conseguir salir al fin a la superficie. Abrir los ojos, pero abrirlos de una forma diferente, viéndolo todo desde una nueva perspectiva.

Y Rhys había sido el mejor compañero de vuelo. Uno que nunca me había dicho abiertamente que tenía que salir, pero que siempre se había mantenido ahí fuera esperándome por si algún día me animaba finalmente a hacerlo.

Una de esas tardes, con el cielo teñido de rojo como si acabase de explotar una granada jugosa salpicándolo todo, lo miré con los ojos entrecerrados.

—¿Qué haces? —murmuró.

—Gracias, Rhys. En serio.

—¿A qué viene eso?

—Nada. Solo pensaba en lo bien que me siento, en la suerte que tengo de estar aquí en este instante, viendo este atardecer contigo. Ven, bésame.

Rhys se inclinó y atrapó mis labios con ternura. Cuando nos separamos, apoyé la cabeza en su hombro y volví a contemplar las nubes arreboladas.

—No quiero que acabe nunca este verano.

«Yo tampoco», pensé. Pero no lo dije en voz alta.

67

RHYS

Tres días, ocho horas. Ese era el tiempo exacto que nos quedaba antes de que Ginger subiese a un avión rumbo a Londres. Estaba empezando a odiar esa ciudad. «Londres.» También odiaba la sensación que me apretaba el pecho. Porque había sido el mejor verano de mi vida, pero no conseguía dejar de notar ese sabor agridulce en la boca cada vez que la besaba. La despedida era eso, una piedra en el zapato, un jodido tirón en el estómago al mirarla, un poco de enfado, de egoísmo...

—Deja de fruncir el ceño así. —Ginger alargó una mano y me alisó la frente con el pulgar mientras sonreía bajo la luz de aquella terraza en la que cenábamos—. Y, por cierto, no me has vuelto a preguntar nada sobre lo que he estado haciendo estos días...

Las últimas noches que había ido a trabajar, ella se había quedado en el apartamento, sentada en la mesa de la terraza escribiendo sin parar en una pequeña libreta que llevaba consigo a todas partes y consultando cosas en mi ordenador. Sabía lo que hacía. Claro que lo sabía. La curiosidad me había hecho mirar en el historial del navegador, pero no quería presionarla ni ser el que sacase el tema hasta que ella se decidiese.

—¿Quieres contármelo?

—Sí. —Sonrió ilusionada, con los ojos brillantes—. Creo que voy a intentarlo, Rhys. Creo que... quiero fundar una editorial. Algo pequeño. Algo independiente. Justo como el proyecto de fin de carrera que prepararé, ¿lo recuerdas? Estuve aburriéndote con un montón de correos sobre el tema...

—No me aburriste.

—Vale. La cuestión es que he estado haciendo números y no lo veo tan imposible. A ver, es arriesgado y no sé si el banco me concedería el préstamo que necesito, pero…

—Yo tengo dinero. Mucho dinero.

—¿Bromeas? Jamás aceptaría nada así.

—¿Por qué no? Es un dinero que no quiero.

—No te entiendo… —Me miró confusa.

—Es de mis padres. Me abrieron una cuenta cuando era pequeño y ahí sigue, creciendo cada mes. No he vuelto a tocarla desde hace casi cuatro años.

—Desde que discutiste con él…

—No te desvíes del tema. Podría darte lo que necesitases. O prestártelo. Al menos sería para algo que valdría la pena.

—Ya veremos. En principio, intentaré conseguir un préstamo. Y luego, bueno, he estado dándole vueltas a todo lo que tendría que hacer: alquilar una oficina, llegar a un acuerdo con una distribuidora, encontrar algo potente para el primer lanzamiento…

—¿Necesitarías contratar a alguien?

—Al menos a una persona, sí. Es mucho trabajo. Pero para que las cuentas me cuadrasen, también está la posibilidad de contar con trabajadores *free lance:* maquetadores, correctores o incluso traductores en el futuro. Me gustaría comenzar con textos de habla inglesa.

Nos quedamos en silencio, mirándonos, sonriendo.

—Así que lo vas a hacer… Por fin…

—¿Lo voy a hacer? Rhys…

—Ginger, no hiperventiles.

—Es que a ratos pienso que es el sueño de mi vida y una idea maravillosa, pero al minuto siguiente me entra tanto miedo que me dan ganas de llamar a mi padre para preguntarle si aún puede hacerme un hueco en la empresa, aunque sea para barrer serrín.

Me incliné hacia ella y alcé una mano en alto para colocarle tras la oreja un mechón de cabello. Deslicé la vista por su rostro, por las pequeñas arruguitas que había en las comisuras de sus ojos, por su nariz respingona…

Le acaricié la mejilla con los nudillos.

—Yo confío en ti. Lo harás bien.

Ginger sonrió. Toda la preocupación desapareció de un plumazo al tiempo que se levantaba de su silla y se sentaba en mi regazo en medio de aquella terraza, sin importarle quién pudiese mirarnos o cómo la señora de al lado apretó los labios en señal de disgusto. Me rodeó el cuello con los brazos y me dio un beso lento, suave, profundo.

68

GINGER

No podía pensar en otra cosa ni dejar de hablar de eso; del futuro que imaginaba en Londres a mi vuelta, de la ilusión, de las ganas, de todas las ideas que se me pasaban por la cabeza y que caían en el olvido poco después. Estaba... eufórica. Y Rhys escuchaba y sonreía, sonreía y escuchaba, aunque por momentos parecía estar lejos de todo, de mí e incluso de él mismo, como si se volviese borroso.

—Rhys, ¿estás viendo lo mismo que yo?

—¿Una calle llena de gente?

—¡No! ¡Un fotomatón!

—Ah, no, galletita...

—Venga, por favor.

Tiré de él, que apenas se resistió antes de seguirme y entrar en el pequeño cubículo. Coloqué bien la cortina azul que lo cerraba, que nos escondía de la vista de los demás, y metí el dinero. Estaba sentada encima de él, rodeándole los hombros con un brazo, nuestros rostros juntos. Me reí cuando coló una de sus manos bajo mi vestido y luego lo besé, inmortalizando aquel momento, lo mágico que era sentir sus labios sobre los míos.

Rhys les echó un vistazo a las tiras de fotografías cuando salimos de allí y el viento cálido de la noche nos envolvió. Vi un cambio pequeño en su expresión. Luego cortó un par, una en la que salíamos sonrientes y otra en la que estábamos dándonos un beso, con su mano hundida en mi pelo. Las dobló y se las guardó en el bolsillo trasero de los vaqueros.

—Pensaba que no te gustaban las fotos...

—Estas sí —respondió bajito.

69

GINGER

Un día encontré el libro de *El principito* que le regalé en su mesita de noche. Estaba más gastado de lo que recordaba, con los bordes amarillentos, las esquinas algo dobladas. Vi que tenía nuevas frases subrayadas, algunas anotaciones en los márgenes con su letra. En la solapa trasera había apuntado también las fechas de todas las veces que lo había releído, imitando lo que hice en su día en la delantera. Y abajo, en una esquina, había escrito una parte del libro: «Los baobabs comienzan por ser pequeños».

70

RHYS

No quería joderla, porque no soportaba que se quedase con un recuerdo amargo cuando era nuestra última noche, pero seguía teniendo esa sensación en el pecho que me acompañaba desde hacía días. Como si me aplastase. Como si me asfixiase. Inspiré hondo. Habíamos ido a un restaurante mexicano que quedaba cerca del apartamento, apenas a unos cinco minutos dando un paseo tranquilo. Habíamos cenado fajitas y nachos antes de que llegase el momento de soplar las velas encima de una bola de helado de chocolate mientras Ginger me cantaba el *Cumpleaños feliz*, haciéndome reír. Viví el inicio de los veintinueve junto a ella. Y mientras gritaba como una loca diciendo: «¡Pide un deseo, pide un deseo!», me di cuenta de que lo único que quería era un imposible, un desvío sin señalizar y lleno de baches.

Ahora íbamos por el segundo coco loco y el tercer chupito de tequila. Ginger llevaba un vestido blanco que acentuaba su bronceado, ese que tanto le había costado coger y del que presumía orgullosa. Tenía el pelo suelto, la mirada brillante, las manos estiradas sobre la mesa y encima de las mías, trazando círculos con el pulgar. Contemplé ensimismado cómo lo hacía, cómo su piel rozaba la mía, acariciando a veces el borde de la media luna que ella también llevaba en su muñeca.

—Rhys, ¿estás bien? —susurró.

—Sí. ¿Por qué? —Alcé la vista.

—Te noto ausente. Más de lo habitual —bromeó antes de volver a ponerse seria y fruncir el ceño—. Esto que hemos vivido... este verano...

—No hace falta que hablemos.

—Solo quería que supieses que ha sido el mejor de mi vida. De verdad. No cambiaría nada, ni un solo día. Cada hora ha sido… perfecta. Contigo. En este lugar. Y tenías razón con lo que me dijiste hace unas semanas: ninguno de los dos debería olvidarlo. Simplemente, pensé que dolería demasiado.

Inspiré hondo; incómodo, enfadado, mal.

—¿Ya no duele? —repliqué.

—¿Qué quieres decir con eso?

—No sé, pareces… —Sacudí la cabeza—. Déjalo.

Me levanté. Ya habíamos pagado, así que tan solo me bebí lo que quedaba de la última copa de un trago antes de echar a andar. Ginger me siguió calle abajo. Quería desaparecer. Notaba la oscuridad aferrándose a esas partes de mí que no me gustaban y que no quería que ella viese. El egoísmo. La inseguridad. El miedo.

—¡Rhys! ¿Adónde vas? —preguntó agitada mientras intentaba no quedarse atrás. Cuando me alcanzó se puso delante de mí cerrándome el paso. Sus pequeñas manos contra mi pecho. Su mirada llena de reproche—. ¿Qué crees que estás haciendo?

—Yo qué sé… —Me froté la cara.

—Está bien. Está bien. Hemos bebido.

—Joder. Sabía que lo complicarías todo.

—¿Cómo puedes decirme eso? —preguntó con un hilo de voz.

Quería dejar que saliese lo que fuese que me cerraba la garganta, pero no podía. Al revés. Sentía que se cerraba más, más, más…

Tragué saliva con fuerza.

Ginger estaba parada en medio de aquella calle, con los ojos acuosos, el labio inferior temblándole, los brazos cruzados como si se protegiese de mí. Odié eso. Verla así. La culpa. Sentir que siempre dañaba al final a las personas que más quería, que también lo estaba haciendo con ella. Respiré bruscamente.

—Es que no quiero que te vayas.

—Rhys… —Dio un paso hacia mí.

—Mierda, Ginger. No tenía que ser así.

—¿Y cómo tenía que ser? —replicó.

Nos miramos fijamente en la oscuridad de aquella noche de verano. Apenas nos separaban unos centímetros de distancia; podría romperlos si me inclinaba…

—Fácil. Simple. Divertido y ya está.

—Vete a la mierda, Rhys —escupió furiosa.

La sujeté de la muñeca antes de que diese media vuelta.

—Espera. No quería decir eso. No quería…

—Pues lo has dicho. Y eres un imbécil.

Me lamí los labios, acercándome más a ella.

—Ya lo sé. Es que me está matando esto, ver que no nos queda tiempo, no saber cuándo volveremos a vernos. Y tú te comportas como si diese igual.

—No me lo puedo creer…

La solté. Me froté la mandíbula.

Ansioso. Nervioso. Cabreado.

—¡Intentaba no estropear estas últimas semanas juntos! ¿Qué querías que hiciese? ¡Tú tampoco parecías muy afectado cuando hablamos aquel día en la bañera! «Haz lo que quieras.» ¡Eso fue todo lo que dijiste! Así que decidí que me tomaría las cosas igual, seguiría tu propia filosofía e intentaría pensar en el presente, disfrutar y ya está.

—Y lo has conseguido —gruñí.

—Sí. Casi me alegro después de ver que esperabas que fuese un lío más, de esos que olvidas incluso antes de que terminen. Lo sé, Rhys. Sé cómo eres.

—Si piensas eso…, entonces no me conoces…

La taladré con la mirada. Ella sollozó con fuerza.

—Tienes razón. —Se limpió las lágrimas—. Pero quería hacerte daño. Quería hacértelo porque no soporto que estés tan ciego, que siempre parezcas tan lejos de todo, tan inalcanzable…

—¿Parezco inalcanzable ahora?

—No. —Dio un paso hacia mí.

Sentía el nudo creciendo. En el estómago. En la garganta. El corazón retumbándome con tanta fuerza que me llevé una mano al pecho. La miré. Tan valiente, tan entera. Al revés de mí, que estaba haciéndome más pequeño, más cobarde…

—Sigues sin entenderlo, ¿verdad? —susurró.

Me abrazó. Y luego sentí su aliento cálido en el cuello y su voz envolviéndome, colándose en todos mis huecos y grietas, llenando el vacío.

—Estoy enamorada de ti, Rhys. Lo estoy desde hace tanto tiempo… que a veces creo que empecé a sentirme así la noche que te conocí en París. —Temblé y la sujeté con más fuerza contra mi pecho—. Y hay días en los que casi te odio, porque brillas tanto que deslumbras y haces que no pueda ver a ningún otro chico…

La besé con fuerza aprisionándola contra la pared, gruñendo en su boca. Ginger se aferró a mi camiseta antes de colar las manos por debajo. Tendría que habérselo dicho entonces. Tendría que haberla sujetado de la nuca para mirarla a los ojos y responderle que yo también estaba enamorado de ella. Pero no lo hice. Otra vez. No la besé en aquel aeropuerto de París antes de verla marchar. No me atreví a dar un paso más en Londres. Y allí, esa noche, no estuve a su altura, no conseguí que las palabras saliesen…

Estaba confundido. Enmarañado. Borroso.

Estaba tan perdido en lo que sentía que era incapaz de distinguir dónde empezaba ella y dónde lo hacía yo. Ni siquiera recuerdo exactamente cómo llegamos al apartamento. Solo sé que paramos en cada calle para besarnos, en cada paso de cebra, en cada semáforo. Estaba ansioso. Impaciente. Y era incapaz de soltarla. No lo hice mientras abría la puerta ni mientras la desnudaba por el pasillo dejando un reguero de ropa a nuestro paso.

Caímos en la cama. Sus piernas rodearon mis caderas, le sujeté las manos sobre la cabeza y la miré fijamente. Tan preciosa. Con su cuerpo encajando bajo el mío, piel con piel.

—Eso que has dicho antes…

—Rhys, hazlo ya… —gimió arqueándose.

—Lo de deslumbrar a todos los demás.

—Por favor —susurró.

—Quiero que seas feliz y no debería hacerme sentir mejor.

Pero lo hace, porque soy un jodido egoísta y me gusta pensar que para ti soy especial, aunque cuando me miro al espejo no entiendo por qué te lo parezco. —Le separé las piernas con las rodillas y me hundí con fuerza en ella—. Te siento demasiado. Te siento por todas partes, Ginger.

Casi como si estuviese en la raíz, si la tuviese.

Y entonces entendí que, por primera vez en mi vida, no estaba follando con alguien, estaba haciendo el amor. Con ella. Con Ginger. Estaba… queriéndola con las manos, con la piel, con las miradas nubladas de deseo, con nuestros cuerpos unidos y moviéndose.

Comprendí tantas cosas en ese momento…

Y recordé sus palabras. Esas que un día leí meses atrás y que hicieron que cerrase la tapa del portátil con fuerza, con rabia.

¿Qué es estar enamorado?

«Es sentir un cosquilleo en la tripa cuando la ves. Y no poder dejar de mirarla. Echarla de menos incluso teniéndola delante. Desear tocarla a todas horas, hablar de cualquier cosa, de todo y de nada. Sentir que pierdes la noción del tiempo cuando estás a su lado. Fijarte en los detalles. Querer saber cualquier cosa sobre ella, aunque sea una tontería. ¿Sabes, Rhys? En realidad, creo que es como estar permanentemente colgado de la luna. Boca abajo. Con una sonrisa inmensa. Sin miedo.»

71

GINGER

Estábamos cansados, saciados, perdidos en la luna.

Llevábamos toda la noche haciendo el amor, casi sin hablar. Al menos, no con palabras. Solo con miradas, con roces y suspiros. Con la cabeza apoyada en su pecho, seguí el contorno de su ombligo con la punta del dedo, rozando el tatuaje de esa abeja pequeña que para él simbolizaba «la vida». Vi cómo se le erizaba la piel.

—Podrías quedarte...

Apenas un murmullo.

Me incorporé para mirarlo.

—¿Lo dices en serio?

—¿Por qué no? Ginger...

—¿Y qué hago aquí?

Vi cómo se debatía, las dudas.

—No lo sé. Ya lo averiguaremos.

—¿Te das cuenta de lo que me estás pidiendo?

Empecé a ponerme la ropa interior, él me imitó.

—Joder, solo como algo... provisional.

—¿Y por qué no lo haces tú?

—Porque estamos aquí. Tengo trabajo.

—¿De verdad? Llevas años dando tumbos por ahí, dejándote caer en el primer sitio que se te presentaba sin que se te pasase por la cabeza ir a Londres una temporada. Y ahora me pides que me quede aquí. Lejos de mi familia. Lejos de todo, cuando sabes que voy a intentar lo de la editorial, que quiero hacerlo. No puedes hacerme esto.

Estaba llorando otra vez. Llevaba todo el día subida en una montaña rusa, bajando y subiendo y volviendo a bajar. Con vértigo en la tripa. Con tristeza cada vez que lo miraba a él. También con furia, con amor, con decepción, con cariño, con dudas, con deseo…

—Tienes razón. —Rhys negó con la cabeza.

—Claro que la tengo… —susurré insegura.

—Y ni siquiera sabemos si funcionaría, ¿no?

—Ya. Supongo.

—Deberíamos acostarnos. Es tarde.

Era tarde para «mi vuelo», que salía a media mañana, no para todas aquellas noches que habíamos pasado juntos en vela, hablando de todo, riéndonos, emborrachándonos, consumiendo las horas en esa cama por la que entraba el sol al atardecer.

Rhys apagó la luz y me tumbé a su lado. Sentí su cuerpo pegado al mío cuando me abrazó con fuerza. No podía quitarme las palabras de la cabeza. «Podrías quedarte.» Contuve el aliento. ¿Por qué había tenido que decirlo? ¿Por qué, por qué, por qué? Se suponía que aquello no era una opción. Que no debería estar dándole vueltas.

—Ginger…

—Dime.

Lo noté tensarse un poco.

—No me hablo con mi padre porque… no lo es. Ella tampoco. Ninguno de los dos. Averigüé por casualidad que me habían adoptado, ellos nunca me lo dijeron. Y luego hubo cosas…, cosas que no se pueden deshacer. Palabras que no se pueden borrar. Que siguen doliendo.

—Rhys, lo siento…

—Solo quería que lo supieses porque eres mi mejor amiga. Siempre vas a seguir siéndolo. No importa lo que pase. No importa. Nosotros en la luna.

Me giré. Busqué su rostro en la oscuridad. Lo acaricié con los dedos hasta llegar a sus labios, dibujándolos despacio, trazando esa curva perfecta.

—Siempre. Te lo prometo.

Lo besé despacio, con dulzura. Un beso que sabía a despedida.

72

RHYS

La luz de la mañana intentaba colarse tras la cortina. Me di la vuelta en la cama y fruncí el ceño al ver en el reloj de la mesita la hora que era. Lo primero que pensé fue que Ginger iba a perder el vuelo. Lo segundo que pensé fue que Ginger no estaba. Me levanté agitado, con el corazón frenético. Tampoco había rastro de la maleta.

Solo había una nota en la encimera de la cocina.

Lo siento, Rhys, siento haberme ido así, pero no podía hacerlo de otra manera porque sabía que, si volvías a pedirme que me quedase, lo haría. Y no es justo, ¿lo entiendes? No es justo para mí. En realidad, para ninguno de los dos. Pero superaremos esto, ¿vale? Ya verás, todo volverá a ser perfecto.

Yo estoy bien, no te preocupes por eso, he llamado a un taxi para que venga a recogerme. Te escribo pronto. Y cuídate. Lo digo en serio. No te pierdas.

Gracias por este verano...

Gracias por darme tanto.

73

GINGER

Siempre había sabido que Rhys me rompería el corazón.

No sé por qué ni cómo, a veces sentimos cosas de forma instintiva. En el fondo de mi alma lo supe el día que lo conocí años atrás, lo supe cada noche al leer sus *e-mails*, lo supe en esa noria de Londres en la que lo besé por primera vez y, sobre todo, lo supe entonces, cuando acepté que viviésemos aquel verano sin pensar, sin prometernos nada, sin dejar que el roce de su piel y la mía rompiese lo nuestro.

Y cumplimos eso. No se rompió. Pero quizá fue peor. Porque no pudimos impedir que se abriesen grietas. El problema que tienen las grietas es que mantienen en pie algo que antes era sólido, no se abren lo suficiente como para que eso se desmorone. Pero están ahí. Están latentes. Y cuando llueve…, cuando llueve el agua se sale por todas partes.

QUINTA PARTE

—

SUEÑOS. BIFURCACIONES. INICIOS

Las flores son débiles. Son ingenuas.
Se defienden como pueden y las espinas son su defensa.

El Principito

74

De: Ginger Davies
Para: Rhys Baker
Asunto: Todo bien
He llegado bien, Rhys.

¿Cómo estás tú? Nunca imaginé que se me haría raro hablar contigo por aquí, por *e-mail*, pero después de estos meses…, me cuesta. Qué curioso, ¿verdad? Lo rápido que nos acostumbramos a lo bueno. Por cierto, Dona dice que estoy tan morena que casi se asustó al verme. ¡No me reconoció! ¿Te lo puedes creer? En fin, se le acabó el chollo de tener el piso para ella sola y Amanda. Creo que no te lo dije, pero Michael, al que pillé masturbándose, se fue hace unas semanas. Tenemos que hablarlo, pero estamos valorando la posibilidad de no buscar un nuevo inquilino. Ya veremos. La verdad es que sería genial estar solas.

No sé qué más contarte, aún sigo desubicada…

Tengo la sensación de que abriré las cortinas y veré el mar turquesa a lo lejos, pero no, entonces vuelvo a la realidad al encontrarme con la calle de enfrente. Ha sido bonito, Rhys, ya lo sabes. No creo que nada sea capaz de superar lo que vivimos…

De: Ginger Davies
Para: Rhys Baker
Asunto: Vamos…
¿Estás enfadado? Rhys, venga.
Te echo de menos…

De: Ginger Davies
Para: Rhys Baker
Asunto: Sin asunto

Han pasado dos semanas, ¿hasta cuándo piensas estar sin hablarme? ¿Y qué fue de eso de «siempre amigos»? Rhys, en serio, comprendo que te molestase que me fuese sin despedirme…, pero era lo mejor para los dos. Sobre todo, para mí, ¿no puedes entender eso?

De: Ginger Davies
Para: Rhys Baker
Asunto: Sin asunto

Al menos podrías cogerme el teléfono. Estás haciendo que este mes sea un infierno. Pero vale, como quieras. No volveré a molestarte más. Cuando dejes de comportarte como un niño caprichoso, ya sabes dónde estoy.

De: Rhys Baker
Para: Ginger Davies
Asunto: Ocupado

Ginger, Ginger…, necesitaba un respiro. Así que estoy divirtiéndome y quemando lo que queda de verano. ¿Te suena eso que hablamos sobre hacer un trío? Bien, pues me equivoqué. Ya no recordaba que era genial. Perfecto. Acabar con dos chicas en casa y disfrutar sin pensar en nada. Sin complicaciones. Tan fácil… Así es como son las cosas que de verdad valen la pena en la vida. Eso. Fáciles. Quizá te lo enseñe la próxima vez.

De: Rhys Baker
Para: Ginger Davies
Asunto: Perdóname

Joder. Lo siento. Lo siento.
No sé en qué estaba pensando…
Ginger, coge el teléfono, por favor.

De: Rhys Baker
Para: Ginger Davies
Asunto: Perdóname

Mierda, Ginger, ojalá pudiese borrar ese mensaje. Estaba colocado, llevaba todo el fin de semana bebiendo y apenas recuerdo lo que estuve haciendo. Soy un imbécil. Y lo siento. Siento haberte hecho daño contándote eso. Ni siquiera significó nada. Solo vacío.

Te echo de menos, Ginger.

De: Rhys Baker
Para: Ginger Davies
Asunto: Perdóname

Sé que no es excusa, pero estaba jodido por cómo te fuiste. Cuando me desperté y no te vi… te odié, por un momento te odié por decidir por los dos. Pero llevo todas estas semanas dándole vueltas y he acabado por entenderte. Te juro que lo he hecho. Porque sé que algunas cosas duelen tanto que a veces es mejor evitarlas. Ginger, por favor, dime algo, ¿vale? Si necesitas tiempo, pídemelo, pero tú solo… da señales de vida.

De: Rhys Baker
Para: Ginger Davies
Asunto: Perdóname

¿Sabes? He empezado este correo cuatro veces y en todas lo hacía diciendo que cuando te mandé ese mensaje no era yo mismo. Pero he terminado por borrarlo porque me he dado cuenta de que en ese momento lo era más que nunca. Era mi peor versión, Ginger, esa que a veces me encantaría que nunca conocieses. Esa que siempre que siente dolor reacciona devolviendo lo mismo como si así pudiese aliviar la herida… Yo también me odio cuando siento que las emociones se me desbordan y soy incapaz de pararlo. Ojalá pudiese ordenarlas en mi cabeza como cuando colocas un montón de libros en una estantería por orden alfabético. Jamás lo he conseguido, aunque admito que tú eres una de las pocas razones que me hacen querer seguir intentándolo.

De: Rhys Baker
Para: Ginger Davies
Asunto: Perdóname
Ginger, me estás matando.

De: Ginger Davies
Para: Rhys Baker
Asunto: Señal de vida
Eres el idiota más grande que conozco.

De: Rhys Baker
Para: Ginger Davies
Asunto: RE: Señal de vida
Vale, eso me sirve. Nunca me había alegrado tanto de que me llamasen «idiota». Ginger, Ginger, ¿cómo es posible que tuviese la suerte de tropezarme contigo esa noche?

De: Rhys Baker
Para: Ginger Davies
Asunto: RE: Señal de vida
Supongo que he vuelto a cagarla y por eso no has contestado, pero te juro que lo decía en serio. Haces que me sienta afortunado. ¿Qué puedo hacer para que las cosas vuelvan a ser como siempre? No soporto más esta situación después de todo lo que hemos vivido.

De: Ginger Davies
Para: Rhys Baker
Asunto: RE: RE: Señal de vida
Si no hubieras sido sincero del todo conmigo, creo que me habría pasado varias semanas más ignorándote. Sí que lo haces, Rhys. Sí que devuelves el golpe cuando algo te duele. Y no es justo. No cuando atacas a propósito. No vuelvas a hacerlo.

¿Sabes qué es lo peor de todo? Que sepa todo eso de ti, que conozca la peor versión de la que hablas y que aun así te siga queriendo y mire el correo cada noche.

De: Rhys Baker
Para: Ginger Davies
Asunto: Ya lo sé
Tienes razón en todo.
Perdóname, por favor.

De: Ginger Davies
Para: Rhys Baker
Asunto: Sin asunto
Rhys, estás perdonado.

De: Rhys Baker
Para: Ginger Davies
Asunto: Gracias
No te merezco, Ginger.

75

RHYS

La echaba tanto de menos que había noches en las que sentía que me ahogaba dentro de aquel apartamento que habíamos compartido juntos. Y la sensación seguía atenazándome la garganta cuando no podía más y salía al balcón con una copa en la mano, porque entonces recordaba las horas que habíamos pasado allí fuera mientras ella jugueteaba distraída con las hojas púrpuras de la buganvilla que trepaba por la fachada. Su sombra me perseguía si bajaba a dar un paseo a la playa y seguía hasta llegar al faro; Ginger continuaba estando en cada rincón, hasta que me perdía entre un montón de desconocidos y música.

Había días buenos, días en los que creía que iba dejando atrás el recuerdo del roce de su cuerpo con el mío. Esa sensación cada vez más lejana de despertarme en plena madrugada y sentir su peso a mi lado antes de girar la cabeza y verla dormir con la boca abierta y los brazos estirados como si no tuviese nada que esconderle al mundo.

Pero también había hueco para los días malos. Esos en los que terminaba tirado en el sofá al volver de fiesta con una cerveza en la mano y releyendo viejos correos intentando encontrar vete tú a saber qué. ¿Quizá una pista? ¿Una señal? Porque a veces creía que nos estábamos equivocando. En momentos así, pensaba que lo único sensato que podría hacer en toda mi vida sería coger el siguiente avión e irme a buscarla a Londres. Hasta que me preguntaba qué podía darle alguien como yo, tan inestable, tan alejado de la idea de lo que ella deseaba...

Entonces terminaba levantándome a por otra cerveza.
O cualquier cosa que hubiese en la nevera.
Y bebía con la vista fija en la ventana.
Contemplaba una luna imposible.

76

De: Ginger Davies
Para: Rhys Baker
Asunto: Noticias

¡Me han concedido el préstamo! En serio, después de tantas semanas de papeleos y líos, casi no me lo creo. ¿Te he dicho ya que odio los bancos? Son unos lugares terribles, con todo ese suelo de mármol impersonal, las miradas avariciosas de algunos comerciales, esa forma que tienen de evaluar lo que vales según el dinero que tengas en la cuenta corriente…

Lo importante es que ya está. ¡Es una realidad! Voy a montar una editorial, Rhys. Aún estoy flotando. Y al final todo es gracias a mi padre, que se ofreció como aval.

¿Qué estás haciendo tú? ¿Cómo va todo?

De: Rhys Baker
Para: Ginger Davies
Asunto: RE: Noticias

¡Enhorabuena, galletita!

Me alegro mucho por ti. Sé que te irá genial, no importa si es complicado al principio, todo lo es siempre, ¿no? Ya irás asentándote poco a poco. Y si necesitas algo más de dinero, sabes que puedes pedírmelo. En cuanto a tu padre, entonces, ¿se lo ha tomado bien? Me alegra que terminase entrando en razón después de todo…

Yo sigo como siempre. Me han ofrecido renovar el contrato para el próximo verano con algunos extras, así que supongo que aceptaré.

De: Ginger Davies
Para: Rhys Baker
Asunto: RE: RE: Noticias

No se lo tomó exactamente «bien» al principio, pero ha ido asimilándolo. Al final, quedamos a comer los dos solos, le enseñé el proyecto, todo lo que tenía pensado, y creo que se dio cuenta de que esto de verdad era importante para mí. Estuvo un buen rato evaluándolo con sus gafas de media luna, esas que solo se pone cuando tiene que leer algo relevante. Y luego lo dejó en la mesa, suspiró hondo y me preguntó qué necesitaba para empezar. Fue bonito, nada demasiado azucarado. Sé que para él ha sido una decepción que ninguna de sus dos hijas finalmente se ocupe de ese negocio que tanto adora, pero imagino que es cuestión de ir haciéndose a la idea. Ah, eso y que tampoco le hizo muy feliz que me marchase a pasar contigo casi todo el verano.

Entonces, ¿vas a renovar el contrato?

De: Rhys Baker
Para: Ginger Davies
Asunto: ¿Por qué?

¿Y a qué viene eso de tu padre? No lo entiendo, si apenas me conoce. Solo me vio esa vez, en Navidad, y no intercambiamos más de cuatro palabras.

Sí, ya he firmado. Me quedaré aquí.

De: Ginger Davies
Para: Rhys Baker
Asunto: RE: ¿Por qué?

No es nada personal, Rhys. Siempre es un poco desconfiado. Creo que le gustaba Dean porque lo vio crecer desde que llevaba pañales y sabía todos sus trapos sucios. Y a propósito, no te lo he dicho, pero ¿sabes qué? Stella está embarazada. Voy a ser algo así como una especie de tía simbólica para el bebé de mi exnovio. Qué maravilla. En realidad, tengo ganas de que nazca. Me encanta cómo huelen los bebés. Sueno como una chiflada, ¿no? Pero es que es verdad. No hay nada que huela igual. Dan ganas de achucharlos.

De: Rhys Baker
Para: Ginger Davies
Asunto: Un poco…
Un poco chiflada, sí…

Si te digo la verdad, no tengo ni idea de cómo huelen los bebés. No recuerdo la última vez que tuve a uno cerca, debe de hacer años, creo que nos repelemos mutuamente. O no forman parte de mi entorno, no lo sé. Pero bien, me alegro por ellos, parece que Dean se está convirtiendo en todo un chico de película siguiendo un plan estructurado A, más B, más C. A veces lo pienso. Pienso en lo fácil que habría sido hacer eso mismo.

De: Ginger Davies
Para: Rhys Baker
Asunto: RE: Un poco…
¿A qué te refieres, Rhys?

Mañana te cuento los últimos avances de la editorial. Llevo toda la semana casi sin dormir, trabajando sin parar, ¡pero está mereciendo la pena! Ahora me voy a cenar con Dona y… ¡con mi nueva compañera de trabajo! (me encanta mantener el misterio). Mi hermana se empeñó en que teníamos que celebrarlo por todo lo alto y vamos a ir a cenar a Pizza Pilgrims, en Kingly Court. Te juro que en ese sitio hacen las mejores *pizzas* de todo Londres. Te llevaré allí si alguna vez te dejas caer por aquí. Por cierto, saludos de Dona, que acaba de decirme que, si no apago el ordenador ya, me lo quitará y lo lanzará por la ventana. Besos, besos, Rhys. Prometo darte muchos detalles si tú también te explayas.

De: Rhys Baker
Para: Ginger Davies
Asunto: Eso no vale
¿Tu nueva compañera de trabajo? ¿Lo sueltas así y te largas? Vale, ya me vengaré en algún momento. Pero como quiero detalles, intentaré no explicarme como el culo.

Me refería a Dean y al estilo de vida que lleva. Ya sabes, universidad, trabajo, novia, boda, hijos. Imagino que se habrá comprado una casa, ¿no? Pues eso. Lo hemos hablado a veces, hace tiempo. Supongo que podría haberlo tenido. Parece fácil sobre el papel, pero luego…, no estoy seguro de que lo sea. No para mí, al menos. Lo que pasa es que, al verlo en el resto del mundo, a veces me planteo cosas. Gilipolleces. Como si no estaré equivocado. O, aún peor, si seguiré pensando lo mismo dentro de unos años…

A eso también le doy vueltas. Qué pasará entonces. Qué estaré haciendo con mi vida en el futuro. ¿Recuerdas que lo comentábamos al principio?, casi cuando nos conocimos. Pues sigo viéndolo igual. O, mejor dicho, no lo veo. Ese es el problema. Todo está borroso.

A veces me das envidia, Ginger. Sabes lo que quieres. En el fondo, lo sabías incluso antes de acabar la universidad, antes de dejar la empresa de armarios…, solo es que no te atrevías. Supongo que a mí también me asusta, pero de otra manera. Porque tengo eso del vértigo…, y no se me da bien saltar sin poder ver antes qué hay debajo, aunque a veces parezca justo al revés. Deberíamos nacer con un folleto de instrucciones debajo del brazo, ¿eh? Así sería todo más fácil. Nunca he entendido eso de que «vivir es fácil», por cierto. ¿En qué sentido? A mí me parece complejo. Las decisiones, las emociones. Y esas preguntas que todos nos hacemos una vez en la vida… «¿Quién soy? ¿De dónde vengo? ¿Qué hago aquí? ¿Por qué estoy en este mundo?» En fin, no me hagas mucho caso.

Cuéntame cómo va todo lo de la editorial.

Y ojalá algún día podamos compartir una *pizza* en ese lugar. ¿Recuerdas la que nos comimos aquí en Ibiza en aquel restaurante que encontramos en la playa d'en Bossa?

De: Ginger Davies
Para: Rhys Baker
Asunto: RE: Eso no vale
Confieso que no esperaba algo así cuando te pedí que te explayases. Dios, Rhys, no sé por dónde empezar. Contesto este *e-mail* ahora y esta noche te cuento lo otro más tranquilamente, ¿vale? A ver… A ver… Odio que me dejes sin palabras. Pero es

que creo que lo que voy a decirte no te va a gustar. El problema es que dudo que todo el mundo se haga esas preguntas. ¿De verdad te imaginas a Dean teniendo una crisis existencial y cuestionándose quién es, de dónde viene o qué hace aquí? No. Es mucho más sencillo, sí, aunque tú no puedas verlo así. Y a mí me gustas por eso. Porque eres distinto.

Pero también entiendo que eso te confunda.

Y entiendo… que hasta que no encuentres ciertas respuestas no podrás seguir adelante o ver el futuro menos borroso. Y de verdad espero que las encuentres, Rhys.

Posdata: Es del todo IMPOSIBLE que olvide esa *pizza*. Hmmm. No puedes verme, pero ahora mismo me estoy relamiendo al recordarla.

De: Rhys Baker
Para: Ginger Davies
Asunto: Qué tontería
Ayer me vine arriba, ¿eh?

Olvídalo todo. Era una tontería. No pensé que te lo tomarías tan a pecho. Yo estoy bien, Ginger. Soy feliz así. No todos queremos lo mismo, supongo que es solo eso.

Me estás matando de curiosidad con lo de la editorial.

De: Ginger Davies
Para: Rhys Baker
Asunto: Avances
Vale, allá va, ¿estás listo?, ¿sí?, ¿no…? ¡Voy a trabajar con Kate! ¿Te acuerdas de ella? Fue la chica con la que compartí habitación en la universidad durante el último año, creo que no llegasteis a conoceros cuando viniste allí por mi cumpleaños, pero el caso es que me aterraba un poco la idea de tener que pasar tantas horas con alguien desconocido, ponernos de acuerdo, ir los dos a una… Y entonces pensé, ¡eh, mi amiga Kate era tremenda en los negocios, siempre tenía un montón de ideas increíbles y estaba trabajando en una hamburguesería! Al final me animé y la llamé. Hacía tiempo que no hablába-

mos, la verdad. Lo último que supo de mí fue que Dean iba a casarse (aún muero de vergüenza al recordar ese día) y luego perdimos un poco el contacto entre todo lo que pasó, el verano que estuve contigo y…, ya sabes.

¿Conclusión? ¡Dijo que sí! Piensa que es una idea genial. Aún recordaba el proyecto que hice de final de carrera y está encantada con mudarse a Londres, sobre todo porque Dona y yo hemos decidido alquilarle la habitación que Michael dejó en el apartamento. Así que es como si todo fuese fluido y perfecto y rodado. ¡Estoy muy contenta, Rhys! Estamos empezando a buscar la oficina ideal y Kate va a encargarse de negociar con las distribuidoras y de entrevistar a varios trabajadores *free lance*... Se le da genial intimidar y mostrarse muy seria cuando quiere. Seamos sinceros, yo no sirvo para eso. Seguramente tendría ganas de hacer pis en cuanto entrase en el despacho para alguna reunión y me echaría a llorar si me rechazasen o las condiciones fuesen malas. Bueno, quizá no tanto, pero en realidad prefiero dedicarme a otras muchas cosas relacionadas con la editorial, como…

¡Encontrar EL PROYECTO!

De momento no tengo absolutamente nada en la mente. Sí les he echado el ojo a algunos autores que me gustan, un par de autopublicados, otros con una trayectoria más larga…, pero no me parece que sean lo que busco para un primer lanzamiento, sino para algo más a largo plazo, ¿me entiendes? Lo que quiero es… distinto. Más potente.

Basta de hablar de mí. Cuéntame cómo te van las cosas por allí, imagino que ahora en octubre ya estará todo más calmado por Ibiza, ¿no?

De: Rhys Baker
Para: Ginger Davies
Asunto: Me encantan tus avances
Ginger, creo que es genial, en serio. Mucho mejor que empezar a trabajar con una persona que no conozcas de nada, así será más fácil, incluso cuando no estéis de acuerdo en algo. Sabréis llevarlo bien. Me alegra que todo empiece a encajar.

En cuanto al primer lanzamiento…, seguro que se te ocurrirá algo. Tienes razón. Debería ser potente, lo suficiente como para llamar la atención de los libreros y de los medios. No es fácil. Tampoco pasa nada si empiezas poco a poco, ¿no?

Sí, las cosas están más calmadas por aquí desde que terminó la temporada de verano. Pero ahora me han invitado a un festival para este próximo mes de noviembre y también estoy discutiendo las condiciones para trabajar la noche de fin de año. Ya te contaré.

De: Ginger Davies
Para: Rhys Baker
Asunto: Madrugada

Sé que no debería escribirte este mensaje ni sentarme delante del ordenador cuando son las tantas de la madrugada y estoy cansada y no dejo de escuchar tus canciones mientras recuerdo cosas… Pero es que, a veces, se me hace raro esto, Rhys. Hablar como si no hubiese ocurrido nada entre nosotros, como si todo lo que vivimos el verano pasado no hubiese existido. Ya sé que no tiene mucho sentido. Y también sé que no debería darle al botón de enviar, porque hicimos un trato. Pero necesitaba decírtelo. Y mañana volveré a fingir que todo está bien, que nunca lo pienso. Te hablaré como siempre.

Ojalá fuese mucho más fácil olvidarte, Rhys.

Olvidar esa otra parte, la que dejamos allí.

De: Rhys Baker
Para: Ginger Davies
Asunto: RE: Madrugada

Ya lo sé, Ginger. Supongo que pasará, ¿no? Y fingir no se nos da tan mal. Yo también he pensado mucho en ello desde entonces. Siento haberte pedido que te quedaras; tenías razón, no fue justo. Y siento lo que hice después…

Duérmete ya, galletita.

De: Ginger Davies
Para: Rhys Baker
Asunto: ¡La hemos encontrado!
¡Tenemos oficina, Rhys! ¡La tenemos! ¿No es genial? Kate la encontró. Está en Clapham, el barrio es agradable y no queda demasiado lejos del centro. ¡Estoy tan feliz! Tendrías que verla, ya te mandaré fotos; de momento, te adjunto la dirección para que puedas buscarla en Google Maps: es el edificio rojo de ladrillo con cuatro plantas. Estamos en la última, pero casi mejor, porque así Kate puede subir a fumar a la terraza cuando quiera. Ah, y mi padre se ha ofrecido a encargarse de todos los armarios y las estanterías. Parece entusiasmado por el proyecto. Todos lo estamos. Espero no llevarme un batacazo.
Creo que estabas en el festival, ¿no?
¿Ha ido bien? ¿Mucha gente?

De: Rhys Baker
Para: Ginger Davies
Asunto: Sin asunto
Genial, genial, genial…
Qué pasada… ¡Grande, Ginger!

De: Ginger Davies
Para: Rhys Baker
Asunto: RE: Sin asunto
Vaya, gracias. Qué entusiasta.
¿Vas borracho, Rhys?

De: Rhys Baker
Para: Ginger Davies
Asunto: RE: RE: Sin asunto

Perdona. Sí, un poco cuando te escribí anoche, llegué al hotel por la mañana después de la sesión y de divertirme por ahí. Alec y algunos amigos decidieron acompañarme, así que ha sido todo… bastante intenso. Salió bien. Había muchísima gente. Y coreaban mi nombre, ¿te lo puedes creer? Aún me cuesta asimilar eso a veces. No termino de acostumbrarme.

Me alegra mucho lo de la oficina. La he buscado y el edificio tiene una pinta genial, también el barrio y la cafetería que hay abajo. Enhorabuena, Ginger, estás cumpliendo todos tus sueños… Y es bonito lo de tu padre. Es genial.

Voy a quedarme unos días más por aquí.

Te escribo cuando vuelva a la isla.

Besos. Besos.

De: Ginger Davies
Para: Rhys Baker
Asunto: Modo madre

Sé que pondrás los ojos en blanco en cuanto leas esto, pero no estoy segura de que Alec y esa gente sean buena compañía. No te ofendas, pero tenían pinta de estar un poco acabados y no me gustaría que te arrastrasen en la caída.

De: Rhys Baker
Para: Ginger Davies
Asunto: Madre aburrida

¿Acabados? Solo se divierten.

De: Ginger Davies
Para: Rhys Baker
Asunto: ¿Divertirse?

Lo siento, no sabía que para divertirse hacía falta meterse cualquier cosa para dejar de ser uno mismo. Soy una ilusa. Ahora le digo a Dona que baje a comprar un par de gramos para esta noche, que vamos a celebrar que ya tenemos los escritorios de la oficina.

De: Rhys Baker
Para: Ginger Davies
Asunto: RE: ¿Divertirse?
¿Te das cuenta de lo mayor que suenas?

De: Ginger Davies
Para: Rhys Baker
Asunto: RE: RE: ¿Divertirse?
No sueno mayor, Rhys, sueno preocupada por ti. Y había evitado a propósito este tema, como otros muchos que evito contigo, porque no quería discutir. Pero me da miedo que te pase algo. A veces creo que no eres consciente de las cosas.

De: Rhys Baker
Para: Ginger Davies
Asunto: Relájate
Ginger, estoy bien. Mejor que nunca.
Y no me dejo arrastrar por nadie.

De: Ginger Davies
Para: Rhys Baker
Asunto: RE: Relájate
¿Eso significa que no has vuelto a consumir?

De: Rhys Baker
Para: Ginger Davies
Asunto: RE: RE: Relájate
Ginger, Ginger…, no hablemos de esto. Tú solo confía en mí y ya está, ¿de acuerdo? ¿Puedes hacer eso? Y pongámonos al día de cosas más alegres. Como tu bonita oficina. ¿Te falta mucho para tenerla lista? ¿Cómo habéis quedado con la distribuidora?

De: Ginger Davies
Para: Rhys Baker
Asunto: Rutina
¿Y qué fue de ese amigo tuyo con el que fuiste a la universidad? Ese que vivía en Los Ángeles y era abogado. Creo que se llamaba Logan, ¿no? ¿Ya no te hablas con él?

Sí, estamos a tope con tantos planes, por eso tengo menos tiempo para escribirte. Ah, y cuando llego a casa, mi hermana y Kate me roban el rato que antes tenía para mí sola, porque siempre terminan convenciéndome para hacer algo de cena que no sea precocinado o ver una película. Últimamente, los días se me pasan volando. Y más ahora, con las Navidades a la vuelta de la esquina. Aún no he comprado los regalos; todos los años me digo que lo haré con meses de antelación y siempre termino corriendo la última semana.

Y sí que confío en ti, Rhys. Pero eso no hace que me preocupe menos.

De: Rhys Baker
Para: Ginger Davies
Asunto: ¡Felicidades, galletita!
¡Feliz cumpleaños! ¿Cómo te sientes a los veinticuatro? ¿En plan mujer de negocios? Porque eso es lo que eres ahora. ¿Muy distinta de la de veintitrés? Espero que sí. El año pasado, por estas fechas, estabas pasándolo fatal, ¿recuerdas? Odiabas levantarte cada día para ir al trabajo y querías asesinar a Dean la mitad del tiempo.

Ahora en serio, ojalá cada año sea mejor…

Ojalá sigas cumpliendo muchos sueños…

De: Ginger Davies
Para: Rhys Baker
Asunto: Estoy feliz ;)
Gracias, Rhys. Y tienes razón, cómo ha cambiado todo en apenas un año, ¿no? Lo recuerdo bien. Dean anunció que se casaba con Stella unos días más tarde, durante la cena de Navidad, y yo… no dejaba de pensar en ti, en que ojalá estuvieses también alrededor de esa mesa. Creo que nunca te lo dije. Quizá porque tú estabas ocupado con Alexa, cierto.

Y sí, soy mucho más feliz ahora.

De: Rhys Baker
Para: Ginger Davies
Asunto: RE: Estoy feliz ;)
¿Eso que percibo son celos?

De: Ginger Davies
Para: Rhys Baker
Asunto: Lo admito

Eran, en pasado. Soy culpable, sí. Estaba un poco celosa de Alexa. Pero es que no me terminaba de convencer. Os escuché en esa entrevista de la radio que hicisteis juntos y no daba la sensación de ser mala chica, pero era demasiado entusiasta, demasiado exagerada, demasiado todo, vaya. No creo que pegase contigo.

De: Rhys Baker
Para: Ginger Davies
Asunto: Interesante…

¿Y qué es lo que pega conmigo?

De: Ginger Davies
Para: Rhys Baker
Asunto: RE: Interesante…

Pues no lo sé, Rhys. No tengo ni idea.

Si he de ser sincera, tampoco te veo en una relación seria. Pero será porque todavía no te he conocido teniendo una. Quiero decir, que es como cuando te cuesta imaginar algo al no haberlo visto antes. Nada más.

Por cierto, ¡feliz Navidad!

De: Ginger Davies
Para: Rhys Baker
Asunto: ¡Buena suerte!

Solo quería desearte buena suerte (¿se dice «mucha mierda» en tu ambiente?) para la sesión de esta noche de fin de año. Espero que todo salga genial, Rhys. Imagino que habrás estado ocupado estos días entre el viaje y prepararlo todo. Ojalá este próximo año esté lleno de cosas buenas para ti. Para los dos. Gracias por compartir cada día conmigo. Pero, sobre todo, gracias por mi regalo de cumpleaños, ¡llegó ayer y es perfecto! ¡Un pijama con dibujos de espaguetis sonrientes! En serio, no pienso quitármelo nunca. Y es taaaan calentito…

79

GINGER

Kate y Dona chocaron sus copas con la mía. Mi hermana acababa de terminar su turno de trabajo y estaba algo achispada, porque la semana anterior había roto con Amanda, así que se había pasado toda la noche bebiendo algún que otro chupito detrás de la barra e ignorando las miradas de su jefa, que, a decir verdad, era encantadora y de lo más comprensiva. También seguía ofreciéndole una de las paredes del *pub* para colgar sus pinturas, pero últimamente Dona apenas tocaba los pinceles.

—¡Por nosotras! —gritó en alto.

Kate alzó las cejas antes de reír.

—¿No habíamos brindado ya por eso?

—¿Y qué importa? ¡Por nosotras otra vez!

—¡Y por los armarios de la oficina! —añadió Kate.

—¡Y por la planta de la cocina que murió ayer!

—¡Ah! ¡Y por los exnovios que la hacen a una madrina, no nos olvidemos de eso! —añadió Dona mirándome. Yo me tapé la cara con las manos y me eché a reír. Lo cierto era que no había podido negarme cuando Stella me lo propuso, porque la chica no podía caerme mejor y apenas tenía familia, y porque el bebé que habían tenido era tan sumamente adorable que quería comérmelo a besos cada vez que lo veía—. ¡Hay que pedir más!

—Yo creo… que has bebido suficiente… —objeté.

—Oh, vamos, Ginger, no seas aburrida.

Las dos me ignoraron antes de pedir otra ronda. En ese momento, noté que vibraba el móvil y me lo saqué del bolsillo. Iba cómoda, no me había molestado en arreglarme para celebrar la

noche de fin de año; llevaba unos vaqueros ajustados y una sudadera. Contuve el aliento al leer el nombre en la pantalla. Rhys.

—¿Quién era? —preguntó Kate.

—Rhys, pero ha colgado…

Ella y Dona se miraron y rieron.

—¿Qué os parece tan gracioso?

—Todo, porque estoy borracha —respondió mi hermana.

—Y a mí que después de tanto tiempo sigas colgada por el
mismo chico que te gustaba cuando íbamos a la universidad.
¿Lo recuerdas? Te ponías nerviosa como una niña pequeña
cada noche antes de encender el ordenador. Eras adorable.

—A veces os odio —mascullé.

Me levanté y salí del local mientras seguían riéndose. Me estremecí ante el frío punzante de la noche. Estaba lloviendo y
las luces amarillentas de los coches se reflejaban en los charcos
de la carretera. Me alejé unos pasos de la puerta y avancé por
aquella calle de Carnaby Street hasta refugiarme bajo la cornisa
ancha del edificio colindante. Marqué el número de Rhys, pero
no respondió al primer tono, ni al segundo, ni al tercero…

Estaba a punto de colgar cuando contestó.

—¡La galleta más apetecible del mundo!

—He visto la llamada… —comencé.

—¿Qué llamada? —Sonaba eufórico y raro, lejos del chico
reservado y algo melancólico que tan bien creía conocer, aunque a veces pareciese empeñado en demostrarme lo contrario y
en sacar a relucir casi con insolencia sus partes más oscuras.

—Pues la tuya. Hace un minuto.

—No…, no lo recuerdo…

—¿Tienes ahora la sesión?

—No. Sobre las tres. Las cuatro. Eso.

—Rhys. —Sujeté el teléfono con fuerza—. ¿Estás colocado?

Un silencio brusco. Se escuchaban risas y voces de fondo.

—¿Qué quieres que responda a eso?

—Que no. Que me digas que no.

—Entonces, no lo estoy.

—No me mientas, Rhys.

—¡Venga, Ginger! Deja de ser tan agobiante. Te juro que me esfuerzo por hacer las cosas bien, pero a veces tengo la sensación de que eres como una jodida mosca…

—Vete a la mierda, Rhys. Te voy a colgar.

Escuché un susurro femenino cerca. Imaginé unos labios desconocidos en su cuello mientras él sostenía el teléfono contra su oreja y con las pupilas dilatadas…

—Casi mejor, porque me pillas ocupado.

Me contuve para no lanzar el teléfono. Apreté los dientes y tragué saliva con fuerza. Respirando agitada, me quedé unos segundos más viendo llover, ajena a la fiesta que se escuchaba dentro del local y en la que no me apetecía estar. Ajena a la gente que me rodeaba y reía, charlaba, se divertía. Ajena de repente a todo. Incluso a Rhys. Por primera vez en mucho tiempo me sentí completamente sola. Porque antes siempre lo había tenido a él al otro lado de la pantalla. La distancia nunca impidió que lo sintiese cerca. Pero esa noche era distinto. Esa noche no estaba, como muchas otras últimamente. Y lo echaba de menos. Quería que volviese el chico que a mí me gustaba; el de las noches de verano y las sonrisas lentas, el que bailó conmigo en las calles de París, el que era capaz de crear canciones con el latido de un corazón y de hacerme reír sin esfuerzo, o hablar de cualquier cosa y conseguir que mi mundo girase y me replantease cosas que creía saber…

80

De: Rhys Baker
Para: Ginger Davies
Asunto: ¿Tregua?
¿Cuánto tiempo más vamos a estar sin hablarnos, Ginger? Deberíamos firmar una tregua. Tres semanas es demasiado. Te echo de menos. Y sé que tú me echas de menos a mí. No me hagas suplicar. Además, tengo cosas que contarte.

De: Rhys Baker
Para: Ginger Davies
Asunto: ¡Felicidades!
Feliz amigoaniversario, aunque ahora mismo no quieras ser mi amiga. Venga, Ginger, me imagino que fui un idiota durante la noche de fin de año, pero tenemos que arreglar las cosas. Alargarlo solo hará que todo empeore. Dime algo.

De: Ginger Davies
Para: Rhys Baker
Asunto: Verdades
Dices que *imaginas* que fuiste un idiota porque ni siquiera lo recuerdas bien, ¿verdad? Y claro que te echo de menos, Rhys. Eso ya lo sabes. Como sabías que me ablandaría lo del amigoaniversario, pero no puedo fingir que no me duele ver hacia dónde estás conduciendo tu vida. No lo entiendo. Lo tienes todo para ser feliz.

De: Rhys Baker
Para: Ginger Davies
Asunto: RE: Verdades

Ginger, no me vengas con esas. Esto no tiene nada que ver con la felicidad, solo son momentos puntuales. Vamos a olvidarlo, ¿vale? Si te sirve para que se te pase el enfado, llevo semanas sin salir de fiesta ni meterme en ningún lío. Estoy ocupado con algo más importante. Y hasta he vuelto a hablar con Logan. Tenías razón, cuando me preguntaste por él el mes pasado recordé que era un buen tío y que llevaba tiempo sin darle un toque; así que, adivina, vendrá a verme unos días dentro de unas semanas, dice que le irá bien para despejarse y que hablemos y pasemos ese tiempo juntos.

¿Contenta? Espero que sí...

Porque tengo la sensación de que no dejo de cagarla. Y me siento como la mierda, Ginger, pero cuando lo hago, no sé, no me doy cuenta. O sí. Pero no en ese momento. En ese momento no siento nada. Y luego viene todo de golpe. La culpa. Y me ahoga.

¿Qué nos está pasando? ¿Por qué no paramos de discutir?

De: Ginger Davies
Para: Rhys Baker
Asunto: Me sirve

Está bien, Rhys. Yo también estoy cansada de que siempre estemos enfadados últimamente, pero ya sabes que me importas y soy incapaz de mantener la boca cerrada cuando tengo la sensación de que estás corriendo en la dirección equivocada.

Me alegra que Logan vaya a visitarte unos días, siempre está bien reencontrarse con los viejos amigos. Y no me dejes con la intriga, quiero saber en qué estás ocupado en este momento. Además, también tengo mucho que contarte. Muchísimo. Pero primero tú.

De: Rhys Baker
Para: Ginger Davies
Asunto: Allá va

Vale, no me andaré con rodeos.

¡Voy a grabar un disco!

Sí. Eso es. Me lo han propuesto y creo que puede ser una buena idea. Algo solo mío. Al principio dudé, pero luego pensé: coño, ¿por qué no? Tengo material de sobra de las sesiones y, todavía mejor, lo que más me gusta es crear, componer, mezclar…

Estoy ilusionado, aunque quiero tomármelo con calma. No me hace gracia la idea de sacar cualquier cosa, así que les he pedido un tiempo prudencial. Pero me apetece lo de volver a encerrarme en el despacho del apartamento durante horas, olvidarme de que se me ha pasado la hora de comer y terminar preparándome unos espaguetis chinos. Me gusta cómo me siento cuando estoy metido en eso, no sé, como si mi cabeza volviese a activarse después de haberla tenido un tiempo algo dormida. O no tan despierta. Tú me entiendes.

¿Qué te parece? Me ponía nervioso que no lo supieses, ¿te lo puedes creer? Tener que dar un «sí» sin antes poder consultarlo contigo. Qué locura, Ginger.

De: Ginger Davies
Para: Rhys Baker
Asunto: RE: Allá va

¿Que qué me parece? ¡Dios mío, Rhys! ¡Estoy saltando en casa de alegría! Creo que es genial. ¡Grandioso! ¿Te imaginas? Podré ir a una tienda y comprar tu disco, con tu nombre ahí impreso. Me hace muy feliz. Sobre todo porque sé que trabajar en esto es, al final, lo que más te gusta de todo; poder plasmar y crear y trasmitir.

Admito que a mí me pasa lo mismo. Somos idiotas.

Cuando me ocurrió ESO relacionado con el proyecto de lanzamiento, lo primero que pensé fue ¡mierda, no se lo puedo contar a Rhys porque estoy tremendamente enfadada con él por ser un cretino y se supone que no le hablo! Así que sí, entiendo lo que dices.

De todas formas, ha llegado el momento de hablar sobre ESO. No sé por qué lo llamo así, no preguntes. Voy a intentar resumir la historia, ¿vale? Para empezar, ¿te suena el nombre de Anne Cabot? Imagino que no, pero es la esposa de uno de los hombres más influyentes de Inglaterra. Mejor dicho, *era* la esposa, porque esta semana han finalizado los trámites del divorcio. Pero a lo que iba: Cameron Reed es un conocido empresario del mundo de las finanzas y abanderado de numerosas causas feministas y a favor de la igualdad; además, tiene contactos políticos. Te estarás preguntando a qué viene todo esto, pues bien, resulta que maltrataba a su mujer. Sí, todo un escándalo que no quiere que se sepa. No solo eso, frecuentaba prostitutas de lujo. Una joya, ya ves.

La cuestión es que Anne estuvo años callada, aguantando por miedo al escándalo público o a que nadie le diese credibilidad a sus palabras, dado lo conocido que es él. Pero, al final, después de la última paliza que le dio, decidió marcharse a casa de su madre y divorciarse. Es una mujer inteligente e increíble, pero ha estado años asustada. Se graduó en Filología con matrícula de honor, aunque tiempo después dejó de ejercer como profesora cuando empezó a acompañarlo a él a todos sus viajes. En fin, ya te imaginas el resto. Estaba anulada.

La cuestión es que se oía el rumor de que estaba escribiendo sus memorias. En un principio, lo di por imposible, porque imaginé que ya tendría un contrato firmado con alguna de las grandes editoriales del país, pero un día, tras darle vueltas y hablarlo con Dona y Kate y no poder dormir…, terminé haciendo una locura.

Me da vergüenza hasta contártelo, pero allá va:

Me presenté en la puerta de su casa. En Notting Hill. No llamé, por supuesto. Estuve esperando bajo el frío helador de esta ciudad hasta que ella salió en torno a media mañana. Y entonces la abordé, como una loca de manual, sí. Fui directa hacia ella. Se me trababa tanto la lengua que no sé ni cómo me expliqué. Conseguí decirle que acababa de fundar una editorial pequeña, que ya estábamos en contacto con varios autores, pero que buscábamos algo potente para el primer lanzamiento. Recuerdo que solo me miraba fijamente, casi sin pestañear. Logré sacar una tarjeta del bolso y dársela, temblando. Le dije que imaginaba que ya tendría algo firmado, pero que, por si acaso, no quería perder la oportunidad. Estaba a punto de marcharme corriendo antes de que llamase a la policía cuando me preguntó si quería tomarme un café con ella.

Sí, tal cual. Por supuesto, acepté. Fuimos a una cafetería cercana y hablamos durante un buen rato. Le conté un poco mi historia: lo de pasarme toda la vida preparándome para trabajar en la empresa de armarios para, al final, dejarlo todo y acabar fundando la editorial. Ella se mostró interesada, y no sé, la conversación fluyó como si nos conociésemos desde hace tiempo. Es una mujer encantadora, la verdad. El caso es que, al final, cuando hacía un buen rato que nos habíamos terminado el café, me confesó que estaba finalizando el primer borrador, que tenía varias propuestas sobre la mesa de editoriales importantes con las que evidentemente yo no podría competir y que todavía no había decidido nada.

Yo me limité a felicitarla. Ya tenía claro que no había opciones. Pero, entonces, me preguntó qué ventajas tendría si se decidiese a trabajar conmigo. Y fui sincera: poco en la parte económica, al menos hasta que el proyecto diese resultados, pero libertad total para publicar el texto sin censura, un trato cercano y claro, sin mil intermediarios. Le dije la verdad, que siempre había deseado publicar algo que valiese la pena, conseguir que eso llegase a la gente, mimarlo, pulirlo, dejarme la piel entre las letras que otros escribían. Defenderlas.

Y entonces… me sonrió.

Se despidió diciéndome que lo pensaría y, dos días después, me llamó para darme un SÍ.

¿Te lo puedes creer, Rhys? ¡Yo todavía no! Sigo en una nube, incapaz de asimilarlo, y eso que ya hemos firmado el contrato. No sé. Es tremendo. Y potente. Justo lo que andaba buscando. Anne me comentó que tras el divorcio tenía suficiente dinero como para varias vidas y que esa no era la parte que más le preocupaba a la hora de publicar sus memorias, sino que la trataran solo como un producto más, algo vacío.

Menudo tostón te he escrito, pero es que necesitaba explicarte un poco la situación para que lo entendieses bien. Ojalá todo marche como esperamos. Ojalá dentro de unos meses estés grabando un disco. Ojalá en breve la editorial empiece a dar sus frutos. Ojalá…

De: Rhys Baker
Para: Ginger Davies
Asunto: Estoy orgulloso de ti

Joder, Ginger. Es que es increíble. Casi puedo imaginarte esperando en la puerta de su casa temblando de los pies a la cabeza, ¡pero lo hiciste! Eso es lo que más me gusta de ti. Que hay muchas cosas que te dan miedo y a veces tardas más en conseguir dominarlo, pero siempre terminas por hacerlo, ¿te das cuenta? Eres justo como te definí el primer día que te conocí. Enredada. Pero son enredos bonitos, como hilos de los que vas tirando poco a poco, conforme creces y te haces más fuerte y mejor en todo.

Estoy deseando tener ese libro en mis manos.

De: Ginger Davies
Para: Rhys Baker
Asunto: ¡Sorpresa!

No te he contado algo importante que creo que te va a gustar…

Ya registramos la editorial. Estuvimos días barajando nombres, pero al final Kate dijo que tenía que ser una decisión mía porque, a fin de cuentas, de momento ella no cuenta como socia y, bueno, porque era el sueño de mi vida. Quiso regalarme eso.

Y la he llamado «Moon books».

Porque, si lo piensas bien, Rhys, leer un buen libro es casi como estar en la luna. Durante esos instantes, mientras te sumerges entre las páginas, dejas de tener los pies en la tierra, viajas lejos, a otros lugares, a otros mundos, a otras vidas…

Además, me recordaba a ti. A nosotros.

De: Rhys Baker
Para: Ginger Davies
Asunto: RE: ¡Sorpresa!

Joder, Ginger… No sé ni qué decir…

Es perfecto. Gracias por esto.

81

RHYS

El vuelo de Logan aterrizó por la tarde, cuando empezaba a oscurecer. Me costó reconocerlo al principio, aunque apenas había pasado un año y medio desde que lo había visto por última
vez, cuando estuve una temporada en Los Ángeles con Alexa
por el lanzamiento de aquella canción que hicimos juntos. Ahora, Logan tenía el pelo algo canoso, vestía más… formal, elegante. Parecía un abogado de los de toda la vida, no el tipo más
despreocupado que había conocido hasta entonces.

Nos saludamos dándonos un abrazo corto.

—Te da el sol por aquí, ¿eh? —dijo sonriente.

—No creas, en invierno poco. Vamos.

Tras dejar su maleta en el apartamento, nos fuimos a tomar
algo y nos pusimos al día. Iba a quedarse tan solo tres días, pero
los suficientes como para despejarse; al parecer, estaba algo
agobiado con tanto trabajo. El despacho antes pequeño que tenía en Los Ángeles había terminado convirtiéndose en un bufete más grande en Nueva York después de asociarse con otra
empresa. Parecía cansado, un poco disperso y, aun así…, aun
así había algo distinto en su mirada, algo que no recordaba que
antaño estuviese ahí. Un brillo.

—¿Y qué hay de ti? Sigues como siempre.

No sé si me gustó ese «como siempre». ¿Qué significaba
aquello? ¿Estancamiento, rutina, comodidad? Me removí incómodo en la silla y le di otro trago a la segunda cerveza que habíamos pedido. Logan consultó un segundo el móvil antes de
volver a guardárselo en esos pantalones de color caqui y cintu-

rón de marca que llevaba puestos y que nunca antes había asociado a él.

—No exactamente. Voy a grabar un disco pronto, creo que ya te lo comenté cuando hablamos por teléfono. Y tengo contrato firmado para el próximo verano, así que supongo que de momento las cosas van bien.

—Ya. Has dejado de moverte, ¿eh?

—¿De moverme? —Fruncí el ceño.

—Sí, por ahí, quiero decir. Como antes. Siempre estabas dando tumbos de un lado para otro. Al final es cansado. No sé cómo mantenías el ritmo. Además, en este sitio se está genial. Fíjate, aún no ha empezado la primavera y el aire es templado.

Arranqué con la uña la etiqueta de la cerveza.

—Simplemente me he dejado llevar según lo que venía. Me habría ido si me hubiesen ofrecido un buen trabajo en algún otro sitio.

—Tampoco es lo mismo. Es normal.

—¿En qué sentido? —pregunté.

—La edad, Rhys. —Se echó a reír, bebió y suspiró—. No es igual a los veinte que a los treinta, ¿no te parece? Es inevitable que algunas cosas vayan cambiando.

Me encogí de hombros y lo miré curioso.

—¿Tú por qué has cambiado?

—Sobre eso quería hablar contigo…

Logan apoyó los brazos en la mesa.

—¿Qué pasa? ¿Algo malo?

—Qué va. Al revés. Voy a casarme, Rhys.

Me quedé mirándolo fijamente, pensando…

—Vaya. Enhorabuena. Bien hecho.

—Ya. El caso es que conoces a la novia.

—¿En serio? ¿Alguien de Tennessee?

—No, no. ¿Te acuerdas de Sarah? Mmm. —Logan suspiró con incomodidad, bebió un poco más, cogió aire—. Estuviste con ella un tiempo intermitente. Y en Los Ángeles… compartisteis apartamento. Hace años. Un día se enfadó contigo al ver no sé qué *e-mails* con otra chica y me pidió si podía quedarse en mi casa y, en fin, a partir de ahí empezamos a tener algo más de contacto, sobre todo cuando me mudé a Nueva York…

—La recuerdo —lo corté—. Sarah. Sí.

—No quiero que esto sea incómodo.

—¿Y por qué iba a serlo?

—Ya sabes. Ella estaba enamorada de ti.

—Bueno, han pasado años, joder.

—Lo sé. Pero… —Me miró inseguro antes de apartar la mirada—. Quería explicarte en persona por qué hemos decidido no invitarte a la boda. Lo siento. Es que creo que sería embarazoso, sobre todo para mí. No puedo evitarlo…

Estuve callado unos segundos, hasta que reaccioné.

—No hace falta que me des explicaciones.

—Vale. Porque no quería herirte.

—Tampoco habría ido —añadí.

—¿Lo dices en serio? —Se rio.

—Sabes que odio las bodas.

Logan asintió antes de pedir otra ronda de cervezas. Yo intenté mantener la concentración durante el resto de la velada, aunque a duras penas lo conseguí. Él hablaba del bufete, de su día a día, de la boda que se celebraría a finales de verano, de cómo había conectado con Sarah desde el principio, y yo… intentaba no pensar en que le había mentido, porque sí habría hecho el esfuerzo de ir a la boda de uno de los pocos amigos de verdad que había tenido en mi vida, incluso aunque no me gustase toda esa parafernalia, y menos sabiendo que iba a celebrarse en uno de esos salones pomposos de Nueva York.

También intentaba no pensar en otras cosas más.

Como en esa sensación de estar quedándome atrás. De perderme entre las sombras cuando los demás conseguían encontrar la luz en algún momento. Pensaba en raíces que no existían. En anclas desconocidas. En que cada vez tenía más contactos en el teléfono móvil, pero eran casi proporcionales a la soledad que me abrazaba. Pensaba en Ginger; en cómo estaba alzándose como una enredadera infinita que no dejaba de trepar, en lo orgulloso que me sentía yo de ella y lo decepcionada que ella estaba de mí. Lo notaba. Lo sentía. Eso y el hecho de replantearme a menudo esos senderos que había dejado atrás.

Como el de Sarah, por ejemplo. ¿Cómo hubiese sido mi vida si, en lugar de apartarla de mi camino, nuestra historia hubiese ido a más? Imaginé que ya estaríamos casados y viviendo en la gran ciudad, quizá con un hijo y un segundo en camino. ¿Quién sabe? El caso es que toda mi existencia era, al final, un montón de hilos de los que había tirado en algún momento, pero que siempre había terminado por cortar antes de que pudiesen hacerse lo suficientemente largos como para ser resistentes.

Menos con Ginger. Su hilo seguía ahí, constante, creciendo. Sabía que nunca sería capaz de soltarlo. Y tampoco el de mi madre, que era fino pero estable.

No tenía mucho más. Curiosamente, me di cuenta de que todos los había cortado por mi cuenta, como si una parte de mí huyese de la compañía, de la amistad, del amor, de todo lo bueno. Quizá buscaba la tristeza, la soledad, la desdicha. Quizá las perseguía.

82

De: Ginger Davies
Para: Rhys Baker
Asunto: Drama

¡No te vas a creer lo que está ocurriendo! Resulta que nos ha llegado a la editorial una carta de un importante despacho de abogados y, adivina qué, solicitan «de manera amistosa» que no sigamos adelante con la inminente publicación del libro de Anne Cabot. Por supuesto, sabíamos que su exmarido haría todo lo posible para hundir este proyecto, pero imaginé que se limitaría a divulgar por ahí que todo eran injurias y mentiras, no que intentaría evitar incluso que saliese a la venta.

Lo peor es que no tengo ni idea de cómo proceder, así que he terminado por contactar con James, ¿lo recuerdas? Es el chico de la cerveza que conocí en una fiesta, con el que quedé bastante tiempo después y me acosté en su casa. Te llamé esa noche porque estaba bloqueada y quería marcharme (qué vergüenza me da pensarlo ahora). El caso es que he recordado que es abogado y no quería pedirle a mi padre el contacto del suyo para no preocuparlo, así que he concertado una cita con él a finales de semana.

Estoy un poco preocupada, Rhys.

Ojalá no sea nada importante…

De: Rhys Baker
Para: Ginger Davies
Asunto: RE: Drama

Mantén la calma, galletita.

Me parece bien que lo pongas todo en manos de un aboga-do. Y sí, me acuerdo del tal James, el que pensaba que era bue-na idea juntar a la Señora Frambuesa con el Señor Chocolate, ¿cierto? Espera a ver qué opina él de la situación antes de en-trar en pánico.

Ve contándome qué ocurre, ¿vale?

De: Ginger Davies
Para: Rhys Baker
Asunto: RE: RE: Drama

Pues, veamos, la situación es la siguiente: Cameron Reed tie-ne dinero suficiente como para contratar a todos los abogados de Londres a tiempo completo; y yo, en cambio, soy una pringa-da que un día decidió montar una editorial y meterse en todo este lío. Pero la parte buena es que James cree que hay una ma-nera de que Cameron recule antes de seguir adelante o tomar medidas legales por injurias y no sé qué de la intimidad y el ho-nor al salir en la biografía. Llevamos toda la semana dándole vueltas y, quizá, si anunciamos de inmediato la publicación, in-virtiendo un poco en publicidad (mi padre me ha dejado algo de dinero que espero poder devolverle pronto), llegaremos a oídos de la prensa.

La finalidad es que, una vez que se sepa que Anne Cabot va a publicar algo tan polémico como unas memorias en las que explica el infierno que pasó durante años, Cameron prefiera li-mitarse a desmentir lo que ella dice y poco más. Sabe que, cuanto más ruido haga, también es más publicidad para el libro cuando se sepa de su existencia. Digamos que es un poco como el pez que se muerde la cola, así lo ha descrito James.

La verdad, sigo bastante preocupada, aunque Anne, por el contrario, se muestra muy tranquila. Creo que ya preveía lo que iba a ocurrir. Además, incluso aunque ahora él se centre en defenderse de todo lo que ella cuente, sí podría tomar me-didas más adelante al acusarla de injurias, mancillar su honor y blablablá. Anne dice que tiene pruebas médicas de los maltra-tos, justo antes de que se marchase de la casa que compartían.

James le ha solicitado la documentación y está evaluándolo para prepararse por lo que pueda ocurrir.

Eso sí, hemos tenido que adelantar el lanzamiento. Dentro de tres semanas entra en imprenta. Así, a lo loco. Kate dice que la voy a matar de un infarto.

¿Tú qué opinas, Rhys?

De: Rhys Baker
Para: Ginger Davies
Asunto: RE: RE: RE: Drama

¿Sinceramente? Opino que esto es publicidad gratis para vosotros y que si antes no tenía dudas de que iba a ser un éxito, ahora pondría la mano en el fuego por ello. Piénsalo. La realidad es que a la gente le gusta el morbo y la polémica. Quiera o no, Cameron tendrá que hacer un comunicado para negar todas las acusaciones, porque el silencio solo puede alimentar su culpabilidad. Penderá de un hilo muy fino entre eso y no hablar demasiado para no hacer más grande el escándalo. Y lo dicho, algo así siempre atrae a la gente. Querrán leer el libro, formarse su propio criterio. Por cierto, ¿Anne no lo ha denunciado?

De: Ginger Davies
Para: Rhys Baker
Asunto: Avances

Sí, Anne está en ello. O, mejor dicho, su abogada. Pero hemos decidido separar ese proceso de todo lo relacionado con la editorial. Al final, James va a encargarse de eso. La verdad es que se está portando genial. No te lo conté, porque estaba algo nerviosa con lo que se nos venía encima, pero cuando fui a verlo al despacho que ahora tiene en Londres y le expliqué que al final había montado esa editorial de la que le hablé años atrás como un sueño lejano, se mostró tan orgulloso que me eché a llorar. Supongo que porque también estaba con las emociones a flor de piel.

Pero es bonito, ¿no? A pesar de que ahora apenas tenga un respiro y medio viva en la oficina. Hace justo un año estaba a punto de dejar la empresa de mi padre y de marcharme a pasar el verano contigo, y ahora mira. A veces da miedo echar la vista atrás y ver cómo todo cambia tanto. Por cierto, no dejo de acaparar la conversación con mis líos y hace tiempo que no me cuentas nada sobre cómo va el disco. Peor aún, olvidé preguntarte qué tal fue todo cuando Logan te visitó el mes pasado. Soy la peor amiga del mundo, es oficial.

De: Rhys Baker
Para: Ginger Davies
Asunto: RE: Avances

Tranquila, creo que tienes una buena excusa con todo lo que ha ocurrido. Ayer estuve buscando la noticia y veo que ha salido en varios periódicos digitales. Es genial, Ginger. Quedan tres días para el lanzamiento, ¿no? Conociéndote, imagino que estarás histérica, así que voy a ponerte al día para despejarte la mente un rato.

Sí, Logan estuvo aquí y fue bien. Más o menos. Tranquilo. Creo que olvidó cómo se hace eso de «divertirse» en cuanto empezó a usar pantalones con pinzas, pero ¿qué se le va a hacer? Supongo que nadie es perfecto. No, ahora en serio. Me di cuenta de que, si tiempo atrás teníamos poco en común, en este momento ya no nos queda absolutamente nada. Supongo que así son las amistades, no siempre siguen un mismo camino y un día miras a alguien a quien conoces desde hace más de una década y te das cuenta de que ya no te une nada a esa persona. Pues eso. Ah, y se va a casar. Con Sarah, esa chica con la que estuve hace años. Qué de vueltas da la vida, ¿no? Mejor no pensarlo.

En cuanto al disco, todo va bien. Me reuní la semana pasada con los de la discográfica en Barcelona y tienen grandes planes, pero aún me queda trabajo por delante. He estado algo más atascado estas semanas. Supongo que se me pasará pronto.

Ah, parece que mis «estoy orgulloso de ti» te afectan menos. No, fuera de bromas, sí que es bonito mirar atrás y haberte acompañado en todos esos cambios. Te mereces este éxito. Ve contándome qué tal va el lanzamiento del libro.

De: Ginger Davies
Para: Rhys Baker
Asunto: Feliiiiiz, feliz

¡No te puedes hacer una idea de lo feliz que me siento! El lanzamiento ha ido genial. Han venido todos a la oficina: Dona, James, Anne, mis padres, hasta Dean se ha escapado un rato del trabajo. Kate ha descorchado una botella de champán y hemos puesto perdido el suelo del pasillo, ¡pero no importa! Los libreros lo han acogido de una forma increíble. Ni en mis mejores sueños podría haber imaginado algo así para empezar.

Te dejo, porque esta noche vamos a seguir celebrándolo. Hemos reservado una mesa para cenar en un restaurante nuevo que ha abierto en la zona.

Hablamos mañana. Besos.

De: Rhys Baker
Para: Ginger Davies
Asunto: RE: Feliiiiiz, feliz

Me alegro mucho por ti, Ginger. Disfruta de este momento. Quizá pronto podamos hacerlo juntos. Quién sabe. Espero que estés orgullosa. Aún recuerdo a veces a esa chica algo perdida que conocí en París y que se reía de la palabra «sueños».

Algunas vueltas de la vida no están tan mal.

83

GINGER

Volví a releer la misma frase por quinta vez, asegurándome de que fuese perfecta, de que cada palabra expresase lo que debía trasmitir. Luego alcé la vista cuando llamaron a la puerta de mi despacho y vi que Kate se asomaba. Parecía nerviosa.

—Tienes una visita, Ginger.

—Dile que pase —contesté.

—De acuerdo… —Se mostró un poco insegura, miró otra vez a su espalda y volvió a sacar la cabeza por el hueco de la puerta—. Estaré fumando en la terraza.

—Claro. Vale. —Me levanté.

Y entonces lo vi. Lo vi entrar por la puerta de mi despacho como un huracán, con una sonrisa perezosa en la cara, el pelo rubio revuelto y unos vaqueros desgastados que resbalaban por sus caderas mientras daba un paso tras otro hacia mí. Extendió los brazos. Yo me quedé paralizada durante unos segundos, de pie, con las rodillas temblándome. Porque hacía casi un año que no lo veía y… seguía sin estar preparada para hacerlo. Entonces menos que nunca. Menos que en ningún otro momento.

—¿Qué pasa, galletita? ¿No te alegras de verme?

—Yo… —Me llevé una mano al pecho—. Rhys…

Conseguí reaccionar. Corrí hacia él y lo abracé. Sentí su mano en mi cabeza, mi mejilla apoyada contra su pecho firme, su olor mentolado envolviéndonos a los dos entre un montón de recuerdos, de confidencias, de momentos congelados en el tiempo y noches frente al teclado.

Me separé de él y lo miré. Estaba algo más delgado y tenía ojeras, pero seguía siendo tan atractivo como lo recordaba, con ese brillo en la mirada, con esa manera suya de inclinar la cabeza para acortar la diferencia de altura que siempre nos separaba. No sé. Era él. Oscuro y lleno de luz a la vez. Deslumbrante incluso a pesar de ser la persona más opaca que conocía.

—¿Tanto he cambiado para que me mires así?

—No. Qué va. Estás igual. Estás… genial.

—Tú, por el contrario… —dio un paso atrás para echarme un vistazo—, pareces distinta con este traje. Y te has cortado el pelo, no me lo dijiste.

—Tengo tan poco tiempo últimamente…

—Lo sé. Te queda bien. Estás preciosa.

—Gracias… —Tragué saliva, nerviosa.

Rhys alzó una mano para tocarme las puntas de la melena corta que llevaba. Luego me acarició el mentón y siguió hacia la barbilla mientras nos mirábamos fijamente a los ojos. Los de él estaban llenos de anhelo, de recuerdos, de deseo. Yo cerré los míos al sentir cómo sus dedos me rozaban los labios, dibujándolos, haciéndome temblar…

Después gruñó por lo bajo.

Y me besó. Un beso intenso.

Nuestras bocas se encontraron con vehemencia. Con ganas. Algo se agitó en mi pecho, algo bueno y algo malo. Lo que aún sentía por él, lo que siempre había sentido, luchando contra lo que debía ser. Me estremecí; de placer y de tristeza a la vez. Rhys me alzó y me sentó sobre el escritorio. Sus manos me buscaron salvajes, aferrándose a mis piernas, intentando desabrochar los botones de la blusa que vestía aquel día…

Contuve el aliento. No hacía ni dos minutos que había entrado en mi despacho tras un año de ausencia y ya había revolucionado todo mi mundo, ya había conseguido que me ardiese la piel al rozar la suya. Peor aún; incluso antes de tocarlo.

Apoyé las manos en su pecho, temblando.

—Ginger, Ginger… —Volvió a besarme.

—Espera, Rhys. No puedo. Ya no.

Él dio un paso atrás. Leí la incomprensión en el gris de sus ojos mientras yo intentaba abrocharme lo más rápido que podía los botones que él había abierto de un tirón. Bajé de la mesa, pero me quedé allí, con la cadera recostada en la madera oscura, las manos apoyadas en el borde, aferrándome al mueble para que no viese que estaba temblando.

—¿Qué ocurre, Ginger?

—Esto no funciona así. —Tragué con fuerza y lo miré furiosa. Estaba enfadada, con él y conmigo misma, con los dos—. ¡No puedes aparecer en cualquier momento y hacer esto! No puedes dar por hecho que lo que ocurrió el verano pasado fue un punto y aparte que puedes retomar cuando más te apetezca.

Rhys cogió aire y frunció el ceño.

—Lo siento. No sé. No lo pensé. Solo te vi…, te vi y ya sabes que eres mi perdición, porque lo sabes, ¿verdad, Ginger? Soy incapaz de mantener las manos lejos de ti…

Vi que se acercaba de nuevo. Tan seductor sin esforzarse, tan seguro de cada movimiento, tan fascinante que era imposible apartar la mirada de él.

—No lo entiendes…

—¿Qué no entiendo?

Lo dije con un hilo de voz:

—Estoy saliendo con alguien.

Rhys parpadeó confundido. Bajó la mirada al suelo y luego la alzó de nuevo hacia mí. No sé qué había en sus ojos en esos momentos. Había… muchas cosas. Cosas mezcladas, enmarañadas. Fui incapaz de entender qué significaban. Puede que ni siquiera él lo supiese.

Se revolvió el pelo y después caminó de un lado a otro del despacho con las manos en las caderas antes de volver a mirarme de frente. Inspiró hondo.

—¿Quién es? No me has dicho nada…

—Es que… quedamos en que no hablaríamos de eso. Ya sabes, cuando estuvimos juntos el verano pasado. Y aún no sabía cómo contártelo hasta ir viendo qué tal iban las cosas. Últimamente no estábamos tratando esos temas. Tú tampoco lo haces.

A menos que quieras hacerme daño, claro. Dios, Rhys, odio esto. Lo odio…

—Ginger… —masculló impaciente.

—Es James. Estamos intentándolo.

—¿James? ¿Otra vez? ¿Bromeas?

—Lo dices como si no llevase años tropezando con la misma pared —repliqué sin darme cuenta de que poco a poco había empezado a alzar la voz.

—¿Qué pared, joder? —gritó.

—Tú, Rhys. Tú eres mi pared.

Parpadeé para no echarme a llorar al ver su expresión de desconcierto. Me picaban los ojos. Y estaba temblando. No sé qué hacíamos ahí mirándonos fijamente, callados, diciéndonos tanto sin necesidad de palabras. Casi fue un alivio que Kate volviese a llamar a la puerta después de terminar de fumar en la terraza.

—Solo quería recordarte que hoy has quedado para comer —me dijo con intención, luego le dirigió una sonrisa a Rhys—. Encantada de conocerte, por cierto.

Cerré los ojos y suspiré intentando mantener la calma cuando Kate se fue. Él, en cambio, seguía ajeno a todo, apoyado cerca de la ventana con la vista clavada en el cielo gris que parecía precipitarse sobre nosotros.

—Joder… —Me giré y busqué mi móvil en el bolso.

—¿Qué pasa ahora? ¿Te casas mañana y has olvidado encargar las flores?

—Vete a la mierda, Rhys —masculló furiosa.

—¿Por qué? No me sorprendería no saberlo.

Por un instante, olvidé que había quedado a comer con James. Olvidé que estaba buscando mi teléfono para intentar cancelarlo, aunque conociendo lo puntual que era estaría a punto de llegar. Olvidé cualquier otra cosa que no tuviese que ver con ese mismo momento. Y dejé salir el enfado. La rabia contenida. La indignación.

—¡¿Cómo puedes ser tan malditamente egoísta?! ¿Cómo se te ocurre echarme en cara que no te contase lo de James cuando tú llevas años acostándote con cualquiera sin que nunca se me ocurriese pedirte ni una explicación? ¿Qué pasa contigo, Rhys? ¿Alguna vez te has molestado en mirar más allá de tu propio ombligo?

No me di cuenta hasta ese momento de que estaba llorando tan fuerte que había empezado a ver borroso. Él se acercaba a mí, acortando esos centímetros de seguridad que nos separaban. Intentó abrazarme, pero me aparté. Lo oí respirar con brusquedad. Y luego me rendí, dejé que lo hiciese, que sus brazos me envolviesen mientras sollozaba contra su pecho. Su aliento cálido en la oreja me hizo temblar.

—Sé que soy idiota, Ginger. Pero nunca he sentido nada por ninguna de esas chicas, porque siempre he sabido que tú eras la única, que tú… Mi constante…

Llamaron al telefonillo de abajo.

Me separé de él, algo confundida por toda aquella situación inesperada. Me alejé hacia la mesa y saqué unos pañuelos del bolso para limpiarme la cara y la nariz.

—Es James. Había quedado con él para comer.

—No me jodas. —Rhys cerró los ojos.

—Por favor, si te importo un poco, solo un poco, intenta comportarte como un amigo normal. Rhys, ¿me estás escuchando? Sé que todo esto es difícil para los dos, pero no quiero hacerle daño a James. No se lo merece. Ni siquiera le he contado lo que ocurrió el verano pasado, solo sabe que te conocí en París…, que hablamos desde entonces…

—Ve a abrir —gruñó en voz baja.

Lo abracé cuando pasé por su lado, dándole las gracias. Durante ese segundo eterno, con mis brazos a su alrededor y él parado en medio de la estancia, me pregunté qué pasaría si decidía no abrir la puerta, qué pasaría si me quedaba para siempre allí con Rhys, solo tocándolo, sintiéndolo y escuchándolo respirar. Creando un «nosotros». ¿Era posible siquiera o tan solo resultaba algo platónico, un sueño tan idealizado como tocar la luna?

Y entonces reaccioné. Volví a la realidad.

Lo solté de golpe y salí del despacho.

84

RHYS

Hice el puto esfuerzo más grande de mi vida para aguantar esa comida infernal en el reservado de un restaurante pijo en el que servían porciones minúsculas de mierda. Me estaba matando la situación, todo. Cómo me sentía durante esos últimos meses, más solo que nunca, más perdido que en toda mi vida. Cómo se me encogía el estómago al ver a James rozándole el brazo, posar la mano en su rodilla, mirarla embobado. Creo que fue la primera vez que sentí envidia de verdad, de esa retorcida que te remueve por dentro. Envidia de la estabilidad, de lo claro que parecía todo ante mis ojos, de haber sabido hacer las cosas bien.

—Ginger me dijo que vas a sacar un disco.

—Sí, ese es el plan. Si consigo terminar.

—No entiendo mucho de ese tipo de música. Ya sabes, para mí siempre ha sido ruido. Pero imagino que tiene su dificultad, sus trucos, como todo. Es interesante.

Asentí distraído mientras intentaba averiguar qué coño era ese mejunje de cosas que me habían puesto en el plato. Yo había pedido algo con patatas y, o bien eran invisibles, o bien eran de color verde. Sentí la mirada de Ginger atravesándome. Un pequeño ruego. Un grito silencioso. Ojalá la conociese menos como para no darme cuenta...

Pero es que no podía fingir, no podía...

Estaba deseando largarme...

Desaparecer.

Ser humo.

Nada.

—Vuelvo dentro de un momento.

Me levanté y me dirigí hacia los servicios del restaurante. Eran igual de pretenciosos que su comida. Cerré la puerta principal y me miré en el espejo unos segundos antes de sacarme del bolsillo de los pantalones el pequeño plástico y la cartera. Cogí una tarjeta, lo abrí y coloqué una raya encima del mármol rojo. Cuando salí de allí cinco minutos más tarde lo hice más animado, más entero, más dispuesto a soportar aquella tortura.

—Íbamos a pedir el postre sin ti —bromeó James.

—De eso nada. No me gustan las mezclas raras con chocolate —murmuré por lo bajo. Noté que Ginger se tensaba un poco y me amonesté por ello. Joder. Quería pensar que el tipo que tenía delante era un capullo integral, pero el único que realmente se ajustaba a esa definición en aquella mesa era yo—. La tarta de manzana tiene buena pinta.

Me propuse esforzarme.

Respiré hondo.

Me froté la nariz.

Evité la mirada de Ginger.

Esforzarme. Esforzarme.

—¿Compartimos una? —le preguntó James.

—Vale. ¿La de queso te parece bien? —Ella lo miró.

—Sí. Está bien. —Cerró la carta con satisfacción.

Nos terminamos el postre mientras James y Ginger hablaban sin parar sobre todo el caso relacionado con Anna Cabot, lo exitoso que había sido el lanzamiento, el próximo catálogo que ella ya tenía preparado y en el que estaba trabajando…

Yo intentaba escuchar. Lo intentaba.

No sé cuánto duró la comida, pero sentí que fue una eternidad. James se despidió de nosotros en la puerta del restaurante porque tenía que volver cuanto antes al trabajo. Me estrechó la mano con fuerza, me dijo que estaba encantado de conocerme después de oír hablar tanto de mí y se alejó calle abajo hacia la parada de taxis.

Nosotros nos quedamos allí un rato más. ¿Cinco? ¿Diez minutos? Quizá. Tan solo de pie, parados junto a una de esas cabinas rojas típicas de Londres, contemplando el tráfico que circulaba por la carretera de delante. Tenía un jodido nudo en el pecho.

—Esos tatuajes son nuevos…

Su voz sonó baja, apenas un susurro.

Miré mi mano izquierda y moví los dedos. Llevaba una nota musical en el anular y un ancla pequeña en el dorso, cerca del hueso. Alcé la vista hacia ella. Creo que nunca me había dolido tanto mirarla, solo eso…, el hecho de mirarla. Me obligué a respirar, pero era como si el aire que me llegaba no fuese suficiente para soportar aquello.

—¿Qué significa el ancla? —preguntó.

—Nada. Tengo que irme ya, Ginger.

—Rhys…, siento tanto todo esto…

Ella tenía los ojos llenos de lágrimas. Yo solo quería escapar. Ni siquiera podía consolarla. No podía. Necesitaba marcharme. Había llegado allí sin saber qué buscaba, por sorpresa, solo movido por un impulso. Uno llamado Ginger. Y no había nada. En realidad, esa «nada» estaba en todas partes, en una isla, en cualquier continente, en ciudades de luces.

—Te escribo pronto, galletita.

Me incliné hacia ella, le di un beso en la mejilla que me supo salado y me marché calle abajo. Intenté respirar, respirar, respirar. La sentí a mi espalda antes de que sus brazos me rodeasen. Dejé de caminar. Ella se paró frente a mí. Tenía los ojos enrojecidos y le temblaba el labio inferior. Vi que buscaba las palabras…

—Prométeme que te cuidarás.

—¿A qué viene eso, Ginger?

—Solo… prométemelo…

—Yo estoy bien, estoy genial.

—No es verdad, Rhys. Y no soporto la impotencia de no poder hacer nada, de sentir que da igual lo que diga, porque lo único que conseguiré será que te enfades conmigo.

—Venga, deja de preocuparte. —Le di un beso en la frente, le aparté el pelo algo alborotado de la cara—. Intenta ser feliz, ¿vale? Parece…, parece un buen tipo.

Ella asintió, todavía llorando.

No quise alargar más el momento. Y entonces sí, la dejé atrás. Avancé calle abajo, me perdí entre todos aquellos desconocidos que parecían seguir un rumbo fijo. Yo iba sin brújula. Siempre. Iba dando vueltas, tropezando, colisionando, desmoronándome…

85

De: Ginger Davies
Para: Rhys Baker
Asunto: Cuéntame
¿Cómo va todo, Rhys? ¿Llegaste bien? No he vuelto a saber nada de ti, así que espero que sí. Tampoco me contaste mucho sobre el disco cuando estuviste aquí, ¿qué tal lo llevas? Me imagino que no es fácil dar por terminado un trabajo así.
Mantenme al corriente, ¿vale?

De: Rhys Baker
Para: Ginger Davies
Asunto: RE: Cuéntame
He estado ocupado estas semanas trabajando en ello. Creo que las cosas empiezan a encajar bien. No tengo mucho tiempo ahora, Ginger. Ha empezado la temporada de verano y este año trabajo más noches. ¿Tú todo bien?

De: Ginger Davies
Para: Rhys Baker
Asunto: A tope
Sí, todo bien. Yo también voy a quedarme trabajando todo el verano, aunque a Kate la he convencido para que se tome unas semanas libres más adelante y pueda ir a casa a visitar a sus padres. Estamos preparando todo el catálogo del último trimestre, pero creo que lo hemos planificado bien y lo llevamos con la suficiente antelación.
Me imagino que el verano será intenso allí.

De: Ginger Davies
Para: Rhys Baker
Asunto: Cotilleo

¡No te lo vas a creer, Rhys! Yo, de hecho, sigo en *shock*. El otro día decidí irme a casa antes porque no me encontraba muy bien, ¿y sabes qué fue lo que me encontré? A mi hermana y a Kate besándose en el sofá. EN SERIO. Quiero decir, no lo habría imaginado ni en un millón de años. Y eso que, según Dona, era bastante evidente, puesto que, haciendo memoria, Kate nunca me había hablado de ningún chico que le interesase, ni siquiera cuando íbamos a la universidad. Pero, no sé…, me pilló por sorpresa. Fue algo incómodo al principio, sobre todo porque sentí que habían estado escondiéndomelo, pero luego entendí que no querían decirme nada hasta ver si iban en serio o no, por miedo a que eso pudiese afectar a algo relacionado con el trabajo.

Aún intento procesarlo, aunque me hace feliz. Ahora entiendo que Dona volviese a pintar con tanto entusiasmo durante el último mes y todos esos fines de semana en los que me preguntaban con mucho interés si pensaba quedarme a dormir en el apartamento de James.

Hacen una pareja perfecta.

De: Rhys Baker
Para: Ginger Davies
Asunto: RE: Cotilleo

A veces, cuando leo alguna historia así resumida, como la de Logan con Sarah o la de tu hermana con Kate…, casi tengo la sensación de que el amor puede ser fácil. Supongo que solo lo parece. Que en realidad es un truco con sorpresa final o algo así.

De: Ginger Davies
Para: Rhys Baker
Asunto: Siempre

El amor debería ser fácil, Rhys.

De: Rhys Baker
Para: Ginger Davies
Asunto: RE: Siempre
¿Es así como es con James?

De: Ginger Davies
Para: Rhys Baker
Asunto: RE: RE: Siempre
Creo que sí. Creo que es justo eso.

De: Rhys Baker
Para: Ginger Davies
Asunto: RE: RE: RE: Siempre
¿Y cómo crees que habría sido conmigo?

De: Ginger Davies
Para: Rhys Baker
Asunto: No puedo
Rhys, no hagas esto. No lo hagas.
No compliquemos más las cosas.

De: Rhys Baker
Para: Ginger Davies
Asunto: RE: No puedo
No sabía que las cosas estuviesen complicadas.

De: Ginger Davies
Para: Rhys Baker
Asunto: RE: RE: No puedo
Pues lo están, porque se lo conté todo a James. Le conté la verdad. Lo que ocurrió en el despacho el día que fuimos a comer y nuestra relación real durante los últimos años. Y no es que lo encajase demasiado bien, como te imaginarás. Así que necesito… un poco de distancia, ¿de acuerdo? Necesito que todo vuelva a ser como siempre.

De: Rhys Baker
Para: Ginger Davies
Asunto: Sin asunto
Vale.

De: Ginger Davies
Para: Rhys Baker
Asunto: Gracias
Te lo agradezco, porque estoy un poco agobiada con todo. Ya sabes, mucho trabajo, muchos nervios, demasiadas emociones. Y tengo…, tengo esperanzas de que esto con James funcione. Sé que es egoísta lo que te pido, pero ojalá pudieses alegrarte por mí, simplemente eso. Es un buen chico, Rhys. Y queremos lo mismo, tenemos un plan de vida similar, unos sueños parecidos… ¿Entiendes lo que quiero decir?

Y tú…, espero que te estés cuidando.

¿Hablas con tu madre últimamente?

De: Rhys Baker
Para: Ginger Davies
Asunto: ¿Por qué?
¿A qué viene eso, Ginger? Sí, hablo con ella cada una o dos semanas. Y me cuido. ¿Acaso tenía mal aspecto la última vez que nos vimos?

Deja de preocuparte por nada.

De: Ginger Davies
Para: Rhys Baker
Asunto: RE: ¿Por qué?
Solo lo preguntaba porque a veces…, no sé, tengo la sensación de que quizá el problema viene de ahí, de tus padres. Y me aterra preguntarte, porque no quiero forzarte a hablar de eso. Y sabes cuánto te agradezco que me contases que eres adoptado sabiendo lo difícil que es para ti. Pero creo que deberías reflexionar sobre ello, ¿nunca lo has hecho?

De: Rhys Baker
Para: Ginger Davies
Asunto: RE: RE: ¿Por qué?

¿En serio, Ginger? No tengo problemas. No soy el chico al que hay que salvar. Puede que no sea jodidamente perfecto como James ni tenga mi vida planificada de aquí hasta mi cumpleaños número setenta y tres, pero estoy bien. Asumí hace tiempo que tengo defectos, que no puedo cumplir tus expectativas ni ser lo bastante bueno para ti. Pero eso no tiene nada que ver con las raíces, con ellos. Y como bien has dicho, no me gusta hablar de eso, así que será mejor dejarlo estar. Podemos seguir fingiendo que todo está bien.

86

GINGER

Era una noche agradable. Fuimos al cine a ver una de las últimas películas que se habían estrenado y estaba anunciada en las marquesinas de las paradas de los autobuses. James y yo habíamos compartido el cubo de palomitas tamaño mediano, nos habíamos reído juntos en las escenas graciosas y, luego, en las más tensas, no había protestado cuando le apreté la mano. Y ahora seguíamos así, con nuestros dedos entrelazados mientras paseábamos por la ciudad y atravesábamos Hyde Park.

—¿Te he dicho ya lo mucho que me gusta estar contigo? —preguntó antes de soltarme para pasarme un brazo por los hombros y acercarme a él.

Sonreí y respiré hondo, llevándome el aroma a suavizante de la chaqueta fina que llevaba puesta. El verano había llegado y los árboles que nos rodeaban ya estaban llenos de hojas y ramitas pequeñas. Alcé la vista hacia el cielo mientras seguíamos avanzando hasta la salida más próxima del parque y me fijé en la luna brillante, que parecía mirarme desde lo alto. Es curioso cómo algo tan cotidiano, que está siempre ahí, presente, puede recordarte tanto a otra persona. Para mí, la luna siempre sería Rhys. Ya fuese menguante, llena o entre una telaraña de nubes. Intacta. Fija en lo más alto.

—¿En qué estás pensando? —El aliento de James me hizo cosquillas en la mejilla.

—En nada. En lo tranquila que es esta noche.

No quería hablarle de Rhys, ni de lunas, ni de nada que me recordase a él. No cuando James había digerido más mal que bien que no le contase desde el principio que no era un amigo más, uno de tantos, sino que nuestra relación estaba llena de bifurcaciones y calles sin salida. Y últimamente Rhys estaba más raro de lo normal; me llamaba a veces a media noche cuando había bebido o discutíamos a menudo entre *e-mails* que eran más amargos que otra cosa. Todo empezaba a serlo. Por mucho que los dos nos hubiésemos esforzado en simular lo contrario, las cosas nunca volvieron a ser iguales después del verano que pasamos juntos. Y fueron unos meses preciosos, los más mágicos de mi vida, pero también arrastraron tras ellos esas nuevas versiones de nosotros mismos que no encajaban tan bien como antes.

—¿Tienes hambre? ¿Te apetece que tomemos algo?

—Vale. Conozco una pizzería que está cerca.

—Pues vamos allá. —Sonrió animado.

Nos sentamos en uno de los reservados al entrar y pedimos una *pizza* de salmón ahumado y queso crema para compartir, junto a un par de entrantes. Su mano se mantuvo sobre la mía cada vez que tenía ocasión. Me gustaba eso. Que fuese atento. Que no intentase ocultar que no podía dejar de mirarme. Que con James las cosas fuesen sencillas; sin cristales opacos tras los que mirar, sin miedo, sin riesgos.

—¿Cuánto tiempo llevamos saliendo, Ginger?

—¿A qué viene eso? —inquirí riéndome, porque de repente James parecía serio, mirándome fijamente como si no hubiese nadie más en aquel restaurante italiano.

—Por nada. Tan solo me preguntaba…

—¡Vamos, dilo! —pedí aún sonriendo.

—Solo es que ahora que tu hermana y Kate van en serio, pensé que quizá, no sé, quizá no sería tan descabellada la idea de que trajeses algunas de tus cosas a mi casa. Al fin y al cabo, pasas allí casi todos los fines de semana, ya tienes un cajón de la cómoda…

El corazón me latía rápido, fuerte. Me incliné en la mesa.

—¿Me estás pidiendo que me mude contigo, James?

—Es de locos, ¿no? Solo llevamos juntos unos meses…

—¡No! ¡No! Quiero decir, que no es de locos —aclaré, todavía nerviosa. En realidad, puede que sí fuese un poco precipitado, pero ¿qué demonios? Me gustaba James. Me gustaba cómo me sentía cuando estaba con él; sin tensiones, sin un torrente de emociones desbordantes zarandeándome constantemente. Y era dulce. Y cariñoso. Y atento. En todo el tiempo que llevábamos viéndonos no habíamos discutido ni una sola vez. Además, él tenía razón: cada vez pasaba más tiempo en su casa, que quedaba a unos diez minutos en metro de la oficina—. De todas formas, no es como si acabásemos de conocernos, ¿verdad?

—Eso he estado pensando últimamente.

—Claro. Ya hace años que nos cruzamos por primera vez en esa fiesta, ¿lo recuerdas? Me pediste que te contase un chiste a cambio de una cerveza.

—¿Cómo iba a olvidarme de algo así? —Sonrió más animado—. Y luego te besé en el balancín del porche de la casa de mis padres. Me moría de ganas por hacerlo. Como me muero de ganas ahora por empezar a construir un futuro contigo, Ginger. ¿No te das cuenta? Es casi cosa del destino, no es que crea en eso…, pero buscamos lo mismo, tenemos objetivos similares… Cada noche cuando nos despedimos me gustaría no tener que hacerlo.

Parpadeé, emocionada. Por sus palabras. Y porque pensé —por un segundo pensé— que ojalá Rhys hubiese tenido las cosas así de claras en el pasado. Ojalá nuestros caminos no se hubiesen cruzado siempre con un choque en lugar de con una caricia suave. Con James parecía tan fácil, tan natural hablar de sueños, de objetivos, de planes, del futuro…

Y quería eso. Quería avanzar. Quería más.

Miré nuestras manos entrelazadas.

—Sí, hagámoslo —susurré bajito.

James sonrió antes de darme un beso.

87

De: Rhys Baker
Para: Ginger Davies
Asunto: Por pensar

Ya sé que me dijiste que este año piensas quedarte trabajando todo el verano, pero ¿por qué no te tomas tan solo unos cuantos días libres? Eres tu propia jefa. Y podrías venir aquí a descansar. Sería divertido, Ginger. Como el año pasado. Pero sin lo de pasarnos todo el día en la cama, ya sabes, por eso de que ahora hay alguien en tu vida o lo que sea.

En fin. Dime algo. Tengo ganas de verte.

De: Ginger Davies
Para: Rhys Baker
Asunto: RE: Por pensar

Yo también tengo ganas de verte, pero no es posible. Solo voy a pillar dos días libres porque James me pidió que lo acompañara al cumpleaños de su abuela. Es en las afueras y cada año se reúne toda la familia para celebrarlo. Imagino que pasaremos allí el finde.

De: Rhys Baker
Para: Ginger Davies
Asunto: RE: RE: Por pensar

Hostia. ¿Comida familiar? ¿Fin de semana en el campo? Ya veo que la cosa va en serio. Cuéntame más: ¿servirán el té a las cinco de la tarde? ¿Te enseñarán a hacer ganchillo?

De: Ginger Davies
Para: Rhys Baker
Asunto: RE: RE: RE: Por pensar

Si intentas ser gracioso, no lo estás consiguiendo.

Y sí, vamos en serio. Tan en serio como que James me pidió hace un par de semanas que me mudase a su casa y he aceptado. Además, que sepas que me encantaría aprender a hacer ganchillo, estoy segura de que me fascinaría. Debe de ser relajante.

De: Rhys Baker
Para: Ginger Davies
Asunto: No lo entiendo

¿Te vas a vivir con él? Vaya…

Supongo que debería darte la enhorabuena. Me alegro por ti, Ginger, parece que estás consiguiendo todo lo que te propusiste hace años, aunque no entiendo qué prisa tienes. O tenéis. Lo que sea. No importa. Bien, bien. Todo está bien.

Disfruta del fin de semana campestre.

Saluda a la abuela de mi parte.

De: Rhys Baker
Para: Ginger Davies
Asunto: No lo entiendo

¿Ya has vuelto de tu pequeña aventura? ¿Qué tal fue el encuentro familiar? No sé nada de ti desde hace más de una semana. Por aquí todo sigue igual, poco que contar.

De: Ginger Davies
Para: Rhys Baker
Asunto: El campo me sienta bien

Fue genial. La familia de James es encantadora. Toda al completo; su hermana, sus primos, sus padres, la abuela… No sé, me hicieron sentir como si estuviese en casa. Además, ya no recordaba lo maravilloso que era pasar unos días relajados lejos de la ciudad. Creo que en el futuro quiero algo así: una casa en algún lugar tranquilo para poder ir durante las vacaciones. Y no hacer nada, tan solo ver las horas pasar, dormir después de cada comida, leer bajo un manzano a la sombra…

De: Rhys Baker
Para: Ginger Davies
Asunto: Reflexiones
¿No eres muy joven para desear eso?

De: Ginger Davies
Para: Rhys Baker
Asunto: RE: Reflexiones
¿Y no eres tú muy mayor para el tipo de vida que llevas?

De: Rhys Baker
Para: Ginger Davies
Asunto: RE: RE: Reflexiones
¿Qué has querido decir con eso?

De: Ginger Davies
Para: Rhys Baker
Asunto: RE: RE: RE: Reflexiones
Ya lo sabes, Rhys. Creo que deberías echar el freno alguna vez y no precisamente porque tenga algo que ver con la edad. Aunque te enfades, tengo la sensación de que últimamente no estás bien del todo, de que no eres tú mismo. Y me duele verte así a veces. Tan cínico. Tan poco tú.

De: Rhys Baker
Para: Ginger Davies
Asunto: RE: RE: RE: RE: Reflexiones
Me sorprende que digas eso teniendo en cuenta cuál es tu libro preferido. «Todas las personas mayores fueron al principio niños, aunque pocas de ellas lo recuerdan.» A veces tengo la sensación de que ya no eres esa chica que pegaría la nariz en el cristal de una pastelería. ¿Y sabes otra cosa? Quizá no me conozcas tan bien como crees, Ginger.

De: Ginger Davies
Para: Rhys Baker
Asunto: RE: RE: RE: RE: RE: Reflexiones

Te equivocas, Rhys. Lo siento, pero sí te conozco. Y te contestaré a esa frase con otra frase del libro: «Es mucho más difícil juzgarse a sí mismo que juzgar a los otros. Si consigues juzgarte rectamente es que eres un verdadero sabio».

De: Ginger Davies
Para: Rhys Baker
Asunto: ¡Felicidades!

Feliz cumpleaños, Rhys. Treinta. Madre mía. Cómo pasa el tiempo. Imagino que sigues enfadado conmigo (no sé por qué será esta vez), pero aun así espero que estés pasando un día estupendo y que pidas algún deseo bonito al soplar las velas.

Besos (sinceros). Y abrazos.

88

GINGER

El teléfono vibró en la mesita de noche y alargué la mano para intentar apagarlo antes de que James se despertase, pero no me dio tiempo. Él encendió la lamparita de noche y se incorporó en la cama, frotándose los ojos. Me miró cansado.

—¿Quién llama a estas horas? Son las dos.

—Lo siento. Es Rhys.

—¿Qué le pasa ahora?

—Quizá le ocurra algo.

James puso los ojos en blanco justo cuando el móvil se iluminó y vibró de nuevo. Suspiré hondo, al levantarme me até la bata de dormir y cogí la llamada mientras me alejaba del dormitorio hacia la cocina de aquel piso en el centro de la ciudad al que ya había empezado a llevar cajas con la mayoría de mis cosas.

—Rhys, ¿estás bien? —Me senté en el alféizar de la ventana. Fuera, la luna se asomaba entre las copas de los árboles—. ¿Puedes oírme? —La música sonaba alta.

—¡Eh, galletita! —exclamó con la voz gangosa.

—Son las dos de la mañana, espero que tengas una buena excusa.

—Te quiero. Eso debería ser suficiente, ¿no? —Lo escuché reírse algo alterado y de forma entrecortada cada vez que movía el teléfono—. Ginger, Ginger...

Era la primera vez que me decía esas dos palabras. «Te quiero.» A secas. Sin adornos. Debería haber sido bonito, pero fue casi triste. Noté que me escocían los ojos. Pensé en lo que le susurré al oído aquella noche en la que le confesé que estaba enamorada de él, cuando le dije que brillaba tanto que deslumbraba a todos los demás. Era como si esa idea se hubiese ido diluyendo con el paso de los meses. El chico que hablaba con la voz ronca al otro lado del teléfono ya no era el Rhys al que tanto admiraba.

—No puedes hacer esto. —Estaba temblando.

—Es que resulta que eres mi regalo de cumpleaños. Y estaba recordando cómo fue el año pasado este mismo día, ¿tú también te acuerdas?

—Rhys, te voy a colgar…

Tenía los ojos llenos de lágrimas.

Y los nudillos blancos de apretar el móvil.

Y el corazón encogido por escucharlo así.

—Cenamos en esa terraza y luego tú me abrazaste en medio de una calle por la que paso a veces, cuando me siento solo, y me dijiste que estabas enamorada de mí.

—Rhys, para, por favor…

—Y luego follamos al llegar al apartamento.

—Deberías irte a casa.

—Si la fiesta acaba de empezar…

—No para ti, eso está claro.

—Ginger, tendrías que estar aquí… —Alejó el teléfono un segundo de su oreja para gritarle al camarero que le trajese otra copa—. Nos divertiríamos. Lo pasaríamos bien. Sin preocupaciones. Sin planes. Como deberían ser las cosas. Tú y yo frente al mundo.

—Rhys, estás perdiendo el control.

—Te echo de menos, Ginger…

—Tienes que parar. —Hice un esfuerzo por mantenerme serena. Me apreté el puente de la nariz y suspiré—. ¿Cómo es posible que no te des cuenta?

—Ahora tengo que dejarte.

Escuché que decía algo más, pero colgué y apagué el teléfono antes de ahogar un sollozo contra mi mano. Ojalá hubiese podido fingir que no me afectaba. O que ya no sentía nada por él. O que podía seguir adelante. Pero no era cierto. Resultaba devastador. Como intentar caminar en una dirección concreta mientras él tiraba de mí hacia otra que había decidido dejar atrás. No podía avanzar igual de rápido. No podía mantener la vista al frente todo lo que debía. No podía ver cómo caía. Y ahora todo estaba a punto de cambiar.

Ahora… no podía permitirme dudar.

Volví a la cama un rato más tarde. Abracé a James, porque sabía que estaría despierto. Él me frotó los hombros. Era reconfortante; esa calma, esa estabilidad.

—Esto no puede seguir así, Ginger.

—Ya lo sé. Lo solucionaré.

—Vale. Ahora descansa.

89

De: Ginger Davies
Para: Rhys Baker
Asunto: Lo siento mucho

No sé cómo empezar este mensaje. No sé si existen las palabras adecuadas para lo que tengo que decirte. Y quizá esté cometiendo el mayor error de mi vida. Quizá dentro de muchos años mire atrás y me arrepienta…, pero no puedo seguir así, Rhys. Es que no puedo. Siempre voy a quererte, pero en este momento necesito un poco de espacio. Más que eso. En realidad, necesito que estemos un tiempo sin hablar.

No puedes seguir siendo mi prioridad, aunque en el pasado haya dejado que lo fueses. A veces tengo la sensación de que, en el fondo, te perdí hace tiempo, en cuanto me marché de allí el verano anterior. Llevo desde entonces esforzándome para que todo vuelva a ser lo mismo, evitando esos temas incómodos que sé que siempre nos hacen discutir, fingiendo que todo está bien entre nosotros… Pero no es verdad. No estamos bien.

Y ahora todo ha cambiado…

Estoy embarazada, Rhys.

James y yo esperamos un bebé.

Llevo días escribiendo este correo y borrándolo y volviendo a escribir. Porque sé que cuando lo mande perderé una parte de mí, una importante. Mi mejor amigo. Pero es que creo que, aunque ahora no puedas entenderlo, nos estoy haciendo un favor a los dos. Porque es imposible seguir adelante mirando constantemente atrás, porque no puedo permitirme tener dudas en este instante, porque este bebé…, saber que existe, que está creciendo en mi interior, es lo más bonito que me ha pasado jamás…

Espero que algún día puedas perdonarme.

Y ojalá te cuides. Ojalá te encuentres.

Te quiero muchísimo, Rhys.

SEXTA PARTE

—

DESTRUCCIÓN. RUINA. SOLEDAD

Si un cordero se come los arbustos,
se comerá también las flores, ¿no?

El Principito

90

De: Rhys Baker
Para: Ginger Davies
Asunto: Aunque no leas esto

Ya sé que no lees esta mierda desde hace meses, pero quería escribirte igual. O quizá sí lo haces, quizá los mensajes no van directos al buzón de voz como las llamadas. No sé, Ginger, reconozco que la cagué y todo eso, pero te echo de menos. Sé que la he cagado muchas veces, en realidad. Me da miedo pensar cuántas veces me has perdonado algo a lo largo de los años.

Eras lo mejor que tenía en mi vida.

De: Rhys Baker
Para: Ginger Davies
Asunto: Aunque no leas esto

¿Cómo va eso, Ginger? ¿Sigues enfadada? Vamos, ha pasado tiempo suficiente, ¿no? Eso fue lo que dijiste, que necesitabas un tiempo. Pues ya está. Todo puede volver a ser como siempre. Y me alegro…, de verdad me alegro por la noticia de ese bebé. Por ti. Porque sé que querías eso. ¿De cuánto estás ya? ¿De cinco, seis meses…?

Esta semana ha salido el disco a la venta y estoy…, no sé cómo estoy. Jodido. Eufórico a veces. Si he de ser sincero, eufórico cuando me coloco. Pero vale igual, supongo. Ginger, Ginger, ¿con quién hablo de las cosas que de verdad importan si tú no estás?

De: Rhys Baker
Para: Ginger Davies
Asunto: Aunque no leas esto

Feliz cumpleaños, galletita. Espero que estés bien.

De: Rhys Baker
Para: Ginger Davies
Asunto: Aunque no leas esto

Si te soy sincero, aún me cuesta asimilar que vayas a ser mamá. Es raro imaginarlo, aunque al mismo tiempo te veo perfectamente sosteniendo un bebé entre tus brazos y apoyando tu mejilla en la suya, casi como si fuese real.

De: Rhys Baker
Para: Ginger Davies
Asunto: Aunque no leas esto

¿Cómo has empezado el nuevo año? Imagino que bien. Imagino que estarás con una barriga inmensa, toda tú sonriente, y yo no puedo dejar de pensar en eso, Ginger. No puedo. No es porque esté borracho ahora mismo, es porque creo que hace meses me di un golpe contra una pared y aún no me he recuperado del todo. Qué locura todo. Que por un momento desease que ese bebé fuese mío. Y no dejo de ver a mujeres embarazadas por la calle, ¿siempre han estado ahí?, ¿antes había tantas barrigas enormes? No lo recuerdo así. Y niños. Muchos niños gritones. Yo qué sé, Ginger. Creo que necesito otra copa. ¿Y si he estado equivocado toda mi vida? Puede que siga sin tener ni puta idea de quién soy, qué busco o qué quiero. Y estoy cansado de sentirme así, muy cansado.

De: Rhys Baker
Para: Ginger Davies
Asunto: Aunque no leas esto

¿Eres consciente de que se nos pasó nuestro último amigoaniversario? Recuerdo la primera vez que leí esa palabra. Me hizo gracia. Siempre me has parecido la chica más divertida que conozco incluso sin pretenderlo. Espero que todo te vaya bien.

De: Rhys Baker
Para: Ginger Davies
Asunto: Aunque no leas esto

¿Ya has oído el disco? Quiero pensar que sí, porque suena en todas partes. Ginger, no deja de llamarme todo el mundo que he conocido a lo largo de mis treinta años menos tú. Creo que se han puesto en contacto conmigo hasta mis compañeros de la guardería. ¿Qué pasa? ¿Por qué no das señales de vida, joder? Hace casi un año. Un puto año, Ginger. Una tortura. Me dan ganas de presentarme allí, en la editorial. He releído tu mensaje mil veces. Dijiste eso. Que necesitabas que estuviésemos un tiempo sin hablar. Y pensé que serían unos meses. No entiendo qué es lo que quieres, Ginger, pero si me das otra oportunidad, te prometo que no la cagaré, me haré amigo de James si eso te hace feliz...

Quiero conocer al bebé. Me mata pensar que ya habrá nacido y ni siquiera sé su nombre, cuando tú eres la persona más importante de mi vida. ¿Cómo hemos dejado que ocurra esto? ¿En qué momento todo lo que compartíamos empezó a ser insuficiente?

De: Rhys Baker
Para: Ginger Davies
Asunto: Aunque no leas esto

A veces no sé si te odio o te quiero. Ya no lo sé. Pero intento olvidarme de ti, y los meses van pasando, y justo cuando creo que lo he conseguido, apareces de nuevo. Porque sí, sin razón. Cualquier día vuelve algún recuerdo. Y es como empezar de cero.

De: Rhys Baker
Para: Ginger Davies
Asunto: Aunque no leas esto

Por si te lo estás preguntando, este cumpleaños ha sido una

locura. Me he mudado a una casa con piscina en una de las mejores zonas de Ibiza; tendrías que verla, las paredes son de cristal y puedes contemplar el atardecer desde el sofá, tomando una cerveza. De manera que decidimos montar una fiesta aquí y no sé cuánta gente vino; docenas, quizá cien personas o más. ¿Te he dicho ya que ahora tengo muchos amigos? Pues así es. Supongo que tenía que encontrar la manera de sustituirte. Y el anterior cumpleaños ya fue una jodida mierda, así que no quería que este también lo fuese. Por cierto, ¿recuerdas el primer regalo que me hiciste con retraso por los veintisiete? Yo sí. Estuve a punto de tirarlo a la basura el otro día. Tu libro preferido, *El principito.* Con esta dedicatoria:

«Para Rhys, el chico con el que comparto apartamento en la luna, porque *no era más que un zorro semejante a cien mil otros. Pero yo lo hice mi amigo y ahora es único en el mundo.*»

Supongo que en algún instante pasé a ser un zorro semejante a otros mil zorros. Y tú también. Así son las cosas, ¿no? Personas que en cierto momento fueron importantes, casi imprescindibles, pero que un día desaparecen sin más, caen en el olvido. Amistades volátiles.

GINGER

Aparté la mirada del semáforo en rojo y la fijé en el cristal del coche. Llovía a cántaros; los limpiaparabrisas se movían frenéticos arrastrando el agua. Tic, tac, tic, tac. Un ritmo monótono, sencillo. Como el caminar de todas esas personas que cruzaban por el paso de cebra de aquella calle cualquiera al norte de Harrow. Un baile de paraguas abiertos entre el silbido de neumáticos y el gorgoteo de las alcantarillas. De repente me pregunté cómo serían sus vidas. ¿Se sentirían felices? ¿Habrían alcanzado todos sus sueños o eran de los que decidían que renunciar a tiempo podía ser liberador? ¿Se habrían enamorado locamente? Solté el volante al sentir las mejillas húmedas y busqué un pañuelo.

Respiré hondo intentando disipar el manto de decepción.

Tenía la sensación de que mis días trascurrían mientras remaba siempre a contracorriente. Y estaba cansada. Se me habían entumecido los músculos por culpa del esfuerzo. Se me había enfriado el corazón de tanto pedirle que «fuese razonable», y, por una vez, solo una, necesitaba que siguiese el eco de mi cabeza. No podía ser tan difícil.

Me estremecí cuando el locutor de la radio anunció la siguiente canción y empezaron a sonar las primeras notas. Rhys. Todo él reflejado en aquel sonido. Y la reproducían constantemente. Daba igual que intentase evitarla, sonaba en todas partes. Apagué la radio cuando me pitaron los coches de atrás porque el semáforo ya se había puesto en verde. Sorbí por la nariz y pisé el acelerador con fuerza.

92

RHYS

No recordaba sus nombres, pero eran guapas y simpáticas y estaban dispuestas a hacerme compañía aquella noche. Dos chicas, cada una sentada a un lado del reservado, riéndose de no sé qué mientras una de ellas me acariciaba la pierna, acercándose peligrosamente a la cremallera de los pantalones. La otra me decía que quería una copa.

Respiré hondo, un poco confuso. No sé qué me había tomado exactamente esa noche. No estaba seguro. Pero lo veía todo… doble, borroso. Me saqué la cartera del bolsillo y dejé unos cuantos billetes encima de la mesa. No los conté. Estaba a punto de cerrarla cuando me fijé en el borde de una fotografía que sobresalía un poco. La cogí. Intenté enfocarla. Intenté… concentrarme en ese momento. En el rostro de Ginger junto al mío en aquel fotomatón. En su sonrisa deslumbrante. Tan bonita. La más bonita del mundo. En nuestros labios juntos en la instantánea de más abajo. Joder. Ya no recordaba cómo era besarla, cómo era estar dentro de ella. ¿Cuánto hacía de aquello? ¿Casi tres años? Algo así. Y los recuerdos estaban cada vez más difusos, como si fuesen perdiendo color.

Guardé la fotografía de nuevo en la cartera al sentir esos labios desconocidos en el cuello, subiendo lentamente por mi mandíbula, chocando con mi boca en un beso seductor que sabía a ginebra. Y luego me dejé llevar, como solía hacer todo aquel tiempo.

Sobre todo, desde el último mes.

Desde aquella noticia…

De: Rhys Baker
Para: Ginger Davies
Asunto: Aunque no leas esto

Mi padre está enfermo. Cáncer. Ha empezado con la quimioterapia, o eso me dijo mi madre la última vez que hablamos. ¿Te lo puedes creer? Él. Justo él. Quizá no lo entiendas, pero si lo hubieses conocido sabrías a qué me refiero. Es el típico hombre al que parece que nada le afecte. Orgulloso. Serio. Inteligente. Se graduó con honores en Harvard, igual que mi abuelo, mi tatarabuelo y no sé cuántos antepasados más; seguro que los Baker estuvimos ahí desde que se inauguró ese sitio y hasta que yo terminé con el legado familiar, claro. Y es imponente. ¿Recuerdas que me dijiste que te alegrabas de que Kate te ayudase con la editorial porque tú te harías pis en las reuniones? Pues mi padre es ese tipo de hombre con el que da terror negociar si no lo conoces. Mide un metro noventa, lo recuerdo en buena forma, y cuando saluda con la mano a otro hombre ejerce esa jodida presión y seguridad con la que ya te advierte que es un hueso duro de roer. Tiene presencia, ¿me entiendes?

Y parecía eso, invencible. Qué palabra, ¿eh? Invencible.

No sé si tiene sentido que exista en el diccionario. ¿Acaso algo lo es? Yo creo que no. Que todo muere, todo es polvo, se olvida con el tiempo. Nada prevalece.

De: Rhys Baker
Para: Ginger Davies
Asunto: Aunque no leas esto

No tengo ni idea de cómo me siento, Ginger. Y no estás aquí, no estás para poder gritarme las cuatro verdades que ninguna otra persona se atreverá a decirme. El caso es que, no sé, no consigo quitarme esta puta sensación del pecho, esta presión…, y hay noches que creo que me voy a ahogar. No soy yo mismo en este instante. O quizá lo sea más que nunca. Ya no lo sé. Ese es el problema. Que, si en algún momento pensé que había llegado a conocerme, que tenía las respuestas a las preguntas que llevaba tanto tiempo haciéndome…, me equivocaba. Y cuanto más vueltas le doy, peor me siento…

Es como estar perdido y solo en un asteroide del que nunca nadie ha oído hablar, en algún punto inexplorable de la galaxia, lejos de cualquier otro ser humano.

De: Rhys Baker
Para: Ginger Davies
Asunto: Aunque no leas esto

No puedes estar leyendo esto, ¿verdad, Ginger? No puedes estar leyéndolo y cerrando cada mensaje cuando terminas de hacerlo. Tú no eres así. Nunca lo has sido. Por momentos quería pensar que sí, sobre todo al principio, cuando dijiste que solo necesitabas un tiempo… Pero he entendido que lo que de verdad necesitabas era alejarte de mí del todo. Y tiene sentido. Lo tiene. Supongo que, si dejase de destruirlo todo, aún seguirías ahí, al otro lado de la pantalla. A veces te imagino, ¿sabes? Me cruzo con alguna chica que lleva un cochecito de bebé y te veo paseando al lado de James, en la editorial, o llegando a casa cada noche; te veo preparando la cena, riéndote, tomándote una copa de vino blanco, tumbándote en el sofá al final del día y leyendo algo antes de meterte en la cama con él.

Y cuando veo todo eso me doy cuenta de que me equivoqué. Pero no se puede volver atrás en el tiempo con lo que uno sabe en el presente, ¿verdad? Entonces todo sería tan jodidamente fácil… Cambiaría muchas cosas. Cosas sobre ti. Cosas sobre el día que discutí con mi padre. Es curioso. ¿Cómo es posible que a veces unas palabras o una decisión aparentemente insignificante sean capaces de trastocar una vida entera? Debería aterrarnos caminar así por el mundo, pendiendo de un hilo tan fino… que como pierdas el equilibrio un segundo, solo uno, te darás de bruces contra el suelo. Estoy divagando. Aunque supongo que tampoco importa mucho, porque dudo que nadie jamás lea este mensaje de mierda.

De: Rhys Baker
Para: Ginger Davies
Asunto: Aunque no leas esto
Quieren que saque otro disco pronto y he dicho que sí. No he sentido nada. Ni alegría, ni ilusión. No estoy seguro de si el problema soy yo; supongo que, como siempre, sí.

Creo que esta es otra de las cosas que cambiaría si pudiese volver atrás…

Me gustaría crear, componer canciones, pero quizá más para otros que para mí mismo. Tú siempre lo supiste, ¿no? Que era lo que de verdad me llenaba, los momentos en los que era feliz, cuando me encerraba en el estudio y me olvidaba de la hora de comer.

Aunque ahora todo es diferente.

Hace tiempo que no me siento así.

De: Rhys Baker
Para: Ginger Davies
Asunto: Aunque no leas esto
Feliz cumpleaños, galletita.
Y feliz Navidad.

De: Rhys Baker
Para: Ginger Davies
Asunto: Aunque no leas esto
¿Qué estarás haciendo ahora, Ginger?

Esto de los amigoaniversarios sin ti no mola tanto.

Hasta la palabra pierde un poco de gracia…

De: Rhys Baker
Para: Ginger Davies
Asunto: Aunque no leas esto

Te contaré un secreto. Tú tenías razón. Hago daño cada vez que me siento atacado, cuando algo me duele. Solo sé reaccionar así. Es como si algo me pinchase y saltase de repente, ciego, sin ver nada más. Y soy egoísta. Y orgulloso. Muy orgulloso. Contigo no tanto, no creas, contigo aprendí a pedir perdón, porque me daba tanto miedo perderte…

Aunque al final no sirvió. Imagino que repetir mil veces «lo siento» en ocasiones no hace que algo cambie, que un error deje de serlo.

De: Rhys Baker
Para: Ginger Davies
Asunto: Aunque no leas esto

Mi padre se está muriendo.

RHYS

Había movido cielo y tierra para conseguir ese número de teléfono. Lo marqué y paseé por el salón de la casa frente al mar en la que vivía en Ibiza. El sol de la mañana iluminaba los cristales y el agua de la piscina que había en el jardín. Era un lugar idílico, perfecto, pero nunca en toda mi vida me había sentido tan solo estando cada noche rodeado de tanta gente; de amigos nuevos que me idolatraban, de chicas con las que ni siquiera tenía que esforzarme en coquetear, de personas que se acercaban a mí sin conocerme...

Aparté la mirada del paisaje cuando descolgaron.

—¿Diga? —contestó una voz ronca.

—¿Axel Nguyen? —pregunté.

—Sí. ¿Con quién hablo?

—Rhys Baker. No sé si me recuerdas, hace unos años estuve un tiempo viviendo en Byron Bay y tú ilustraste un *single* de una canción que...

—Sé quién eres. Cuánto tiempo.

—Necesito comentarte dos cosas.

—Vale. Me pillas bien.

—La primera es una propuesta, la segunda es un favor. —Me mordí el pulgar, inseguro, consciente de que aquello era una locura. Lo escuché reír bajito.

—Las propuestas siempre me suenan mejor que los favores, empieza por ahí.

—Sacaré otro disco dentro de poco. Supongo que no lo sabrás, pero las cosas me fueron bien después de aquel *single*. Muy bien. He hablado con la productora y quiero que tú te encargues del diseño. Tengo en la mente algo bastante concreto. Y te pagaré bien. Te pagaré lo que tú quieras si estás dispuesto a hacerlo.

—Suena prometedor. Y ahora el favor.

Me pasé una mano por el pelo, cogí aire.

—¿Recuerdas dónde vivía? En el número 14 del camino que conduce también hacia tu casa, justo al salir del pueblo. Estuve allí de alquiler y... me dejé algo. O, mejor dicho, cuando me marché llegó un paquete y nunca pude cogerlo.

—¿Bromeas? ¿Pretendes que lo busque?

—Pretendo que te acerques a esa casa, llames al timbre y, si hay alguien viviendo allí ahora, preguntes por ese paquete, por si el siguiente inquilino lo cogió...

Un silencio. Una pausa. Lo imaginé pensando.

—¿Qué hay dentro?

—No lo sé.

—¿Cómo que no lo sabes?

—Fue un regalo de cumpleaños.

—¿Y por qué es tan importante después de tantos años?

—Joder, Axel —mascullé perdiendo la paciencia—. Porque fue un regalo de cumpleaños de ella, ¿vale? Una chica. Alguien especial. Tú me dijiste algo cuando fui a verte por ese encargo. Dijiste... que todos tenemos un ancla, que daba igual si era un lugar, una persona, un sueño o cualquier otra cosa. Pues... ella es mi ancla.

Axel suspiró y luego metió el dedo en la herida.

—¿Y no puedes preguntarle a ella qué te regaló...?

—Tardé demasiado tiempo en entenderlo.

—Lo buscaré. Te llamo dentro de unos días.

Y sin decir nada más, colgó. Me quedé unos segundos aún con el teléfono en la oreja, el sol bañando aquel salón vacío, el miedo paralizándome de nuevo al ver que mi madre me había llamado mientras hablaba y que no estaba seguro de ser capaz de devolver aquella llamada. Respiré profundo. Intenté calmarme. Lo intenté...

Encendí el reproductor de música y empezó a sonar *Without You*. Me tumbé en el suelo de parqué, sintiendo cómo mi pecho subía y bajaba al compás de cada respiración. Luego siguió *Levels*, y *Something Just Like This*. Cada canción alejándome más del ruido, de mí mismo.

GINGER

Dejé el manuscrito que leía en la mesita de noche y me quité las gafas de cerca que había empezado a usar desde hacía unos meses, sobre todo a última hora del día. El silencio de la habitación me envolvió durante unos segundos. Y, entonces, sin razón, como otras muchas veces, me fijé en el portátil que aún estaba dentro de su funda y apoyado a los pies de la mesita. Pensé en lo fácil que sería alargar una mano, encenderlo, colocarlo sobre mis rodillas como hice durante años, abrir esa carpeta a la que un día decidí enviar todos sus mensajes… Me encogí sobre mí misma y me tumbé. Suspiré. Alejé la tentación. Porque no podía volver atrás. No ahora que todo pendía de un hilo, que no tenía claro en qué situación estaba mi vida. No cuando sabía que él seguía caminando en línea recta por la dirección contraria, esa que nos alejaba. Lo había visto. Era inevitable hacerlo. Bastaba con meter su nombre en el buscador de internet y echar un vistazo por encima a todas esas entradas que aparecían, las fotografías en los festivales, las canciones…

Y aun así a veces fantaseaba con que todavía quedaba algo de aquel chico llamado Rhys que conocí una noche de invierno en París y con el que bailé una canción junto al río Sena antes de terminar comiendo tallarines chinos en su buhardilla.

Pero era solo eso. Una fantasía.

RHYS

Los nuevos propietarios recibieron el paquete mientras hacían la mudanza. No conocían a ninguna Ginger Davies, pero aun así quitaron las cintas, rompieron el papel y el celo y lo abrieron. Le echaron un vistazo al contenido antes de encogerse de hombros y regalárselo a su hija pequeña, que, al parecer, ahora que había crecido ya no iba a echarlo de menos.

Cuando me llegó el envío de Axel, tardé un buen rato en abrirlo. Me dolía la cabeza. El día anterior había terminado vomitando entre dos coches, en medio de una calle, mientras Alec se reía a mi lado, colocado con la misma mierda. Unas horas después, casi sin dormir y con el sabor amargo de la cocaína aún en la lengua, me dolía todo el jodido cuerpo.

Odié abrirlo sintiéndome así, pero lo hice.

Era otro libro. En esta ocasión, de Peter Pan. Un cuento ilustrado, los bordes de las páginas en color dorado, la tapa dura, las letras en relieve. Deslicé los dedos por ellas antes de abrirlo. Tragué saliva con fuerza al reconocer su letra.

«Para el chico que puede volar hasta la luna incluso aunque no tenga alas.»

Lo cerré de golpe y fui a servirme una copa.

De: Rhys Baker
Para: Ginger Davies
Asunto: Aunque no leas esto

Se va a morir, no hay vuelta atrás. Y estoy paralizado. No debería quererlo aún tanto, ¿verdad? No debería. No después de todo lo que él dijo. Porque esas palabras aún me duelen. Fue uno de los momentos más duros de mi vida: cuando volví después de marcharme y dejar a mi madre sola tras saber que era adoptado, justo cuando más me necesitaba. Yo volví y él…, él me dijo que *estaba claro que algunas cosas van en la sangre*. Lo odié. No sé explicarte el daño que me hizo aquello, porque en esa época me sentía más perdido que nunca, sin saber quién era, de dónde venía. Y hubo más. Hubo cosas. Me confesó que nunca quiso adoptar, que solo accedió a hacerlo porque mi madre no podía tener hijos y él no soportaba que fuese tan infeliz. Y llegamos a las manos. Es que era… la persona que más quería en el mundo, más que a ella incluso, y todo se desmoronó en un segundo. Todo a la mierda. Los días que lo esperaba sentado en la puerta de casa tan solo para verlo llegar del trabajo. Cómo intentaba imitarlo todo el tiempo. Los domingos esforzándome por impresionarlo. Las horas que compartimos montando todas esas jodidas maquetas…

Así que en ese momento entendí que toda mi vida, toda mi infancia, era una mentira. Luego le he dado vueltas, muchas vueltas, conforme han pasado los años…, y no puedo creerme que él fingiese tan bien, no puedo. Porque era…, fue un buen padre. El más orgulloso que conozco, eso sí. Tenemos algo en común. Pero, aun así…, es que durante demasiado tiempo me dolió hasta hablar de él. Y luego mi madre alguna vez sugirió que quería verme, que solo teníamos que aclarar las cosas, pero es que no podía, Ginger. Tengo la sensación de que cuando se trata de él vuelvo a ser un niño incapaz de protegerme.

No sé, no sé, no puedo pensar.

Ojalá pudiese explicarme mejor…

Pero ni siquiera vas a leer esto…

Y siempre he sabido que cometería sus mismos errores si fuese padre. El orgullo. Herir a otros ante el dolor. No poder desenredar las emociones. Por eso no sé si seré capaz de volver a verlo, porque me lo ha pedido. Le ha dicho a mi madre que quiere que vaya a casa, Ginger. Que me despida de él. Y no estoy preparado. Ni para verlo ni para aceptar que se va a morir. No puedo, después de tanto tiempo…, de lo que aún sigue doliendo…

Joder. Necesito otra copa. Solo una más.

De: Rhys Baker
Para: Ginger Davies
Asunto: Aunque no leas esto

Hoy lo he entendido, Ginger. Me he dado cuenta de golpe, como una de esas revelaciones que llegan en el momento más inesperado. Estaba tirado en el sofá. No tumbado, no. Tirado. Esa es la palabra correcta. Miraba el techo mientras amanecía al otro lado de la ventana y todo daba vueltas y más vueltas. Me debatí durante un momento entre seguir bebiendo o irme a vomitar. Y entonces lo supe: soy la rosa.

Nunca fui el Principito, ni el protagonista, ni mucho menos el zorro. No. Era la jodida rosa. Caprichosa, egoísta, orgullosa y llena de espinas. Y tú te has pasado años regándome y cuidándome, a pesar de que a veces te pinchabas al acercarte demasiado. Y no sabes cuánto lo siento, Ginger. Siento haberte hecho daño y siento habérmelo hecho a mí. Siento no haber sabido hacer las cosas de otra manera y ser un completo desastre. Si alguna vez lees esto, quiero que sepas que entiendo que te alejases de mí en cuanto te diste cuenta de que el mundo está lleno de rosales repletos de flores y que, en realidad, nunca fui diferente.

RHYS

Uno se acostumbra a estar perdido. Es algo así como vagar por el espacio y flotar en medio de la nada. Al principio aturde, buscas desesperadamente tocar tierra firme, encontrarte, pero supongo que en algún momento dejas de sentir vértigo y piensas que en realidad no se está tan mal viviendo en un inmenso y oscuro vacío, porque puedes cerrar los ojos, puedes olvidar cómo era la sensación de estar anclado a algo, a alguien o al mundo.

Puedes, sencillamente, dejar de ser.

GINGER

Conseguí sacar el móvil del inmenso bolso mientras hacía malabarismos. Descolgué distraída mientras apartaba a un lado las cortinas de esa cocina algo *vintage* y antigua, pero que tenía encanto. Contemplé la bahía de St. Ives justo cuando aquella voz desconocida decía algo en español, palabras sueltas, algunas que entendía de forma más nítida…

—¿Es usted familiar de Rhys Baker?

—¿Perdone? ¿Qué quiere decir…?

—Espere un momento…

—Hola. —Miré el teléfono.

Un segundo después, oí otra voz.

—¿Hablo con Ginger Davies?

—Sí. ¿Qué ocurre? —pregunté.

Y tuve un mal presentimiento al escuchar cómo cogía aire esa mujer que hablaba inglés con un marcado acento español y un tono neutro, pero con delicadeza…

—El paciente tenía su teléfono como contacto para emergencias. Está ingresado en el hospital Can Misses tras sufrir un coma etílico.

Me sujeté a la encimera de madera al notar que me temblaban las piernas. Y el corazón…, el corazón reaccionó. Rápido. Fuerte. Latiendo agitado.

El corazón… siempre tomando decisiones.

Siempre traicionando al olvido.

—¿Él está bien?

—Sí, está estable.

—Iré lo más rápido que pueda.

SÉPTIMA PARTE

—

ESPERANZA. VIDA. PROMESAS

Fue el tiempo que pasaste con tu rosa
lo que la hizo tan importante.

El Principito

100

GINGER

No sé cómo conseguí entrar en esa habitación, porque estaba temblando y el corazón me latía con tanta fuerza que era incapaz de escuchar nada más. Avancé un par de pasos, nerviosa. Tenía un nudo en la garganta.

Y entonces lo vi. Estaba tumbado en la cama. Despierto. Su mirada abandonó la ventana y se clavó en mí. No me esperaba. Me fijé en su mandíbula, en cómo se tensaba. En los hombros rígidos de repente. También en cómo su pecho subía al coger aire. Y luego…, luego… fue como si dos años quedasen atrás de un plumazo, de golpe, porque lo siguiente que recuerdo fue que dejé caer el bolso al suelo, corrí hacia él y lo abracé entre lágrimas. No dijimos nada. Solo eso. Nos abrazamos en silencio. Me dejé envolver por su olor, ese que aún seguía resultándome familiar, por la piel cálida de su cuello contra mi mejilla.

—No puedo creer que estés aquí…

—¿Cómo no iba a venir?

—No sé…, no lo sé…

—Me llamaron —aclaré.

Me aparté de él para poder mirarlo. Rhys parecía algo confundido; el ceño fruncido, los labios secos, el rostro más delgado desde la última vez que nos habíamos visto. Le pasé una mano por la frente, apartándole algunos mechones de cabello que se escurrían desordenados. Él me miraba fijamente, aturdido, como intentando comprender que de verdad estaba allí, que era real, que había cogido el primer vuelo disponible por él.

—Ginger… —Me sujetó la muñeca.

—Tranquilo. No voy a irme.

—Vale... —Inspiró hondo.

—Aunque no puedo quedarme aquí mucho más tiempo, porque he dejado a Leon con las chicas de recepción un momento. Pero me ha dicho la enfermera que el médico pasará dentro de un rato para darte el alta, ¿vale? Yo estaré esperándote abajo...

—¿Leon? —Apenas un susurro.

—Es mi hijo, Rhys —contesté.

—Leon... —Lo saboreó despacio.

Volví a apartarle el pelo de la frente intentando que no notase que me temblaba la mano. Al mirarlo, solo pude pensar que hay emociones más peligrosas que armas cargadas.

—Rhys, ¿lo has entendido todo?

Asintió con la cabeza, aunque seguía un poco vacilante, casi desconcertado. Me incliné, le di un beso en la mejilla y salí de la habitación. Solo entonces cerré los ojos y me senté durante unos segundos en una de las sillas de la sala de espera que había más al fondo, casi al lado de los ascensores. Estaba exhausta. Verlo había sido eso, agotador. Como lanzar por los aires todas esas emociones dormidas, guardadas en el fondo del cajón, cubiertas de polvo. Casi había podido sentir cómo me golpeaban una a una cuando sus ojos me atravesaron. Aún no estaba segura de qué había visto en ellos; ¿alegría?, ¿rencor?, ¿inseguridad? En aquella cama de hospital, Rhys parecía el mismo de siempre, con su rostro sereno, su aspecto físico habitual, pero bajo aquellas capas superficiales ya no estaba segura de si seguía siendo el mismo chico con el que me escribí durante años, el que fue mi mejor amigo, del que me enamoré y desenamoré, el que hacía que todo brillase más hasta que decidía romperlo. Ese que, pese a todo, seguía siendo tan importante para mí como para coger un avión sin dudar rumbo a Ibiza con un niño de un año y toda la logística que eso había implicado. Pero no había dudado. Ni un segundo. Nada.

Y eso a veces daba más miedo que lo contrario.

101

RHYS

Si aguanté hasta que el doctor vino a darme el alta fue porque todavía estaba conmocionado al verla. Había pasado algo más de una hora y, durante ese tiempo, llegué a dudar sobre si aquello era real o seguía colocado y estaba soñando. Pero lo parecía. Lo parecía porque tenía el pelo distinto, con unas mechas algo más claras en las puntas, y había algo en su manera de tocarme, de apartarme el pelo de la frente..., que no podía ser una fantasía.

Y luego estaba ese nombre. Leon.

Quizá fue lo que me hizo vestirme a toda prisa, coger mis cosas y firmar el parte de alta lo más rápido que pude. Porque, aunque seguía encontrándome como si me hubiese atropellado un camión, tenía tantas ganas de verla de nuevo, de verlos, que bajé por la escalera para no tener que esperar al ascensor. Cuando salí a la calle, el sol de principios de verano centelleaba con fuerza en lo alto de un cielo azul sin nubes. Entrecerré los ojos.

Los vi a lo lejos. Ginger estaba sentada en un banco, bajo la sombra de un árbol, unos metros más allá. Me quedé clavado en el sitio durante unos segundos, observando cómo el bebé que tenía en sus rodillas intentaba tirarle del pelo antes de que ella atrapase sus diminutas manos, sonriendo. Respiré hondo. Y avancé. Di un paso tras otro casi por inercia, incapaz de apartar la mirada de aquella cabeza redondeada de pelo oscuro.

Ginger se levantó al verme llegar.

—Ya estás aquí —dijo nerviosa.

—Sí. —Miré al niño. Y él me miró a mí. Tenía los ojos castaños, las pestañas largas y la piel tan blanca que temí que el sol de aquel día pudiese hacerle daño. Sus labios esbozaron una sonrisa simpática cuando agitó la mano intentando alcanzarme—. Hola, Leon.

Se rio más fuerte. Pensé en lo bonita que tendría que ser la vida así, vista desde los brazos de su madre, sin preocupaciones, sin miedos, sin cargas. Parecía tan feliz…

—Deberíamos irnos, Rhys, ya tendría que haberle dado la merienda. ¿Vives muy lejos de aquí? He alquilado un coche en el aeropuerto, lo necesitaba por el carrito…

—Claro. Vamos. Está cerca.

El viaje hasta casa fue raro. Precisamente porque seguía sintiéndome en calma al lado de Ginger, como si nunca nos hubiésemos distanciado, como aquella primera noche en París en la que tuve esa extraña sensación de «conocerla de toda la vida» cuando acabábamos de cruzarnos. Había algo profundo en eso. Algo que seguía intacto entre nosotros a pesar de todo lo que habíamos construido y también destrozado durante aquellos años llenos de idas y venidas, de amor y desamor, de tantas cosas que a veces la miraba y no era capaz de desentrañar todo lo que sentía al contemplar su perfil, sus manos aferrando el volante, su voz quejándose por eso de conducir por el lado contrario.

Pero dentro de esa normalidad incomprensible también había algo distinto. Los suaves balbuceos que llegaban desde la parte trasera del coche hasta que Leon se quedó dormido poco antes de cruzar la puerta de la entrada de mi casa. No pude dejar de mirarlo durante todo el trayecto por el espejo retrovisor, girándome de vez en cuando en el asiento; intranquilo, curioso, distraído. Tampoco conseguí dejar de hacerlo cuando entramos en el salón y le expliqué la distribución del lugar. Ginger dejó el cochecito en medio, al lado del enorme sofá beis, miró a su alrededor y sonrió.

—Vaya, es evidente que las cosas te van bien.

—¿No lo sabías…? —Tanteé.

—Sí. Algo. Bastante. La verdad es que intentaba evitarlo. Ya sabes, estabas a todas horas en la radio, sobre todo hace unos meses, y yo…, no sé, Rhys.

Me froté la cara. Inspiré hondo. Di un paso hacia ella.

Nos miramos fijamente, los dos en silencio.

—¿Por qué lo evitabas?

—Ya lo sabes. No era fácil.

Y entonces me atreví a hacer la pregunta que llevaba rondándome desde que la había visto, esa que al mismo tiempo quería eludir y cuya respuesta necesitaba averiguar.

—¿Sabe James que estás aquí?

Ginger suspiró y apartó la mirada.

—Sí. Lo avisé en cuanto llegué…

—¿No cuando te marchaste?

—Estábamos de vacaciones en St. Ives. Leon y yo, solos —aclaró frotándose el brazo y echándole un vistazo al cochecito donde dormía el crío antes de enfrentarse de nuevo a mí—. No funcionó. Lo intentamos, pero… —Se le quebró la voz.

Acorté la distancia que aún nos separaba y la abracé. Seguía pareciendo tan pequeña entre mis brazos…, y eso que era mil veces más fuerte que yo. Habíamos avanzado por caminos distintos. Ella hacia delante, yo hacia atrás. Ella creciendo, yo perdiéndome.

—Tranquila —susurré.

—No deberías consolarme tú en esta situación. —Se apartó un poco y me contuve para no abrazarla de nuevo. Porque ahora que había vuelto, ahora que estaba allí…, no soportaba la idea de verla marcharse otra vez—. Tendría que estar enfadada contigo, Rhys. Lo estuve, de camino al aeropuerto. Quería zarandearte con mis propias manos. Gritarte tantas cosas… Pero luego leí tus mensajes. Lo siento mucho…

—Ginger… —Cogí aire, incómodo.

—Siento lo de tu padre. Todo.

—No es culpa tuya.

—Siento haber sido la peor mejor amiga del mundo. Y eso sí es mi culpa. Pero es que estaba atravesando una mala época, no me veía capaz de buscarte de nuevo y, conforme pasaban los meses…, se me hizo cada vez más complicado.

Me apreté el puente de la nariz con los dedos.

—Deberíamos descansar un rato antes de ponernos al día. Voy a darme una ducha mientras le preparas esa merienda y luego podríamos, no sé, hacer algo de cenar. —Ella asintió insegura, mordiéndose el labio inferior. Aparté la mirada de su boca. Se giró hacia el cochecito del bebé, pero antes de que pudiese despertarlo la cogí de la mano y tiré de ella con suavidad hasta que volvimos casi a rozarnos, cerca, muy cerca, como siempre habíamos estado en realidad, a pesar de tantos kilómetros, de tantos obstáculos—. Me jodió. Me jodió que dejases de hablarme así, pero... entiendo por qué lo hiciste. Habría entendido incluso que hoy no cogieses ese avión. No me merezco que estés aquí.

—No digas eso.

—Acertaste.

—Rhys...

—He perdido el control.

Ginger negó y apoyó una mano en mi pecho. Y fue calidez. Fue paz.

—Todo lo que se *pierde* se puede encontrar.

—Con lo mal que se me da *buscar*...

Ella sonrió. La sonrisa más bonita. Esa que había seguido aferrada a mi memoria después de tanto tiempo. Reprimí las ganas de capturar esa curva y me alejé subiendo la escalera de mármol blanco hasta el piso de arriba. Una vez en la ducha, con el agua caliente sobre la cabeza, el vaho cubriéndome, me sentí menos sucio, menos contaminado. Los ecos de esa noche llena de sombras y música en la que había rozado el límite se alejaron al pensar que Ginger estaba apenas a unos metros de distancia. Tan cerca... Tan lejos a la vez...

GINGER

Tardé un rato en encontrar una cuchara pequeña en aquella cocina nueva, moderna, tan minimalista que ni siquiera tenía tiradores en los cajones. Y parecía que no se había usado jamás. Luego, con Leon en brazos mientras le daba la merienda algo tardía, miré a mi alrededor, contemplé los techos altos, los muebles impersonales. Nunca hubiese dicho que una casa así pudiese ser de Rhys. Lo había conocido viviendo en distintos lugares del mundo; en una casa de madera frente al mar en Australia que casi podía imaginar y que sabía que él había adorado, en una buhardilla en París desde la que podía verse la luna, en un apartamento en esa misma isla, sencillo pero encantador y confortable. Sin embargo, la casa donde vivía ahora…, esa casa… era de otra persona.

Y me aterró pensar que hubiese cambiado demasiado. Que el estremecimiento que había sentido antes cuando su piel rozó la mía ya no fuese suficiente. Que no pudiésemos saltar aquel charco de dos años. Que aun así siguiese queriéndolo de una forma incomprensible, casi irracional, un poco loca quizá…

Pero entonces me fijé en la estantería que había al lado de la televisión, la que estaba llena de libros. Y conocía bien todos esos lomos con un mismo sello, aquellos que había editado durante los últimos dos años. Estaban ordenados por fecha de publicación. Sin una mota de polvo alrededor. Tan cuidados, tan bonitos allí colocados y expuestos con orgullo que parpadeé para no echarme a llorar al imaginarlo comprándolos cada mes.

Y recordé sus *e-mails*. Los que había leído mientras esperaba para embarcar, con Leon dormido entre mis brazos. En esos mensajes… era él. En todos los sentidos. Era él ansioso, perdido, enfadado a veces, inseguro otras, destrozado, sensible, abierto, hundido.

Rhys. Solo eso. Sin filtros. Sin coraza.

Bajé con el pelo aún mojado y vestido con unos pantalones grises de chándal y una camiseta de manga corta. Ginger levantó la vista hacia mí y sonrió, aún nerviosa.

—¿Te importa que me duche también?

—No, claro. Ve. Yo lo vigilo.

—Ahora está tranquilo.

Le dio un beso en la frente a Leon, que estaba sentado en el carrito. Luego cogió la bolsa de mano que traía y subió. Me quedé allí, sentado en el sofá de aquel salón en el que había pasado el último año y medio y que de repente me parecía diferente. Más lleno. Más cálido. Leon me miró. Yo lo miré a él. Inspiré hondo. No estaba muy seguro de qué se hacía con un bebé. Era, probablemente, lo más cerca que había estado de uno casi desde que podía recordar. Moví un juguete que colgaba de la barra del carro y él se rio, agitó los brazos e intentó quitármelo. Lo alejé un poco. Leon insistió. Quizá no era tan difícil, pensé. Quizá… estaba capacitado para saber entenderme con él, aunque no tuviese ni idea.

O eso creí hasta que empezó a llorar.

Primero fue un puchero. Sus labios se arrugaron, soltó un quejido suave, pero después cerró los ojos, apretó los puños y gritó tan fuerte que me asustó.

—Eh, Leon. Mira. —Moví el sonajero.

Ni caso. Ni a eso ni a las carantoñas.

—Mierda. No, joder, no quería decir eso. —Me mordí la lengua—. Espero que eso de que tu cerebro es una esponja sea solo un mito. Espera un segundo.

Subí los peldaños de dos en dos y llamé a la puerta del baño. Oí cómo Ginger apagaba el agua y me estremecí al imaginarla allí desnuda, a tan solo unos metros de distancia. Seguía provocándome eso. El deseo. Las ganas.

—¿Qué pasa? ¿Rhys? —preguntó.

—Leon no para de llorar. Date prisa.

—Cógelo. Le encanta estar en brazos.

—Pero… no puedo hacer eso…

—Rhys, tengo el pelo lleno de espuma. Puedes hacerlo. Solo te inclinas, lo sacas del carrito y te sientas en el sofá. Dejará de llorar, te lo aseguro. Es fácil.

Mascullé entre dientes conforme me alejaba de la puerta. Al bajar, el crío seguía llorando, mirándome con los ojos húmedos, esperanzadores, intentando dar pena. Y lo hacía genial, desde luego. Suspiré hondo antes de levantarlo y sostenerlo contra mi pecho con fuerza. Me daba miedo todo; que se me cayese, apretarlo demasiado, yo qué sé. Lo acerqué hasta la cristalera y se quedó unos segundos ensimismado mirando cómo se mecía el agua de la piscina bajo los últimos rayos de aquel atardecer lento. Después, cuando pareció cansarse, me senté en el sofá con él en el regazo, tumbado y más tranquilo.

Cogió con una mano el chupete que llevaba colgando de la camiseta y se lo puso él mismo. Sonreí. Luego nos quedamos mirándonos fijamente el uno al otro. Y no sé. En ese instante de silencio, solos allí, observándonos, él succionando con fuerza ese chupete, yo acunándolo…, recordé aquel mensaje que le escribí a Ginger más de un año atrás y que seguramente habría leído hacía tan solo unas horas. Ese en el que le confesaba que, en ocasiones, deseé que aquel bebé que esperaba hubiese sido mío. Que quise que todo hubiera sido distinto, como en una realidad paralela. Tiempo después pensé que quizá había enloquecido momentáneamente, pero… volví a equivocarme.

Alcé la mano que tenía libre y le rocé uno de los mofletes. Él no se inmutó, siguió mirándome atento con esos inmensos ojos oscuros. Me pregunté cómo sería vivir así, confiando a ciegas en cualquier desconocido que de repente te cogiese en brazos, relajándote hasta el punto de quedarte dormido sin miedos ni temores, sin la cabeza llena de dudas, de tantos hilos que se van enredando conforme nos hacemos mayores y lo complicamos todo.

—¿Estás bien? —preguntó Ginger.

Dejé de acariciarle la mejilla al escucharla y tragué saliva antes de apartar la mirada del bebé. Ella parecía un poco insegura mientras se acercaba, pero sonrió al ver que Leon se había dormido y se sentó a mi lado en el sofá. Los dos allí, como si fuese lo más natural del mundo, algo casi rutinario. Solté el aire que había estado conteniendo sin darme cuenta.

—Sí, se ha calmado enseguida.

—Te lo dije. Solo quiere estar en brazos. Lo he mimado demasiado. —Extendió las manos hacia mí—. ¿Quieres pasármelo? Ni se enterará.

—No, da igual.

Me relajé apoyándome más en el respaldo del sofá. Ginger también, subiendo los pies descalzos y encogiendo las rodillas antes de descansar la cabeza en mi hombro. No sé cuánto tiempo estuvimos allí los tres. Solo respirando. En silencio. Sin decir nada. Pero fue perfecto. Fue lo que necesitaba para empezar a asumir todo aquello, a digerir lo que había hecho la otra noche, lo que podría haber perdido, lo mucho que Ginger y su vida habían cambiado, porque ya no éramos dos y, aun así, no importaba. No era peor, solo diferente. Solo un poco nuevo dentro de la familiaridad que me envolvía al tenerla cerca.

104

GINGER

Hicimos la cena poco después de que acostase a Leon en la cama de la habitación de invitados que pegamos a la pared. Algo sencillo, unos tallarines con salsa de bote. Cuando insistí, Rhys me confesó entre risas que era cierto, que apenas había usado aquella cocina.

—Es que todo esto… —Miré alrededor.

—¿Qué pasa? —Se sentó a la mesa.

—No te pega nada. No me gusta.

—Ya. —Suspiró y enrolló los tallarines.

No hablamos de nada importante mientras cenábamos, tan solo le conté cosas sobre Leon; que empezaría la guardería pronto, que ya había dado sus primeros pasos con un poco de ayuda, pero que seguía prefiriendo gatear y arrastrarse por el suelo como una culebra, que adoraba por encima de todas las cosas a mi hermana, Dona, y al peluche de elefante con el que siempre dormía… Y Rhys escuchó y preguntó, y sonrió con los ojos brillantes.

No sé quién de los dos propuso salir al jardín un rato después de terminar de cenar. Nos tumbamos sobre el césped húmedo, cerca de la piscina, bajo un árbol alto de ramas retorcidas que parecía una mimosa. Suspiré hondo. Rhys también lo hizo, con las manos tras la nuca, los ojos clavados en el cielo oscuro, nuestros pies descalzos rozándose.

Se escuchaban los grillos a lo lejos. Cogí aire cuando entendí que, por primera vez desde que nos habíamos visto en el hospital, el silencio ya no era suficiente.

—¿Qué te ocurrió, Rhys?

—Yo… no lo sé… Lo siento.

Tragué saliva. Me armé de valor.

—¿Querías hacerlo? ¿Fue eso?

—No. No, joder, Ginger…

Se giró hacia mí. Su mirada clara, nerviosa, enredándose con la mía. Parecía sorprendido por mi pregunta, pero no había podido evitar que se me pasase por la cabeza después de leer todos esos correos de golpe, de verlo tan perdido, tan niño…

Eso era. Creo que, de alguna forma, Rhys seguía teniendo alma de niño. Pese a su oscuridad. Pese al brillo incontrolable. Pese a lo entero que parecía delante de quienes no lo conocían. Un Peter Pan perdido en Nunca Jamás. Un principito en su asteroide. Yo podía ver las carencias, las inseguridades y debilidades, el miedo a enfrentarse a su padre…

—Solo se me fue de las manos. Esa noche no pensé. Hacía muchas noches que no pensaba, que rozaba el límite.

—¿Por qué caíste en eso, Rhys?

—No lo sé… —Cogió aire.

—Yo debería haberte ayudado.

—Ya lo intentaste.

—No lo suficiente.

—Nunca me dejé ayudar.

—Odiaba esta parte de ti.

—Ya lo sé. Es que… esos vacíos… —Se llevó una mano al pecho, volvió a mirar al cielo—. Los siento aquí. Los siento siempre. Y es una sensación desconcertante. Pero cuando te metes en esa espiral… no sientes nada. Ni lo bueno ni lo malo. Nada.

Me giré. Hundí los dedos en su pelo desordenado solo por el placer de hacerlo, de sentir que conectábamos físicamente de nuevo, de sentirlo cerca, real.

—¿Y nunca te has planteado que quizá esos vacíos no hay que llenarlos?

—¿Qué quieres decir? —Me miró.

—Quizá el vacío simplemente «es». Como un queso gruyer. No piensas en rellenar los huecos al verlo. No necesitas cambiar eso para hacerlo mejor.

—Puede que sea uno de esos quesos.

—Claro. O como la luna, Rhys.

—¿Qué le pasa a la luna?

—Está llena de cráteres, pero son bonitos, ¿no? Mucho más que si fuese una superficie completamente lisa. Tú eres como la luna. Todos somos imperfectos. Todos tenemos agujeros. ¿Y qué? Podemos vivir con eso. Debemos vivir con eso.

—Ven aquí. —Me abrazó con fuerza.

Nos quedamos así unos segundos, aferrados el uno al otro como si el mundo fuese a resquebrajarse si nos separábamos, como si su cuerpo junto al mío fuese lo único que mantuviese el orden, el caos bajo control, la calma de ese instante.

—Prométeme que no volverás a eso —susurré intentando no llorar—. Y esta vez no me mientas como aquel día al salir del restaurante. No lo hagas.

—Te lo juro, Ginger. De verdad.

Me separé para mirarlo y sonreí nerviosa, porque de repente sus manos alrededor de mi cintura quemaban demasiado y su aliento tan cerca del mío era tentador...

—He visto que tienes todos los libros...

—Y hasta los he leído —bromeó.

—¿En serio? ¿Los has ido leyendo?

—Claro, ¿por quién me tomas? Sí que lo hacía. Y también... intentaba imaginar por qué habrías elegido cada uno, por qué decidiste que era importante que se contase esa historia.

—No me hagas llorar. —Gemí.

Rhys curvó los labios en una sonrisa traviesa y luego me miró algo más serio, con la cabeza apoyada bajo el brazo, su cuerpo girado hacia el mío.

—¿Qué pasó con James?

—Estabas deseando preguntarlo...

—Me está matando —admitió haciéndome sonreír pese a todo—. Me está matando lentamente, te lo digo en serio. Pero si no quieres contármelo...

—No, no es eso. Solo es que ha sido algo doloroso, no por nosotros, sino, ya sabes, porque no podía dejar de pensar en

Leon, de sentirme un poco culpable. Supongo que la razón por la que no funcionó es tan simple como que no estábamos enamorados. Nos queríamos, eso sí. De una forma bonita al principio, demasiado tranquila después. No era como tendría que ser. Eso es. No era «todo lo que debería».

—¿Y cómo debería ser?

Me miró fijamente. Sus dedos largos, cálidos, jugueteando con los míos sobre el césped cubierto de rocío. Mi corazón latiendo más rápido...

—Rhys, ya lo sabes...

—No. Dímelo tú.

—Yo tampoco lo sé.

—Claro que sí. Tú sí. Me lo dijiste una vez. —Su pulgar rozó el dorso de mi mano con suavidad mientras seguía mirándome—. «Es sentir un cosquilleo en la tripa cuando la ves. Y no poder dejar de mirarla. Echarla de menos incluso teniéndola delante. Desear tocarla a todas horas, hablar de cualquier cosa, de todo y de nada. Sentir que pierdes la noción del tiempo cuando estás a su lado. Fijarte en los detalles. Querer saber cualquier cosa sobre ella, aunque sea una tontería. En realidad, creo que es como estar permanentemente colgado de la luna. Boca abajo. Con una sonrisa inmensa. Sin miedo.»

No quería que notase que estaba temblando.

—¿Cómo puedes recordarlo?

—Confieso que lo he leído muchas veces.

—Ya, pero aun así...

—Y estuve colgado de la luna.

—Rhys...

—No. Es que ya la jodí, Ginger. Llevo años tropezando con una piedra que nunca debería haber dejado que estuviese ahí, y ahora...

—Todo ha cambiado —logré decir.

—No en lo importante. Nosotros.

—Han pasado dos años, Rhys.

—Y sin embargo tengo la sensación de que me despedí de ti a finales de aquel verano que pasamos juntos hace apenas unos meses, porque durante todo este tiempo... no he sentido nada. Es como si no hubiese existido. Ginger... —Me encogí ante el contacto cuando alzó una mano y me acarició la mejilla. Lo vi tragar saliva, nervioso, inseguro. Sus dedos me rozaron los labios, dibujándolos—. ¿Tú ya no sientes nada? ¿No me sientes?

¿Qué iba a decirle?, ¿que sí?, ¿que en parte aquello fue lo que terminó con mi relación con James?, ¿que era imposible que ningún otro hombre saliese ganando cuando recordaba todo lo que él me había hecho sentir, lo mucho que nos conocíamos en lo bueno y en lo malo, la forma que tenía de quererlo de ese modo tan incondicional, tan adictivo, tan tierno?, ¿que era verdad lo que le dije aquella noche lejana sobre que brillaba tanto que deslumbraba y no me dejaba ver a nadie más?

Supongo que no entendió mi silencio.

Quizá, en el fondo, quise que lo hiciera.

Sus labios acariciaron los míos. Fue justo eso. Una caricia pequeña, pero que me resultó más grande que cualquier otra. Tan contenida... Tan vacilante... Fue un beso bonito viniendo de Rhys, porque lo recordaba salvaje, intenso, ansioso, pero no así, no tierno.

—Intentémoslo, Ginger —susurró contra mi boca antes de rozarla de nuevo, despacio, lento—. Te daré todo lo que quieras. A ti y a Leon. Debería haberlo hecho desde el primer día. Lo pensé. Te juro que lo pensé. En aquel aeropuerto de París, cuando estabas a punto de girarte para ponerte a la cola. Eras tan niña... Y deseé tanto besarte... Tendría que haberlo hecho. Y, joder, jamás debí decirte que no me esperases después de lo que pasó en aquella noria. Tendría que haberte dicho que era una mierda, que acababa de firmar un contrato para trabajar en Australia, pero que volvería al cabo de unos meses...

—Rhys, no hagas esto...

—Y luego llegó lo peor, aquel verano.

—No podemos cambiar lo que fue.

—Estaba loco por ti. Tan enamorado que me iba cabreando contigo y conmigo, con los dos, conforme se acercaba el momento de que te fueses. Y no me atreví a lanzarme. Me dio vértigo. Pero debería haberme ido contigo, porque aquí, en el fondo, no había nada que desease de verdad. Solo un montón de humo…

—Rhys, deja de torturarte así.

Le rodeé la cintura con el brazo.

—Yo solo quiero estar con vosotros y componer. En cualquier lugar. En Londres. Y compraré una casa en Australia, algo pequeño y antiguo que podamos reformar entre los dos para ir de vacaciones. Y tendremos un gato…

Sonaba perfecto. Sonaba mágico. Sonaba lejano.

—Rhys, mírame. Respira. Respira hondo.

Lo hizo. Inspiró un par de veces, pero mantuvo sus ojos fijos en los míos, diciéndome tantas cosas en aquel silencio roto por dos corazones latiendo rápido.

—No quiero perder otro momento.

—Ya lo sé. —Estábamos tan cerca…

—Y eres mi ancla. Tardé en entenderlo. Pero ¿recuerdas que me preguntaste por el tatuaje cuando nos vimos en Londres la última vez? —Asentí—. Pues me lo hice por ti.

Lo vi a pesar de la oscuridad de la noche. Esa pequeña ancla en el dorso de su mano, cerca de la media luna y de la nota de música. La acaricié con los dedos. Tenía ganas de llorar. Porque me di cuenta de que esa noche, bajo las estrellas, todo era distinto. Éramos nosotros, pero diferentes. Éramos nosotros más allá del deseo, de las ganas. Éramos solo lo que quedaba después, bajo esas capas que en ocasiones unen, suman, pero que otras veces confunden, enmascaran. Éramos la confianza, el cariño, la amistad, el amor, el conocernos.

Pero no éramos un buen momento…

—No has contestado a la pregunta.

—¿Cuál de todas ellas? —pregunté.

—La de si aún me sientes…

—Sabes que sí, Rhys. Sabes que siempre.

—Entonces… —No podíamos dejar de tocarnos, aunque solo fuese de forma sutil; mis dedos en su pelo, una de sus manos en mi rostro, la otra abrazándome…

—Ahora mismo necesitas recomponerte. —Vi que ponía mala cara, así que me adelanté y entrelacé mis dedos con los suyos. A él le costó sostenerme la mirada—. Yo te quiero, Rhys. Pero te quiero bien. Y tienes que ir a ver a tu padre, lo sabes, ¿verdad? Tienes que hacerlo porque te conozco y sé que, si no, vas a arrepentirte toda tu vida.

Rhys se apartó un poco. Se tumbó boca arriba y se frotó la cara con las manos, cansado. Suspiró hondo, vi cómo su pecho subía y bajaba y posé una mano ahí.

—Y estaré al otro lado de la pantalla.

—Joder, te voy a necesitar…

—Ya lo sé.

—Mierda.

—¿Qué es lo que te da miedo?

—No lo sé. Que diga algo que me haga daño otra vez. O no saber perdonarle ni pedirle perdón. Hablar de esto con mi madre… —Sacudió la cabeza—. Hasta hace poco, ella pensaba que no lo sabía. Eso fue lo único que me pidió mi padre antes de que saliese por la puerta. Que no se lo dijera. Y lo cumplí, no sé por qué. Supongo que porque mi madre lo había pasado mal después de estar enferma y no quería meter la mano en esa herida. Yo qué sé, Ginger. Todo ha sido como una bola de nieve que se hace más y más grande. Cuando era joven no entendía cómo era posible que miembros de una misma familia que habían pasado tantos años juntos llegasen a dejar de hablarse, pero entonces creces, y todo se complica. Y luego está el orgullo. El mío y el suyo. Y conforme van pasando los años, supongo que ocurre esto que ves ahora. Algo así de roto.

—Aún podéis arreglarlo.

—Se está muriendo, Ginger.

—Por eso. Justo por eso.

—¿Y si no sale bien? —Suspiró.

—Lo habrás intentado, Rhys.

Me miró a los ojos, apartándome el pelo de la cara.

—Te he echado tanto de menos…

—Yo a ti también. —Apoyé la cabeza en su pecho. Él me

besó en la frente y luego clavó la vista en el cielo, igual que yo, buscando la luna, que era apenas un arco—. El tercer libro que decidí publicar en la editorial hablaba sobre el lazo de unión entre dos personas. Recuerdo en concreto una frase que decía algo así sobre que no importaba cuánto tiempo pasase, qué cambios hubiese en sus vidas o incluso en ellos mismos, porque el lazo siempre seguía intacto. Era un hilo que se zarandeaba, temblaba, sufría tirones…, pero nunca llegaba a romperse. Quizá nosotros vivamos colgando de un hilo así, Rhys.

—Ojalá, Ginger. Ojalá. —Me abrazó más fuerte y luego susurró en mi oído una de mis frases preferidas de *El Principito*—: «Me pregunto si las estrellas se iluminan con el fin de que algún día cada uno pueda encontrar la suya».

105

GINGER

Vivimos los siguientes dos días dentro de una burbuja. Tan solo salíamos al atardecer a dar un paseo, bajábamos a la playa mientras el sol se escondía y comíamos un helado en alguna terraza. El resto del tiempo lo disfrutamos como si aquello fuesen unas vacaciones de verdad y esos dos años anteriores hubiesen sido un espejismo lejano.

Por las mañanas, Rhys se metía en la piscina con Leon, que chapoteaba con ganas porque le encantaba el agua. Yo fingía que leía tumbada sobre una toalla en el césped, pero en realidad los miraba…, no podía dejar de mirarlos…

Como tampoco pude evitar hacerlo al anochecer, cuando se empeñó en leerle *Peter Pan* después de cenar y acostarlo en la cama. Leon estaba relajado y tenía la respiración pausada mientras nos observaba atento a los dos, allí sentados a su lado.

—Sabes que no se entera de nada, ¿verdad?

—Seguro que algo retendrá —replicó.

—Rhys, tiene un año. —Me eché a reír.

Me ignoró y abrió el cuento. Estuvo un buen rato leyendo en voz alta, no sé si lo hacía más para él mismo que para Leon, porque, cuando el bebé se quedó dormido, continuó un poco más, siguiendo las líneas con el dedo como hacían los niños, tan absorto en ello que no me atreví a interrumpirlo. Por eso y porque reconocía aquella edición, los bordes dorados, la tapa dura… No dije nada hasta que salimos de la habitación y estuvimos en el salón.

—Pensaba que no te había llegado.

—Y no lo hizo. Lo conseguí después.

—¿Después? ¿Cuándo?

—Es una larga historia. Olvídalo. Ven aquí. —Tiró de mí, pero tropecé y acabé sentada encima de él en el sofá. No me levanté. Nos miramos en silencio. Luego Rhys apoyó su frente en la mía y respiró hondo, con los ojos cerrados—. ¿Cuántas veces nos hemos despedido, Ginger? —susurró y su aliento cálido me hizo temblar.

«Despedida», una palabra que volveríamos a sentir al día siguiente, cuando él nos dejase en el aeropuerto al mediodía. Sacudí la cabeza. Esa vez era raro, distinto. No tan intenso como la última, pero quizá más doloroso de algún modo que no sabía explicar. Más triste.

—Creo que será la quinta…

—Y quizá la última.

—Quizá…

Estábamos tan juntos que tan solo me moví unos centímetros para encontrar su boca, rozarla, saborearla de nuevo. Rhys gruñó ronco antes de echarse hacia atrás en el sofá y dejar que sus manos se colasen bajo mi camiseta. Y esa vez fui yo la que perdió el control, la que necesitó rápido más de él y buscó la hebilla de su cinturón mientras me mordía el cuello, dejando marcas por mi piel. Le quité la camiseta por la cabeza, sentada a horcajadas sobre sus piernas. No sé cómo terminamos de desnudarnos. Solo recuerdo… lo que sentía. Las caricias. Las yemas de sus dedos hundiéndose en mis caderas. Mi sexo buscándolo antes de acogerlo. Mis manos enredándose en su pelo sin dejar de moverme con fuerza sobre él; fuerte, intenso. Y gemir en su boca, incapaz de abandonar sus labios justo antes de alcanzar el cielo con la punta de los dedos.

Luego abrazarlo entre sudor.

Y besarlo toda la noche…

106

De: Ginger Davies
Para: Rhys Baker
Asunto: Hemos llegado

Llegamos hace unas horas a Londres. Estamos bien. Leon un poco nervioso y llorón después del largo viaje, pero se le pasará en cuanto duerma del tirón esta noche.

No sé cómo me siento al volver a escribirte un *e-mail*, Rhys. Me parece algo tan raro y natural a la vez… Ahora, sentada en la cama, con Leon descansando en su cuna a mi lado, me ha dado por recordar cuando te escribía al principio desde la residencia. Parece que ha pasado tanto tiempo desde entonces…, y en realidad no es tanto, ¿verdad? ¿Cuánto? ¿Siete años? Más o menos. Supongo que somos nosotros, que cambiamos constantemente, y a veces no nos da tiempo a asimilarlo todo. Pero en ocasiones me vienen recuerdos así. Y siento nostalgia. Qué pena que no podamos escribirle un correo a nuestro yo del pasado, ¿no? Entonces sería todo tan sencillo que imagino que la vida resultaría aburrida.

Sí, vuelvo a divagar por aquí, Rhys.

Cuéntame qué tal vas.

De: Rhys Baker
Para: Ginger Davies
Asunto: RE: Hemos llegado

No sabes las ganas que tengo de estar allí al recrear esa escena: tú tumbada en la cama, supongo que con algún libro o manuscrito en la mesita de noche, ¿verdad? Y Leon a tu lado, cerca. No sé si prefiero no saber qué estás haciendo mientras te tengo lejos.

Yo me he pasado el día preparando el equipaje, hablando con la inmobiliaria que se hará cargo de la venta de la casa y arreglando algunas cosas que tenía pendientes del disco que saldrá en los próximos meses. Cogeré un avión hasta Nueva York y luego iré desde allí hasta casa. No sé, Ginger, estoy jodidamente nervioso, aunque ya debería haberme hecho a la idea. Se me hace tan difícil después de tantos años...

Y si eso existiese, si pudiésemos mandarnos un correo electrónico a nosotros mismos en el pasado, creo que el mío ocuparía tanto espacio que me cansaría de leerlo, porque recordemos que por aquel entonces era un idiota. Que lo sigo siendo a veces, de hecho. Bromas aparte, tendría demasiadas cosas que decirme...

Que sepas que cuando me ha llegado tu *e-mail* he estado un buen rato mirándolo en la bandeja de entrada antes de abrirlo, disfrutando de esa sensación de recibir de nuevo un mensaje tuyo después de tanto tiempo. Para mí sigues siendo la misma chica que me escribía cada noche desde aquella habitación de la residencia...

De: Ginger Davies
Para: Rhys Baker
Asunto: RE: RE: Hemos llegado
No hagas que me ponga sentimental.

Y es normal que todavía estés nervioso, Rhys. Vas a estarlo hasta que lo veas, habléis las cosas, te quites ese peso de la espalda. Sé que saldrá bien. Si quiere verte, si eres importante para él en este momento..., tiene que significar algo. Nosotros podríamos haber acabado así, ¿sabes? Podríamos haber sido una de esas tantas ocasiones en las que dos personas dejan de hablarse por un cúmulo de cosas, de circunstancias, pero que al final nunca retoman el contacto. Y entendí lo que querías decir con eso de que conforme el tiempo pasaba todo se volvía más difícil, porque a mí también me ocurrió. Pensaba en ti muchas veces, pensaba en qué estarías haciendo o en escribirte, pero terminaba dejándolo para el día siguiente. Y al siguiente para el próximo. Y así hasta que la distancia se convirtió en un obstáculo insalvable.

Avísame cuando llegues, ¿vale?

Besos (sinceros).

De: Rhys Baker
Para: Ginger Davies
Asunto: Ahora mismo
Acabo de aterrizar en Nueva York.

Te escribo en cuanto pueda, galletita.

107

RHYS

Nada había cambiado, aunque todo lo hubiese hecho. Al menos cuando uno miraba más allá y se fijaba en los pequeños detalles; como en el rosal frente a la ventana que ya no estaba, el jardín menos cuidado, la pintura deslucida de las columnas de la entrada, las hojas que temblaban movidas por el viento sobre los escalones y que nadie se había molestado en recoger aquella mañana de un miércoles cualquiera en la que volví a casa.

Seguía teniendo las llaves que mi madre me había dado durante la última visita, pero no me atreví a usarlas. Quizá porque no me consideraba digno de ello. Llamé al timbre y esperé hasta que ella abrió la puerta y me recibió con una sonrisa frágil y un abrazo cálido. Olía igual. Eso siempre me reconfortaba. Seguir reconociendo aquel olor.

—Mi pequeño… —Me cogió del brazo.

—¿Dónde está? —pregunté nervioso.

—Durmiendo. Suele acostarse un rato después de comer. Ven a la cocina. Seguro que llegas con el estómago vacío, te prepararé algo…

Asentí, pero antes de que pudiese dar un paso al frente volvió a abrazarme y nos quedamos allí unos segundos, en silencio. Más tarde, mientras ella abría la nevera con las manos aún temblorosas, percibí algunas arrugas nuevas en su rostro, los ojos más apagados, cansados, el cuerpo encogido y delgado, aunque seguía pareciendo llena de fuerza, de energía; no de esa que nace de forma innata, sino de la que se busca por necesidad.

—¿Quieres pollo asado?, ¿crema de verduras…?

—Mamá, quizá deberíamos…

—¿Prefieres algo dulce?

Inspiré hondo y cerré la nevera. Nos miramos.

—No tengo hambre. Y tenemos que hablar.

—No sé si puedo…

Cogí sus manos cuando vi que se las retorcía con nerviosismo. Noté cómo temblaba. Y allí, sacándole casi dos cabezas de altura, con sus ojos empañados fijos en los míos, empecé a ver las cosas de una manera diferente; desde su perspectiva, desde la de aquella persona que había estado a mi lado cada día incluso antes de que empezase a caminar, la que me había cuidado cada vez que me ponía enfermo, la que había celebrado conmigo un cumpleaños tras otro.

Intentó apartarse, pero se lo impedí.

—Lo siento mucho, mamá.

—Rhys, no pasa nada.

—No debería haberme ido. Perdóname. —Tragué saliva, sintiendo las palabras atascándose como siempre, saliendo casi a la fuerza—. Pero es que cuando me enteré…, en ese momento… estaba tan perdido que no supe encajarlo bien. Y me alegra que papá no te contase entonces por qué me fui, ya que no te lo merecías.

—Yo debería habértelo dicho antes.

—No importa. Habría dado igual.

—Tenías derecho a saberlo. —Se limpió las mejillas—. Pero nunca encontré el momento perfecto. Cuando eras pequeño pensé que aún no podrías entenderlo. Y luego, conforme fuiste creciendo y haciéndote mayor, parecías tan confundido que me daba miedo darte otro motivo para alejarte de nosotros.

—No pasa nada, mamá.

Tenía los ojos brillantes, llenos de todas las lágrimas que parecía llevar años conteniendo. Inspiró hondo y se llevó una mano temblorosa a los labios.

—A veces te miraba y pensaba que eras como una granada a punto de explotar. Temía que cualquier movimiento fuese catastrófico. Y no sabía cómo ayudarte.

—Yo también me he sentido así mucho tiempo.

—Aun así, sé que no hice las cosas bien…

—Ninguno las hacemos.

Alargó el brazo y me acarició la mejilla.

—Eres mi hijo, Rhys. Lo eres.

—Sí que lo soy —susurré.

Vi que meditaba lo que iba a decir.

—Tu padre, antes de pedirme que vinieses a verlo, me contó lo que te dijo. No sé cómo consiguió guardárselo tanto tiempo, vivir con eso, pero sabes lo orgulloso que es. Tú también lo eres. En eso os parecéis. Lo lleváis todo por dentro…, con la de veces que te dije de pequeño que había que expresar las emociones, que llorar es liberador… —Tomó aliento mirándome—. Sabes que no lo sentía, ¿verdad?

Noté que empezaba a ahogarme un poco.

—Hablaré con él… —Quería salir de allí.

—Le rompiste el corazón al descubrir que te habías marchado en cuanto te enteraste de que eras adoptado. Yo estaba en el hospital, él únicamente podía apoyarse en ti, y cuando volviste estaba tan enfadado, tan decepcionado… Nunca ha manejado bien el dolor quedándose de brazos cruzados. Pero tu padre te ha querido más que a nadie, Rhys…

Atacar antes de que la punta del cuchillo roce algún órgano vital. Conocía bien esa táctica de defensa. Y solo me había traído problemas, errores, desengaños.

Intenté apartar a un lado eso, el daño, la sensación incómoda que me oprimía el pecho al recordar las palabras que pronunció sobre las cosas que van en la sangre. La rabia atravesándome aquel día que parecía tan lejano. Sentirme como una planta que crece durante años, a veces recta, a veces curvándose, pero que de repente alguien arranca de la tierra de un tirón, de raíz, lanzándola a un lado. Todo ese dolor asentándose en algún rincón que evité mirar desde entonces, porque sentía que me hacía débil, pequeño. Que no era nadie. Que no me pertenecía ningún pedazo de mundo.

Miré a mi madre. Tan paciente. Tan sólida.

—Hubo algo más que él dijo… —Cogí aire—. Algo sobre que nunca quiso adoptar, que solo lo hizo por ti, porque no quería verte tan infeliz…

—Es verdad. Era un poco reacio al principio, tenía dudas. Pero desaparecieron todas en cuanto te cogió en brazos. Rhys, solo te dijo todo aquello para hacerte daño. Es terrible, pero es así… Tú se lo hiciste a tu padre y él te lo devolvió. Lo hizo mal. Tendría que haberse dado cuenta de que eras joven e inestable, no estabais en igualdad de condiciones.

Me froté el mentón e intenté calmarme.

—¿Y cómo está él? —pregunté.

—Tiene días buenos y otros peores.

—¿Ha mejorado algo?

—Rhys, no va a mejorar.

—Pero, no sé, con la medicación…

—Son calmantes —me cortó—. Come algo y ve a darte una ducha. Pareces cansado. Mientras, asearé a tu padre cuando se despierte, ya sabes lo vanidoso que es.

Lo dijo con una sonrisa, como si hubiese aceptado aquella situación, como si no le pareciese algo terrible saber que la persona con la que había pasado toda su vida fuese a morir dentro de poco. Y no pude evitar preguntárselo, dejar la duda en el aire…

—¿Cómo lo consigues, mamá?

Ella sacudió la cabeza y suspiró.

—He tardado meses, pero acabas por verlo de una manera diferente cuando asumes la realidad. Tengo dos opciones: meterme en la cama y echarme a llorar o levantarme e intentar disfrutar del tiempo que nos queda juntos, aunque no sea en las mejores condiciones.

Mi madre salió de la cocina con la cabeza alta. Yo pasé las siguientes horas masticando aquellas palabras: mientras me daba una ducha de agua caliente, mientras deshacía las maletas, mientras me reconciliaba de alguna manera con mi antigua habitación y todos los recuerdos que albergaban esas cuatro paredes.

Dejé el portátil encima de la cama y pensé en escribirle a

Ginger para avisarla de que ya había llegado a casa, pero me sentía demasiado alterado…

Me froté la cara. Me tumbé encima de la colcha.

Parecía mentira que alguna vez me hubiese sentido pequeño en esa misma cama en la que ahora era un gigante, con los pies casi rozando la madera del borde. Pensé que lo curioso era que aquello pudiese interpretarse en todos los aspectos; los lugares no cambiaban, la memoria tampoco, ni siquiera los sucesos, tan solo éramos nosotros los que lo hacíamos, moldeándonos, resurgiendo, cayendo, convirtiéndonos en otros por dentro y por fuera.

Estuve allí tumbado hasta que mi madre llamó a la puerta para avisarme de que podía ir a verlo. Tardé en levantarme. No sé cuánto, quizá tres minutos, quizá algo más. No pensé en nada mientras me movía por aquella casa que conocía tan bien para ir hasta su despacho, la estancia en la que me esperaba. Supuse que habría elegido ese lugar porque era en el que se sentía más poderoso, más seguro, más él en su mejor versión. Cuando era pequeño, siempre me repetía que no debía entrar allí, y yo siempre me saltaba esa regla; me escabullía por la puerta, me sentaba en el suelo, debajo de la mesa de madera oscura, y esperaba en silencio hasta que él subía y me descubría allí escondido. Chasqueaba la lengua, negaba con la cabeza dando por perdida aquella batalla y luego me dejaba quedarme jugando en la alfombra granate mientras él intentaba terminar el trabajo que traía a casa.

Ahora, en cambio, no quería entrar.

Pero lo hice. Empujé la puerta, que estaba entornada, y di un paso al frente. Al principio pensé que el despacho estaba vacío, que no había nadie allí, hasta que distinguí su figura delgada y encogida en el sillón que había al lado de la librería.

Fue como una bofetada, un golpe, verlo así.

Ver casi… a otra persona, aunque tuviese su misma mirada, un rostro parecido envejecido, un cuerpo mucho menos corpulento y fuerte, unas manos temblorosas que se apoyaron decididas en los brazos del sillón de cuero oscuro para intentar levantarse.

No me salía la voz. Tampoco podía moverme.

Al menos hasta que vi que no iba a conseguirlo. Entonces avancé hacia él con el corazón encogido y los ojos escociéndome antes de sujetarlo por la cintura para ayudarlo a ponerse en pie. No pesaba nada. Lo solté al notar que se mantenía estable. Nos miramos. Así de cerca, uno a escasos centímetros del otro, por primera vez en casi siete largos años. Una eternidad. O apenas un pestañeo. Según desde la perspectiva con la que se viese.

Había imaginado aquel momento en mi cabeza miles de veces. Y siempre era similar; nos encontrábamos, hablábamos, le echaba en cara lo que me dijo y el daño que me hizo, que jamás me hubiese querido, los dos terminábamos alzando la voz…

Pero no ocurrió nada parecido.

Tan solo eso, nos quedamos mirándonos.

Y luego las palabras salieron sin esfuerzo, como si de algún modo llevasen años masticadas, rezagadas en la garganta, tan ancladas dentro de mí que ni siquiera me sorprendí cuando escaparon de golpe, sinceras.

—Lo siento mucho, papá.

Él tenía los ojos brillantes.

—Yo también lo siento.

108

De: Ginger Davies
Para: Rhys Baker
Asunto: Espero que estés bien

Imagino que ayer llegarías a casa. Y también imagino que sería complicado y un día agotador por el viaje, por tantas emociones... Ojalá todo haya ido bien, Rhys. No dejo de pensar en ti y de cruzar los dedos durante todo el día. Dime algo en cuanto puedas. Y si necesitas hablar, cualquier cosa, ya sabes dónde estoy.

Yo tengo un montón de trabajo acumulado en la editorial después de estos días de vacaciones, pero ha valido la pena. Creo que Leon echa de menos esa piscina, porque anoche lloró cuando lo saqué de la bañera después de pasarse allí metido más de media hora. Adora el agua. Y ahora un poco más por tu culpa. Tengo pendiente apuntarlo a natación.

Besos, Rhys. Cuídate.

De: Rhys Baker
Para: Ginger Davies
Asunto: Estoy bien

Necesitaba encontrar un hueco tranquilo para escribirte. Aquí son las dos de la mañana y... todo está bien, Ginger. De verdad. Aún me siento un poco confundido, son muchas cosas que asimilar, pero fue más sencillo de lo que imaginé. ¿Sabes esa sensación de darle tantas vueltas a algo en tu cabeza durante años que terminas haciéndolo grande, casi inmenso? Y luego no es para tanto. O es más fácil de lo que dabas por hecho. No lo sé.

Lo importante es que cuando lo vi…

Cuando lo vi olvidé todo lo malo.

Qué raro, ¿no te parece, Ginger?

Alimentarme de rencor tanto tiempo, apartarlo hacia un rincón después en apenas un segundo… A veces me pregunto si algún día me entenderé a mí mismo. ¿Qué me pasa? Es como con Leon. No debería sentirme como me siento si siguiese algún tipo de lógica.

Desde que dejaste de hablarme, si no podía dormir, a veces releía nuestros mensajes. Y me estoy acordando ahora de algo que me dijiste una vez, casi al principio. Escribiste: «Creo que eres la persona más contradictoria, inesperada e imprevisible que conozco. Y no sé si debería darme miedo». A mí solo se me ocurrió preguntarte que por qué iba a darte miedo. No pensé que era el primero que debería sentirlo. Porque si no puedes predecir algo, si te contradices tanto que ni siquiera puedes fiarte de tus propias ideas y valores, ¿cómo se es capaz de confiar en esa persona? ¿Cómo lo haces tú?

De: Ginger Davies
Para: Rhys Baker
Asunto: Confianza

Porque la confianza a veces es así, a ciegas, por instinto. Y otras veces llega incluso aunque no sepas cómo va a reaccionar esa persona, tan solo porque tienes la certeza de que haga lo que haga será lo correcto, a pesar de los errores, de las caídas. Yo pondría la mano en el fuego por ti. Espero que tú también lo hicieses igual hacia ti mismo.

No sabes cuánto me alegra que pudieses olvidar lo malo, que dejases espacio a lo bueno. Seguro que tu padre está feliz por tenerte allí con él. Y tu madre también. Otra cosa, Rhys, como te conozco…, no te sientas culpable dándole vueltas ahora a la idea de que deberías haber ido mucho antes. En un mundo perfecto, sería así. En este mundo nuestro, no. Y es bonito igual. Como la luna, ¿recuerdas? Con todos esos cráteres.

De: Rhys Baker
Para: Ginger Davies
Asunto: RE: Confianza

Recuérdame qué sería de mi vida sin tus palabras dándole otro sentido a todo. Tienes razón, Ginger. Estoy aprendiendo a caminar por la luna sin tropezar, sería mucho más fácil y cómodo si fuese una superficie perfectamente lisa, pero... creo que solo es cuestión de práctica. Y no está tan mal. Nada mal, en realidad.

He vuelto a la vida adolescente. Algo así.

De: Ginger Davies
Para: Rhys Baker
Asunto: RE: RE: Confianza

Ah, pero ¿es que en algún momento dejaste de ser un adolescente? Sí, me estoy riendo mucho de ti ahora mismo, Rhys. Y debería parar, porque estoy en medio de una reunión en la editorial fingiendo que apunto algo importante en el ordenador mientras Kate se hace cargo de todo. Por cierto, mi hermana y ella se casarán el próximo verano. Estás invitado a la boda del año (y espero que aceptes, porque siento la terrible necesidad de verte con traje y de que seas mi acompañante).

De: Rhys Baker
Para: Ginger Davies
Asunto: RE: RE: RE: Confianza

Muy graciosa, galletita. Esa ha estado bien.

Dales la enhorabuena a las dos de mi parte. Y claro que estaré allí. No me perdería por nada del mundo poder ver cómo se te cae la baba cuando me veas aparecer...

De: Ginger Davies
Para: Rhys Baker
Asunto: RE: RE: RE: RE: Confianza

Qué patético eres, Rhys.

De: Rhys Baker
Para: Ginger Davies
Asunto: RE: RE: RE: RE: RE: Confianza
Echaba de menos esto…

De: Ginger Davies
Para: Rhys Baker
Asunto: RE: RE: RE: RE: RE: RE: Confianza
Yo también. :)

109

RHYS

Llevaba casi dos semanas en casa cuando me di cuenta de que durante todo ese tiempo solo me había tomado una cerveza. Lo pensé esa tarde, cuando me abrí una antes de sentarme con mi padre en el porche trasero de casa. Estábamos cada uno en una silla, en silencio, viendo pasar las horas mientras el viento fresco empezaba a soplar.

No recordaba la última vez que me había encontrado tan bien. No recordaba desde cuándo había estado limpio tanto tiempo. No recordaba lo que era sencillamente «estar conmigo mismo», sin nada que me distrajese, sin algo que me animase o me adormeciese. Parecía fácil estando lejos del ruido. En el silencio podía escucharme.

Habíamos adquirido una especie de rutina desde mi llegada. Tras aquel primer día lleno de emociones, no volvimos a hablar del pasado. No escarbamos más. No le dimos más importancia a lo que hice ni a lo que él me dijo, al menos no más que la que sí tenían todos los años que habíamos pasado unidos. Fue como retomar algo que ahora era diferente, pero no peor. Dormía bien; al menos cuando no me quedaba hasta las tantas hablando con Ginger. Me levantaba a una hora razonable y desayunaba en la cocina con mi padre, como hacía cuando era pequeño; lo miraba leer el periódico y quejarse cada vez que le insistíamos para que comiese un poco más y de lo mal que iba el mundo (en realidad, según él, el mundo llevaba yendo mal desde que tenía uso de razón. Se lo dije un día mientras mezclaba mis cereales con leche, y él se limitó a sonreír y a asentir antes de continuar a lo suyo).

Luego acompañaba a mi madre a comprar o hacía algunos recados. Le echaba una mano con la comida mientras ella ayudaba a mi padre a darse una ducha, aunque siempre hacía algo mal, como pasarme de tiempo, o dejar la carne poco hecha o las patatas algo duras. Aun así, se lo comían en silencio, mirándose entre ellos y reprimiendo una sonrisa. Y a mí me bastaba. Después quitaba los platos, pasaba un rato con mi madre hablando de cualquier cosa mientras él dormía, y, ya al atardecer, cuando mi padre bajaba tras tomarse la medicación y el sol se había ido, salíamos al porche. Nos quedábamos sentados haciendo eso, nada, viendo anochecer hasta que los mosquitos empezaban a aparecer zumbando alrededor y mi madre nos llamaba para avisarnos de que la cena ya estaba lista.

Esa tarde recordé una melodía, una que pronto sonaría en la radio cuando lanzásemos el nuevo *single*. Moví los dedos al compás, golpeando suavemente el brazo de madera de aquel sillón antiguo para el que mi madre había cosido unos cojines estampados.

Mi padre desvió la mirada hasta mi mano.

—Todos esos monigotes… —masculló.

—Tatuajes. Así los llaman. —Lo miré divertido—. ¿Te gustan?

—No. —Contundente, como siempre—. ¿Qué significan?

—Cosas. —Me encogí de hombros. Bebí un trago.

—Vamos, no me hagas tener que rogarte. La nota de música puedo deducirlo. Ese otro, ¿qué es? ¿Un plátano? ¿Una sonrisa? —se burló.

—Es una luna. Es de ella. Este también.

Giré la mano para enseñar la pequeña ancla.

—¿Quién es ella?

—Ginger.

—Especial, supongo.

—Sí. —Suspiré.

—¿Vas en serio?

—Es complicado.

Él alzó las cejas, mirándome.

—¿Más complicado que estar muriéndote?

448

—No, joder, no, papá…

—Entonces no es complicado.

—Ya. Supongo que no.

Asintió satisfecho antes de volver a mirar al frente. Yo me quedé observándolo unos segundos más, pensando en lo mucho que había cambiado todo. No sé a qué se debía aquella percepción diferente, si a que a él la vida lo había encogido o a que yo me sentía más fuerte, más alto, más crecido desde la última vez que estuvimos juntos antes de marcharme. Lo que sí tenía claro es que era distinto. Bonito y triste, de alguna manera retorcida. Recordé lo que Ginger me dijo una vez sobre esa visión que tenemos de pequeños de nuestros padres, cuando parecen superhéroes. Y luego la vida se da la vuelta. Es al revés. Conforme tú te fortaleces, eres testigo de cómo ellos se van haciendo más débiles, delicados, imperfectos.

—Deja de mirarme así —gruñó.

—No te miro de ninguna manera.

—Sé cuándo mientes, Rhys. Háblame de ella. O de la música si te es más fácil. Cuéntame algo sobre eso, qué planes tienes, qué harás a partir de ahora…

Medité unos instantes mientras daba un trago.

—No tengo claro aún qué haré en el futuro, pero necesito una pausa. Y me gustaría enfocar las cosas de otra manera. Dedicarme más a todo lo que no se ve, la producción, la composición… —Cuando lo dije en voz alta, me sonó bien, me sonó perfecto—. El próximo disco ya está grabado. El primer *single* sale dentro de nada. ¿Quieres ver la carátula?

—Claro. —Asintió interesado.

Busqué en el móvil la imagen en la que había trabajado Axel y se la enseñé. Él se quedó mirándola unos segundos, concentrado. Luego sonrió.

—Toda una declaración de intenciones.

Asentí, guardándome el teléfono de nuevo.

—En cuanto a ella…, creo que te caería bien.

Probablemente le sorprendió que no evitase el tema.

—¿Cómo es? —preguntó con tiento.

—Muy habladora. Lista. Y guapa. Es dulce y también la chica más divertida que he conocido jamás, aunque creo que eso no lo hace a propósito, o quizá solo a mí me lo parece. Es paciente, pero también tiene carácter cuando se enfada. Ahora sabe decir «no».

—Bien. Con mano blanda no funcionas.

—Vete a la mierda. —Me reí. Él también.

—Sabes que es la verdad —contestó.

—Y tiene un hijo. Leon. De un año.

Mi padre giró la cabeza hacia mí, nervioso.

—¿Es…? ¿Ese niño es tuyo…?

—No, no. Ojalá…

—Vaya, ¿ojalá?, ¿quién lo diría?

—Ya. Qué cosas tiene la vida.

—Sería muy aburrido de otra manera.

—Supongo que sí. —Suspiré hondo.

De: Ginger Davies
Para: Rhys Baker
Asunto: Tengo una duda

He estado dándole vueltas estas semanas, pero no puedo quitármelo de la cabeza y por más que lo he releído no sé cómo debería entenderlo. En uno de los últimos correos que me mandaste, ese en el que hablabas de ti, de lo contradictorio que eras, de lo imprevisible, dijiste algo sobre Leon. Que, si siguieses algún tipo de lógica, no deberías sentirte como te sentías. ¿A qué te referías? Porque creo que necesito saberlo.

De: Rhys Baker
Para: Ginger Davies
Asunto: RE: Tengo una duda

Calma, Ginger. ¿Qué te has imaginado?, ¿algo malo? Solo quería decir que, si no fuese un completo desastre, si no llevase toda la vida dándome golpes contra mi propio reflejo y tuviese las ideas claras, tendría que haber sido inmune a Leon. Pero no fue así. Pienso en él casi tanto como en ti (no te pongas celosa, galletita). Y es… perfecto. Y tenías razón, los bebés huelen muy bien. A propósito, esto me recuerda que apenas me has contado nada de él, de cómo fue todo. Apareciste con un niño en brazos y me he perdido esos dos años que parecen haberse quedado por el camino. Deberías ser buena y ponerme al día.

De: Ginger Davies
Para: Rhys Baker
Asunto: Soy muy buena

No hay mucho que contar, Rhys. Tú tampoco me has dado detalles sobre qué fue de tu vida durante ese tiempo, aunque puedo hacerme una idea…

La verdad es que James y yo intentamos enseguida buscar al bebé. A veces creo que, más que la idea romántica de estar juntos, lo que nos impulsó a retomar nuestra relación fue el deseo que los dos teníamos de ser padres. Parece un poco una locura, ¿no? Pero, si soy sincera conmigo misma, fue un poco así. El embarazo fue muy tranquilo, no tuve apenas náuseas ni molestias, así que me centré bastante en el trabajo y en ir a clases de yoga (ahora tengo que retomar eso). Estuve tan ocupada con mis cosas que se me pasó volando. James también trabajaba mucho. Los dos lo hacíamos. Y entonces llegó Leon.

Pesó poco más de tres kilos, y te juro que durante el parto podría haber sido capaz de acabar con mis propias manos con un dinosaurio si no se hubiesen extinguido ya. No te haces una idea de cómo dolió. Pero valió la pena. Se me olvidó en cuanto lo cogí en brazos y miré su carita. Fue el mejor momento de mi vida.

Tengo que dejarte, Rhys. Se ha despertado y no para de llorar. Espero que estés bien, pese a todo lo que tienes que afrontar allí. Muchos besos.

De: Rhys Baker
Para: Ginger Davies
Asunto: RE: Soy muy buena

Me da rabia haberme perdido ese momento, Ginger. Yo habría estado a tu lado, a riesgo de morir, claro. Ahora en serio: debería haber estado allí, en la sala de espera. Como también tendría que haber estado aquí, en casa, cada Navidad, algún que otro cumpleaños o días libres en los que podría haberme escapado. Ya sé que me dijiste que no me sintiese culpable, pero tengo esa sensación ahí… clavada… La sensación de haberme perdido cosas importantes e irrepetibles. ¿Y para qué? Para nada.

Me paro a pensar en lo que hablamos, en qué hice durante esos dos años, y solo me viene a la cabeza que grabé dos discos. ¿Qué más puedo contarte? El resto es vacío. Conocí a muchas chicas, salí noche sí y noche también, terminé con la agenda del teléfono llena de gente que no me conoce y a la que no quiero conocer. Ah, y me compré una casa que no me gustaba demasiado.

En fin. Por aquí las cosas van bien. Tenemos una especie de rutina marcada, menos cuando él tiene algún día malo y recae un poco. Por lo demás, me siento como si hubiese viajado atrás en el tiempo. Duermo del tirón. Y, sobre todo, me alimento mejor ahora que mi madre me machaca la cabeza con este tema. Estoy tranquilo, y eso que la próxima semana lanzamos el primer *single* promocional, aunque esta vez no pienso hacer de eso, «promoción». He decidido que voy a centrarme en hacer cosas que realmente me gusten.

De: Ginger Davies
Para: Rhys Baker
Asunto: Errores
Ya, Rhys, es inevitable que lo pienses a veces, pero lo realmente significativo es que ahora estás allí, donde tienes que estar. Y que esos dos años no han cambiado nada entre nosotros, no lo importante al menos. Quizá lo necesitábamos. ¿Nunca te has parado a pensarlo? Puede que tú necesitases caer del todo para darte cuenta de lo que realmente querías. Puede que yo necesitase alejarme de ti para equivocarme en otras cosas por mi cuenta. Porque también lo he hecho, lo sabes, ¿verdad? He cometido errores. Todos desearíamos a veces meternos en una máquina del tiempo para modificar decisiones.

Pero vayamos a tus nuevos intereses…

¿Qué cosas te gustan realmente?

De: Rhys Baker
Para: Ginger Davies
Asunto: Cosas
Tú, especialmente.

De: Ginger Davies
Para: Rhys Baker
Asunto: RE: Cosas
Deja de ser un idiota.

De: Rhys Baker
Para: Ginger Davies
Asunto: RE: RE: Cosas
Lo veo complicado…

Ahora en serio, me refería al tema del trabajo, de la música. No quiero seguir haciendo algo que no me termina de gustar. Creo que ahora puedo elegir. Por cierto, estate atenta, mañana sale la nueva canción…

Espero tu opinión. Besos.

111

RHYS

Tuve una idea cojonuda. Se me ocurrió mientras acompañaba a mi madre a hacer la compra y cargaba las bolsas en el maletero del coche. Vi mi reflejo en el cristal y me fijé en algo que había en el escaparate. Dos horas después, mi padre y yo estábamos mano a mano en la mesa del salón, delante del ventanal, leyendo las instrucciones de una maqueta del puente de Londres. Era suficientemente complicada como para que nos tentase retomar aquello que llevábamos tantos años sin hacer. Él se había sorprendido al principio, mirando la caja, pero luego le había preguntado de inmediato a mi madre dónde estaban sus gafas de cerca.

Y ahí seguíamos: ordenando las piezas. Recordaba esa primera regla que siempre me decía cuando era pequeño: «Primero, el orden, luego todo lo demás, Rhys». Estaba sacando de una bolsa aparte el pegamento, las pinturas y algunas herramientas cuando sonó mi teléfono móvil. Lo ignoré, como llevaba haciendo semanas.

—¿No deberías cogerlo? —preguntó mi padre.

—No es importante —mentí con indiferencia.

—Rhys, no evites las cosas. No lo hagas.

Lo miré. Qué putada cuando alguien te conoce tan bien a pesar de que apenas te haya visto durante la última década. Suspiré hondo, me levanté un poco molesto y descolgué antes de salir a la terraza. Era Daniel, el jefe de publicidad de la discográfica.

—Llevo días intentando dar contigo —protestó—. ¿Dónde demonios te has metido, Rhys? ¡Esto es una locura! Mañana sale el *single* y tú estás desaparecido del mapa.

—¿Qué pasa? —Recosté la espalda en la pared. Desde allí podía ver a mi padre frunciendo el ceño mientras seguía leyendo las instrucciones, con las gafas de media luna resbalando por su nariz.

No sé por qué, pero en aquel momento, en el menos oportuno, con otra persona gritándome desde el otro lado del teléfono, pensé que no parecía lo suficientemente mayor como para morir. Que aún debería quedarle mucho más tiempo.

—¿Me estás escuchando? ¡Rhys! ¡Rhys, maldito seas!

—No pienso hacer ninguna gira.

—Ya he cerrado acuerdos.

—Pues cancélalos.

—No puedo hacer eso.

—Se lo dije a Paul. Ya le expliqué que no quería mil compromisos, mil entrevistas en la radio y mil festivales. Si él no te lo ha dicho, no es mi problema.

—Claro que lo dijo, pero pensé que bromeaba.

—Tengo que colgarte ya, estoy ocupado.

—¿Acaso quieres enterrar tu carrera?

—No, solo reconducirla.

—Rhys, joder. Escucha…

Pero colgué. Colgué y me quedé un rato más allí, contemplando a mi padre a través del ventanal del comedor, tan concentrado en esa maqueta, tan decidido a empezarla y, quizá, si teníamos suerte, también a terminarla. Sonreí, por primera vez en días. Luego entré, me senté e intenté retomar lo que estaba haciendo antes de levantarme.

—¿Ya lo has solucionado? —preguntó.

—Algo así. —Me encogí de hombros.

—¿Era esa chica tuya? ¿Ginger?

—Qué va. Apenas nos llamamos.

—¿Has vuelto a fastidiarla?

—No, papá. —Me reí—. Hablamos por *e-mail* todas las noches. No me mires así. Es más cómodo, tengo más tiempo para pensar qué es lo que de verdad quiero decir…

—La boca nos pierde demasiado a los Baker, eso es cierto.

Mi madre vino en ese momento a ver qué tal estábamos.

—¿Por qué no te quedas con nosotros? Coge una silla. —Asintió ante la mirada suplicante de mi padre—. Vamos a necesitar ayuda si queremos acabar esto algún día. Rhys ha comprado una de las sencillas —ironizó entre dientes haciéndome reír.

—No me gusta ponerte las cosas fáciles.

—Ya te la devolveré, ya…

112

GINGER

Había sido una jornada dura de trabajo, acababa de bañar a Leon y estaba haciendo la cena cuando recordé de repente que aquel día salía la nueva canción de Rhys. Dejé a un lado la batidora y me limpié las manos en un trapo mientras corría hacia mi teléfono. Me amonesté mentalmente por no haber caído antes cuando me lo había dicho el día anterior. Busqué en la aplicación de música, aunque apenas tuve que hacerlo. Ya aparecía entre las cien canciones más escuchadas del momento. Contuve el aliento al ver el título. Porque lo conocía. Muchos años atrás, por mi cumpleaños, me había regalado una canción llamada igual: *Ginger*. Noté que me temblaban las manos cuando le di al botón de reproducir. Y entonces distinguí esa melodía familiar, esa que había escuchado miles de veces antes de dormirme, acurrucada en la cama, pensando en él, imaginando qué estaría haciendo...

Solo que en esta ocasión había más, algo diferente. Su voz algo rota y ronca cantando suave, en un tono bajo que ni siquiera subía apenas en el estribillo. Una voz que hablaba de anclas, de rosas en asteroides solitarios, de kilómetros, de Peter Pan, de lunas compartidas, de una chica enredada y de un chico que terminó bajo un montón de escombros mientras ella rompía esos hilos, se liberaba y se convertía en una mariposa.

Contemplé la carátula del disco. Se llamaba igual que la canción, «Ginger», solo eso. Y el nombre estaba cubierto por una enredadera con flores que también envolvía el dibujo de abajo, un corazón, uno de verdad, humano, lleno de cicatrices, algunas cerradas y otras aún abiertas, con espinas entre las partes más brillantes, más bonitas...

La escuché de nuevo, llorando. Era perfecta.

Leon golpeó la mesa de la trona.

—¿Te gusta? Es Rhys...

Balbuceó algo incomprensible, pero no dejó de sonreír animado mientras la música seguía sonando en la cocina de esa casa que había alquilado tiempo atrás. Me incliné y le di un beso en la frente antes de ir en busca del portátil.

113

De: Ginger Davies
Para: Rhys Baker
Asunto: Estás loco

No me lo puedo creer, Rhys. En serio. Ha sido…, no sé. Cuando he visto el título de la canción casi se me para el corazón, pero escucharte cantar… es lo más increíble del mundo que he oído nunca. Vale, puede que no esté siendo muy objetiva, pero me da igual. Te ha quedado tan bonita… Ni siquiera sé qué decirte. Me has dejado sin palabras.

A Leon le ha encantado.

Gracias, gracias, gracias.

De: Rhys Baker
Para: Ginger Davies
Asunto: RE: Estás loco

Si te ha dejado sin palabras, ha valido la pena.

Yo estoy agotado. Llevo desde ayer construyendo con mi padre una de esas maquetas que hacíamos cuando era pequeño. No sabes el aguante que tiene, es capaz de tomarse más calmantes con tal de seguir y ver cómo termino rindiéndome cuando empiezo a no distinguir las piezas. Es la segunda noche que me tortura así. Mi madre nos ayuda, pero se cansa a la media hora de sentarse. Nos queda mucho trabajo por delante.

Me alegra que te gustase la canción.

De: Ginger Davies
Para: Rhys Baker
Asunto: RE: RE: Estás loco

Qué bonito, Rhys. Tenías razón, tu padre parece ser tan orgulloso y cabezota como tú. Mándame una foto de esa maqueta cuando la terminéis. Hoy no tengo mucho tiempo para hablar porque James viene a cenar, pero te escribo mañana desde el despacho.

Por cierto, voy a imprimir la carátula del disco en tamaño póster y la colgaré en casa como si fuese un cuadro. Y sí, me da igual parecer una fan loca.

De: Rhys Baker
Para: Ginger Davies
Asunto: RE: RE: RE: Estás loco

¿James va a cenar a menudo? Nunca me llegaste a contar con detalles qué fue lo que ocurrió con él. Durante esos tres días en Ibiza no tuvimos tiempo para nada.

De: Ginger Davies
Para: Rhys Baker
Asunto: Organización

Acordamos un horario flexible. Yo me quedé la custodia porque James tiene más complicaciones y, a veces, si tiene juicios, termina a las tantas. Normalmente está con él dos fines de semana al mes, pero también lo recoge a menudo de casa de mis padres por las tardes, si sale temprano. Y en ocasiones viene a cenar o a verlo un rato. Es un buen padre. Y nos entendemos, nos llevamos bien, pero supongo que eso no fue suficiente para que lo nuestro funcionase. Ya te lo dije, creo que lo que ambos teníamos en común era que queríamos asentarnos, una estabilidad, tener hijos. Y fue un error. No puedo arrepentirme teniendo a Leon aquí conmigo; si levanto la vista, puedo verlo en su cuna, abrazado a ese peluche de elefante del que no se separa nunca. La cuestión es que cuando llegaba la noche, terminábamos de cenar y nos sentábamos un rato

461

en el sofá, no teníamos mucho que decirnos. Hablábamos de cómo nos había ido el día en el trabajo, de los planes que teníamos para el bebé y poco más. ¿Sabes una cosa? Quizá si no hubiese compartido aquel verano contigo, si no supiese exactamente cómo era vivir colgada de la luna, enamorada, me habría parecido «lo normal», como lo que tienen gran parte de las parejas. Pero en el fondo era dolorosamente consciente de que había algo más. Y te odié un poquito. Solo un poco. De forma egoísta. Porque a veces pensaba: «Si Rhys jamás se hubiese cruzado en mi camino, si no lo hubiese conocido…, entonces sería feliz con James». Ahora sé que eso tampoco era verdad, pero supongo que intentaba engañarme a mí misma. Los dos lo hacíamos, en realidad. Somos más felices ahora, separados.

De: Rhys Baker
Para: Ginger Davies
Asunto: RE: Organización
Quizá no quede ahora muy heroico que diga que me alegro de haberme cruzado en tu camino. Y de que tú te cruzases en el mío.
Seguimos trabajando en la maqueta…
No nos queda mucho para acabar.

De: Ginger Davies
Para: Rhys Baker
Asunto: Rutina
Qué día he tenido. He discutido con un autor que es insufrible, he perdido el tique del *parking*, Leon se ha vomitado encima mientras volvíamos a casa y me he olvidado la compra en casa de Dona y Kate. A veces ya no recuerdo cómo era mi vida cuando tenía pocas cosas que hacer, ¿cómo podía agobiarme por unos exámenes de nada?
En fin, espero que el tuyo haya sido mejor.
Y que esa maqueta vaya avanzando…

De: Rhys Baker
Para: Ginger Davies
Asunto: Malas noticias
Te escribo rápido desde el móvil, Ginger.
Estamos en el hospital. Mi padre ha tenido una recaída.

De: Ginger Davies
Para: Rhys Baker
Asunto: RE: Malas noticias
Lo siento mucho, Rhys.
Dime algo en cuanto os den noticias.

De: Rhys Baker
Para: Ginger Davies
Asunto: RE: RE: Malas noticias
Van a dejarlo ingresado. Lo han subido a una habitación y, bueno, mi padre no paraba de quejarse y de decir que quería irse a casa, pero, por lo que me ha dicho el médico, no pienso que vayan a darle el alta pronto…
Creo que se está muriendo, Ginger.
Y dudo que salga del hospital.
No sé ni cómo me siento.

114

GINGER

Descolgó al tercer tono. Lo escuché respirar.

—Rhys, lo siento muchísimo —susurré.

—Tendría que haber venido antes...

—No hagas eso. Ya lo hemos hablado. Lo importante es el ahora, que estás ahí con él. Podría haber sido peor. Podrías seguir en Ibiza, perdido...

—Estoy aquí para verlo morir.

—Sé que es duro, Rhys...

—Tengo ganas de huir cada cinco minutos y me reprimo para no salir de la habitación cada vez que lo veo sufrir y llamamos a la enfermera para que le ponga otra dosis de calmantes. Pero el impulso está ahí. Y no puedo permitírmelo. Él... me lo dijo. Que tenía que mantenerme en pie cuando esto sucediese, cuidar de mi madre. Yo qué sé.

—Y lo estás haciendo bien.

—Ojalá no fuese tan difícil.

—¿Os han dicho algo más?

—Que le queda poco tiempo.

—Lo siento tanto... Puedes llamarme cada vez que lo necesites, ¿de acuerdo? A cualquier hora del día, no importa. Si alguna vez tienes ganas de escapar, marca mi número.

—Gracias, Ginger —susurró.

De: Rhys Baker
Para: Ginger Davies
Asunto: Sin asunto

Mi padre ha muerto esta madrugada.

Hemos ido a casa para que mi madre pudiese acostarse un rato; le vendrá bien descansar. Yo estoy ocupándome de todos los trámites…

Solo quería que lo supieses. Hablamos pronto.

De: Ginger Davies
Para: Rhys Baker
Asunto: RE: Sin asunto

Rhys, lo siento. Ojalá pudiese estar contigo ahora mismo. Te daría un abrazo inmenso y me haría cargo de todo. Lamento que tengas que pasar por esto solo. No dejo de pensarlo. ¿Cómo está tu madre? ¿Cómo estás tú? Llámame cuando quieras.

Besos.

RHYS

El entierro fue rápido y emotivo. Mi madre estaba a mi lado y asistieron todos los compañeros del trabajo de mi padre, amigos de toda la vida y algunos vecinos. Apenas me enteré de nada. Llevaba dos días sin dormir y solo podía mantener la mirada clavada en el ataúd que pronto estaría bajo tierra. Lloré por primera vez en años. Y entendí que la sangre sabía muy poco de sentimientos y de vivencias. Seguí dándole vueltas a aquello cuando llegamos a casa y le preparé una tila a mi madre antes de que se quedase dormida en el sofá.

Me había pasado media vida haciéndome las mismas preguntas, buscando «algo», intentando rellenar los huecos, esos vacíos…

Cuando quizá todo era más sencillo.

Saboreé aquel pensamiento al sentarme en la mesa del salón donde estaba aquella maqueta que no habíamos logrado terminar juntos. El sol del atardecer se colaba por el ventanal. No pensé en nada mientras colocaba una pieza tras otra…

De: Ginger Davies
Para: Rhys Baker
Asunto: Preocupada

Estoy preocupada, Rhys. No sé nada de ti desde el día del entierro. He pensado en llamarte, pero no quiero molestar en un momento así, tan íntimo. Dime algo, por favor. Me basta con saber que estás bien, que sigues manteniéndote en pie.

De: Rhys Baker
Para: Ginger Davies
Asunto: RE: Preocupada

Perdona, Ginger. Han sido unos días complicados. Estoy bien, los dos estamos bien. Dentro de la situación, quiero decir. Después del entierro dormí más de quince horas seguidas y luego he estado ocupándome de los papeleos para ponérselo más fácil a mi madre; ya sabes, cambiar el titular de las facturas, las cuentas bancarias...

Y no dejo de pensar en cosas. En todo.

¿Por qué las personas nos sentimos tan perdidas, Ginger? ¿Por qué tenemos la sensación de que debemos encontrar un propósito, una meta, siempre algo «más»? Creo..., creo que me he dado cuenta de una cosa. Creo que empiezo a ser consciente de que llevo mucho tiempo caminando en círculos, corriendo detrás de algo. Y quizá ya sepa qué es ese «algo». Soy yo mismo, Ginger. Así que llevo años dentro de un bucle, dando vueltas, pensando demasiado, viviendo a medias cuando creía que estaba haciendo justo lo contrario.

De: Ginger Davies
Para: Rhys Baker
Asunto: Hay más

Entiendo lo que quieres decir y quizá tengas razón, pero también ha habido muchas cosas buenas, Rhys. No eres solo sombras, también luz. Y no importa cuándo nos demos cuenta de algo, lo importante es hacerlo en algún momento. A todos nos pasa. Nos seguirá pasando. ¿Cómo está tu madre? ¿Qué vas a hacer ahora?

De: Rhys Baker
Para: Ginger Davies
Asunto: RE: Hay más

Está triste, pero ¿cómo va a estar? Supongo que es normal. Yo no sé qué voy a hacer. Me siento un poco en medio de la nada. No puedo dejarla sola ahora, aunque ella insiste en que me marche. Y me paso el día un poco perdido, dando vueltas por la casa, terminando esa dichosa maqueta, pensando en tantas cosas…

De: Ginger Davies
Para: Rhys Baker
Asunto: RE: RE: Hay más

Todo pasa, Rhys. A veces es cuestión de tiempo. Quizá te venga bien esta pausa en tu vida para decidir qué quieres hacer. Ahora tienes delante de ti un folio en blanco, ¿no? Una vez, hace mucho, me dijiste justo eso. Y me sirvió.

De: Rhys Baker
Para: Ginger Davies
Asunto: RE: RE: RE: Hay más

La diferencia es que tú eres una chica muy lista.

De: Ginger Davies
Para: Rhys Baker
Asunto: Busca otra excusa

Tendrás que buscar algo mejor.

De: Rhys Baker
Para: Ginger Davies
Asunto: Lo digo en serio
Deberías aprender a aceptar los halagos.

Pero tienes razón, Ginger, ahora el futuro es un folio en blanco. Por cierto, anoche terminé la maqueta; no sé si me alegré o me entristecí. Por un lado, fue bonito acabar aquello que habíamos empezado juntos, pero, por otro…, siento que me aleja un poco más de aquí. Eso y que mi madre parece querer echarme de casa. Sé que lo hace por mi bien, pero no puedo evitar sentirme culpable ante la idea de irme, incluso aunque venga más a menudo, no sé, no quiero cometer con ella los mismos errores que cometí con mi padre.

De: Ginger Davies
Para: Rhys Baker
Asunto: No será así
No lo harás. Estoy segura.
El disco está siendo un éxito.

De: Rhys Baker
Para: Ginger Davies
Asunto: Mi madre
Eso parece. Por cierto, las últimas semanas estoy ayudando a mi madre en el jardín, pero esta mañana me ha dejado plantado para irse a un curso de repostería que hacen en la asociación de la urbanización. Empiezo a sentirme un poco fuera de lugar, casi como si sobrase. No sé si lo hace a propósito porque quiere que siga adelante o si en realidad también necesita su espacio para empezar a acostumbrarse de verdad a estar sola, a continuar con su vida. ¿Tú qué opinas? Apenas hemos hablado de él. De la muerte. No sé, Ginger, me preocupa que en el fondo esté fatal y no me lo diga.

De: Ginger Davies
Para: Rhys Baker
Asunto: RE: Mi madre
¿Quieres que te sea totalmente sincera?

De: Rhys Baker
Para: Ginger Davies
Asunto: RE: RE: Mi madre
Sospecho que eso significa que me dolerá.
Pero sí, Ginger, quiero que seas sincera.

De: Ginger Davies
Para: Rhys Baker
Asunto: RE: RE: RE: Mi madre
Creo que tu madre hace tiempo que aceptó la situación. Claro que le duele que tu padre ya no esté, claro que lo echará de menos y claro que le costará superar su pérdida. Pero, Rhys, lleva mucho tiempo preparándose para esto. Da la sensación de ser una mujer fuerte, no lo contrario. Si pudo hacerse cargo sola de todo en su momento, no creo que te necesite ahora. Pero pienso…, pienso que tú a ella sí. Pienso que en el fondo el que realmente no puede pasar página eres tú, el que se siente mal por todo, el que aún no ha aprendido a masticar el dolor. Y no pasa nada, Rhys. Ya lo harás, no hace falta que te pongas una fecha. Habrá días mejores y días peores. Hay personas que tardan años en poder hablar de la pérdida sin echarse a llorar y otras que lo consiguen a las pocas semanas. Creo que tu madre está buscando la manera de continuar con su vida, de seguir adelante. Y puede que tú necesites ir haciendo lo mismo.

De: Rhys Baker
Para: Ginger Davies
Asunto: Quizá…
Quizá tengas razón. Quizá sea una mezcla de todo. Del miedo que me da dar un paso al frente y de la sensación de que todo vuelve a girar y girar y yo sigo otra vez parado en medio de la nada, buscando mi sitio. Anoche estuve mirando una bola del mundo antigua que hay en mi dormitorio desde que era pequeño. Y ¿sabes qué? No sentí ganas de ir a ningún lugar. Bueno, a uno sí. Pero no era exactamente un «lugar». O si lo

fuese, sería el más bonito que he visto en toda mi vida. Y justo por eso me da miedo. Porque me aterra pisarlo, hacer algo que lo estropee, no ser lo suficientemente bueno como para estar allí.

De: Ginger Davies
Para: Rhys Baker
Asunto: RE: Quizá...
Te entiendo. Algunos «lugares» son más complicados que otros. Por el terreno, supongo. Sobre todo si has subido muy arriba, si llevas tiempo escalando una pendiente pronunciada, porque la caída puede ser más dolorosa...

De: Rhys Baker
Para: Ginger Davies
Asunto: RE: RE: Quizá...
A veces vale la pena arriesgarse.

De: Ginger Davies
Para: Rhys Baker
Asunto: RE: RE: RE: Quizá...
¿Y si ese «lugar» no termina de encajarte como crees cuando llegues a la cima? ¿Y si no es todo lo que esperabas? ¿Y si no te hace feliz?

De: Rhys Baker
Para: Ginger Davies
Asunto: Practicando
Estoy aprendiendo a no preguntarme cosas que no puedo responder. Pero eso no lo hace peor, Ginger. Solo más temerario, como saltar a ciegas a pesar del vértigo. Quizá no esté tan mal. Quizá sea justo lo que necesitamos en este momento. Quizá dejemos pasar mil años más si seguimos buscando la situación perfecta, que se alineen todos los planetas o qué sé yo. Empiezo a estar muy a favor de vivir cada día como si fuese el último. Y me he cansado de buscar cosas que nunca llegan y de dejar pasar las que tengo delante de mí.

De: Rhys Baker
Para: Ginger Davies
Asunto: De locuras y amor

No puedo dormir. Tampoco puedo dejar de pensar en ti. En nosotros. Supongo que por eso acabo de cometer una locura. Pero creo que es una locura de las que valen la pena. Porque una vez, hace muchos años, conocí a una chica perdida en París que me robó el corazón y ya no he podido olvidarme nunca de ella. Estaba algo chiflada, hablaba sin parar y a veces era un poco aguafiestas, pero aun así era perfecta para mí. De esa clase de perfección que hace que puedas hablar con alguien sin cansarte jamás, o que su risa se convierta en el sonido más bonito del mundo, o que todo lo que tenga que ver con ella te parezca importante. Y me regaló un viejo libro donde encontré la frase más bonita y sabia del mundo: «Solo con el corazón se puede ver bien, lo esencial es invisible a los ojos».

Creo que debería decirle a esa chica que el viernes de la próxima semana estaré esperándola en aquel lugar donde bailamos por primera vez a las once de la noche.

Y espero que ella también recuerde a aquel chico que le enseñó a usar la máquina de billetes del metro y le susurró al oído que, si quería, podría tocar la luna con los dedos.

118

RHYS

¿Quién soy? ¿De dónde vengo? ¿Qué hago aquí? ¿Por qué estoy en este mundo? Esas son las preguntas que todos deberíamos hacernos alguna vez en la vida. Y después la crucial, la que más peso tiene: «¿De verdad encontrar esas respuestas es tan importante? ¿Necesitamos saberlo para ser felices?».

Un día decidí que no.

Un día dejé de buscar.

«¿Quién soy?», ni idea. A veces era un tipo encantador, a veces un jodido imbécil, a veces un egocéntrico, a veces tierno, a veces cobarde, a veces valiente, a veces lo había sido todo en la misma medida que nada. «¿De dónde vengo?», supongo que de un esperma de un hombre desconocido que un día fecundó un óvulo de otra desconocida. Pero, en esencia, venía de casa. De la luz de Tennessee. De mis padres, los de verdad, los que estuvieron cada día a mi lado, con lo malo y con lo bueno; con el orgullo y los secretos, también con el amor y el perdón. «¿Qué hago aquí?», vivir. Ser una abeja. Vivir, vivir, vivir. «¿Por qué estoy en este mundo?» Ni idea. Tampoco buscaba ya averiguarlo. Solo quería «estar». Tumbarme en un prado verde, respirar profundamente el aire frío del invierno, visitar algún día el mar y leer cualquiera de esos libros que Ginger elegía, escuchar música a todo volumen con los cascos puestos y los ojos cerrados o comerme un plato gigante de espaguetis con extra de queso.

Y estar conmigo.

Estar con ella.

119

GINGER

No solo somos lo que hacemos, sino también lo que no hacemos. Somos lo que decimos, casi tanto como lo que callamos. Somos las preguntas que no nos atrevemos a pronunciar, en la misma medida que esas respuestas que nunca llegarán y permanecerán eternamente flotando entre remolinos de miedo e incertidumbre. Somos la sutilidad de una mirada, la intimidad de una caricia suave, la curva de una sonrisa sincera. Somos momentos bonitos, instantes agridulces, noches tristes. Somos detalles. Somos reales.

Pero, por encima de todo lo demás, somos las decisiones que tomamos. En toda su dimensión. Por cada elección, damos un paso al frente y abandonamos algo en el camino. O damos un paso atrás y abandonamos algo que estaba por llegar. Avanzamos entre alternativas, seleccionando unas, rechazando otras, marcando nuestro destino. Siempre habrá algo que pierdas incluso cuando ganes, pero eso no es lo importante. Lo realmente valioso es ser capaz de tomar esa decisión, hacerlo siendo libre; apostar por un sueño, por uno mismo o por otra persona, sin dudas ni temor, solo con ganas, con pasión.

EPÍLOGO

(EN ALGÚN LUGAR ENTRE PARÍS Y LA LUNA)

Él apoya los brazos en el muro que delimita el río Sena y clava la vista al frente, en la Torre Eiffel iluminada que se alza al otro lado. No hace frío. Años atrás, estuvo allí una noche de invierno, pero ahora el viento es templado, los turistas pasean y se alejan por la acera, y huele a la comida que sirve un pequeño local que está cerca.

Ha llegado media hora antes, pero no le importa. Está nervioso. Mueve los dedos sobre el muro de piedra al ritmo de una canción que conoce bien y que escuchó hace mucho tiempo en esa misma ciudad, una que comenzó como el latido de un corazón y que ahora suena en la radio a menudo. Suspira impaciente. Intenta no pensar en la posibilidad de que ella no aparezca, sobre todo cuando recuerda todos los obstáculos que han tenido que saltar, las veces que tropezó incluso con sus propios pies, las palabras que no debió guardarse…

Ella camina en línea recta. Hace ya algún tiempo que decidió que solo tomaría las curvas de la vida que valiesen la pena, esas por las que no importase girar antes de ver qué era lo que le estaría esperando al otro lado. Pero en este momento avanza así: recta. Quizá porque esa bifurcación, esa decisión, hace mucho que la tomó, aunque no imaginaba que se embarcaría en una montaña rusa el día que apuntó su correo en la mano de aquel chico que la acompañó hasta el aeropuerto.

Pero entonces lo ve.

Tiembla. Y sonríe.

Él está contemplando cómo la luna se refleja en el agua del río. Se acerca despacio, contenta por lo que ve, por comprobar que ha ganado algo de peso, que se parece a su mejor versión, que no deja de mover los dedos siguiendo algún ritmo que solo él puede escuchar.

Traga saliva cuando lo tiene delante.

No lo llama. No lo avisa. Le rodea la cintura por detrás y siente cómo se sobresalta antes de relajar los músculos de nuevo. Ella apoya la mejilla en su espalda, abrazándolo. Respira hondo, lo respira a él. No quiere soltarlo, pero termina por hacerlo cuando él se gira y busca sus labios. Un beso suave, profundo y dulce. Como solo puede besar alguien que hace mucho tiempo que se colgó de la luna boca abajo sin pensar en el vértigo.

Ella contiene el aliento cuando se separan.

Se miran en silencio. Se sienten.

—Te estaba esperando para bailar.

—Ya tenemos una edad…

Él la ignora. Hace exactamente lo mismo que tantos años atrás. Deja el teléfono en el muro justo cuando empieza a sonar *Je t'aime… moi non plus*. La coge de la mano y la pega a su pecho. Quiere tenerla lo más cerca posible. Ella se sonroja cuando se da cuenta de que algunas personas los miran y cuchichean divertidos. A él le da igual. Solo sonríe mirándola, empapándose de ella mientras la melodía los envuelve.

—*Je t'aime, je t'aime. Tu es la vague, moi l'île nue. Tu vas, tu vas et tu viens.* —Él se inclina para susurrarle al oído. Ella se estremece sumida entre todos los recuerdos que la sacuden de repente—. Te quiero, te quiero. Tú eres la ola, yo la isla desnuda. Vas, tú vas y vienes…

Él la abraza. Deja de bailar. Hunde el rostro en su pelo y le acaricia la mejilla con la mano temblándole. No puede soltarla. Teme hacerlo, aunque sabe que esa vez todo es distinto y que, cuando la noche llegue a su fin, no tomarán direcciones diferentes…

Ella se pone de puntillas. Sus labios lo buscan, lo encuentran.

—Ginger, dime dónde estamos justo ahora.

—Nosotros en la luna. Siempre en la luna.

FIN

AGRADECIMIENTOS

Este libro no existiría si no fuese por todos los lectores que me han acompañado durante los últimos años haciéndome crecer, soñar despierta y dándome alas. Gracias por seguir leyéndome, por buscar refugio en los libros y creer en el amor.

Gracias a la Editorial Planeta, por convertirse en una casa confortable y llena de gente increíble; como mi genial y paciente editora, Lola, o Laia (que hace que todo sea siempre más fácil), Silvia, Isa, Raquel, David y todos los demás. Hacéis un trabajo inmejorable.

A Pablo, por cogerme de la mano y caminar en la misma dirección.

A mis compañeras de letras, esas que siguen ahí cada día; ellas saben quiénes son. Tengo la suerte inmensa de teneros y poder compartir lo bonito que es esto de escribir. Ojalá siempre mantengamos la ilusión, incluso con los nervios y las dudas, ¡será buena señal!

A Dani, te quiero más que al chocolate.

A mi familia, por apoyarme en todo.

A J., por colgarse conmigo de la luna hace ya muchos años, boca abajo, con una sonrisa inmensa, sin miedo. Qué suerte tuve al tropezarme contigo una noche cualquiera.

A Leo, mi pequeño principito.